集韻檢字表

說明

一　本表收録《集韻》中的所有字頭，按四角號碼順序排列。無法编碼的古文字放在最末。

二　每個字下列出該字在書中出現的頁數，在頁中的行數，以及在行中的字序數，三個數字中間用「-」隔開。如果一個字分别在書中不同頁中出現，按其出現先後集中排列該字序碼。

三　本書不規範的字形較多，往往一個字有多種寫法，還有一些誤字，編製本表時酌情予以糾正、統一。一般採用規範的楷體字形或在本書中較爲一致的字形。如果採用的字形與原書差别較大，則括注原字形。

四　四角號碼查字法口訣：横一豎二三點捺，叉四插五方框六，七角八八九是小，點下有横變零頭。

0010

主 703-3-3
1022-8-5
疒 459-2-4
1524-3-1
立 1584-4-3
[illegible] 862-4-2
[illegible] 1242-1-2
[illegible] 1232-5-6
[illegible] 478-1-4
童 8-5-1
32-4-1
亶 344-6-2
345-4-5
771-6-4
772-5-6
臺 465-7-5
[illegible] 42-6-1
639-7-4
949-6-3
955-5-4
[illegible] 8-5-2
[illegible] 224-3-5
228-3-5
[illegible] 1628-6-4
[illegible] 42-6-4
[illegible] 90-1-7
194-8-2
[illegible] 194-6-4
[illegible] 587-8-5
[illegible] 292-3-4
681-5-3
[illegible] 681-5-4
[illegible] 250-4-2

0011

疕 103-2-1
660-5-6
670-8-2
672-3-4
疘 20-3-2
[illegible] 1416-6-3
疙 1005-3-3
1382-3-2
1396-5-1
[illegible] 1028-8-4
[illegible] 1144-2-6
[illegible] 538-4-5
1264-3-2
疵 988-1-6
[illegible] 1005-3-2
[illegible] 1383-1-2
[illegible] 580-7-3
疤 431-5-3
[illegible] 1063-7-1
1461-7-5
疸 771-8-2
1152-3-1
疽 137-7-4
689-7-4
痄 437-1-2
849-6-1
850-1-3
[illegible] 425-1-5
疱 1202-1-2
1202-2-5
疰 1023-3-4
[illegible] 425-1-4
[illegible] 935-8-4
1379-8-3
1440-3-5
竝 770-2-1
885-5-3
[illegible] 205-1-1
211-7-5
1080-6-4
[illegible] 835-1-3
痤 972-1-1
[illegible] 59-5-3
60-6-5
649-3-2
1036-4-4
1083-2-8
痊 353-5-1
[illegible]（[illegible]）
45-6-4
[illegible] 1433-5-1
1469-8-4
[illegible] 438-1-5
痝 47-7-1
痙 881-1-2
[illegible] 1450-8-1
瘇 115-6-2
678-4-3
[illegible] 1318-4-2
[illegible] 423-5-1
[illegible] 1234-6-2
[illegible] 908-7-1
痖 852-8-2
痷 596-4-3
1592-1-4
1604-7-7
1623-3-5
1626-5-2
痱 125-4-2
682-2-2
727-8-1
734-3-1
1002-5-5
[illegible] 217-4-1
[illegible] 1047-8-2
1081-5-6
[illegible] 1590-7-1
痓 585-3-2
[illegible] 125-4-3
727-8-2
1002-5-7
[illegible] 361-8-1
[illegible] 45-3-2
[illegible] 1604-3-1
1618-7-4
[illegible] 580-7-2

一六三五

集韻檢字表　上

集韻校本

602-2-3
939-8-1
1286-3-1
瘧 1487-6-3
瘟 272-8-1
289-3-3
1416-2-1
[illegible] 633-8-3
[illegible] 479-5-2
瘣 222-8-3
223-5-6
726-3-1
731-2-1
731-6-3
1101-4-2
瘋 21-8-2
[illegible] 26-2-3
瘥 421-8-1
432-5-1
1082-6-7
1231-1-1
[illegible] 1075-5-1
1599-1-4
1626-5-3
[illegible] 1046-8-1
1057-8-3
1058-2-4
[illegible] 234-7-5
1102-1-4
1108-2-6
[illegible] 531-2-2
[illegible] 57-5-3
193-7-2
[illegible] 965-7-3
[illegible] 275-8-5
751-2-1
1122-6-4
[illegible] 696-1-3
[illegible] 436-4-2
[illegible] 26-2-1
[illegible] 836-2-5
[illegible] 10-4-5
633-8-2
[illegible] 533-2-4
[illegible] 692-2-1
1012-8-5
瘨 302-6-3
771-7-1
1215-3-3
[illegible] 1152-5-4
癯 1478-6-3
[illegible] 343-8-3
癧 1551-3-3
癨 1505-1-6
[illegible] 183-2-2
1030-2-2
癃 954-6-2
[illegible] 1144-2-7
1146-1-2
[illegible] 157-3-4
癱 42-8-3
[illegible] 65-7-4
651-5-2
963-2-2
1042-6-4
1551-3-4
[illegible] 1215-6-2
[illegible] 66-1-1

0012

疔 515-8-3
1524-3-2
[illegible] 892-1-1
[illegible] 540-1-4
540-3-6
575-6-4
823-8-3
[illegible] 723-6-1
724-1-2
735-4-1
736-4-2
[illegible] 154-2-2
[illegible] 1125-8-4
[illegible] 1085-6-1
[illegible] 674-4-4
痾 414-6-1
1227-7-2
病 1247-7-4
[illegible] 1026-4-6
1026-7-3
[illegible] 737-1-4
744-2-5
1119-2-5
1451-1-3
[illegible] 156-8-4
157-4-1
698-1-3
1017-4-1
[illegible] 369-4-3
疿 1001-5-3
痏 669-6-1
1264-3-1
1336-5-3
[illegible] 236-8-2
240-4-2
[illegible] 1061-4-1
痌 8-1-2
10-4-4
[illegible] 455-2-1
1233-5-3
痑 302-2-4
424-5-1
644-2-1
1152-8-2
1215-3-4
1218-7-3
[illegible] 746-8-2
750-2-2
1004-5-3
1125-8-3
[illegible] 1486-4-3
痡 176-6-3
177-5-3
701-1-4
1026-4-5
[illegible] 1027-2-2
痟 373-1-2
痢 980-6-1
[illegible] 1475-3-3
[illegible] 414-6-2
1216-1-2
痛 946-6-2
[illegible] 80-6-4
654-2-5
655-6-1
721-7-3
瘍 1533-8-2
1538-8-1
痺 988-1-5
瘑 416-6-2
417-5-4
445-8-3
瘌 1052-6-2
1464-1-6
痭 503-2-1
534-8-2
1259-8-1
[illegible] 185-5-1
[illegible] 1069-1-4
1424-3-1
[illegible] 448-3-1
1239-8-1
[illegible] 151-8-3
1016-3-1
[illegible] 1075-1-1
1405-6-3
1418-5-4
[illegible] 1085-6-2
[illegible] 1415-2-2
瘉 174-5-3
705-4-6
[illegible] 1486-4-2
[illegible] 657-7-2
[illegible] 351-1-4
[illegible] 689-4-3
[illegible] 339-8-2
746-1-2
751-4-1
1127-7-4
[illegible] 1158-8-2
1160-4-2
1220-7-4
[illegible] 1088-6-3
[illegible] 713-7-4
[illegible] 829-5-5
[illegible] 1532-5-7
[illegible] 928-7-2
[illegible] 274-4-1
318-5-2
[illegible] 1409-5-5
[illegible] 714-4-5
[illegible] 1038-3-5
1056-5-5
1061-1-1
1067-6-2
[illegible] 1187-6-2
[illegible] 1528-7-2
[illegible] 455-2-2
[illegible] 429-7-1
瘳 369-7-1
547-1-1
1334-3-1
[illegible] 913-8-5
914-3-1
1286-7-2
[illegible] 58-1-4
193-6-2
癘 1061-4-3
1069-1-2
[illegible] 737-5-2
[illegible] 1058-5-4
1059-1-4
癇 321-8-1
[illegible] 742-6-3
[illegible] 1459-3-4
[illegible] 432-3-1
[illegible] 744-8-2
794-3-1
[illegible] 1404-3-5
癆 369-4-4
412-6-4
1212-8-2
[illegible] 833-7-3
[illegible] 1030-2-3
[illegible] 448-3-3
[illegible] 1446-6-3
[illegible] 989-7-4
[illegible] 1475-5-2
[illegible] 192-6-2
714-5-1
715-2-2
1036-2-1
[illegible] 490-8-3
[illegible] 784-6-5
1185-5-1
[illegible] 601-8-4
[illegible] 653-3-5
657-7-4
668-2-1
1080-5-1
[illegible] 359-1-2

0013

[illegible] 1227-2-4
[illegible] 416-6-1
417-5-3
[illegible] 937-4-1
1632-2-2
[illegible] 1285-4-4
[illegible] 687-1-5
1622-2-3
[illegible] 519-2-4
疼 29-2-2
痃 336-3-2
[illegible] 990-4-2
[illegible] 25-8-3

一六三六

集韻校本

集韻檢字表　上

一六三八　　一六三七

右半葉

0015

字	碼	字	碼	字	碼	字	碼	字	碼	字	碼
	728-2-5		1283-6-4	瘞	911-4-2		1272-4-4	癟	889-6-3		29-2-4
	1097-5-2	瘴	1234-2-3	瘦	312-2-2		1333-7-4	蝨	489-5-1	痕	290-8-5
	1100-8-3	癉	370-6-1	瘃	1260-4-4	疫	1586-7-2	癧	1046-7-4		296-8-1
癍	1527-8-4		370-8-3	瘂	744-2-3		1587-4-2		1047-1-3		1136-6-5
	1570-4-4		383-4-1	瘕	1332-6-1		1590-2-3	癉	1288-8-2	痣	993-2-4
瘷	793-3-2	瘐	1324-5-3		1333-3-3	疼	50-3-6	癄	375-5-5	痕	1236-6-5
癉	290-7-5	癲	1055-6-1	痔	1573-1-1	疥	441-4-3	瘃	1192-7-2	痕	1235-4-1
瘴	684-8-1	癹	1108-5-2	痹	989-7-5		444-3-3		1203-8-3	瘃	1350-1-4
瘵	1052-6-1	瘊	1504-3-3	痒	983-5-4		853-3-3	瘑	975-7-1	瘀	133-4-4
	1053-7-6	癗	1538-8-2	瘘	56-3-1	疫	758-7-1		30-2-6		1009-7-3
	1464-2-2	癥	123-3-1		83-4-3		1133-3-6		640-3-2	痕	217-6-1
瘴	988-2-5	癖	1540-8-1		88-2-5		1133-5-1		947-8-4		221-4-3
	989-2-2	癖	1545-1-4	痕	727-4-3	疷	50-4-1		953-1-2		226-2-3
	1458-8-2	瘠	548-7-5		968-5-1	疵	55-2-2	痕	316-2-2		727-4-2
瘅	1226-4-4		833-7-2	瘅	225-1-7		74-7-3	癒	705-5-1		1101-7-6
瘒	301-6-1		899-5-2	瘁	977-6-5	疫	983-3-2	癒	1568-3-5	痀	226-2-4
	302-3-4		1272-4-5	竴	729-3-4		1539-4-1	癊	749-5-4		729-5-4
	302-6-4	癲	529-4-2	痹	1052-6-3	疫	1074-8-4	瘌	855-5-3		963-8-2
	771-7-2	癉	294-3-1	瘦	1267-5-3	府	162-7-1		639-8-2	瘙	1288-4-1
	838-4-2		729-3-3		1268-1-4		163-8-5		43-1-3	瘑	1559-8-5
	1152-3-2		730-2-5		1324-5-4		700-1-1		639-8-2	瘃	1008-8-1
	1215-3-1	瘦	510-3-3	瘦	1270-7-3		701-1-3	癧	755-5-4		1110-4-2
瘝	274-4-2		881-2-4	瘦	1270-7-2	痒	185-5-2	瘋	749-5-5	瘓	729-6-5
	318-5-3			瘕	441-1-1	疷	91-8-5	蠱	267-5-7		1094-3-3
藏	1462-6-5				441-4-2		716-4-2	瘤	1061-4-4	瘉	735-6-2
藏	1307-1-2	疫	860-8-3	痕	248-6-6	蠱	1568-6-2	瘗	405-5-2		
癬	341-5-1	痱	606-6-1	痕	852-4-4	瘦	411-3-1		1577-5-3		1210-3-3
	791-6-5		607-8-3		1228-4-1	痕	606-6-2	瘑	71-2-3	瘟	1044-3-3
			1299-5-1	痹	1026-4-4	疲	68-4-1		213-4-6		1052-6-4
0016			1303-8-2		1026-7-2	痔	678-1-2	瘦	846-2-5		1464-2-1
痁	1033-1-5	痬	906-8-2		1027-2-1	痰	823-8-4	瘟	91-3-4	瘰	1180-2-4
痁	606-1-2	瘕	1461-8-1	癥	650-3-4	瘁	391-6-2	塵	639-8-1	瘟	1561-7-2
	1300-7-1	瘁	26-2-2	瘷	309-8-2	痩	872-2-3			戀	359-1-3
疳	1326-3-3		46-6-3	瘕	1257-7-2	痩	559-1-1	**0014**			54-4-1
痂	1318-6-3		47-2-1	癥	1521-2-6	瘦	1539-4-2	疫	1109-7-5		86-6-2
痂	442-3-1	痒	448-3-2	癥	120-5-3	痔	561-4-2	疫	891-7-4		422-7-2
疳	232-2-1		453-5-1		1081-3-2	廂	899-5-1		1264-2-5	癩	609-1-3
疝	694-7-2	瘰	1032-1-4	瘰	173-1-3	痒	244-5-3				612-8-2
痀	223-5-4		1232-1-2		1025-6-4		265-6-4	疝	154-2-1		614-6-3
疳	1590-3-2	痗	1063-7-2		763-1-1	府	899-4-3				615-3-1
	1592-6-1	痗	725-7-2		913-8-2		1271-7-2				616-1-3

左半葉

字	碼
辛	322-4-5
亨	485-4-4
	488-2-5
	1249-6-4
亯	516-8-4
亳	860-3-3
亶(亯)	1576-8-6
亹(亯)	1577-1-1

0021

字	碼
宄	475-5-2
	477-1-3
	485-2-2
	485-4-3
	869-6-5
	1242-5-6
庀	660-5-3
	671-1-6
	715-8-1
庂	1029-5-5
	1490-2-2
	1510-5-5
庉	702-1-3
庂	477-6-2
充	23-3-4
庅	295-7-4
	764-3-1
	1139-3-6
庇	105-6-3
	660-5-4
	671-1-4
	715-8-2
	988-1-3
	990-7-2
充	549-5-2
	560-7-4
庉	1064-3-6
庰	139-1-1
	689-7-1

字	碼
瘷	734-6-2
	1440-3-6
	1442-5-3
瘷	323-8-4
瘷	144-1-1
	1014-1-4
	1014-3-1
瘷	1515-8-2
	66-5-1
	214-7-2
	1083-1-6
瘷	868-3-3
瘷	376-5-5
	1197-3-3
瘷	429-1-2
	730-3-6
	846-2-6
瘷	1050-6-5
	1053-8-5
	1059-2-1
	1089-5-5
瘷	533-7-3
瘷	1044-4-4
	1194-7-2
	1482-1-2
	1210-3-2
瘷	589-1-2
	914-5-3
	915-8-5
	916-1-3
瘷	1194-7-1
	1478-6-2
	1482-1-1
	1492-6-3
瘷	533-7-4
瘷	178-6-1
瘷	315-3-2
	359-1-1

0020

字	碼
广	936-8-2

字	碼	字	碼
	614-5-1	瘨	786-3-2
	616-1-2	瘶	174-5-2
瘷	1625-2-5		705-5-2
	1625-7-7		1125-8-2
瘷	114-4-4	瘷	597-2-5
癲	1069-1-3		1044-4-5
	1424-3-2		1045-5-3
瘷	226-2-2		1046-3-1
瘰	1565-6-5		1058-6-4
瘷	991-1-5		1063-1-3
	991-2-4	瘷	1268-8-1
瘷	331-1-6		1271-4-1
瘷	774-8-1	瘶	563-3-3
瘷	991-3-1	瘶	1497-5-4
瘷	1224-1-3		
瘨	242-7-4	**0018**	
	331-1-5	疢	1265-5-2
	332-8-2	疢	90-3-3
痳	786-8-2		91-8-3
痳	1388-3-1		1622-2-2
	1413-6-3	痎	742-8-5
痳	1119-2-6	痓	479-5-1
瘷	961-4-3	痎	1280-3-4
痳	479-5-1	挾	1455-6-4
瘷	1280-3-4		1456-6-1
瘱	791-7-1	疠	50-3-5
瘱	35-5-1		953-7-1
瘱	1532-5-6		1317-1-2
痳	539-3-2	痰	1317-4-1
	1264-8-3		271-3-6
瘷	1316-7-4	疾	748-7-3
瘷	143-9-1	痰	1125-6-2
瘷	437-4-4	疢	852-8-3
	438-5-1	痎	216-1-4
瘵	1350-1-5		232-3-1
痳	430-4-3		233-5-1
	584-6-1		1093-6-2
	238-1-3	痰	1207-4-4
瘷	1104-1-2	痎	733-3-2
瘷	7-5-3	痎	1618-7-3
瘷	1424-8-2	痎	773-8-3
	846-2-3	疢	234-8-3
	1216-6-3		724-8-2

字	碼
瘤	1295-6-2
瘤	730-3-5
瘤	984-5-4
瘤	510-7-3
痴	142-6-1
	1013-7-3
	1136-3-4
痦	545-3-1
	1266-6-3
痦	229-3-4
	1159-3-1
疳	600-1-5
痂	1626-3-6
疝	1416-6-2
瘤	836-2-4
疳	769-2-1
痴	62-5-4
	114-5-1
瘩	893-2-3
痘	229-6-4
	1096-3-4
疝	489-3-6
痟	875-4-2
瘩	474-4-6
痘	586-2-1
疢	1289-3-2
瘤	248-6-5
	290-2-3
瘤	836-2-3
瘤	458-6-2
	481-5-1
痘	549-3-2
	1273-6-2
瘤	1578-8-1
	1580-5-1
瘤	341-8-5
	911-7-1
	921-6-1
瘩	692-2-2
瘤	670-5-5
	308-8-4
瘤	730-7-6
瘤	649-1-2
瘤	1078-8-1

0017

字	碼
疝	320-3-2

0019

（疒部諸字，見上欄）

集韻檢字表　上

集韻校本

一六三九

一六四〇

0022 / 0023 区（右半）

字	編號	字	編號	字	編號	字	編號	字	編號
	1548-3-4		862-7-5	廌	204-6-2	廬	772-1-4	堯	1258-4-3
商	454-3-1	市	673-6-6		210-4-4	離	484-8-6	雄	449-8-4
	456-7-1	庁	516-4-5	廛	85-2-3	廛	138-3-4		450-4-5
高	1251-3-2	言	756-2-3		379-3-1		141-8-2		1232-4-2
廁	1424-3-3	帝	478-2-1		402-1-2		178-7-3	盧	1598-5-1
廚	995-7-5	庌	1086-2-1	廎	428-5-1		1012-6-4		1599-5-5
	1560-1-5	庋	588-4-1		840-8-1	廛	707-7-7	雁	531-3-6
	1561-4-3	序	689-4-1		846-2-2	塵	492-5-1	鷹	542-7-2
廐	1016-2-3	肓	478-1-3	贏	846-1-1		394-5-1		574-5-1
廅	1405-6-2	庽	524-3-2		65-8-5	廛	703-4-6	鹿	669-2-2
	1419-8-1		1258-1-1		333-5-1		509-2-1	亮	461-2-2
廇	698-6-5	齐	1063-4-2	贏	428-4-4	廬	611-3-4		1236-4-1
扁	175-5-1	育	1272-1-4	魔	420-5-3		616-2-2	雍	42-3-3
	571-8-2		1335-4-1	竞	1249-1-2		624-5-4	座	1377-1-2
	705-2-3	帘	1538-1-1	贏	509-3-3	麈	966-4-2	庇	61-3-1
廌	650-7-1	扃	8-2-4		159-2-1	廛	205-8-1		961-4-4
高	882-1-2		9-5-5	雕	64-6-5	廛	428-4-2	庉	365-4-1
	885-1-5	庬	644-1-4	雕	42-2-3	竞	1249-1-1		366-3-4
廌	1220-7-3		644-3-3		639-7-5	麾	549-6-4	庞	630-3-3
廌	69-3-3	彦	310-6-4	贏	846-3-4		62-3-3	庑	842-8-1
廓	1505-2-1		1182-8-4	贏	428-6-5		63-7-2		642-1-3
廌	723-3-1	帝	965-1-1	廬	65-8-3		1217-6-1	庫	346-4-7
裔	1063-3-5		1037-7-2		200-2-4		651-6-1	座	1218-4-5
膏	401-3-3	甬	478-2-2	廛	1093-1-7		962-8-4	堯	1258-8-6
	1206-8-1	高	400-7-6	麈	1505-3-4		1042-2-1	庵	596-2-5
席	1068-1-1		1206-8-2	雕	466-5-7	廛	1321-8-3		1592-2-1
腐	701-1-1		1255-5-3	贏	428-3-2	贏	428-6-1	庇	437-4-3
廖	368-5-3	帥	1070-2-4	贏	333-5-2	贏	1219-7-2		438-4-2
帥	547-1-2	席	1531-7-3	廬	430-5-5		1220-3-5	麈	1509-8-1
	551-1-3	庸	177-3-2		493-4-1	麈	69-2-3	麿	305-7-3
	1189-5-4	贏	428-4-5		420-7-2	麈	669-1-4	雁	224-5-1
离	1273-5-2		846-5-1	廛	430-6-4		677-2-3		224-6-2
		贏	66-1-3		662-5-4	贏(廛)			225-8-5
齊	90-1-6	旁	470-6-3		428-2-4		970-8-3	鹿	1321-8-4
	91-8-1		470-7-2	廛	520-7-5	廬	430-6-2	麈	428-3-1
	192-4-2		487-6-2	贏	178-7-1	廬	144-4-1	竟	876-3-3
	194-4-4		489-2-1				970-7-4		1245-6-3
	219-1-6	庽	721-8-1				183-5-3	产	777-4-1
庽	714-4-3	廊	644-3-2	## 0022					1159-4-2
彦	792-3-2	廊	468-5-2	方	449-4-2		1180-1-4	兗	526-4-5
	1035-2-1	庸	39-7-1		450-4-3	堯	1206-4-4	寇	403-6-1
	1036-3-3	商	1533-7-3		471-1-3	廛	420-5-5	庹	223-2-1
					46-8-4	廛	430-5-4		726-5-3
				麗	288-4-3	離	1226-7-2		727-6-6

0023 / 0024 / 0025 / 0026 区（左半）

字	編號	字	編號	字	編號	字	編號	字	編號
廎	560-1-1		391-6-3	廲	1316-6-2	麼	420-5-2	廁	53-3-2
廖	881-2-1	廆	529-5-2	廬	71-2-2	麼	69-6-2		56-7-1
廞	442-6-3		530-8-1		209-7-4		842-6-3	廟	1198-2-3
廞	210-4-3		889-7-3		213-4-4	廡	531-1-3	磨	69-3-1
廚	1224-1-1	庫	69-7-1		873-6-4	廕	1288-8-1		748-7-1
	1536-1-4		71-4-1	廎	519-8-4	豪	1000-3-3	廎	430-4-4
廱	456-6-3	庫	660-8-1	廳	1006-1-3	廎	454-3-2	廇	1195-8-2
	662-5-3			應	430-5-3	齋	194-6-3	齋	192-8-3
0025		庫	224-5-2	廉	165-1-3	鷹	531-2-3	齋	454-3-3
庆	317-3-3		225-8-6	庌	698-6-4	鷹	165-7-2	廎	275-8-1
庮	1630-5-2	庼	558-1-1	庍	1223-2-5	廳	702-1-1		1122-4-2
庫	989-5-1		907-2-5	庀	1565-5-3	廛	379-3-2	廎	170-7-1
	991-8-5	庩	851-7-1	庋	654-7-1		388-2-4	廇	573-8-6
庚	982-4-2	廎	420-5-4		659-1-3		394-4-5	廇	183-2-3
庠	453-4-4	廠	173-3-2		968-8-3		821-3-1		709-6-4
庫	1032-2-3		572-4-1	庤	444-4-2		822-3-6	廇	192-7-2
庋	1159-8-3	廇	456-4-3		853-3-2	廎	836-4-2		194-8-1
庫	751-5-3		1234-1-3		1229-5-5	齋	192-7-1	廇	669-2-1
庨	430-7-2	廕	172-1-1	庱	1133-3-3	齋	192-7-1	齋	219-1-5
摩	69-5-2	廠	1165-5-3	廒	762-6-3	靋	219-2-3	齋	192-5-2
	420-4-1	廙	1265-6-1	廉	762-6-1				194-4-1
	1217-6-2	庵	859-7-5	藁	399-5-2	**0023**			219-3-1
庳	727-8-4		1233-8-6	夜	1226-5-3	卞	309-5-3	廛	367-8-3
廓	1052-5-2	戭	1322-2-2	廙	1431-4-2		1185-7-1		398-5-5
廲	526-2-3	庆	462-2-2	應	531-2-1	庁	1224-2-5	廎	1012-6-5
廯	1080-6-2		493-6-2		1539-3-3	亦	1537-7-1	齋	192-5-1
廖	702-1-2		1248-7-4		1261-1-3	庋	636-2-2	齋	192-8-4
廢	78-7-2	廢	1108-5-1	府	699-7-3	庈	521-2-2		194-2-4
廨	341-2-2	麐	1504-1-3	底	716-4-4	庝	29-2-5		194-7-1
	791-6-4	廯	1540-6-2	庤	677-8-2	袞	153-2-2		1036-3-2
廎	612-3-1		1540-7-5	度	1029-5-4	辰	1081-6-3	齋	454-3-5
	617-2-3		1544-4-2	庶	1490-2-1	底	683-7-3	廌	1349-7-5
	617-7-6	廝	69-4-2		1510-5-6	度	469-6-3		1354-4-1
	619-2-1		107-3-3	庭	516-8-1		871-5-4		1364-6-3
摩	82-1-3		662-7-2		1256-6-1		1244-5-3	齋	1036-3-4
		廙	338-1-1	屏	882-3-5	庶	433-8-2	齋	90-1-4
0026			1182-1-3	廎	55-3-2		692-4-3	齋	90-1-4
店	1300-5-1		1254-8-2		243-6-1		1012-7-3	廎	842-6-4
庮	1628-7-5	廮	543-3-2		1257-7-4		1013-2-3	齋	91-3-3
庿	694-6-4	庆(庆)		席	1534-3-1	應	1616-8-1		192-6-5
庿	1590-4-6		312-2-5	廕	405-7-3	豪	1006-1-4	齋	90-2-4
				庰	947-5-4	廳	15-1-2	齋	454-3-6
				庋	654-7-2		420-5-6	齋	560-1-2
					659-1-2		630-8-3	齋	58-7-1
				廫	968-8-4	廉	608-8-3		
				廙	68-7-5	廓	210-4-5		

1626-3-5
廇 545-3-5
894-4-4
1266-8-4
庿 545-3-6
廼 1135-5-2
唐 465-5-1
庴 709-1-6
唐 1480-7-1
1530-5-5
1531-7-2
1532-6-4
廥 598-5-2
廜 608-8-6
庿 1198-2-4
廜 848-4-4
廅 915-5-4
庴 181-5-2
廂 451-8-1
廗 1183-1-6
廧 453-8-4
廇 1273-1-3
廕 1143-4-4
廜 181-5-1
廝 308-8-3
309-3-4
磨 420-4-3
1217-5-4
廧 453-8-3
廥 58-6-2
膺 531-3-5
1261-2-1
廥 1078-3-4
麃 442-6-4
膺 1217-6-3
1608-5-3
膺 531-3-2
廥 709-6-5
膺 262-2-4
276-5-3
麐 251-1-2

1120-5-3
廦 263-8-5
273-8-2
廱 263-8-4
273-8-3
廦 401-7-3
820-2-4
822-7-2
893-3-1
曆 1208-5-4
曆 1315-1-5
麿 296-7-1
膺 531-3-4
1261-1-4
鏖 461-6-2
麢 519-8-3

0027

庢 1590-3-5
启 224-5-3
937-2-2
庿 1612-5-3
歷 430-6-3
曆 589-7-4
593-8-3
594-5-1
599-8-1
1591-6-2
磿 600-4-4
鏖 542-7-3
574-5-2

0028

庂 616-2-3
616-3-5
624-5-5
庚 484-6-1
庚 174-3-3
庚 675-3-5
庾 494-8-2
876-2-3

庾 705-3-1
㢟 916-4-4
頎 154-1-1
疾 675-3-6
廙 1497-7-4
廣 479-3-2
871-5-1
1244-7-3
廎 511-2-1
882-1-3
885-1-6
1251-3-3
廙 982-4-3
998-1-3
1565-5-2
1566-3-1
廱 631-1-1
廞 587-1-1
587-4-3
611-2-4
621-4-8
916-4-3
917-4-4
廥 1245-7-5
麌 819-1-3
830-4-1
廞 1289-6-4
麌 151-1-1
190-7-3
695-7-2
1016-3-5
廥 484-7-1
1349-6-2
廞 917-5-1
廥 270-7-6
麇 69-1-5
麠 695-7-3
麢 146-7-1
690-3-3
1015-7-3

0029

床 459-1-3
庥 973-2-5
床 69-5-3
康 961-4-1
麻 538-8-2
康 542-3-4
康 1349-4-2
1424-3-4
庩 180-3-2
182-2-3
麻 430-4-1
庲 238-1-2
庐 493-5-1
康 474-5-5
1243-2-4
廉 830-8-6
康 595-3-6
康 474-5-2
糜 1228-2-3
糜 961-4-6
廉 1289-5-2
縻 1451-8-5
1453-7-1
廉 961-4-5
糜 68-8-2
107-3-5
292-3-2
廩 915-6-1
924-6-3
麋 263-8-3
273-8-4
274-4-5
752-3-6
糜 68-7-3
縻 69-2-1
107-4-2
662-8-2
968-6-1
麋 107-1-5

麋 107-4-3
746-1-5
廉 608-8-4
麻 178-5-1
靡 493-4-2
麋 1379-5-5
縻 68-8-1

0031

離 999-8-2

0032

鳶 267-7-2

0033

灬 377-2-5
忘 450-6-2
1232-5-1
忞 248-5-4
742-3-1
748-1-1
1124-3-1
烹 488-2-4
憄 1572-6-3
意 1568-1-4
意 120-6-2
999-7-5
1567-8-6
瘱 1372-1-4
薏 1568-1-3
懿 799-8-2
800-1-3
801-2-2
戀 64-4-3

0040

文 249-3-1
266-8-1
1124-2-2
交 389-4-2
妄 230-2-1

450-6-1
1232-4-4
辛 244-3-3
享 461-7-3
485-4-5
860-3-2
1237-5-4
1249-7-1
卒 1098-6-3
1387-1-1
1387-1-2
1387-3-2
1409-6-1
1409-8-1
妾 1604-8-3
亭 485-4-7
488-2-7
章 455-8-5
1234-1-4
率 973-3-4
982-1-1
1370-1-1
1389-1-3
1466-6-5
娈 1053-5-2
1064-5-5
夏 1324-4-1
摹 253-1-5
夔 131-8-3
摹 253-1-4
738-8-2
辜 1505-7-1
孽 107-3-4

0041

雉 267-3-5
亮 392-2-2
雜 253-1-2

0042

鱅(鱅)
40-4-3

0044

弃 982-6-3
弈 1537-8-1
弁 982-6-6
辡 801-1-2
801-2-3
辦 1173-7-3
辨 318-6-3
799-8-1
800-8-4
801-3-4
937-3-3
1161-7-2
1173-6-4
辦 1161-7-1
辯 784-5-3
1174-6-2
辮 318-7-1
辦 1173-8-4
辦 248-1-2
辦 1161-8-2
辦 1161-5-4
1161-6-3
辦 324-1-1
1161-6-1
1169-1-3
1173-8-3
辦 784-5-2
辯 351-6-3
801-1-1
801-2-4
1161-8-1
1173-6-3
1476-1-4

0050

牽 334-6-2
1170-2-2
犟 526-5-1
1259-3-4

0055

冓 422-5-3

0060

盲 663-3-6
旨 472-1-2
1241-8-3
言 261-8-5
281-2-1
1132-6-3
吝 1119-6-2
面 915-5-3
杏 905-3-1
音 1282-2-3
盲 489-3-3
言 485-4-6
488-2-6
860-3-1
畜 1326-4-2
音 585-7-4
音 1420-6-2
畐 1323-8-5
1324-5-2
1594-4-2
畜 1264-7-1
1271-8-3
1332-6-4
1336-6-3
啻 1568-1-1
啻 958-4-3
1039-2-1
暜 706-5-3
1039-3-2
曺 39-7-3
953-2-3
暜 1039-3-1
暮 39-7-2
晋 42-6-2

0061

註 1023-1-3

1025-1-4
訛 1491-4-5
謊 477-8-1
871-1-1
詮 1232-6-2
誰 87-5-1
雜 905-2-6
譴 596-5-5
讀 1249-1-3
讀 302-2-2
320-7-4
321-3-4
346-1-4
1178-5-2
讈 226-2-6
讙 221-3-3
226-2-5
讙 64-4-5

0062

訪 1232-2-1
萌 472-1-3
489-3-5
1246-5-2
覇 478-5-2
諺 1143-8-2
1183-1-5
諦 196-8-5
1037-8-3
謫 391-3-6
1199-4-4
1355-8-4
1501-5-4
謫 64-4-4
200-8-1
398-6-2
謗 470-4-3
1241-4-1
謫 1523-2-4
1523-5-1
1529-1-2

1548-3-5

0063

該 790-3-4
謔 863-4-2
誌 1294-6-3
1294-8-2
謐 336-1-2
339-6-1
謑 761-3-4
謔 434-1-4
1012-8-3
1482-5-2
諒 1135-6-4
譙 375-6-4
1193-4-3
謙 610-2-3
譩 120-5-4
129-2-2
680-6-1
1000-1-2
豫 399-6-6
1205-7-1
讁 1523-5-2
1529-1-3
讓 1234-3-4

0064

詨 389-5-3
391-3-3
1199-2-4
1199-4-5
1200-5-2
詼 1232-7-4
諄 252-1-1
1113-1-4
誑 1548-7-1
誶 975-4-3
977-7-2
1098-5-2
1387-4-2

敨 1359-6-2
護 1490-3-3
譚 252-1-5
739-1-6
1113-1-5

0066

詰 858-2-2
1249-2-1
1293-2-1
1296-1-4
譄 595-6-4
908-8-2
1292-1-3
囂 1584-3-2
1596-3-1
讟 1318-6-2

0068

該 232-5-2
誺 1372-3-1

0069

諒 461-2-3
1236-3-4

0071

亡 164-2-2
450-5-4
亳 1496-8-4
毫 399-5-4
竜(竜)
38-4-6
甕 42-6-7
640-1-1
949-4-6
955-6-1

0073

玄 339-1-3
1172-2-5

衣 128-7-2
1005-8-1
哀 234-2-1
衺 432-8-1
衰 102-8-2
衰(衰)
54-3-4
86-5-4
228-3-2
422-5-1
衷 25-4-1
表 822-1-3
衮 760-8-1
袞 297-3-2
401-8-6
玆 112-5-6
339-2-1
衷 837-4-2
袠 1378-4-3
裒 1202-1-5
褒 831-4-2
衷(褻)
1551-7-3
衰 569-6-1
1279-2-4
裂 1061-6-2
裏 218-2-3
哀 403-5-4
562-2-2
567-8-2
裒 562-2-3
袤 73-6-2
839-7-4
裹 678-4-4
997-7-3
裛 1588-4-2
1604-7-2
1623-4-5
裹 840-5-4
1216-3-2
褒 720-2-6

褒 1266-6-2
褑 1266-6-1
1269-1-2
衷 540-6-2
褒 403-5-3
裹 218-2-1
褢 811-8-3
817-1-2
褩 451-4-2
褱 218-3-1
褻 634-6-2
799-1-4
褭 403-5-2
567-8-3
褢 403-5-5
襄 451-4-1
457-5-6
褒 822-1-5
褎 1063-4-1
1470-8-3
褒 802-1-4
1179-8-3
褻 1279-3-1
襃 1208-8-6
褻 1461-3-4
饕 42-4-5

0077

言 756-3-3
菡 113-1-2
齊 194-6-5
饔 42-6-6
949-5-2

0080

六 1333-8-3
亥 733-1-1
奕 1537-7-2
奊 701-1-2
奱 1533-2-5
亵 1501-7-3

賫 454-4-1

0090

宋 450-8-2
471-8-2
京 493-2-4
紊 267-6-2
1123-7-4
亲 265-1-1
327-7-5
740-8-2
棄 526-4-4
1258-3-3
1258-8-5
稟 1289-3-3
稾 914-5-2
915-6-2
棄 982-6-4
稾 829-5-1
829-7-3
稾 828-7-4
稾 1200-4-4
1206-3-4
1207-1-1
稟 154-3-4
156-8-1
棄 982-6-2
槀 1594-3-1

0091

雜 1593-8-5
1600-3-1

0098

頮 344-1-1

0099

蘔 834-5-3

0110

壟 11-3-2

龔 38-2-1
38-7-1

0111

甄 9-1-3
954-2-4
甄 1177-5-3
1178-2-4

0112

河 724-7-3
孄 212-6-3
212-8-2
孺 165-3-4

0113

蠪 11-5-4
38-6-2

0114

竫 1189-3-3

0116

站 620-4-1
1305-2-5

0118

頊 165-3-2
顫 343-2-1
795-4-4
1177-6-3

0121

瓬 476-1-2
869-7-2
瓻 862-8-3
瓳 478-4-3
甗 45-5-1
474-8-1
甗 40-5-5
甗 1320-5-3

甋 1547-7-1
龍 38-4-5
47-7-5
637-1-2
甗 702-4-5
龖 1592-8-6
1596-6-3

0124

敲 390-4-4
敝 592-2-3
敝 609-5-1
敝 592-2-2

0128

頏 475-5-3
477-1-2
869-1-4
869-4-6
869-7-1
1242-5-4
1242-7-2
頫 1186-5-2
顏 211-4-5
318-4-1
額 1447-6-3
顓 828-7-1
1206-5-1
顢 343-8-6
顧 430-5-1
顫 1352-3-2
顡 727-5-3
1006-2-4
1089-8-1
顢 80-4-1
顡 1084-5-1
1084-7-4
顬 80-3-4
顱 611-3-1
624-4-6
917-5-2

937-2-5

0132

鷟 38-6-1
868-4-2
鸗 11-5-3
39-1-1
629-2-4

0133

龖 11-3-5

0140

聾 10-7-2
孿 10-8-3

0141

甈 294-4-5
瓶 1098-4-5
甑 1093-8-6
甎 278-5-2
甎 306-1-3

0144

龏 41-2-1
955-3-3
1358-4-2
龔 1580-5-5

0148

頰 390-8-6
823-4-2
1199-8-3
頏 977-6-3
1387-4-6
顏 631-7-2
顛 918-1-3

0150

孽 11-3-3

0160

讋 10-8-1
讐 11-4-4
947-6-4
讐 1597-1-2
1608-4-2
讐 1597-1-3
1608-4-3

0161

訌 18-2-2
20-4-3
948-1-4
詃 1031-4-1
誆 1239-1-6
詎 1081-4-2
詎 688-3-2
1011-3-2
訨 673-4-1
証 506-7-1
1253-1-2
謳 652-3-2
訌 18-3-1
甌 163-6-4
567-5-4
905-6-4
誆 864-2-4
1239-4-2
誣 164-5-1
誼 1281-8-1
訴 849-6-2
850-2-2
謳 496-4-1
497-6-3
884-7-3
誑 1239-1-5
諠 713-6-5
1033-6-2
1227-8-5
1502-7-5

1513-3-3
誹 124-3-1
682-1-5
682-6-3
1001-5-1
諕 399-6-5
1227-6-2
1514-2-2
謳 241-4-2
258-8-1
謔 1486-2-2
譖 497-6-1
謳 154-6-2
155-6-2
564-2-1
謹 208-7-5
諕 153-6-2
謯 139-1-3
432-4-2
436-3-1
849-6-3
1012-3-5
譁 1600-4-2
讞 1616-3-5
譏 1514-8-1
讔 1503-1-7
讇 1552-4-5
譍 521-7-2

0162

訂 516-3-3
517-7-2
888-4-2
1256-2-3
訏 189-7-5
訶 414-2-1
誧 438-8-3
誁 1594-2-1
詗 415-3-1
謁 1221-1-4
譌 413-4-2

謳 1525-8-1
謣 153-4-1
154-7-2
155-5-6
譎(譎)
212-3-3
讁 1091-7-2
譌 1284-2-2

0163

訟 272-3-1
訹 786-5-1
詠 459-3-2
1246-8-2
詠 1365-7-5
謬 713-7-1
1033-6-3
1502-7-4
謔 1014-5-5

0164

訏 1058-8-1
1109-8-2
1404-6-3
1472-8-5
訐 153-5-4
696-6-3
訝 1229-4-1
詃 1257-3-4
評 491-2-1
1247-8-2
敌 908-6-2
訮 323-4-3
335-6-1
誀 110-6-3
677-6-1
994-7-3
誇 853-4-1
敲 938-7-1
諄 1366-3-5
謢 806-4-3

諪 189-2-2
391-3-4
1031-8-3
譚 589-4-2
923-5-2
讂 1340-8-2
讘 1608-5-1
1609-4-2

0165

識 1077-3-2

0166

詁 606-7-1
613-3-6
613-5-4
620-3-3
1305-4-1
1607-8-5
1613-7-3
語 686-2-1
1009-4-1
諵 1114-7-5
諨 1323-6-1
譎 709-4-4
諸 966-3-3
1065-2-3

0167

謳 1590-6-1

0168

訞 331-7-3
諴 1486-2-1
韻 947-1-1

0169

訹 1544-2-4
誅 1328-6-3
源 277-4-1
353-7-1

1130-1-1
謤 377-3-2
377-6-3
譯(譯)
1552-4-6

0171

龏 11-5-1

0173

褻 1365-2-3
龔 1580-1-2
龔 1580-1-3

0174

數 1083-7-4
1084-5-4
數 452-1-4
457-5-5

0178

頌 1172-1-2

0180

龔 41-2-2
聾 11-3-4

0188

頞 233-4-2
233-7-2
732-8-1
733-4-1

0190

龔 10-6-3
38-5-2

0210

劃 33-3-3
劃 772-2-2
795-3-4

1177-4-2

0211

氈 10-3-1
氈 343-7-3
蹬 533-1-4
鬷 348-2-4

0212

端 313-2-1

0214

媵 1217-1-2

0215

錚 878-8-2

0218

蹊 719-8-3

0220

劇 709-1-4
1490-2-6
劚 610-2-2
劚 871-5-2
1505-5-2
1514-6-2
劑 60-3-5
193-1-1
1036-2-3
劚 69-3-2
420-5-1

0221

氈 466-6-2

0222

彰 39-4-3
断 1013-4-1
鱗 210-4-6

0224

鵽 887-4-3
鯪 83-5-4

0226

播 282-8-1
菇 1084-3-4
蹭 318-4-2
豬 489-2-2

0240

剌 674-5-6
1370-3-5
1383-8-3
1391-5-4
婆 265-5-4

0241

秏 265-8-3
341-1-2
秏 1409-2-3
1410-2-4

0242

彩 266-8-2
彰 456-1-2

0260

訆 1190-7-1
訓 256-5-1
1128-2-5
剖 699-5-2
905-1-2
詔 738-1-4
詗 1062-4-1
詶 556-6-1
1269-8-7
1270-3-4
謝 1476-1-3
1476-3-4

集韻檢字表 上

集韻校本

一六四五　一六四六

右頁

0318
竢 675-3-1

0321
龓 38-4-8
聾 1269-3-3

0324
茇 868-7-2
869-5-2
塼 1480-2-1

0325
戚 40-1-3

0342
蝙 321-1-1

0344
矞 1493-7-4

0345
贼 1569-3-2
鹹 506-8-4

0360
訫 1114-7-3
謦 593-5-3

0361
試 538-6-1
詑 73-3-4
424-3-1
425-6-5
427-5-5
839-1-3
詫 1029-1-3
1225-8-1
1227-6-1
訩 968-1-3

0271
毨（毨）
86-7-2
220-6-3
毨 457-5-3
867-1-2

0273
瓢 457-7-1
461-4-1
470-1-2

0280
剋 1577-3-1

0290
剚 493-8-2
1237-1-2
1485-8-2

0292
新 244-4-1

0311
埔 968-1-4

0312
圬 693-7-5
圃 177-5-5

0314
竣 255-2-2
264-4-3
354-2-2

0315
或 1401-4-2
戝 993-8-4
1559-5-4

1147-8-2
訴 1027-6-1
1534-5-2
1159-1-3
41-8-2
訕 1387-8-5
1397-6-1
1399-1-1
1412-2-4
語 1627-2-6
1627-6-4
1628-2-1
謠 382-7-3
謠 408-2-1
1211-6-1

0267
訕 320-4-1
評 189-2-3
訨 195-8-1
197-1-1
716-5-4
1039-2-2
1548-7-2
誕 888-4-1
1257-1-3
誕 772-6-5
詤 408-2-2
誺 83-6-3
960-2-4
966-3-1

護 279-3-4
754-1-3
譔 385-4-3
諛 202-1-1
202-7-1
719-8-5
720-5-1
讃 126-2-1

0266
話 1090-7-3
1230-2-3
譃 902-6-3
903-5-3
1274-7-2
1275-3-5
1276-3-4
1277-3-2

0269
諫 1259-3-6
謙 396-4-2
396-7-2
1203-6-2
謙 1629-2-1
謙 1492-4-5
讓 1621-1-1

0270
刘 336-3-1
剋 1135-7-5
剟 317-2-2
1559-5-4

229-1-2
570-3-2
734-7-3
189-2-3
716-5-4
1039-2-2
1548-7-2
1080-7-2
1080-8-1
1227-5-4
譐 1314-6-1
讀 1368-5-2

0265

0268
訞 385-4-3
754-1-3

0263
詣 1047-7-1
誥 1090-7-2
諮 1595-3-2
1596-2-3
216-6-4
諧 894-3-2
謠 836-2-1
諮 419-5-3
1217-3-1

0264
版 757-8-5
1133-6-2

訕 608-7-4
616-6-2
誚 1053-7-3
譄 1424-6-1

0261
訛 660-6-3
671-2-2
託 1225-7-1
1490-6-4
訛 103-2-5
660-6-2
671-2-1
誘 894-3-1
託 1206-1-3

0262
訢 118-4-1
262-1-1
274-8-1
679-3-4
894-3-1
諯 356-6-1
357-3-4
1172-5-4
1176-3-2
1178-6-3
1180-2-1
譑 814-3-2
819-5-4
1195-8-3
誚 41-8-3
102-8-5
418-7-3
446-8-5
658-8-1
講 1512-1-6
207-8-1
854-1-3
1513-7-3
1514-6-1
1528-2-6

運 954-5-1
譄 235-2-1
譿 57-5-2
196-4-3
196-8-6
1239-1-4
詎 87-4-2
87-5-3
87-5-3
91-1-1
99-1-2
228-3-4

左頁

424-3-2
425-6-6

0424
427-6-1
838-5-3
839-1-4
1153-4-1
1168-3-2
訛 416-1-2
訦 580-6-1
912-5-3

0428
913-2-4
誮 1054-6-1
1063-6-2
1461-7-1
訛 74-3-3
427-6-2
訛 63-3-1
註 1079-6-3
1080-1-1
1230-6-5
訛 266-1-3
1165-6-4
誹 1225-1-2
諗 611-1-3
1298-4-1
諶 580-5-4
諡 1598-4-3
1599-2-4
誻 119-7-3
謹 750-4-1
譊 370-8-1
398-8-1
證 1046-8-3
235-8-2
236-7-3
謹 279-2-5
306-3-2
1144-7-4
1145-7-4

0461

0462
劬 905-8-3

疲 470-2-5
厳 1322-2-1
厳 871-6-4

0426
賭 708-3-3

0442
効 1198-7-3

0444
詨 392-8-3
1544-6-3

0446
羍 1032-5-1
豬 708-3-4

0448
韃 295-2-1
313-7-2

0460
計 1045-6-3
1453-8-4
討 834-1-5
訏 908-8-1
討 1020-7-2
謝 1020-7-3
謝 1222-3-3
謝 981-6-3

勂 8-6-2

0413
竑 498-4-3
537-7-1

0414
彶 654-7-4
659-1-4
誜 968-8-2
735-4-3
諱 1407-5-4
皸 380-3-4
771-8-5
795-4-5
802-3-1

0369
訧 896-6-2
1386-3-3
詠 1249-3-4
詠 542-3-3
1265-2-3
諒 30-6-4
諫 667-2-6

竟 1191-6-5
1103-4-4
諝 893-1-3

0368
訧 1401-8-1
1455-4-2
誒 1199-2-2
誒 117-8-3
232-2-2
234-4-1
1000-1-5
1107-7-2
1121-8-5
1127-6-4
755-7-5
806-4-2
807-5-6
1183-2-4
1473-7-3

勄 301-7-1

0418
俠 1616-2-4

0420
斜 470-6-1
471-5-3
488-8-4
斛 1548-2-1

0422
劝 485-4-1

0423
黐 251-1-3

0411
湛 583-4-1

諁 998-2-3
諓 1224-4-2
諓 809-1-1
896-6-1
1280-6-1
諱 1227-6-3

0365
訧 961-3-2
967-6-1
998-4-5
993-6-3
993-8-5
1558-1-3
誧 1090-8-2
507-1-1
1085-1-2
415-8-3
837-7-5
327-5-4
792-2-1
792-5-3
793-3-1
805-2-4
1175-7-1
1558-6-3
594-4-5
596-6-3
616-8-2
618-7-4
938-1-4

識 993-1-4
993-6-1
994-2-2
1558-6-2
1287-1-1
1306-7-2

0366
詒 116-6-4
236-6-3
735-6-5

誼 968-1-2
諉 752-8-4
誼 279-3-5
754-3-4
謐 1375-2-5
謐 1377-2-1
謡 1268-8-3
譸 755-7-4
806-3-3

0362
訐 693-4-1
誧 176-6-3
177-3-4
706-6-2
1026-3-3
誇 952-1-3
諞 330-2-2
351-1-1
799-8-3
800-2-1
801-2-1
謫 1177-2-1
診 592-2-4
592-3-2
914-3-2
1292-3-1
諄 501-6-1
1257-5-3
謫 847-7-2

0363
誏 866-4-2
1240-7-1

0364
試 993-4-4
1558-7-1
許 996-7-3

集韻校本　　集韻檢字表　上

一六四八　　一六四七

左半（一六四八）

1115-5-1
0702
粤 740-7-2
0710
望 450-7-1
望 1232-5-2
望 1232-5-3
塑 199-6-5
鑾 1290-2-3
鑾 949-1-4
鑾 1293-5-2
0711
妃 675-3-3
迋 1080-4-2
颯 591-4-2
颯 1316-8-3
颯 1584-8-2
颯 1593-2-2
颯 1597-4-2
瓏 704-5-3
麗 331-4-6
0712
沟 696-2-4
沟 696-8-4
沟 697-8-1
沟 903-1-1
沟 903-4-2
翊 1565-4-3
鄩 9-6-4
竭 165-3-3
玛 908-6-6
玛 909-1-4
鴻 1584-7-3
鄩 465-8-2
翔 348-2-3
翔 9-7-1
鷀 343-8-1

623-6-1
護 1488-3-1
0665
評 1598-4-4
評 1629-7-1
評 1630-7-3
譚 1373-7-4
譚 794-7-3
0666
誩 1233-8-3
謌 667-2-3
0667
謡 618-7-3
0668
识 51-5-5
识 202-5-1
誤 643-5-2
誤 1033-8-1
諟 645-2-1
諟 1037-8-4
讃 1135-6-3
讚 1214-5-5
課 1230-6-3
0669
課 417-5-1
課 1216-5-2
諜 1596-2-6
諜 667-2-4
謙 406-2-6
謙 1210-2-2
謙 1361-1-3
讕 1201-5-1
謙 667-2-5
0691
親 244-6-3

謁 1405-5-1
謁 1476-5-1
謂 1006-5-1
謏 1085-1-3
謏 1503-1-6
謁 1601-1-2
諜 1079-7-1
譈 330-7-3
0663
諰 213-8-1
諰 220-5-3
諰 675-7-4
諰 736-5-4
諰 1561-6-3
讛 1595-3-1
讛 1596-2-5
讙 338-8-1
讙 360-1-1
讙 1172-3-4
0661
說 1269-8-6
誣 1450-7-1
誂 1230-6-4
0664
諿 765-8-1
諢 70-6-3
諢 660-4-3
誀 1578-5-1
護 1331-4-5
譣 310-8-3
譣 319-8-1
謉 352-3-1
謉 361-1-4
譓 1149-2-2
讘 1118-7-3
0662
諈 1205-6-1
護 850-3-1
譯 1538-3-1
譨 497-4-4
讘 607-2-4

0644
韸 70-6-5
韸 45-7-4
0645
舿 838-2-3
舿 838-2-4
0660
卹 441-5-1
卹 903-2-1
泗 92-5-1
泗 979-2-4
迦 442-8-1
詞 1099-8-2
詣 1099-8-1
詣 1100-5-5
0611
觀 49-5-2
觀 957-7-2
0612
竭 1405-3-2
竭 1473-3-4
0614
埤 103-2-6
埤 722-4-1
埤 847-5-1
埤 1221-7-5
0618
竢 1331-8-1
竢 1583-1-1
0621
覘 478-5-4
親 867-4-2
0622
瞷 987-1-4
屩 1542-6-2
賜 465-5-4
0624
舼 813-8-3
0629
糠 407-3-2
糠 1210-2-3
0641
觀 1505-6-6

1153-8-6
1156-3-1
謙 1027-8-1
謙 1514-2-1
謙 1517-6-1
0566
袖 1272-4-1
讀 406-7-2
讀 1211-2-2
讚 1287-1-2
讚 1302-2-5
0567
譜 804-7-1
0568
訣 163-4-2
訣 1049-7-4
訣 1456-5-1
誅 857-4-3
誅 1238-2-1
誅 1243-5-3
誅 1245-3-4
誅 972-2-3
誅 1380-2-3
誅 1448-6-7
諫 174-7-3
諌 1606-5-4
讒 764-1-2
讒 166-3-3
讒 570-4-3
讀 1522-3-3
讀 1522-8-2
諫 1231-3-1
讚 726-4-2
讚 1099-7-2
0569
誅 667-3-1
誅 961-3-1
誅 171-3-1
諫 1316-2-1
諫 1349-2-5
諫 318-2-5

909-4-2

右半（一六四七）

諫 995-6-1
謙 995-5-1
碧 1330-5-3
諏 1054-6-3
諏 1063-6-3
諏 1461-7-2
0561
訅 1114-8-1
訅 1117-3-5
訰 252-3-2
訰 295-5-4
訰 1113-2-1
諡 1243-5-2
0562
讕 1001-5-4
誹 1393-1-3
請 504-2-1
請 505-2-1
請 879-7-3
請 1252-6-5
謗 514-1-1
謗 547-2-1
0563
諫 822-3-4
謶 346-8-2
謶 803-1-1
譴 1048-8-2
譴 1182-1-1
讓 49-6-4
讓 573-8-5
譴 1048-8-1
譴 225-7-2
0564
訕 1299-8-2
講 640-5-1
護 572-7-2
護 704-7-2

1336-2-2
0512
竧 513-7-5
靖 878-8-3
0514
薄 313-3-1
薄 797-4-2
薄 803-8-1
薄 1154-6-4
薄 1180-6-1
0519
竦 635-1-3
諫 980-6-2
諫 981-8-3
諫 1584-5-4
0529
麻 171-3-3
0533
熟 1330-4-2
0541
孰 1330-4-1
纯 252-6-3
鏞 1527-7-3
0544
馕 572-3-2
0548
猷 1457-8-1
猷 1472-3-2
0560
詳 36-8-3
許 1289-7-3
訷 242-5-4

1111-6-2
494-5-5
讀 1283-1-1
讀 1318-6-1
讚 1150-5-1
0469
謙 1337-2-3
謙 583-7-2
誄 62-4-2
誄 997-3-6
誄 1104-1-1
誄 1517-4-2
誄 1522-4-1
謙 1493-6-3
謙 1614-6-4
謙 1620-1-2
諫 62-4-3
諫 92-2-1
諫 92-5-4
諸 979-2-3
諸 1391-6-2
諸 1621-4-3
謙 999-4-2
謙 1607-2-4
謙 368-7-2
謙 1526-6-4
讓 1421-4-3

1032-7-3
詰 1381-2-6
詰 1472-8-1
誥 1206-5-5
誥 1342-7-2
0464
詨 958-1-2
詨 388-6-4
詨 438-8-2
詖 68-2-3
詖 419-6-1
詖 969-8-2
詩 108-6-1
詝 391-3-8
詝 1002-3-3
詝 1095-7-1
詝 1096-6-4
詝 1394-4-2
詝 1408-1-4
諸 433-3-3
諸 437-4-1
諸 438-2-2
譆 117-8-2
譆 120-6-4
0467
詀 1291-6-2
0468
該 221-6-2
詇 385-4-2
詄 930-7-3
詄 1618-4-2
誤 118-6-4
誤 119-7-2
誤 122-8-1
誤 18-7-1
讓 203-4-2
讓 719-8-6
謨 175-8-2
謨 1026-1-4
謨 1497-8-1
讃 242-6-6

讓 14-3-4
謙 1170-6-2
謙 1086-8-3
0464
诚 849-8-1
诚 1222-3-2
诚 1499-8-5
诚 1510-2-2
0465
譁 1525-2-2
譁 1525-4-5
譁 1567-5-4
譁 1569-2-3
諢 1007-3-3
謙 429-6-1
謙 444-5-4
謙 445-1-1
謨 446-8-4
0463
誌 687-2-3
詷 1554-8-2
誌 993-1-3
譜 61-4-2

0472
勅 458-2-3
0482
劾 733-2-1
劾 1086-6-3
劾 1106-2-2
劾 1576-6-4
0492
勎 493-7-3
0510
塾 1330-4-4

訥 1412-2-2
訥 1440-3-3
訹 1026-4-2
訩 1200-8-4
誇 429-4-2
誇 222-6-1
誇 726-7-5
誇 445-3-2
誇 1017-2-4
諕 275-2-1
諕 668-7-4
諕 683-2-2
諕 984-4-3
諕 1003-8-3
諕 1395-4-3
諆 77-6-5
諆 388-6-3
誇 153-4-2
誇 153-6-1
誇 445-2-2
誇 1246-2-2
誇 1246-7-2
諝 1407-5-3
講 706-4-3
講 1030-7-2
讀 546-3-3
讀 547-7-4
護 1030-8-2
諏 1037-8-5
諏 1040-7-4
諏 1067-8-3
講 427-7-1
講 1086-8-2
講 1089-2-2
諱 1091-1-3
諱 1091-7-1
0466
詁 710-8-4

集韻校本

集韻檢字表　上

一六五〇

一六四九

右半（右→左）

347-7-4
352-6-4
0714
諏 166-6-2
513-5-2
514-3-3
0717
崛 726-1-6
0718
鳩 449-8-3
450-4-4
0719
逯 1322-4-1
1324-6-2
1376-5-3
0721
皰 318-4-3
867-4-1
飆 806-2-3
377-7-2
1197-2-2
0722
邡 474-8-5
476-2-1
476-7-1
485-3-1
1242-8-4
加 449-6-1
1232-2-3
郁 478-5-3
716-3-4
476-8-2
869-1-5
1242-6-5
390-7-4

827-8-2
1206-3-1
1501-3-2
1501-7-4
郿 65-7-1
467-1-5
470-6-4
471-2-2
郿 475-2-1
39-8-1
161-2-5
1322-6-2
郿 476-8-4
449-8-3
450-4-4
478-4-5
871-5-3
346-4-8
161-2-4
1226-7-1
484-8-5
486-2-2
198-7-1
1040-3-3
1341-8-4
1500-4-3
65-5-2
466-5-6
1223-5-6
1547-5-4
455-2-4
1523-7-2
871-6-1
343-8-2

歆 1336-4-2
385-8-1
1342-3-1
1501-7-4
歟 474-6-1
歙 1548-5-1
0732
鳩 999-8-1
0733
慝 946-4-1
948-3-2
949-3-4
951-2-2
957-1-1
1291-2-1
954-7-2
0740
摯 587-1-2
590-2-1
596-3-3
599-6-2
0741
飄（軌）
1330-3-5
0742
郊 389-8-4
郭 1505-3-3
1505-6-5
1514-4-4
1515-1-3
1199-8-5
1356-5-1
郿 456-4-4
翔 1387-3-3
鳩 249-5-4
267-3-4
鳩 390-4-1
391-8-4

鳩 253-1-3
253-8-2
294-5-6
314-5-2
1409-4-4
爛 303-7-4
321-2-4
1153-7-4
鳩 456-6-5
鵜 1409-4-5
鵝 226-4-1
鶬 1506-3-3
0744
贛 918-6-1
919-1-5
1290-4-1
1294-5-2
贛 1290-4-2
1294-5-3
0745
韂 956-6-4
0746
贛 1291-6-4
1293-6-4
0748
煥 1145-2-5
軟 1387-1-4
贛 933-2-4
948-8-1
951-2-3
957-1-2
957-7-3
讚 619-6-2
1307-4-3

訒 738-6-5
1112-5-4
部 707-2-3
905-4-5
527-7-1
0760
訐 66-3-2
99-4-2
211-3-4
0761
訊 1307-8-2
訊 975-5-1
記 998-7-3
詛 691-3-1
1012-3-4
1022-2-4
詷 404-1-2
410-3-4
666-3-3
1044-1-2
詶 1386-4-1
詭 658-7-4
詭 215-2-2
439-3-2
1048-3-4
諲 1567-3-2
諲 658-1-1
諷 22-1-1
950-5-2
諲 836-2-2
諲 1281-7-4
讄 526-4-1
譚 451-1-2
1232-6-1
諲 1582-4-2
諲 1087-8-1
讓 619-6-2
1307-4-3
0762
訥 111-5-2
527-6-5
訽 1187-6-1

訽 1400-7-1
1443-8-2
詶 260-3-3
1121-8-1
1123-3-3
詞 883-3-6
1248-8-1
1251-2-2
1253-5-2
詢 902-6-4
903-5-4
1274-7-1
1275-3-6
1277-3-3
詞 113-5-3
部 1333-1-2
1336-7-3
1337-3-4
調 10-3-2
628-3-2
947-1-3
調 862-4-3
詢 254-2-3
詢 41-8-1
638-3-1
諗 63-1-4
73-2-2
644-4-2
839-1-5
958-8-3
1215-5-2
詗 696-3-1
韵 1121-8-6
1127-6-6
訽 699-5-4
誦 953-8-1

左半（右→左）

䪨 472-1-4
調 212-3-2
1080-4-3
1230-4-3
調 366-5-1
546-3-2
1188-5-4
詢 410-3-3
詶 1337-8-6
諧 137-4-1
689-2-1
諤 254-2-4
諤 559-4-1
560-2-3
826-5-1
謡 1027-6-2
諧 63-1-3
73-2-1
644-5-1
0764
調 1283-8-5
謬 1267-2-1
潮 397-8-3
調 303-4-5
773-3-6
調 1153-8-5
誦 1456-5-2
譎 899-1-4
910-1-1
699-3-2
905-2-5
905-8-5
1278-7-3
調 1214-1-3
鳩 595-7-4
調 602-2-1
607-5-5
931-8-1
調 303-4-4
773-3-5
1153-8-4
1601-1-3

1601-6-2
809-1-2
907-2-4
1331-4-4
謤 1250-2-4
譯 92-8-3
226-5-2
980-1-4
諤 923-2-3
讚 658-1-2
護 338-7-4
諤 224-8-5
1172-8-4
認 945-6-2
952-5-1
0765
誹 591-6-6
601-1-4
601-2-4
607-7-4
靜 500-4-6
1250-1-1
0766
譯 36-8-4
辥 46-6-5
47-1-2
21-5-3
1000-3-2
1088-1-2
1568-8-5
詔 1193-7-1
諮 1251-7-1
詻 1486-1-4
1492-2-2
1513-4-5
607-5-4
380-4-4
諮 1010-4-4
諮 89-7-2
諮 1273-2-2
譜 437-4-2
譖 1579-8-4
1607-8-4

謎 1610-6-3
1601-6-2
謑 760-7-3
765-2-2
765-4-1
765-6-1
1136-5-1
謫 999-5-1
認 1112-6-1
1259-4-1
諰 1172-5-3
1172-8-4
謀 1172-5-5
諑 525-7-1
謹 1135-6-2
離 12-2-5
髓 947-1-2
0764
叙 906-2-5
叙 435-6-3
438-2-4
1082-8-2
1231-3-2
設 1463-8-2
詉 1174-2-5
詨 398-7-2
438-8-1
1030-7-1
1226-4-6
1492-2-2
誚 546-6-3
577-4-2
諏 166-3-2
562-2-5
570-4-2
諔 1329-8-1
1330-3-3
1544-2-5
1607-8-4

0763
諤 1469-3-1
809-1-2
907-2-4
1331-4-4
謤 1250-2-4
譯 92-8-3
226-5-2
120-6-6
諤 923-2-3
讚 658-1-2
護 338-7-4
諤 224-8-5
1172-8-4
認 945-6-2
952-5-1
1172-5-5
525-7-1
1135-6-2
12-2-5
947-1-2

諺 607-4-1
1596-8-4
1600-5-1
1601-6-3
1608-5-2
譖 120-6-6
0767
詔 116-6-5
詔 224-8-4
謠 413-2-5
詔 931-8-2
謳 1397-6-2
1398-5-3
0768
欷 1278-5-4
歆 586-8-4
諜 1019-1-1
諫 1227-8-2
讓 1207-5-4
讓 353-6-3
799-3-4
1176-2-3
1179-5-5
擬 680-3-4
1000-3-2
1088-1-2
1568-8-5
0769
詔 1193-7-1
諮 1251-7-1
詻 1486-1-4
諫 1219-1-2
諜 62-4-5
諜 607-5-4
録 1322-3-2
1351-1-4
諫 979-3-2
諜（謀）
62-4-4
諫 1446-1-1

諫 1271-6-3
0772
邱 450-7-4
471-7-5
鄆 457-7-2
0774
岷 503-4-2
0782
郯 233-1-2
233-8-1
0784
殺 232-3-3
233-5-3
733-4-3
0788
攲 984-6-1
1088-2-2
1106-6-2
0792
郊 451-3-2
471-8-1
鳩 493-4-3
巑 1269-3-2
0810
塋 1317-2-1
390-8-3
鳌 224-7-1
294-5-1
塋 1550-4-4
0813
泠 518-5-3
遹 1584-5-2
蠻 52-6-1

958-6-4
982-5-3
蠻 1317-4-2
蠿 355-1-1
0814
拚 514-3-3
竮 255-5-2
0815
儀 81-1-1
968-2-4
0816
矰 500-5-4
529-2-1
536-3-2
536-7-1
0820
扴 756-8-2
807-3-1
0821
施 51-8-3
72-6-2
643-7-2
958-5-1
964-7-2
旇 404-4-4
831-6-2
1021-4-1
1209-6-1
旌 504-5-5
97-1-3
651-8-2
839-6-5
981-2-3
旅 817-7-1
549-4-3
旇 933-6-2

集韻校本

集韻檢字表 上

一六五二　一六五一

璃 90-2-1	靈 517-8-4	豆 1282-4-3	800-6-2	**0962**	1090-6-3	謙 792-6-3	**0862**	1093-8-5
714-5-2	靈 21-5-4	壴 1004-3-4	雰 133-7-2		1090-7-4		詾 203-6-4	1138-8-3
霧 632-5-3	**1011**	1107-4-1	152-5-1	**0868**		**0864**	720-2-5	1212-1-3
霈 1305-4-4	琉 23-4-1	埀 522-5-1	154-4-3	訬 396-5-6	**0868**	許 686-7-3	720-6-4	**0848**
霧 470-4-6	琉 549-6-2	523-6-5	192-1-4	397-7-1		710-5-1	1046-8-4	
霈 775-1-2	塠 17-8-1	884-7-1	1018-5-1	821-6-2		710-6-3	訐 1087-4-6	**0850**
1013	632-3-3	885-2-5	雺 513-7-3	826-5-2		諝 595-6-6	詾 586-4-7	搸 1317-7-4
玹 336-7-4	拉 1597-4-3	孟 152-3-3		1192-4-5		諝 650-3-3	訡 268-2-4	**0832**
339-5-2	璀 98-8-3	1405-2-1	**1010**	1203-7-3		979-3-4	診 736-8-3	**0860**
1172-1-1	1354-2-4	孟 299-4-2	二 863-7-3	諪 1193-4-4		諝 620-8-3	743-3-3	**0833**
蚕 786-4-5	粎 1599-8-3	孟 152-3-4	972-8-1	謗 411-4-1		1294-6-2	1119-5-1	慙 226-4-2
蚕 277-8-5	1600-4-1	孟 840-5-1	三 592-2-6	1213-1-4	**0869**	1294-8-1	齡 586-4-6	729-8-4
蚕 632-4-2	疏 139-6-4	443-4-2	599-1-4	謎 210-6-1		1305-8-4	596-4-4	1093-2-1
蚕 1502-7-1	178-5-6	1228-7-4	1295-2-5	1037-5-4	**0873**	1630-7-4	**0861**	鏊 1317-7-3
璀 245-1-3	雖 1253-2-2	1393-2-5	工 19-8-1	謙 865-3-1	旎 182-7-2	諼 1093-2-3	訖 1395-3-3	憼 1093-2-2
1116-1-3	雖 86-8-5	豆 1252-8-3	三 973-4-4	1240-2-5	裦 294-5-5	諼 763-2-6	1396-1-2	**0825**
瓅 791-3-3	璟 876-1-2	冝 537-1-3	王 463-7-1	1240-3-2	餐 294-3-2	763-3-4	詐 1224-5-1	旆 128-2-2
瓅 222-6-3	雜 164-8-4	至 885-3-1	至 885-3-1	1264-8-1	**0874**	諼 1556-4-3	施 73-3-5	761-8-1
瓃 222-7-2	霓 583-8-1	亞 259-4-1	坙 259-4-1	1353-7-5	改 165-2-1	**0865**	434-5-3	**0840**
靈 75-3-4	雛 522-5-4	盂 229-2-1	1353-7-5	詳 1148-2-1	699-4-1	詳 447-8-3	353-3-4	婆 52-7-5
瓃 451-5-3	霏 123-6-2	坙 1242-2-5	坙 687-7-3	699-4-1	**0877**	453-3-4	詮 1054-7-2	拳 294-7-3
甌 742-6-1	霍 1023-1-2	坙 1033-6-6	五 713-8-1	**0965**	諩 467-5-3	誨 1100-5-3	1056-3-4	攣 1176-8-3
1375-1-1	霝 1597-4-5	1502-6-3	又 713-8-2		865-3-2	議 81-5-4	1465-4-1	**0826**
1376-5-2	瓊 772-4-5	橃 537-1-4	玉 1327-1-1	**0966**	1240-3-3	968-1-1	1471-3-2	旐 993-7-6
霝 518-2-3	霍 446-7-2	雪 619-4-2	1349-1-1		**0890**	**0863**	1225-1-1	**0843**
1014	219-8-2	盂 226-4-5	1353-7-6		繁 310-1-3		1500-2-1	旐 993-7-6
玫 248-2-5	霝 585-1-3	罜 462-3-2	正 506-3-1	**0968**	**0912**	訟 35-7-1	誆 422-8-2	拳 614-7-2
267-1-2	霝 923-7-4	1237-8-1	1252-8-1		談 597-1-1	36-1-1	1218-4-4	**0844**
玫 1200-3-5	1295-8-4	霊 1584-1-1	丕 103-3-3	**0969**		40-8-1	諡 965-8-1	效 814-6-3
玻 1538-6-5	霭 1367-5-5	1584-6-1	104-2-4		哨 1192-5-1	953-8-3	972-6-2	825-3-4
玶 1098-7-1	霝 1553-3-1	噩 1502-8-1	正 1252-8-2	**0922**		422-8-2	諡 706-8-2	1198-7-1
1099-5-3	**1012**	霍 844-3-3	1256-7-5	誅 210-6-2		詥 518-6-2	諡 965-7-4	敦 224-6-7
1115-4-2	翙 17-8-2	里 648-2-1	盂 1353-8-1	**1001**		詥 1253-8-1	972-6-1	294-2-1
1391-3-1	璃 64-8-3	亘 353-2-2	亘 1263-4-5	嶆 411-8-5		謻 73-3-6	諡 52-7-3	294-8-2
珅 265-5-3	璇 471-4-2	雪 234-4-4	壬 243-8-6	1213-1-1		訡 912-1-1	652-3-1	296-1-7
拼 266-1-1	霈 699-2-1	璽 648-2-2	至 971-2-1	峥(峥)		1289-4-2	謎 1082-8-3	314-1-1
霏 155-4-2	1018-3-4	霎 1261-8-3	壾 636-6-3	25-3-3		1617-2-2	1214-8-3	364-3-1
璃 318-7-3	瑀 1072-3-1	璽 636-6-3	壅 119-4-2	**0925**		謙 614-6-4	謐 982-6-1	548-5-3
璋 456-3-2	瑀 354-7-3	1600-1-4	999-2-1	麟 251-6-1		936-3-1	702-6-2	739-1-4
		靈 517-8-3	巫 164-4-2	**1002**		1305-4-2	1536-8-3	764-3-4
		霝 1300-8-4		亏 152-2-1		譣 1617-2-1	謎 1555-1-1	834-8-2

雀 1364-5-7	旃 343-6-2
旐 343-6-1	**0822**
游 67-2-1	扴 38-4-2
104-1-2	49-4-2
663-1-1	529-4-3
970-5-2	802-6-3
施 1072-6-2	1431-6-1
旃 130-4-1	湯 1391-8-2
徇 655-4-2	敵 837-4-1
旛 813-1-3	旅 839-6-4
818-7-1	削 395-7-3
80-4-6	655-4-1
967-7-4	761-8-1
旛 1317-1-4	脊 694-4-2
貃 1089-2-3	旛 688-8-5
0823	於 133-2-4
191-2-5	旅 145-1-2
694-5-1	斿 504-6-1
旌 976-6-1	旘 98-6-2
976-6-2	旝 377-4-5
0824	放 449-4-4
862-7-3	1232-3-1
斿 544-2-2	549-4-4

集韻檢字表　上

集韻校本

一六五三　　一六五四

瑋 1391-2-4
瓊 1619-6-1
薄 1480-1-5 / 1496-2-1
斝 1092-8-4
覊 311-7-2
虁 1293-5-5 / 48-2-2
1015
䨙 1578-6-2
䨓 1583-4-3
靁 603-2-4 / 604-6-2 / 605-8-1 / 619-3-3
1016
琯 281-2-3 / 629-3-4 / 729-7-1
瑭 466-2-4
暗 585-7-3 / 586-2-2
霃 608-3-4
霂 1234-8-1
露 1030-2-4
1017
雪 1462-7-3
霅 1462-7-2
1018
霙 91-6-1
霝 604-4-2
1019
霖 1315-6-1
霖 591-2-3
1020
丁 851-5-4

丁 500-8-4 / 515-6-1
亍 1024-8-4 / 1350-6-1
零 622-3-2 / 925-4-1
零 586-1-3
1021
尢 10-8-4
寵 518-3-1
1022
帝 1037-7-3
商(啇)
273-5-4
兩 1119-4-4
鬲 1525-7-5 / 1526-4-5 / 1552-2-3

兀 1416-2-4
元 277-1-1
兀 972-4-7
死 664-3-2
尢 711-7-5
雁 364-2-3
鳳 273-6-2
尨 1081-3-3
雅 443-2-3 / 444-3-2 / 853-1-3
祗 752-6-4
零 1517-2-2
雉 111-2-6
覓 1165-4-2
霓 204-5-4 / 1048-3-2 / 1454-8-3 / 1556-5-1
霍 1493-3-5 / 1501-1-4 / 1504-5-4
薀 685-3-1
雉 1139-3-2
穜 33-3-5 / 38-1-2
麗 1321-3-7
䕰 26-4-3
雞 1273-7-1
颺 140-6-4
霾 640-1-4
雕 72-2-6

丌 119-6-1 / 121-2-4 / 1120-4-2
市 1593-4-5
需 165-4-1 / 171-1-2
1247-7-2
798-3-4 / 1155-8-5
丙 874-4-2
851-8-1
而 110-4-1
331-5-3
534-6-3
丽 1042-1-2
冇 119-3-3 / 121-2-3
彷 471-6-3
芴 470-7-1
两 856-7-1 / 1236-7-5 / 1504-5-4

震 127-6-2 / 322-7-1 / 984-3-1 / 219-8-1 / 1089-2-1
靈 649-6-5 / 1504-6-1
龐 10-8-4
龍 518-3-1
1023
几 119-6-1
亓 121-2-4 / 1120-4-2
雨 212-5-4
爾 645-8-3 / 719-2-4
需 165-4-1 / 171-1-2 / 798-3-4 / 1155-8-5
宵 372-8-1 / 1192-1-2
霄 504-2-3
霠 698-6-1 / 710-7-1 / 1016-8-3 / 1018-3-5
弜 471-6-3
芴 470-7-1
兩 856-7-1 / 1236-7-5 / 1504-5-4
雨 689-1-1 / 698-5-2 / 1018-3-3
霧 13-2-5 / 470-4-7 / 949-7-3 / 950-4-1 / 1021-2-3
靁 428-8-5
箭 520-6-2
隋 1219-2-1

丙 230-1-4
鼻 1207-8-2
雺 267-8-3 / 270-7-4 / 449-4-1 / 470-4-5
416-5-1
霠 13-2-2 / 568-5-3 / 953-1-1 / 1021-2-2 / 1280-2-5
劵 471-6-2
隊 743-7-4 / 1120-4-2
霝 212-5-4 / 645-8-3 / 1227-1-3 / 1228-3-5
弦 336-2-1
原 470-7-3 / 470-7-4 / 470-7-5
膺 374-7-3 / 242-1-4 / 1110-8-1
震(霙) 1452-2-2
霜 1519-4-2 / 1546-7-1
霂 591-2-2 / 609-6-1
霣 950-1-1
霚 1093-1-1
霹 951-1-3 / 24-2-1
彊 861-6-1

蕭 288-7-2 / 517-3-2
霦 1389-6-1
齏 455-1-3
霽 714-4-1 / 715-3-4 / 1034-8-1 / 1036-4-5 / 568-5-3 / 953-1-1 / 1021-2-1 / 1280-2-5
1023
下 713-4-2 / 851-5-5 / 1227-1-3 / 1228-3-5
羆 1631-3-4
覆 1539-5-1
霞 440-4-2
霶 13-2-3 / 1021-2-1
覆 1267-4-3 / 1268-1-1 / 1323-3-2 / 1323-7-1 / 1578-2-1
叢 1190-3-2 / 1404-3-4 / 1524-4-1
叢(覈) 1452-2-2
霨 1008-4-3
霰 1165-4-1
覆 1324-2-1
霰 1524-4-2
霳 123-5-3
霹 1540-8-4 / 1544-7-1
彊 861-6-1
靁 13-2-1 / 30-1-3
獳 335-3-3

39-1-5
虆 749-8-3
籬 1555-7-2
纚 1329-4-5
1024
牙 443-7-2 / 853-3-4 / 1229-6-3
霶 745-7-3
霤 249-1-5 / 1120-6-2
弹 294-5-2 / 364-3-2
敝 267-3-1
羆 1572-3-3 / 1575-1-4

1026
居 1301-3-3
獝 467-2-5
霳 13-2-4 / 568-5-4 / 949-7-2 / 950-3-5 / 952-8-3 / 1279-4-1
1027
霶 1167-4-2
1028
孩 233-4-1 / 234-1-1 / 234-8-4 / 724-5-1
骸 233-8-2 / 235-1-3
彊 1488-3-3 / 1505-1-2 / 1505-5-1 / 1506-2-2
1029
彊 1237-8-3
猄 460-6-4
獠 462-7-1
霖 459-2-1
霖 1519-4-3
彊 71-6-1
1030
叜 636-2-1 / 942-1-2 / 953-4-4
零 333-5-3 / 518-2-1 / 1257-1-6

零 28-5-4 / 92-2-3 / 98-3-3 / 226-5-3 / 1093-1-2 / 518-2-2
1031
雞 520-2-7
1032
焉 282-4-3 / 349-1-1 / 349-1-2
1033
忈 638-4-2 / 955-2-3 / 999-3-1 / 934-7-1
忈 1300-4-2
忝 934-7-2 / 998-8-2
忈 1004-3-2
忝 1004-7-3
恶 243-4-3
惡 1502-5-3
恶 1335-1-1 / 1565-1-2
惡 189-6-6 / 191-4-1 / 1033-6-1 / 1229-2-2 / 1502-5-2
叜 1033-8-4
恧 565-1-4
愁 335-8-1
惪 542-5-3
惠 120-6-7
藜 1502-6-1

1034
霯 314-3-2 / 798-1-5
1040
又 744-4-4 / 1121-4-4
干 298-8-3 / 1141-2-3 / 1142-8-3 / 1143-6-4 / 1157-1-1
于 152-2-2 / 155-5-3
平 351-6-1 / 491-1-3 / 502-2-2 / 502-4-4 / 1248-1-1
孕 349-5-6
耳 527-8-3 / 674-1-1
罖 890-2-1
罕 103-3-4
夋 925-4-2 / 936-5-2 / 942-2-1
要 384-3-1 / 812-8-7 / 818-6-5 / 1196-1-5
叜 1245-7-3
這 772-7-1
夏 851-6-3
雅 335-1-2

1227-1-5
愛 1107-5-1
覃 589-3-2 / 602-1-3 / 912-5-4 / 928-5-3
1035
雯 267-7-1
愛 1394-2-3
霆 517-3-1 / 887-8-1 / 888-2-2 / 1256-8-2
霆 1181-8-6
覃 589-3-1
憂 542-6-2 / 1274-3-4
寧 560-8-1
愛 89-2-7
霻 194-1-2
雯 1593-2-4 / 1607-6-2 / 1631-4-4
夏 851-6-1 / 1227-2-2
覆 1504-5-2 / 1535-2-1
穻 349-5-6
耳 527-8-3 / 674-1-1
霶 705-2-3
覆 1387-7-4
霻 518-5-2
霰 48-3-4

337-8-2 / 1526-8-2
電 1610-6-2
雞 384-5-2
霻 123-6-3
霸 1300-8-3 / 1583-7-2 / 1614-3-2
霻 585-4-4
靁 1616-2-2
1042
聘 517-2-1
瞒 1523-7-3
霏 1504-7-1 / 1505-4-1
1043
瞛 1087-8-4
瞧 375-6-3
1044
再 1105-1-2
弄 947-4-3
耎(耎)
336-7-1 / 339-5-1
奭 255-5-4
疉 1602-8-4 / 1608-4-1 / 1609-1-4 / 1609-4-1 / 1609-6-1 / 1611-7-1
1041
无 164-2-1
耴 1609-7-1
孬 1250-2-3
霶 867-5-2
1045
霰 1578-6-3

1583-4-4
1046
暗 995-1-4
1048
孩 233-6-5
1050
更 484-7-2 / 525-3-5 / 1245-7-4
戛 1434-7-3 / 1434-7-5
霅 1089-5-4
重 872-4-4
雹 603-3-1 / 619-4-1 / 622-3-3 / 604-6-1
霯 1495-7-1 / 1525-5-3
覃 316-6-2
1051
覓 286-4-1
1052
霈 1392-8-5
霸 1221-3-2 / 1508-3-2
1055
霾 1521-1-6
1060
口 663-3-5
石 1535-4-2
西 1227-4-1 / 1229-3-5
丙 935-1-5

1293-3-2
1300-2-4
西 88-6-3
193-1-3
326-5-1
1487-5-4
百 1508-5-4
吞 297-4-3
331-6-1
吾 132-8-6
190-1-3
444-1-3
酉 893-8-2
否 670-7-1
671-2-3
895-2-3
百 897-1-2
1508-5-5
吾 119-3-2
吞 883-7-3
1049-8-4
囱 923-4-2
1300-2-5
否 1376-8-3
畐 1322-7-5
1570-8-3
沓 560-6-5
面 1185-5-2
晉 1115-7-3
1175-5-2
晉 1033-8-5
晉 1229-1-4
雷 226-8-4
667-1-4
1094-6-5
晉 1229-1-3
晉 517-8-7
雷 1121-7-2
畐 226-8-2
雰 1624-1-1
雺 1491-8-2
雪 1585-8-4
1593-2-3
1608-6-1
1629-6-3
1631-3-2
1631-5-1
1631-7-4
霅 746-7-4
霤 1273-1-2
霝 594-8-2
霤 1578-7-2
1580-2-3
霫 582-8-1
1286-3-4
霫 1077-2-4
1079-2-5
靁 403-7-3
靇 521-6-4
靈 521-7-3

1061

矿 471-7-1
砊 475-1-1
485-3-5
1243-1-3
硅 703-4-2
砬 1584-7-1
1597-3-3
酐 869-6-2
硫 549-8-2
1012-3-3
碓 1093-8-2
醀 959-5-2
礁 1320-5-5
礃 49-5-3
磹 302-4-3
醯 202-2-3
雝 1580-3-6
醰 795-6-5
雛 578-2-5
礪 509-3-2
醽 786-1-6
礁 1600-3-2
礶 420-4-4
1217-5-3
醼 842-7-3

1062

可 413-4-4
836-7-4
哥 413-4-5
砢 516-4-4
奇 872-7-3
873-2-1
873-2-4
碻 1356-6-2
磅 470-5-2
471-2-3
488-1-2
磞 1547-6-2
霚 586-1-2
醨 64-7-4
䣙 470-3-2
醋 1036-1-3
霷 448-8-3
靄 1076-2-1
1420-2-6

1063

砅 683-8-5
醮 375-5-6
1192-5-5
1204-1-1
礸 1547-6-3
醷 680-6-3
1568-3-6
礞 812-2-4
礞 218-7-1
223-1-4
223-7-1
1083-6-4
醮 375-1-4
375-8-3
1192-8-1
礞 861-4-4
醵 842-7-2
醲 1237-1-3

1064

砍 248-2-6
砍 390-7-3
酸 388-5-2
碎 1098-4-2
醇 252-7-3
醉 976-1-1
礔 1544-7-2
礉 1201-8-1
醱 312-3-1
醕 252-7-5

1066

雷 226-7-7
醅 229-6-2
562-4-4
905-4-2
磊 730-3-2
磄 465-8-5
醅 586-4-2
596-4-5
1288-8-5
靁 518-1-3
醽 920-6-4
938-7-5
靁 226-8-3
靇 1360-7-2
靁 226-7-4
1273-8-2
䨻 517-8-6
靐 1261-4-2
靁 226-7-5

1068

硋 1107-8-4
礦 872-7-5

1069

醇 460-7-3
1236-6-1
碌 475-1-4
碟 1594-2-2
1622-7-2
醾 842-7-4
醸 69-1-1
醿 69-1-3
醲 69-1-2

1071

乏 1031-3-2
乇 680-1-2
瓦 656-7-1
854-8-1
1230-8-4
奄 277-7-5
奄 277-8-1
罨 340-8-2
341-6-3
电 296-3-3
雹 1315-8-2
電 1167-4-1
雹 1344-1-1
1360-7-1
醃 466-3-1
電 920-6-5
933-8-5
竜 277-7-3
308-5-3
霙 923-8-1
罨 472-5-4
霓 519-4-2
靇 518-3-3
靇 518-3-2
黿 52-5-2
鼉 521-6-1

1072

霧 586-1-1
靄 1076-2-2

1073

云 271-5-1
雲 271-4-1
靊 314-3-4
囊 457-7-4
470-1-1

1074

醒 164-4-3

1077

币 893-8-3
酉 443-7-3
音 600-3-4
雷 1407-6-6
罷 963-7-2
靈 594-8-3
霝 1627-6-1
1628-6-2

1080

天 264-5-3
331-5-1
疋 1252-8-4
亥 1397-8-5
夭 331-5-2
夾 585-4-1
597-3-3
608-7-3
要 340-8-1
頁 1451-3-2
爽 798-2-3
1155-8-8
貢 948-7-4
奭 376-6-5
377-6-5

叕 1627-4-1
賈 711-4-1
852-2-1
1228-3-1
霙 463-5-2
869-8-5
霣 197-8-3
霙 494-6-2
霆 1613-2-2
霙 487-3-5
賓 288-7-1
745-7-2
1128-2-4
霙 1497-3-4
賈 90-4-1
賣 1522-7-1

1081

雞 208-2-3
雜 253-8-5
358-1-2
1179-2-3
雜 101-6-3

1088

霰 604-4-1
620-1-3
1298-8-4
1299-6-1
1302-8-4
1305-2-2
1306-5-2
靉 1110-8-2

1090

不 1108-2-2
1420-4-5
不 162-5-2
560-5-2
895-3-1
1267-7-4
1393-3-2
示 74-4-2
109-8-4
958-2-2
972-4-6
汞 631-6-6
632-2-3
641-3-4
948-3-6
系 121-6-4
栗 1378-8-4
1468-8-1
票 1197-6-4
粟 1348-7-3
栗 562-2-1
901-8-4
需 1521-2-2
霂 211-7-1
217-2-3
583-1-1
586-6-2
桑 931-5-3
1299-8-1
霂 1516-2-3
霏 956-8-2
桑 1608-7-5
桑 1378-8-3

1092

霈 1516-2-2
1543-2-4

1094

霰 1165-4-4

1096

霜 458-2-4
1234-7-5

1099

森 607-7-1
霖 584-4-2
1553-3-2

1100

卝 872-6-2
872-8-4
1157-4-1

1110

韭 892-5-4
韮 337-8-1
韭 682-5-5
683-1-1
1003-3-1
墾 1616-3-2
璽 661-7-2
璽 1616-5-3
璽 72-1-3
璽 858-1-3
璽 71-8-6

1111

玒 18-4-2
20-2-3
44-8-2
瓨 18-4-4
31-2-5
44-8-1
46-2-3
477-3-1
玨 1355-4-2
玩 1147-2-4
非 124-2-3
682-2-1
菲 217-2-5
狂 949-2-3
班 318-6-2
豇 44-7-1
菲 212-5-5
琲 117-3-1
119-8-1
瓨 497-6-6
523-3-5
琲 727-7-1
1096-5-2
琥 710-4-1
甗 702-4-6
斑 318-7-2
珡 802-2-2
瑴 107-7-2
1369-7-3
1563-3-1
1572-4-4
弫 863-2-1
864-2-2
877-1-3
1239-3-2
甄 241-2-2
344-2-1
347-6-4
1111-5-1
1182-6-2
瓹 1632-5-1
琿 12-6-2
1324-7-2
1333-2-5
1571-8-1
虢 1208-6-3
甄 532-8-3
璩 828-4-6
1205-6-4
彊 462-3-3
858-3-1
瓐 183-4-1
瓏 11-4-3
38-6-3
瓛 807-5-5
甗 519-4-1

1112

巧 823-3-1
1199-7-4
玎 501-1-1
515-7-1
玡 152-6-2
珂 414-1-1
珩 485-8-2
瑪 847-2-2
瑚 86-4-4
翡 1002-7-3
剅 501-1-3
瑀 143-3-1
180-2-5
璃 354-6-3
瓀 357-8-1
瓓 579-3-2
獁 158-4-2

1113

琢 1365-2-4
蜚 124-7-5
682-5-4
1003-6-1
1096-3-3
瑟 1391-2-1
璩 136-6-2
璽 1616-5-1
蜚 1003-2-4
蠶 277-8-4
蠹 592-8-1
蠹 682-5-3
1003-2-3
疆 462-8-2

1114

玕 299-3-3
玗 152-6-1
玡 1229-7-1
玶 491-5-3
珥 527-8-2
674-2-3
994-6-2
琝 624-6-2
豰 1367-6-4
1511-3-4
瑼 180-2-6
豛 1262-3-1
瞉 1600-2-1
瞉 1612-3-1

1116

玷 613-5-2
935-2-3
1301-2-1
珸 190-4-2
瑨 1116-1-2
璔 578-1-2
579-7-2
582-5-1
583-2-5
璿 354-6-2
1050-3-5
1065-3-1

1117

珋 549-6-3

1118

項 641-2-2
頊 887-5-2
1352-2-2
1354-3-3
頊 357-6-3
357-8-2
798-6-6
碩 103-5-1
220-4-2
230-6-4
頩 351-2-1
360-3-1
698-4-5
1173-6-5
頭 571-5-5
頸 509-8-1

512-2-1
880-8-4
882-7-1
頵 713-6-4
顛 1503-2-4

1119

瑮 1379-1-4
璪 136-6-3
䦆 426-7-2
瓎 1379-1-3

1120

艹 217-3-2
721-8-2
854-7-1
琴 587-8-3

1121

瓬 517-2-6
弤 1266-1-2
弫 737-1-2
瓱 1616-1-5
㔶 221-3-1
弲 116-8-1
豟 1526-4-7
甈 9-1-4
萈 305-5-3
萑 305-4-3
彊 344-1-4
347-8-2
1182-7-1
貆 305-6-3
甋 1552-2-4
彄 565-3-2
567-1-4
豧 757-4-4
彊 462-3-6
462-7-2
857-8-3
1237-8-2

麗 334-4-1
䴡 1254-4-3
麗 53-3-3
64-1-3
200-5-2
718-4-1
963-2-3
1042-1-1
1551-6-3
彊 648-3-2
䴡 334-3-4
360-4-1
1455-1-2
1474-2-4
1614-4-1
彊 791-8-4

1122

弙 188-7-1
191-7-2
芇 310-8-1
豻 516-7-3
1256-7-1
彄 1524-7-3
1526-1-4
1527-1-1
酾 110-7-3
彌 71-5-4
204-4-1
210-5-3
661-2-3
661-6-2
槑 863-8-1
876-8-5
䵴 587-8-6
彌 72-1-2
㬋 1137-7-1
鬻 578-6-3
579-3-4
582-5-3
583-2-1

605-3-3
鬻 202-2-4
鬻 579-3-5
帣 1002-5-2
鬻 1330-2-3
1335-7-1

1123

祈 1042-1-3
張 459-3-1
1235-4-6
張 182-7-4
豥 247-7-1
318-5-5

1124

犴 1140-7-2
弭 661-1-3
豜 1021-1-2
豣 788-4-4
㪕 1285-6-4
豣 334-4-2
335-3-2
1171-4-3
豯 351-8-3
㦸 1366-5-2
1367-1-4
𤣩 1608-8-4

1126

弻 1375-7-4
彇 1375-7-5
㻕 592-7-2
922-4-1
豱 531-8-2

1128

頂 886-4-1
頑 324-1-2
1416-7-5
預 1015-3-1

顧 18-8-3
額 1139-4-2
顠 195-1-6
240-3-5
顏 369-6-3
398-3-2
顥 170-5-5

1129

漂 379-7-2
獂 277-5-3
305-6-1

1132

鳶 823-3-3
鳶 1001-7-5

1133

惡 390-6-4
1199-7-5
悲 104-2-3
瑟 995-7-2
1391-1-2
懇 1616-5-2
蘸 785-6-1
788-2-4
788-8-3
纛 1616-4-3

1134

敎 525-8-2

1138

顎 596-8-1

1140

延 345-7-3
802-5-2
延 506-2-5
妥 823-4-3
迺 736-3-3

斐 123-8-1
125-5-3
斐 104-2-5
124-3-2
681-7-1
682-6-1
要 71-8-4
210-3-5
791-8-5

1141

瓶 497-6-5
523-3-4
瓶 1246-6-4
1249-7-3
耻 506-7-2
砙 443-6-2

1142

罕 516-3-1
町 516-7-5
聏 111-4-2
1335-1-5
孺 171-1-4
1024-1-3
甥 462-8-4
858-1-2

1143

耾 272-1-2
532-3-1
豯 1062-6-3
1128-7-3
1398-4-1
1398-8-4
1402-3-4
1474-5-6
1474-6-5
聽 1335-1-3

1144

开 334-2-1

334-7-1
337-8-6
372-6-1
玟 299-3-2
硏 1044-7-4
1048-1-4
玫 296-6-5
634-8-2
972-2-4
1609-5-6
1610-1-3
1619-7-3
聑 1523-7-4
1613-7-7
斆 1432-7-2
1463-2-2

1146

聕 613-6-3
聒 1034-2-4

1148

頙 1264-3-4
頊 298-1-2
298-5-2
298-8-2
1143-4-1
頇 1421-1-2
頝 214-2-4
435-5-4
頳 932-6-5
頫 1171-5-2
頚 516-5-4
887-5-1
頮 1100-7-8
頦 911-4-3
顆 1465-8-2
1469-7-1
顬 1609-5-5

1149

聅 632-4-1

驃 1197-7-3

1150

芈 661-4-4
芈 682-6-2
1001-6-4
1003-4-4
1095-8-1
犛 1002-2-3
犟 337-7-1
輩 1095-7-4

1154

斅 274-4-3

1158

頨 100-1-4
745-1-3
745-8-3

1160

研 872-8-3
苜 1449-7-2
1460-8-2
䂱 582-4-3
605-3-2
921-6-3
背 124-1-4
247-6-1
碧 1115-6-4
礸 210-2-5

1161

矼 44-7-4
45-6-2
45-8-1
948-7-1
矾 1416-4-2
砨 842-1-2
1081-3-5
砋 673-3-4

砡 1340-8-5
1354-2-5
瓱 1508-8-1
瓻 191-2-2
酡 136-7-2
688-7-2
1011-2-4
1487-1-2
酤(醛)
185-4-6
硜 496-1-2
1254-7-2
硾 443-5-4
甌 413-8-2
硬 241-1-2
259-7-1
碹 1263-7-1
醢 152-6-3
154-3-5
醞 155-5-1
𤭛 1147-3-2
礚 447-3-1
醛 1250-8-2
磋 836-1-2
礁 133-7-4
甗 227-3-3
醽 564-3-1
1009-6-1
1278-2-3
礓 462-5-3
礲 1259-8-5
礰 1551-8-1
甗 1273-2-4
醲 1552-5-1
醴 52-8-4
65-7-2
139-8-3
646-6-2
960-5-2
礹 520-7-3
醾 518-7-5

1162

矴 1256-1-4
酊 886-7-2
砢 414-1-2
839-2-4
850-7-1
酛 800-5-4
蒿 1566-7-3
酌 826-5-3
碼 847-2-1
碣 1524-5-3
1525-8-3
碿 745-5-3
1483-2-4
醽 1552-4-7
礦 1061-2-3
礝 798-6-5
醹 170-6-2
704-2-2
706-1-4
礴 1221-4-1

1163

碾 1247-3-6
磚 520-7-4
醻 518-7-6
醲 136-7-1
1011-2-3
1487-1-1
磃 1014-8-2

1164

矸 299-6-2
767-1-4
1141-2-2
1142-7-5
1143-7-3
唛 837-1-5
1214-4-1
研 1229-5-3

酐 869-2-2
砰 502-5-6
528-4-3
1250-4-1
研 1171-3-2
研 337-6-2
㪅 274-4-4
碠 947-7-2
1507-1-2
硬 872-3-4
1246-1-2
酎 767-1-1
1142-7-2
敲 1571-3-5
醎 981-1-4
994-5-1
碑 810-7-1
磗 197-8-2
破 350-5-3
礑 1293-5-4
1301-2-4
醰 589-7-5
923-6-1
1293-3-3
䃶 521-2-3

1165

醇 671-3-4

1166

砳 1524-2-1
砧 583-3-2
酟 613-3-3
皕 990-6-1
1571-4-5
酟 613-7-2
620-3-4
礌 1498-5-4
醽 800-5-3
磠 709-7-1
礵 578-1-1

579-8-1
醽 1267-2-5
1571-1-3
1571-7-3
礌 730-3-4
1094-6-4
醽 911-3-1
911-5-4
醽 1324-2-3
1520-4-2
1571-2-4
醹 518-7-4
䨻 1250-3-3

1168

頎 414-3-2
837-1-4
839-2-1
碩 1535-6-1
碶 798-6-4
碩 20-2-5
31-3-3
頡 191-2-1
頟 230-6-5
頴 262-7-5
264-1-2
746-5-4
頰 640-8-4
礪 1402-2-1
頤 1100-8-1
頽 594-7-1
頗 919-2-4
顚 911-4-4
911-7-4
912-8-3
917-6-3
顥 519-2-3

1169

酥 229-6-3
碟 136-6-6

磦 376-7-3
磔 136-6-5
醥 821-1-2

1171

䶢 64-2-1
匬 111-1-4
砦 103-8-2
681-7-2
682-6-5
琵 104-4-3
琶 432-1-1
毴 124-7-2
砦 125-2-4
988-8-4
991-8-2
砦 125-5-4
230-2-3
龔 124-1-5
124-6-4
鼉 210-5-2

1173

裴 124-7-3
125-2-1
230-2-2
養 124-4-2
682-4-3
1001-8-4
襲 1616-4-2

1177

非 372-6-3
凹 599-7-5

1178

頙 732-8-2
頸 339-4-1

1180

燹 585-4-2

集韻校本　集韻檢字表　上

	1509-6-2		1469-6-1	刿 1469-1-3	烈 1468-6-1	发 408-4-2	種 33-3-6

左半

1509-6-2
1600-7-5
酏 672-3-2
砒 105-5-3
　209-4-4
　209-8-3
砒 365-2-4
　366-5-3
酏 672-3-1
酡 404-6-6
硟 810-7-2
　813-8-1
硾 844-2-1
　963-6-3
硾 217-4-4
砒 959-3-4
磋 126-5-3
　129-8-2
　224-2-2
　234-6-1
　1102-1-2
　1107-3-4
　1108-3-1
碱 56-6-1
　198-1-4
　648-2-3
酼 732-3-2
碯 228-8-3
　728-5-4
醋 1102-1-3
碯 726-1-3
　727-6-4
　730-4-8
礅 1463-2-1
磴 533-3-2
　533-4-3
　1261-5-3
　1261-8-1
1261
礦 1602-2-2
　1611-5-1
礴 839-5-3

1469-6-1
1248
聯 206-3-1
1249
孫 292-7-3
　1137-8-4
職 396-7-1
聯 358-7-4
1243
衣 631-8-2
孤 186-5-4
耺 372-1-1
覆 1053-6-2
1244
耺 737-1-6
　1111-6-5
聬 160-5-3
1246
聑 1427-6-2
聧 267-4-2
1247
砷 485-3-4
　523-2-1
聑 729-5-5
　1089-7-3
　1437-8-4
　1440-2-1
劏 620-3-2
　620-7-1
刴 1360-1-1
　1363-5-3
劃 839-3-4
　1541-6-1
　1551-7-5

刿 1469-1-3
浙 1053-6-1
　1464-4-5
孺 688-7-3
聏 1053-2-4
聏 697-2-1
　698-5-1
　1018-4-5
1240
刊 298-6-3
巡 255-7-3
　260-5-2
刑 523-1-3
廷 516-8-2
　1256-6-2
　1256-8-1
延 348-2-5
　805-2-2
　1181-5-1
刞 994-8-2
　1055-8-4
　1109-3-1
裂 1468-4-5
剕 1285-4-3
癹 1430-4-3
　1431-3-2
剝 674-5-5
　1432-7-1
　1469-5-4
聮 1053-2-3
髮 1118-3-1
1241
孔 631-8-1
耴 1383-1-1
飛 124-5-1
耺 994-8-3
　365-7-1
　409-4-1
　411-3-2
瓲 1433-1-3
瓹 1609-7-2
1242
形 522-8-5

烈 1468-6-1
愸 1137-8-5
裂 1061-7-2
　1468-6-2
獝 1546-5-3
齙 137-1-4
獵 1611-6-2
麤 167-4-3
1222
斦 56-4-5
彤 110-5-1
　240-4-1
　1104-2-1
背 1095-6-3
　1096-6-1
絑 463-2-4
彩 1350-3-4
　1350-6-2
貅 1555-5-2
新 1365-1-5
斨 1053-7-2
1228
獛 202-8-1
饙 331-3-2
1229
獠 383-4-2
1230
剄 1391-4-5
剝 520-6-3
　1257-2-4
1223
瓜 676-5-4
弘 537-7-2
瓜 1429-4-3
孤 185-5-4
　1468-5-3
弧 1468-5-4
1224
弧 364-3-3
　716-7-5

发 408-4-2
弢 960-3-1
　964-4-2
　968-4-2
矮 968-4-1
發 1108-8-4
　1405-8-4
　1429-7-5
羧 16-8-2
殷 16-6-1
　631-3-2
　946-2-2
1226
稍 1364-5-2
暜 886-4-2
瀦 285-2-3

種 33-3-6
齜 24-8-3
　34-3-1
　634-5-5
　739-8-5
獝 1546-5-3

一六六〇　一六五九

右半

刐 364-4-1
刜 290-6-4
刋 308-3-5
列 1061-1-5
　1468-1-4
刜 458-5-7
刜 1104-2-3
剆 1318-2-5
　353-3-1
　353-8-2
　354-3-4
　358-5-4
彌 339-8-1
劉 540-5-1
　1335-3-3
劉 575-6-1
　576-3-2
劅 1430-4-2
剜 1437-4-4
剝 570-6-3
　570-6-4
　907-8-4
　1281-5-2
劊 171-1-3
　647-8-2
　799-1-2
劊 1514-6-3
劀 1042-8-2
劀 1505-5-3
1221
彊 964-4-3
酕 634-5-7
虢 643-6-3
貐 51-6-3
翟 1468-5-5
瞪 232-6-2
　234-7-3
　1417-1-2
燹 798-3-7
發 1261-6-4

　1131-4-1
　1183-3-2
攃 631-2-3
　946-1-2
璦 1107-7-4
　1602-3-1
1215
珬 629-4-2
　641-6-3
璣 126-3-4
　131-1-3
　985-3-3
　1005-6-2
　1005-6-3
　387-8-1
1216
瑞 216-1-1
　216-7-3
瑙 836-1-1
璠 282-7-4
　284-4-1
璠 285-2-5
1217
玜 88-5-2
珔 826-7-2
瑙 836-1-3
瑤 383-5-3
瑤 408-8-1
瑂 1632-4-2
　805-2-5
1218
璞 1360-1-3
1219
璨 832-6-1
　843-5-3
璨 1552-1-2
1220
引 744-4-2
　1121-2-2

琵 1282-7-1
　1493-7-2
璀 728-5-1
璥 532-7-3
甃 532-8-4
　1254-5-3
1212
珌 19-8-2
琇 894-5-3
　1268-3-3
　985-3-3
珱 267-1-3
　1005-6-2
璣 1005-6-3
玁 387-8-1
1213
甕 971-5-1
　207-8-4
　511-2-4
　966-1-6
　1050-3-4
　1062-4-5
甕 971-5-1
蚩 1574-5-4
　1574-6-1
蜑 773-1-1
蠶 773-1-2
　1042-8-1
1211
祢 1151-6-1
北 1095-8-3
　1574-5-3
扗 1490-7-6
北 209-6-5
　246-7-1
秪 75-2-2
　958-3-4
班 60-7-1
　648-6-4
珟 161-6-2
　561-5-1
璦 983-8-4
瑷 316-8-2
　1130-2-3

到 522-6-2
　884-7-2
　885-2-3
　1254-5-3
1192
剄 443-6-1
　1229-2-3
削 1002-4-3
埀 1070-8-2
　1072-6-1
　1096-1-4
劲 1062-3-3
登 532-6-1
　1261-5-4
瑪 698-8-2
瓛 387-8-1
剷 1434-1-5
　971-5-3
　207-8-4
　979-4-4
蚩 1036-5-1
　1052-8-3
　1060-7-1
　1062-4-5
　979-4-2
　997-3-1
劃 718-2-4
　718-2-5
　1197-4-2
1199
1218
珔 1028-1-3
班 516-7-4
　887-3-1
珟 958-3-4
　329-6-3
班 60-7-1
珟 1178-7-2
坒 977-8-3
剹 536-8-3
到 1211-3-1
桃 383-8-4
飛 124-5-2

揆 124-3-3
　1002-4-5
黃 587-8-4
爽 1003-3-2
賈 1280-2-2
璺 1616-5-4
　268-6-4
　784-1-1
　791-6-1
　986-4-3
　1253-7-3
敷 376-5-3
　393-7-3
敕 951-4-2
1181
甌 1616-1-4
1184
頎 219-7-2
　220-4-3
　230-6-3
1188
頯 632-3-1
頭 793-7-4
　799-4-2
　1138-1-3
　1179-7-2
顙 378-2-6
　820-7-3
　821-4-6
頴 983-6-1
1190
栄 444-6-3
柰 298-7-1
　347-8-4
栗 136-6-4
柰 298-6-4
柰 125-2-2
　682-2-4
　682-4-1
　788-3-3
柰 337-8-4
櫟 1616-4-3
1191
柧 229-5-1
甂 428-1-5

集韻校本　集韻檢字表　上

Column 1
795-6-4
1175-4-2
酸 778-2-2
795-6-6
戩 1580-1-4
碱 1332-2-5
1543-6-1
碱 1583-2-6
碱 914-8-2
碱 1292-5-1
碱 578-3-5
1302-1-4
醶 929-6-2
934-5-2
939-3-4
礆 1299-1-1

1366
碹 27-6-6
31-1-3
31-4-1
952-7-4
磼 1512-5-1
碏 1441-4-4
1441-8-1
1442-3-1
1442-4-3

1367
䃃 776-5-3
1160-1-2
礧 1414-4-2

1368
碌 675-5-3
碇 1256-1-5
碌 1412-1-4
碽 745-6-2
751-4-6
礦 245-7-2

Column 2
醶 921-8-2

1363
磁 498-2-6
499-3-6
碙 469-1-1
866-5-2
1241-1-1
磓 594-4-6
917-8-4
918-2-3
醿 15-4-2
醁 787-2-6

1364
瓵 413-5-4
酡 1565-7-3
酸 1431-7-3
酘 1102-7-6
瓨 413-5-3
碔 702-4-1
酸 312-1-4
磅 809-2-1
酸 558-3-2
酸 850-3-3

1365
䃃 836-7-3
碱 24-8-5
磇 416-1-1
656-3-5
837-8-2
䃰 412-3-1
醆 23-3-3
酻 1406-4-3
碱 1528-4-1
磋 327-7-1
342-6-3
778-5-3
碱 727-3-4
戩 792-4-1

Column 3
訃 1019-2-4
𣀣 857-8-4

1361
砣 428-1-3
磘 1081-3-4
1526-6-1
酡 425-7-1
839-1-6
碰 641-7-3
641-8-2
碒 19-1-1
19-4-1
𥑴 138-3-3
醉 1083-1-3
醓 1373-6-2
1374-4-1
1375-3-2
1376-8-2
碢 968-2-1
碗 753-5-1
1428-7-4
醓 13-5-3
醓 1224-6-1

1362
碿 700-4-4
酌 338-1-3
1173-1-4
酺 177-8-3
1027-3-2
碭 784-4-1
碭 1177-3-5
磣 914-2-2
1593-4-4
1360-5-4
酺 700-7-5
1020-5-1
醣 914-2-3
934-5-3
939-1-3

1341
鹽 71-7-5
瞳 716-5-3

1342
劈 462-8-3
858-1-1
860-7-1
聘 522-1-2
888-8-5

1343
聰 498-1-3

1344
聦 907-1-4
睥 735-2-1

1345
眸 367-5-3
職 1527-8-6
職 1558-1-1
1565-3-3
1573-6-1

1346
珆 235-3-4

1349
琮 31-1-1

1360
砕 1360-5-4
卧 366-4-4
380-6-2
816-6-3
1193-8-2
1194-1-2

Column 4
1267-4-4
1278-6-2
貐 334-4-4
䳾 700-8-1
1377-6-3
1433-1-4

1323
強 462-8-1
857-8-2
860-6-3
狼 469-2-2
𤢚 1525-1-3

1324
𤟩 1117-1-2

1325
犾 568-7-2
戣 1365-4-3
戩 416-5-5
戮 369-5-2
1334-6-2
戩 1384-4-5
㺓 78-6-3

1321
㹟 673-6-4
狁 538-7-4
貌 1281-8-3
1075-3-2
1590-6-5

1328
㹭 738-2-1
犟 922-4-2

1322
㹦 338-8-5
340-1-1
360-1-2
稯 946-2-3
952-5-4
補 701-3-2
徧 351-5-3
貊 161-1-2
176-7-3
1019-4-1
1027-5-1

1317
琯 307-7-4
768-5-5
1135-6-5
1157-5-3

1318
琁 1167-8-1
琰 1411-7-2
瑛 260-3-1
瓆 247-5-2
329-6-5
珊 304-5-2
1131-6-4

1319
球 1386-5-2
球 541-5-6
576-2-3
琮 30-7-2
952-6-1

1292
瑞 247-5-5
321-1-4
𤥨 160-7-3

1313
玞 1186-3-6
琅 469-1-2

1314
武 164-2-3
701-4-5
玭 1102-8-5
珒 1186-3-5
玳 1565-3-7
球 702-4-2
瑝 356-3-2
瑇 160-7-2

1315
玻 1386-5-1
珹 507-2-2
瑰 416-2-1
瓝 1401-7-5
珹 1569-6-4
瑲 778-2-3
瑯 1384-4-6
珹 580-4-1
617-5-1
618-2-4
摵 1527-7-4
1570-1-2
職 301-2-1
775-2-3
792-8-3
795-3-2

1316
珆 235-6-3
瑹 40-5-3

1280
癸 668-3-2
剀 799-1-1
眥 1096-6-3
冀 984-6-3
鑾 1565-3-5

1293
瓢 378-3-6

1294
祗 84-5-3
𩇨 833-5-1
206-6-3

1299
氷 647-4-3
672-7-2
淼 821-6-4
㵘 1422-3-3
㵘 550-2-3
㵘 1609-2-1

1310
玘 1360-1-4
玭 1372-8-1
1458-5-2

1311
玩 292-1-3
359-6-4
745-2-1
琓 305-1-4
琬 753-2-4
1147-1-6
瑄 353-1-4
瓏 713-3-4
琬 308-1-4

1312
珰 790-4-6
790-6-2

1290
水 664-1-5
剎 1218-8-2
剁 339-7-6
剥 1314-3-6
1359-3-2
柰 990-5-5
1096-2-1
1097-2-5
剠 1379-2-3
剬 376-4-5
378-2-4
378-4-3
820-5-4
1196-8-4
1197-6-5
槳 983-7-5
剌 570-5-4
剩 1348-8-4

1291
祀 717-7-6
𥹫 1348-8-3

Column (right)
528-4-2
963-1-2
1061-3-1
砒 1261-3-2
酥 178-5-2
礁 1083-2-4
磯 397-7-2
843-1-5
磔 1589-1-3
磔 1368-2-2
1493-6-2
1551-8-3
醶 1356-1-1
1501-7-2
醶 178-5-4

1271
匜 758-1-1
769-8-1
776-7-2
卷 1430-5-1
甕 798-3-6
1118-3-2

1273
裂 1062-3-1
1468-4-2

1274
夔 683-8-3
733-6-4
1005-8-4
1107-6-3

1277
盉 1358-6-6
齃 1468-8-2
齈 347-4-3

1269
砍 65-6-1

1262
听 837-1-1
斫 1482-7-1
1483-4-1
硐 747-2-1
砒 496-4-3
碕 837-3-3
酳 1119-1-1
1121-1-2
1123-5-3
酸 683-6-2
1005-6-1

1266
酷 1426-4-2
磠 924-2-3
1596-6-1
碏 216-1-2
217-2-2
磪 835-8-6
龤 1595-7-4
醯 923-2-1
醤 1426-7-3
磻 310-3-1
419-4-4
1217-3-6

1264
砥 84-6-3
196-2-4
642-7-1
663-4-6
716-8-2
碰 341-2-1
1177-4-3
酛 197-6-6
砰 562-5-3
碍 1487-7-1
碟 657-4-2
686-1-1
727-3-3
醑 1071-8-4
1095-3-2

1263
砭 612-5-5
1302-7-1
瓠 187-2-1
醓 273-3-1

1265
磯 126-3-5
131-2-3
1107-3-5
酸 683-6-2
1129-5-4
礴 930-3-3
939-5-3
硼 488-1-3
磅 502-8-2
砢 56-5-2
碼 658-4-1

一六六二　一六六一

集韻校本

集韻檢字表　上

一六六四　　一六六三

坤 242-5-5	礉 1551-8-5	1525-3-1	醸 13-5-2	824-7-1	1428-7-1
瑰 1063-7-5	磏 916-7-2	礌 1480-3-4	醺 789-4-2	1199-7-2	1437-7-1
瑾 245-3-2	礷 775-5-4	1499-1-1	1170-6-3	1201-2-3	斜 1312-5-5
珅 25-6-3	磙 1421-7-3	1530-2-1	**1464**	1359-2-5	**1461**
25-8-4	1422-2-2	**1464**	酤 1342-4-2	礚 1075-1-4	酏 73-5-3
瓋 1064-1-5	磠 811-5-2	1501-7-1	破 969-6-4	礈 598-8-3	652-1-3
1461-7-4	**1471**	磋 495-5-2	1217-4-4	**1462**	訨 418-7-4
珪 245-3-1	礱 923-8-2	酯 179-8-3	皺 380-3-3	劻 380-7-3	酰 590-6-1
1511	1296-1-1	酪 1032-5-4	酌 388-5-3	384-7-2	砒 451-1-3
瑝 1116-5-4	**1474**	醋 1028-4-3	碎 1421-1-1	1194-1-3	471-7-3
1512	改 680-2-2	1499-5-1	碎 391-5-3	硇 1200-7-3	硫 326-4-3
猜 504-6-3	**1489**	醼 972-3-2	砐 530-8-2	硝 28-2-5	763-1-4
璿 1327-1-3	賕 77-3-1	礛 141-4-4	534-5-2	砖 445-5-5	磾 689-7-3
1513	965-6-1	**1467**	醇 1200-4-1	劻 741-6-4	1531-5-5
璉 346-8-1	983-8-5	酤 600-4-1	醨 34-2-4	981-1-3	砝 800-4-4
803-2-3	**1490**	1291-3-1	981-1-3	礳 1524-1-4	934-1-1
㺲 1049-1-3	尉 1196-8-2	**1468**	礳 1524-1-4	酗 1264-2-4	酛 1292-6-1
聽 1049-1-1	欒 142-7-4	碤 1624-2-3	醨 556-5-2	碕 79-5-2	碪 583-3-1
1059-8-3	**1491**	碤 494-8-3	碕 79-5-2	79-7-4	921-1-2
1064-2-3	壯 848-8-5	磧 1497-3-2	79-7-4	130-5-2	1290-4-4
聽 1049-1-2	雞 913-2-2	磧 241-2-3	1270-4-2	654-3-2	醆 610-6-1
1049-1-4	**1492**	274-6-1	磚 1495-8-3	硝 428-1-2	616-4-2
1514	勖 1196-8-1	332-3-3	1496-5-3	磢 851-2-2	1291-7-4
塼 356-7-3	1197-7-4	磺 481-4-1	**1465**	砀 824-5-1	磕 1075-1-3
1515	秞 1602-6-4	872-7-4	礦 1434-4-1	893-6-3	1418-6-4
瑈 629-3-1	秮 893-5-3	醼 1245-1-5	1438-7-4	酘 925-1-2	1598-2-3
璕 1093-6-4	**1494**	磴 691-6-2	1460-8-3	碙 1290-4-3	1598-7-1
1102-8-2	祓 659-1-5	礦 1319-8-3	醹 1425-8-3	礳 1418-6-6	確 1356-6-1
1345-3-5	穀 74-7-4	礦 1422-2-3	醸 1438-7-1	醶 210-4-2	308-8-1
1516	穀 1321-1-1	**1469**	1459-8-3	醋 1356-7-5?	311-6-1
瑃 257-6-2	**1510**	碄 584-6-4	礥 1460-1-3	礚 811-2-1	584-2-3
1517	拜 629-4-1	碤 736-2-5	礦 1154-1-3	礦 1154-1-3	585-3-1
瑨 1059-5-6	641-6-2	礫 1465-1-5	1399-7-5	**1463**	醛 1466-8-2
		醡 1465-8-6	**1466**	砝 498-2-5	醶 1598-6-5
		酺(酺)	砝 1434-5-4	砝 414-4-4	醅 732-2-3
		1465-6-4	1435-4-1	砝 1599-1-5	醯 923-1-5
		酥 924-5-4	酤 186-8-1	1622-6-1	礦 390-6-5
		醸 231-7-1		礌 1356-7-5	392-6-6
					813-6-1
					813-8-2

猰 1612-8-2	**1423**	狂 221-3-5	638-8-2	璔 1419-2-1	**1369**
1619-5-1	弦 498-2-1	猇 326-4-5	琪 121-5-1	**1413**	酴 1249-6-3
猵 1526-5-2	498-8-1	玃 261-4-3	瓘 261-4-3	瑛 494-5-1	碅 952-5-5
1434	狄 26-8-4	276-1-4	276-1-4	瑱 786-1-1	**1374**
護 1487-5-3	殂 178-6-3	玃 984-3-2	1119-2-1	1119-2-1	聽 516-2-1
1489-4-2	貑 61-5-4	986-4-1	1167-2-1	1167-2-1	1256-5-2
1506-5-3	**1424**	1046-7-1	1168-5-1	1168-5-1	斆 1431-7-2
1514-1-2	弢 970-4-3	玃 320-2-2	璜 480-1-2	璜 480-1-2	**1385**
1515-3-2	狡 1076-5-2	361-3-4	琪 121-7-4	琪 121-7-4	斁 102-2-3
1441	敥 655-3-4	362-6-4	瑛 135-1-4	瑛 135-1-4	987-7-2
耽 590-5-5	656-1-2	754-8-4	瓊 1319-4-5	瓊 1319-4-5	**1411**
1442	**1426**	1131-1-3	璠 1150-8-3	璠 1150-8-3	珊 1063-7-6
㺉 391-3-2	弨 1516-4-4	1160-2-4	1151-3-1	1151-3-1	弛 63-5-4
1199-5-3	1517-5-2	雍 306-5-3	**1419**	**1419**	珪 77-4-4
猆 34-2-3	1522-1-2	瓏 205-4-3	琳 584-3-4	琳 584-3-4	205-2-1
㺉 573-8-1	骷 185-3-1	207-4-3	琛 140-5-1	琛 140-5-1	珠 326-4-4
1443	豬 142-6-5	848-8-6	180-2-4	180-2-4	珊 1064-2-1
耽 498-1-2	**1427**	璙 180-2-4	璙 368-6-3	璙 368-6-3	1461-7-3
498-7-5	彌 1266-1-1	368-6-3	811-5-1	811-5-1	瑓 469-1-3
499-5-4	**1428**	811-5-1	1189-4-1	1189-4-1	瑈 1298-6-4
㺥 743-6-5	彋 1119-2-2	1189-4-1	璜 121-5-2	璜 121-5-2	瑊 121-5-3
1446	彍 496-7-2	璜 121-5-2	1212-4-3	1212-4-3	瑾 750-8-5
睹 1437-8-3	1505-1-1	1212-4-3	1330-6-1	1330-6-1	1122-5-4
1442-6-2	1505-4-4	1330-6-1	**1420**	**1420**	1126-5-2
㗳 1594-6-2	1506-2-1	勦 141-7-3	昇 733-1-3	瓘 1075-7-3	瓘 1075-7-3
1447	彌 270-5-1	稀 127-5-2	1273-6-4	瑾 1146-2-1	瑾 1146-2-1
聃 597-6-3	殯 1318-8-4	猪 76-1-3	1334-5-3	**1412**	**1412**
598-3-2	彍 312-6-4	653-2-3	弣 699-4-2	功 19-8-3	功 19-8-3
1448	1151-8-1	845-8-2	耐 110-5-2	功 1574-3-2	功 1574-3-2
聯 19-1-4	1152-2-1	1219-5-1	534-5-6	勁 1250-6-1	勁 1250-6-1
聯 332-5-1	**1429**	獱 76-1-2	1104-2-2	珥 1264-7-3	珥 1264-7-3
1460	彋 1607-3-2	653-3-1	對 1334-6-5	1352-3-4	1352-3-4
酖 1272-5-2		663-1-3	**1421**	琦 79-7-3	琦 79-7-3
碙 1020-8-2		1219-5-2	弘 302-5-3	瑂 61-5-2	瑂 61-5-2
斜 1427-2-1		彌 363-4-4	1153-3-3	璒 894-5-4	璒 894-5-4
		彍 1014-4-3	弛 52-7-1	1268-3-2	1268-3-2
			72-6-1	璃 285-8-4	璃 285-8-4
			643-6-1	294? 18-4-3	
			650-4-6	308-4-1	292-1-2
			958-7-1	冠 308-4-1	41-5-1

集韻校本　　集韻檢字表　上

一六六六　　一六六五

1663
碄 217-7-3
　 222-5-6
　 657-4-1
　 684-8-5
　 727-3-2
碙 1100-5-2
磟 1586-8-4
　 1592-6-2
　 1595-5-2

1664
碑 67-6-1
磩 1073-6-3
醒 311-6-2
礋 1510-8-1
釀 1092-2-2
醳 1529-8-3
　 1533-5-5
　 1537-5-3
礦 621-7-1
　 937-1-4
釀 1302-4-3

1665
砰 1630-3-2
醒 1037-4-1
碑 195-4-1
醒 1037-4-2

1666
礌 227-3-2
　 666-6-1
　 730-4-2
　 1094-6-2
礰 1360-6-3

1668
砒 1332-1-4
碾 199-4-3

醒 197-6-5
　 717-3-5
禛 892-3-1

1669
碎 841-8-1
碨 829-6-2
礤 96-5-1
　 730-3-3
醸 1208-8-3

1681
規 609-3-1
槻 983-7-2

1691
祝 1269-8-4
覦 685-5-2
親 1320-8-4
　 1351-1-5
覬 377-8-7
　 820-5-3
　 820-8-4

1699
稞 1145-8-4

1702
冂 761-8-2
马 595-3-1
　 919-5-2
弓 27-1-1
　 736-3-1
弔 1153-3-4
弩(号) 336-6-2
弲 547-6-4
　 557-1-2
弩 152-5-2
　 1018-5-2

醒 508-2-3
　 508-4-1

1641
硬 513-4-4
魂 217-7-4
　 656-6-2
　 657-3-4
　 684-8-6
　 685-6-2

1643
　 726-1-2
　 727-6-5
　 1101-4-1
酲 786-1-5
親 264-2-2

1649
磴 209-4-5
醖 751-7-6
　 1129-3-1

1651
醒 513-1-3
　 886-2-4
　 1255-7-3

1660
硎 443-1-2
硃 1118-6-2
硒 156-8-2
　 157-8-1
碧 1515-6-1
　 1541-5-1
硯 1528-6-1

1662
碭 467-3-1
　 864-6-5
　 1239-7-2
碣 1059-3-2
　 1405-3-3
　 1418-6-5
　 1442-5-2
　 1473-4-4
磷 1085-7-1
磄 1503-4-6
礲 1319-8-2

1661
硠 1450-7-2
硯 788-5-3
　 1171-3-1

1629
覘 112-3-2
　 996-2-4
覸 816-5-3
　 1194-2-3
硍 288-6-4
　 496-3-4
　 759-7-4
　 761-4-1

1640
嫛 463-1-4

理 678-6-1
瑰 987-1-5
覰 1052-3-1
覿 965-5-2
覲 912-1-3

1623
張 186-5-3
　 486-7-1
　 498-2-2
稞 532-1-4
穩 48-5-6

1624
覙 854-1-2
覷 815-7-2

1625
彈 988-2-3
　 1372-8-4
彈 301-6-5
　 302-5-2
　 1153-3-2

1628
㨗 645-6-3
　 959-2-2
　 978-7-7
　 997-1-1
樌 676-6-5

　 980-7-2
　 1042-7-1

1616
珀 455-6-3
瑁 1097-8-1
　 1104-6-1
　 1344-2-1
瑞 95-8-1
　 227-2-1
　 964-3-2

1617
瑤 227-2-2

1618
珙 1070-8-1
瑛 190-4-1
珽 1331-7-3
　 1363-5-6
珇 643-1-1
瑅 198-5-4
珽 1332-1-3
珽 1332-1-1
珵 959-1-5

1619
環 876-1-1
　 876-7-1
璪 832-5-5
璙 95-8-2
璙 1596-8-1
　 1601-4-3

1621
猊 290-6-1
猵 289-2-1
覲 170-6-3
　 573-8-4
　 1284-2-3
覲 65-8-1
　 646-5-2
　 963-3-1

1622
羿 828-4-1

1630
魍 1335-1-4

瑝 480-1-1
　 486-5-3
瑰 222-7-1
　 223-4-2
現 1368-7-3
　 1549-7-4
覥 1524-8-3
　 1554-6-1
覲 347-8-3
　 1182-7-3
瓃 1592-1-6
覲 533-2-6
　 1260-1-2
覿 518-3-6

1612
玥 1209-2-4
瑒 448-4-2
　 865-2-4
　 874-2-4
　 1235-8-3
珊 1085-5-4
璃 1348-1-3

1613
環 316-8-1
　 1158-4-5
璃 746-3-5
　 746-7-2
　 752-2-6
璃 1610-4-1

1614
珥 299-3-4
琿 329-6-4
埤 208-3-5
　 784-3-5
瓔 497-3-4
　 510-1-3

1615
珊 1630-2-4
璋 1372-8-2

磔 1509-5-4

1572
黐 1001-1-4

1573
鏈 1103-1-1
鑵(鍵) 735-6-3

1574
贈 357-4-1

1578
讚 1001-1-3
　 1096-4-3
　 1333-5-1
　 1345-3-4

1566
醴 406-4-4
醴 558-3-3

1568
醢 13-5-4
醯 870-1-4
　 1243-5-4
醴 680-8-3
　 717-8-2

1562
砩 1108-3-3
　 1109-4-5
　 1395-1-5
酐 1430-7-1
礩 1256-1-3
礦 808-8-3
　 1327-1-4

1569
硃 1425-6-1
硴 730-4-3
　 168-7-3
　 1102-6-4

礦 399-1-7
醸 39-1-3
　 49-7-5
礦 1241-3-6

1546
贈 375-6-2
　 407-1-2

1548
磁 220-6-1
　 1098-8-1
礒 567-3-5
　 1276-6-1
磚 314-4-2
　 428-2-1
硬 909-5-5

1560
砰 641-7-7
碑 1412-1-5
碑 433-7-1
酐 956-6-5

1561
酏 252-7-4
　 253-7-5
　 257-7-4

1563
硒 346-1-3

1543
聸 49-6-2

融 26-5-1
瓙 347-1-2
驪 26-5-2

1518
玖 162-4-1
玦 1455-8-4
瑛 174-1-4
珠 1378-6-1
瑰 785-5-2
　 785-8-6
　 1167-2-4
瑱 222-7-3
　 223-4-3

1521
蹟 1521-7-5
璝 770-6-4

1519
珙 1457-1-2
猴 664-6-2
儌 858-6-5
獌 1280-8-2
稹 1522-7-3
稹 771-2-4

1529
殊 169-1-2
殊 1316-3-2
肆 982-1-5

1540
建 756-1-4
　 1131-7-2
　 1388-8-2
　 1390-3-2

1541
戡 1608-8-1

1542
聘 1251-5-2
睛 504-5-2
礄 1024-1-4

1528
玦 1457-1-2
猴 664-6-2

1524
鍵 756-2-2
　 806-8-5
鍵 282-2-5
獌 172-6-3
　 573-3-5
　 1025-5-6

1520
神 243-7-5

1521
旭 685-2-1
殊 505-1-3
獨 295-8-1
禮 718-4-4

1522
彋 363-4-3

1523
独 29-4-3
狖 87-6-4
聸 647-7-5

珇 1104-6-2
　 1209-3-1
　 1344-2-4
珀 1508-3-5
珈 442-1-4
珊 337-4-3
　 746-3-5
　 746-7-2
　 752-2-6

1610
觌 1039-5-1

1611
理 508-4-2
　 887-3-2
醮 1083-1-2
礩 1100-7-7
現 789-1-5
　 1169-5-1
理 678-3-1
琨 288-1-1
瑁 289-5-3
珲 513-5-1

1565
磁 1319-8-1
　 1333-5-1
　 1345-3-4

1566
磺 858-6-1
醴 1082-6-6
　 1224-6-2

1549
珠 1022-8-2
　 1023-2-4

1598
聖 1252-7-3

集韻校本　集韻檢字表　上

1710

盇	823-6-6
鋬	1022-3-3

1711

丑	899-6-1
圣	1414-5-1
丞	525-8-4
	526-1-6
	889-5-5
	1258-7-3
巠	1582-3-4
尗	284-6-5
孟	867-7-5
	1242-1-1
	1246-4-1
巫	119-2-1
	998-4-6
	1566-6-1
	1568-7-4
坙	44-3-2
堅	851-5-3
霊	380-1-1
盈	508-8-1
皇	464-1-4
	480-1-3
盉	853-2-2
盉	380-3-2
塾	44-1-2
聖	1022-3-2
	1566-3-2
翌	1336-3-2
	1565-5-1
皇	259-4-5
孟	1320-3-3
	1322-3-3
蚕	1511-3-2
	1554-4-2
蓋	40-8-5
	42-1-3
孟	200-3-5
	718-2-6
	72-1-1
盅	284-6-6

1712

刁	364-3-4
刋	700-6-7
邘	43-6-1
邪	881-4-2
邪	901-3-3
羽	698-3-2
	713-2-2
	1018-3-2
	1554-2-1
勺	1547-6-1
邪	103-4-1
	105-6-4
邯	1096-1-3
	1097-1-3
	1330-5-4
玥	1400-7-3

1713

巠	1368-7-5
	1377-5-2
	1381-8-2
	1382-4-3
郈	539-6-3
郇	1258-8-3
那	698-7-2
朐	903-6-2
	1277-7-4
	1273-7-3
	1281-7-3
	1282-7-3
珥	499-3-3
瑂	511-2-3
	1455-8-5
鄧	522-7-1
	523-4-3
珣	1233-7-3
	1237-5-1
	1117-2-1
瑰	963-2-1
	1042-7-3
瑤	1401-2-2
	1059-5-4
	1060-7-2
	262-7-1
亂	665-5-6
	344-1-2
	347-2-2
	1182-6-1
鄖	509-1-1
珊	364-4-4
朐	571-1-4
弱	1483-7-2
朐	703-3-1
	1018-4-2
朐	499-4-4
瑚	184-8-3
鴉	364-2-1
瑪	191-7-5
	713-6-1

1714

玟	828-5-2
	1206-2-3
玟	1407-4-5
珉	248-2-1
琦	556-2-2
毀	571-6-4
	1071-3-3
琅	261-6-2
	1282-6-4
	297-2-4
	1136-5-2

1715

珊	300-3-3
	1421-6-4
玎	499-6-2
	500-7-5
琿	286-8-5
璋	46-2-1

1716

珌	380-8-2
珞	1492-4-1
	1551-8-6
琚	135-1-3
	136-8-6
珋	1512-6-7
瑁	247-8-3
	248-2-2
珊	107-2-3
瑠	549-6-1
璐	1030-1-3

琈	1329-7-1
	1330-2-5
	1330-6-2
瑊	1154-5-4
瑒	440-4-4
	443-2-2
	852-6-3
瑗	577-3-1
	1285-5-7
璘	1159-8-2
璃	786-1-2
	1167-2-5
瓛	1552-1-1
瓊	354-7-2
	511-2-2
璨	665-1-2
瓔	381-2-3
	413-2-2
	557-2-4
瑴	834-5-6
	1279-8-1
蟲	200-3-4
	428-5-3
	718-1-2
	846-2-4
	980-8-3
	1043-5-2
蟲	569-2-2
蟲蟲	1439-8-1
	1466-1-5

蚕	826-6-4
	832-5-2
蚤	43-4-4
蚤	43-4-3
	639-5-2
	15-1-4
	631-4-4
璩	93-6-4
	747-5-3
	803-8-4
	1181-1-1
蝨	1391-4-3
瑤	826-7-1
蚕	429-1-1
	718-1-3
蝨	1391-4-2
孟	832-5-1
	13-8-5
	569-2-4

瑪	17-7-5
	632-3-4
鄧	1261-8-4
瑪	1354-2-3
珍	540-4-1
	541-6-1
	545-5-6
	546-6-5
	575-7-1
	576-2-2
	1273-7-3
鴇	506-5-3
	1253-2-1
鴉	103-8-4
	106-1-2
鴇	86-8-4
鴉	164-8-3
鴇	572-1-5
鴇	522-5-3
獷	1389-8-2
鵲	702-5-3
鴉	443-2-5
髻	410-1-3
	1211-7-2
瑍	898-1-4
鵒	344-1-3
	347-8-1
珣	571-1-4
璘	1153-8-3
鶹	520-2-5
鶹	158-3-5
	563-1-3
鴇	533-1-5

1717

丑	423-7-3
玴	1568-3-1
珀	224-4-4
瑤	1398-7-3
踣	1290-3-1
罟	1217-2-2

1718

子	1397-8-4
	1402-4-1
邪	639-5-1
玖	1265-7-1
歌	901-8-3
	1282-2-4
歆	443-5-2
	852-8-5
	1229-2-1
歆	204-1-4
	258-8-3
	337-4-1
瓛	288-1-2
瓥	563-1-2
	1274-8-5
瓃	1179-7-3
瑛	146-6-3
瓛	1424-4-3
顛	705-4-2

1719

琛	580-1-3
	583-4-5
球	1320-4-3
球	557-2-5
璩	1322-4-2
璨	1150-2-2
璪	868-2-1
璘	200-1-2

1720

琭	369-7-4
	549-6-5
	695-3-2
黔	1502-8-2
	126-7-4
謬	369-2-3
	549-4-1
	1189-8-1
	1273-5-1
	1334-2-5

1721

子	147-3-1
邪	139-2-2
邪	432-8-2
	434-4-1
	439-4-4
玓	1547-7-2
弱	74-8-2
	79-8-5
	462-7-3
	858-1-5
彲	94-7-2
	201-1-3
郎	873-8-4
	874-6-3
	1247-6-3
朋	121-3-1
乃	798-4-1
甬	628-5-4
	637-2-1
希	1041-5-1
希	198-2-1
礼	380-6-3
	982-3-6
弔	897-4-1
豹	1555-6-4
	712-5-2
鵬	398-1-2
鄥	811-7-1
鵬	1588-1-3
彲	10-2-4
胥	137-3-1

1722

	689-1-4
	1028-1-5
鄬	1589-8-4
胥	274-3-1
胥	525-7-2
	1258-3-5
刜	35-7-5
務	165-1-2
	404-6-5
	569-4-1
	701-6-9
	1021-1-3
	1280-1-1
郜	1097-1-4
勗	1334-6-4
弼	502-5-5
	502-8-4
	528-3-1
	535-1-2
稀	569-5-2
	1279-6-4
狗	158-4-1
	697-6-3
孖	94-7-2
犰	1275-5-4
	1356-2-1
弼	994-4-5
粥	1375-7-9
粥	1330-2-2
	1335-7-2
霄	526-2-1
喬	1384-4-3
	1385-1-2
	1385-6-5
	1389-5-4
	1456-5-3
狥	8-1-5
	9-7-2
鄂	712-5-2
鶤	398-1-2
鄝	811-7-1
鵙	1588-1-3
弼	1335-7-5

蒲	736-4-3
	1104-3-4
	1263-7-3
鱻	973-6-2
彌	1552-2-12
	277-7-1
鴉	443-2-4
	853-1-4
	718-1-4
森	559-5-2
鄲	703-2-1
	771-5-5
	1022-3-5
郜	1524-6-1
彌	383-4-3
	1003-7-1
	827-4-2
	1341-6-2
	1356-1-6
	1357-4-1
	1500-8-3
	111-2-5
	1330-3-1
	1335-4-3
爾	569-2-6
彌	285-2-2
獨	742-2-1
彌	343-5-9
鱍	826-4-2
鵒	1139-3-1
	1155-1-1
	1180-7-3
鷾	1556-4-5
鄘	64-2-2
	1536-6-1
	1551-6-2
彌	185-2-3
彌	484-8-2
鵒	712-8-3
	1032-6-4
	1512-3-4

予	145-7-2
	694-3-3
紊	126-7-4
	1104-4-3
刢	407-5-2
乃	736-3-2
邡	517-7-5
邵	153-1-3
矛	568-7-1
祁	277-3-2
	752-5-3
予	1397-8-4
	1402-4-1
兂	459-6-6
玐	1221-4-5
刕	901-6-5
牝	1400-6-5
	1416-8-3
	1429-3-1
牯	901-5-5
	1335-2-6
牻	431-3-2
犯	1318-1-4
	1365-8-6
飥	661-1-4
矱	659-4-4
羝	404-6-3
逸	308-5-1
狙	139-3-2
	141-7-2
	179-5-3
靵	380-4-3
	847-4-1
翟	1367-3-3
	1510-8-2
	1550-5-1
琵	1318-1-5
翼	1524-6-2
戳	573-7-3
	1134-4-1
了	811-1-5

鸎	994-4-4
鸎	69-5-4
	1330-2-1
	1335-7-4
	1338-7-4
鴉	369-3-2
	550-4-1
	568-8-4
	575-3-2
	576-2-4
	576-8-3
	1273-7-2
鸎	1408-4-4
鸎	1348-6-1
鶵	1386-1-2
	1389-8-4
鸎	692-2-3
鸎	578-6-4
鸎	282-2-3
鸎	343-4-5
鸎	282-2-4
鸎	343-5-4
鱍	826-3-5
鶥	52-5-1
	72-2-4
鶴	1367-3-2
	1550-5-2
鸎	1316-2-2
鸎	484-7-6
鶒	551-1-4
鸎	605-3-4
鸎	1259-6-2
鶸	1525-1-1
鸎	692-3-1
鶤	63-7-3
	200-6-5
鸎	1479-1-3
鸎	1425-7-4

集韻校本

集韻檢字表 上

一六七〇　　一六六九

右頁（一六六九）

1723
承 525-8-3
526-1-1
529-7-4
889-5-2
1258-3-1
豙 644-8-4
1154-7-3
狠 779-3-2
強 1182-2-3
狼 290-5-6
37-5-3
760-7-1
765-5-1
787-6-5
聚 703-1-2
1022-3-4
34-6-5
豬 521-5-6
36-5-1
37-5-2
豫 140-2-2
1015-2-2
1222-4-2
豫 1016-1-3

1724
及 1587-7-1
豜 444-3-1
張 247-3-2
294-5-3
744-5-4
役 1539-8-1
1554-7-4
1555-3-3
1557-4-4
殳 1539-4-3
殳 925-5-3
殺 1317-8-2
1345-1-1
1365-4-4
稜 577-3-2

1725
薾 906-7-1
稌 36-5-2
37-5-3
757-2-1
1132-3-2
578-7-6
435-3-3
888-7-5
駕 43-5-1
639-4-3
44-1-4
鵁 999-6-4
駕 1330-3-4
鵁 520-2-6

1726
詔 379-7-1
380-4-2
816-2-2

1727
冐 460-3-2
矞 404-6-2
殲 1399-1-2

1728
歂 738-2-2
738-6-2
忍 1112-4-4
狨 974-1-1
974-4-5
974-7-2
孫 563-8-5
狲 515-4-4
1255-6-4
歡 1549-4-3
1549-8-2
1563-2-2

1729
螇 169-8-3
703-7-4
908-2-1

1732
刃 1112-3-3
996-7-4

1733
703-1-1
1021-8-3
1024-5-5
888-7-5

1734
尋 578-4-3

1740
又 826-6-3
1263-8-2
子 676-1-2
996-7-4
子 1381-8-1
子 1471-1-3
又 214-1-3
435-3-3
孕 1259-2-2
1260-5-1
孚 638-7-5
孕 1260-5-2
孚 996-4-2
娶 137-1-1
165-6-2
166-5-4
167-5-1
婆 210-4-1
嬰 556-7-3
翠 975-7-3
嫠 1607-6-5
1630-8-3
1112-4-4
恐 638-4-1
悉 557-8-3
1279-3-4
恐 955-2-2
525-6-3
889-6-2
1258-2-3
1563-2-2

1741
凡 1115-1-4
1117-2-4
335-1-3
337-8-3
343-8-4
1526-8-1

1742
鄝 542-8-1
鵁 720-7-3
鶪 1432-8-4
1433-7-3
1440-2-3
1444-7-2
鶪 384-5-1
聯 1084-8-3
1438-1-1
鶪 585-4-3
1195-7-1

1743
聰 14-7-1

1744
孖 112-7-4
690-4-4
996-6-4
灸 1484-4-1
取 166-3-1
166-5-3
552-7-4
702-8-2
907-7-3
1349-4-1
叕 679-1-1
1469-1-4
1474-5-1
弄 792-8-5
797-4-3
806-2-2
1178-5-4
1179-7-1
1585-1-3
冊 680-4-6
1116-1-6
羿 526-1-2
羿 1044-7-5

（邢・耶・聊・翥 等）
聊 367-5-2
412-2-1
飆 1607-4-1
叴（夃） 186-7-2
邢 297-8-2
299-4-3
邢 153-1-2
154-8-1
335-1-1
523-4-4
877-8-3
耶 439-4-5
348-5-1
邦 947-5-5
聊 1035-7-2
明 1400-7-2
1443-7-6
耶 559-5-1
771-5-6
聊 367-5-1
1189-7-1
聊 551-1-1
翥 549-2-4
翥 369-5-3
殤（蝺） 841-4-4
1024-5-5
鶒 299-5-3
1141-1-1
1143-7-2
1157-1-4
聏 862-6-3
鄟 589-4-1
鵁 496-3-2
聘 512-4-1
鴄 334-3-3

惠 8-1-3
637-3-4
憲 556-4-6
懇 760-7-5

禳 690-3-4
醸 90-4-2
91-6-2
穰 1151-7-5
577-8-3
604-7-1
1285-8-3
1539-7-2
獨 170-1-1
703-7-5
908-2-2
442-5-3

左頁（一六七〇）

1047-7-4
1064-2-4
嫛 1072-8-3
1392-8-6
1393-6-3
羿 1047-7-3
聰 907-1-3
舜 1589-2-1

1745
刪 597-6-2
598-3-1
600-7-4
601-1-3

1746
瞷 1608-8-3
瞻 598-2-1

1747
乿 1518-3-4

1748
歁 495-8-3
歆 674-6-2
1092-1-3
歁 1224-2-2
聯 1274-6-4
聊 330-5-1
515-5-3
741-7-6
歇 543-3-1
歠 1608-3-1

1749
聯 1035-7-1
1053-7-3
1439-5-1
1446-3-1
1446-3-2

1750
尹 263-3-2
744-8-3
44-2-3
羍 526-1-3
638-7-4
639-1-2
639-6-1
羣 274-2-1
526-2-2
527-2-4
889-6-1
1258-7-4
1259-3-5
羍 638-8-4
128-3-2

1751
軋 1518-3-4

1752
弔 754-8-5
1187-4-3
1547-3-6
1345-8-3
1361-2-4
那 426-7-1
591-7-4
839-6-2
1215-8-1
郖 485-1-1
872-3-5
鄭 274-3-3

召 1194-1-1
1194-4-3
各 1264-1-2
吾 680-2-3
君 273-5-3
晉 680-4-5
1115-7-2

函 919-7-3
594-5-4
碧 44-3-3
639-2-3
習 1579-8-3
圅 1589-6-1
督 708-2-1
曷 891-5-5
春 680-4-4
1585-1-4
1585-6-1
瞀 1280-1-2
碧 765-4-2

1760
醌 224-1-1
硯 337-6-3
祀 431-1-3
祂 1202-2-3
祝 311-3-4
769-5-3
556-8-3

1761
砒 612-6-1
1302-7-2
380-5-2
訊 1114-7-4
1117-3-4
配 1096-2-2
砠 138-3-2
138-7-4
砲 1201-8-2
1345-8-3
1361-2-4
硈 1083-6-3
656-6-1
659-8-2
969-1-1
鮑 1202-5-2
硪 123-6-1
681-6-5

1762
司 112-2-5
996-3-1
卲 1194-1-4
邵 1193-8-4
矽 1547-6-4
邵 380-7-1
茍 113-5-4
部 133-1-3
190-6-2
邵 895-6-3
砌 1035-6-3
矽 260-5-3
郡 1128-8-2

1270-3-3
酮 10-2-1
38-4-3
628-4-2
碯 427-8-2
硼 502-8-1
硝 1418-7-2
1436-5-4
碻 499-3-7
鄧 592-7-3
592-8-3
1594-2-5
翱 1595-5-3
喬 547-7-1
556-8-6
酮 410-3-1
碯 192-2-1
礀 1201-8-3
磲 1505-8-5
礌 1409-5-2
礜 547-7-5
556-6-2
鳴 442-7-2
酬 185-4-5
醅 689-3-4
碻 713-4-7
810-1-5
810-4-1
833-8-4
1535-6-2
磣 1320-5-4
1334-5-1
1346-1-1
鴉 364-2-2
366-5-5
371-1-2
381-4-4
碯 1529-7-3
翱 1597-4-4
鵁 190-7-5
醪 411-7-5

鵁 746-5-3
1129-1-1
醺 1161-1-4
醼 556-5-1
釃 1384-2-2
1384-8-5
1390-4-3
1457-4-1
酈 518-8-1
888-7-4
鵁 1595-6-3
鷦 1323-1-5
1571-6-2
鴉 442-7-3
醺 1546-8-3
鵁 1580-3-5
鸝 578-2-6
鸞 548-3-4

1763
砼 627-5-2
640-2-1
硯 323-1-5
496-3-5
779-1-3
1136-6-6
酪 29-6-2
硇 94-1-2
224-4-2
碾 803-6-1
1180-5-1
醯 15-4-1
酥 13-5-1
醮 178-5-5
醻 718-2-2
201-1-6
718-2-1
醼 1552-5-2

1764
破 1592-6-4

集韻校本　集韻檢字表　上

1844
玫 1140-6-5
孜 112-7-1
敓 888-5-3
敨 925-5-4
聯 513-8-4
聝 575-8-4

1846
瞇 553-3-2
瞤 795-2-1

1848
耿 302-8-4
1467-4-4
1470-8-4

1850
鞏 906-7-5
1021-4-4
鞏 1315-7-2
鞏 568-8-1
1315-7-1
1362-4-3

1860
矾 1438-4-2
砮 404-6-4
督 165-1-4
569-4-2
1021-2-4
1279-5-2
1362-3-1
醬 176-2-2
568-6-1
1279-5-4

1861
砎 1414-4-3
1434-5-5

貕 1631-3-1

1829
弴 71-5-5

1832
鷙 1021-4-3
鷙 1021-5-2
1315-7-5

1833
愁 114-1-3
愁 1279-4-2
憨 599-6-3
1294-6-1
1294-7-4

1840
裖 742-8-1
逡 874-3-3
娑 71-8-5
婆 569-5-4
1021-1-4
1316-1-2
鑿 568-6-3
906-8-1

1841
鷸 1465-8-4
矓 71-7-4

1842
玠 233-6-6
聆 588-1-2
611-8-2
弟 717-4-4
聱 737-1-5

1843
聆 518-7-1

貒 258-5-5
貖 455-1-2

1823
瑢 830-6-4

1824
攷 828-6-2
跰 488-4-4
502-2-4
秋 568-4-3
702-3-4
悆 52-1-2
敨 1375-7-6
敨 628-1-1
630-3-4
敊 1317-8-3
1365-4-1
歂 65-1-1
歂 718-2-3
1042-8-4

1825
佯 449-1-5

1826
弙 1612-8-3
1621-7-2
彇 500-8-1
獊 452-3-3
獋 529-1-6
536-6-5
禮 532-2-2
1259-6-3

1828
狭 738-1-1
雅 15-5-1
豵 15-7-4
35-6-1
35-8-1

1090-5-3

1817

1818
璇 354-6-6
511-2-5
璇 34-7-1
璇 354-7-1

1819
琛 180-2-3
182-2-2

1820
猷 99-6-4

1821
弬 643-6-2
秕 52-4-1
秙 52-3-7
434-3-1
獥 1004-3-5
耋 1021-5-1
馻 700-8-2

1822
粉 1554-7-5
1555-3-4
1555-6-5
玲 117-3-2
矜 261-4-1
276-1-5
323-8-5
494-3-1
531-7-3
1123-1-2
希 176-2-1
1021-3-1
1315-8-5
1352-4-1

1304-3-2
璎 257-6-1
804-1-1

1814
攻 20-1-4
31-3-1
511-2-5
949-3-3

1812
珒 1085-5-3
1253-1-1
玲 584-4-1
586-7-3
612-5-2
618-2-3
玢 247-5-1
268-5-2
269-1-2
319-3-3
321-1-5
珍 249-6-1
瑞 198-5-3
1041-7-1
瑜 174-1-3
792-5-1
弟 208-3-6
瑜 174-4-4

1320-1-5
鍫 568-7-5
1280-1-4

1811
瑳 421-4-2
840-1-5
瑥 598-7-3
玕 714-2-2
玫 231-4-4
政 506-6-7

1813
松 20-2-4
44-8-3
玲 503-7-4
518-7-3
1290-6-3
琛 133-5-1
螯 164-8-5
395-3-4
569-2-3
1021-5-3

1816
玲 117-3-2
595-4-5
琌 452-2-3
458-6-4
473-1-4
492-8-2
1123-1-2
瓃 164-7-2
瑰 976-7-1
蘝 937-7-1

一六七二　　一六七一

禫 243-7-6
飄 376-4-3
377-5-4
378-4-2

1792
祁 663-4-3
柠 690-5-1
郲 557-6-2
鄅 378-6-1
鄩 703-1-3
礄 560-5-3
895-4-1
禍 198-6-5
翺 377-8-5
1197-1-5
扁 535-1-3
鷄 557-5-1
鷄 343-8-5
鷄 1379-5-4
鷊 377-5-3
鸋 458-3-5

1798
頪 1321-4-3
纇 1340-5-1

1810
玖 1438-2-3
玖 892-4-1
墊 165-1-1
557-7-6
568-5-1
702-6-4
906-7-4
1021-7-3
墊 980-4-2
鞶 72-1-4
登 569-5-5
1311-8-3
1315-8-1

1782
郏 101-5-3
102-6-3
鷄 254-1-1
1179-2-4
鷄 101-6-2
102-6-5
鶂 949-1-6

1790
承 526-1-4
889-7-1
1258-3-2
朶 843-7-4
禾 831-1-3
录 1320-2-3
柔 690-1-6
693-5-4
694-2-1
柔 142-1-5
557-1-3
录 992-2-3
桑 472-4-2
梁 43-7-2
638-5-4
639-5-3
梁 44-3-4
棐 548-2-2
559-8-3
899-3-5
900-1-4
槳 1037-6-4
蘽 274-2-2
彙 684-2-3
1007-1-2
纍 816-4-4

1791
耘 901-7-1
祖 707-5-5

1447-1-3
594-6-1
617-1-2
丕 526-1-5
嶜 639-3-2
醫 760-7-2

1780
疋 137-3-2
139-6-1
1258-3-2
689-5-2
691-1-2
853-2-1
1012-2-3
1349-5-3
694-2-1
750-7-1
1209-4-5
1315-6-2
1362-3-2

1772
邵 669-3-4
679-6-3
680-1-3
999-6-3
邵 271-7-4
耶 854-8-2
郫 341-7-1
鴻 1127-8-3
鷞 341-1-1

1773
裵 274-3-2

1774
殷 556-6-3

1771
乙 1382-6-5
1396-4-2
己 680-1-1
己 678-7-1
679-7-3
998-1-1
998-8-3

1778
改 117-7-6
232-1-3

1768
凹 1307-8-1
680-3-1
750-6-2
毛 740-8-1
翟 701-6-3
甕 639-3-1
747-1-3
747-2-3
750-7-1
畢 1209-4-5
1315-6-2
1362-3-2

1767
砤 224-4-1
硣 1290-4-5
1304-4-5

1765
醿 1546-8-2
碖 1340-7-1
碔 587-3-2
碏 121-1-3
1107-8-3
1127-4-4

1766
碻 690-2-2
695-5-2
1492-4-2
1551-8-4
礴 260-3-2
336-3-2
789-2-1

1769
碌 1321-7-3
1351-3-3
1368-2-3

砅 214-4-3
碒 1180-4-4
砧 224-4-1
硣 1290-4-5
1304-4-5
1282-6-3
碬 803-6-2
叔 1245-5-6
歌 414-3-1
837-1-2
破 1154-6-1
1155-4-4
碫 775-6-1
醶 1062-6-1
1469-6-4
欹 381-3-1
碎 1516-1-3
歌 413-4-1
磈 319-3-1
醆 896-5-2
歆 1597-4-1
歈 674-6-3
殼 548-7-3
906-6-1
17-7-3
500-7-1
759-6-4
1127-4-4
碭 1597-3-4
醅 1273-3-1
磧 926-6-3
駱 413-4-3

集韻校本

集韻檢字表 上

一六七四　一六七三

喬　386-6-1
　　386-8-3
　　387-3-3
　　819-8-4
　　823-1-1
　　1196-5-5
寓　794-1-1
　　794-1-6
　　976-1-3
僑　1042-3-3
傍　470-8-2
　　487-7-1
　　488-6-2
　　867-3-2
　　1241-5-4
爲　81-6-4
　　968-2-5
禹　1155-6-1
　　37-8-3
　　39-6-3
俉　850-5-3
　　1523-8-4
徬　470-8-3
　　1241-6-2
俌　1117-7-2
　　698-5-5
晉　1531-1-1
俌　723-2-4
蒱　40-4-2
殰　829-2-1
償　219-4-2
　　1036-4-2
管　114-7-3
貗(貐)
　　62-6-3
篣　470-3-3
貓　40-5-6
勞　1396-8-3
　　1461-8-2
鯆　40-6-3
艛　60-2-2

雓　1539-6-3
徨　32-1-3
癰　1322-5-1
舩　1190-3-4
　　1195-8-1
　　1196-6-3
徸　321-3-3
　　345-4-6
雍　42-7-2
儺　65-3-1
　　1042-3-2
躘　795-4-2
　　1177-7-3
雍　42-4-3
离　136-1-4
儸　427-1-1
　　839-6-3
雛　926-7-2
儾　662-6-3
瘽　1219-7-3
纙　556-4-5
　　1270-3-6
癯　846-4-2
　　1072-1-4
雌　183-8-4
矗　1594-1-1

2022
仿　450-4-1
　　861-8-4
秀　1268-3-1
彷　449-3-2
　　450-4-2
　　471-1-2
豸　650-5-3
　　723-4-1
禹　698-4-1
停　517-1-1
俢　1156-8-3
俙　1037-7-4
　　1040-1-1

　　1242-8-3
2011
禿　1024-8-1
　　1025-2-4
位　980-6-5
　　986-3-2
　　1383-4-1
隹　85-1-3
　　90-8-4
　　157-3-3
　　665-2-1
　　685-6-5
　　728-8-1
侂　1490-7-1
往　863-2-5
2014
竝　1588-8-2
　　1597-5-2
催　99-4-7
　　725-6-6
位　1587-1-1
覓　1545-6-3
牲　704-5-5
2019
帷　162-6-3
億　1238-1-2
　　1249-1-5
雉　783-6-3
催　581-4-1
僮　8-6-1

2006
乖　217-3-1
雌　58-3-3
雌　58-3-2
　　194-3-1
雉　55-7-1
　　959-8-2
雉　28-3-2
　　633-7-2
2010
上　863-7-1
壬　517-4-2
　　581-1-1
　　1286-6-5
壬　529-3-6
　　677-5-4
　　880-5-5
　　887-2-4
垂　55-5-1
　　960-1-1
　　963-8-4
歪　907-8-5
呈　581-4-4
　　585-1-2
重　38-2-2
　　636-6-2
　　954-8-5
坙　522-4-4
盉　418-6-1
　　1216-7-3
垩　55-5-2
　　647-5-3
壁　435-4-3
壁(壄)
　　53-8-3
壁　53-8-2
盉　387-8-2
壘　955-1-2

2013
纘　983-2-2
蠱　794-4-2

2017
晉　749-4-2
　　1126-7-1

2020
彳　1354-6-3
　　1536-3-2
彡　603-2-1
　　622-1-3
　　929-6-1
彳　339-1-4
广　937-1-2
僮　302-7-3
　　344-4-4
　　772-3-4
　　772-6-3
　　795-4-3
　　1153-1-2
　　1153-4-4
　　1178-4-2

2021
尢　1318-3-1
尣　475-8-3
　　868-8-3
　　869-4-2
　　877-3-2

1974

1978
敳　634-6-1

1985
驎　743-7-2
　　1119-7-4

2000
丨　761-2-5
　　974-1-5
　　979-6-2
　　1071-2-3
丨　1403-5-3
　　1467-6-5
丿　819-1-1
　　1458-1-2

2001
惟　1313-8-3

2002
勹　828-6-3
号　1161-7-4
　　491-1-4
号　152-8-1
　　154-4-4
膅　65-3-3
膀　470-6-2
　　867-1-4

2003
く　789-8-3

2004
肵　1619-7-1
膀　1490-8-4
　　1510-3-3

　　877-7-1
　　883-6-4
　　883-8-2
聑　553-3-1
　　554-6-2
1960
瞀　877-8-2
瞀　927-5-1
1961
硴　478-6-4
1962
砂　434-6-4
硝　373-3-1
　　1192-2-4
磅　412-3-2
1965
砰　310-2-2
磷　250-7-5
　　503-7-1
　　743-6-4
　　1120-2-4
1966
礑　499-3-8
1968
酸　597-5-4
　　927-3-2
碩　843-1-4
酭　559-3-5
1969
礦　512-1-3
1972
黻　372-8-2
1973
裘　883-5-1

1912

1915
璊　250-8-2
　　743-6-3
瑞　457-3-3
瑒　412-3-3
　　1004-4-3
1916
璡　467-4-3
1918
珗　395-7-2
弰　1066-3-5
　　1458-4-2
1922
稍　1362-6-2
1925
玲　737-7-4
　　1111-2-4
璘　251-3-1
1928
桼　24-8-4
　　634-5-4
1933
忍　1000-4-2
　　1006-2-1
　　1109-7-4
恖　877-7-2
1946
粶　1039-5-2
1948
耿　524-7-2
　　877-1-2
珖　479-3-3

　　1303-6-1
硷　594-5-2
　　595-5-3
　　1199-7-1
　　1524-4-3
1873
饕　1447-8-3
饕　927-5-1
礒　656-3-4
改　680-2-4
　　732-6-4
1877
瓷　1021-3-4
1880
瞪　1021-4-2
　　1279-3-2
1882
畛　737-7-4
　　1111-2-4
1890
棻　1315-6-3
椠　261-4-2
緐　565-7-3
　　568-8-2
　　576-8-2
　　1276-1-2
1892
粶　1039-5-2
1894
敫　377-8-1
1911
硷　1303-5-3

磑　390-7-1
　　392-7-1
　　1199-7-1
　　1524-4-3
磮　907-6-5
1865

1866

砳　1592-6-3
酯　593-2-4
礍　796-2-2
礚　500-8-2
1868

1864
砍　663-8-5
碰　35-4-3
碳　1317-1-3
　　1364-8-2
礦　1256-1-6
酸　617-6-5
　　924-6-5
　　940-1-2
　　941-2-2
　　1302-4-2
1869
砼　850-8-1
硶　147-5-3
酪　181-5-3

醯　180-6-1
　　181-6-1
　　1283-1-5
醯　454-5-2
1863
砼　520-7-2
碲　1100-8-2
磙　23-2-2
碈　1451-2-2
碈　981-5-5
　　1092-8-2
碰　1513-5-3
磁　114-2-2
酳　1302-1-2
碟　609-5-4
　　614-3-3
　　531-6-3
　　536-3-3
礚　1484-7-1
碰　981-5-6
礎　114-2-1

磣　1415-7-3
砟　1225-2-2
　　1499-6-1
硇　353-4-2
硤　1065-2-4
酢　1028-4-2
　　1499-5-2
酡　52-6-2
　　73-5-4
　　425-7-2
碴　843-6-2
　　850-3-5
硪　864-3-1
磛　586-7-5
磋　421-5-3
礎　1214-8-1
酢　775-2-1
醮　73-5-5
醛　421-6-5
　　840-2-4
礚　598-8-4
　　621-4-1
醯　927-8-1
　　1296-6-1
1862
砍　1085-6-5
　　1435-2-3
矴　247-3-5
矷　248-1-1
　　268-2-3
　　319-6-2
砂　240-7-2
　　737-5-1
硴　258-5-2
　　764-6-3
　　834-1-1
　　1139-6-1
酢　617-6-4
　　621-2-2
礄　174-2-2

集韻校本

集韻檢字表 上

一六七六　一六七五

鼇 779-7-2	毛 1509-7-1	雉 1493-1-1	1213-5-3	再 527-4-1	雙 99-5-2	
807-4-1	1511-2-3	鮭 1023-5-5	懷 218-6-6	1258-7-1	愛 1107-4-4	
鼈 1036-2-2	毛 404-2-2	雉 1017-6-4	**2054**	犇 1184-1-2	舉 315-5-1	
2073	1209-6-2	1277-1-2	牸 505-4-1	1184-7-2	嬰 358-8-2	
厶 88-4-2	屺 471-7-2	雉 1493-4-2	犉 253-8-4	辡 113-7-1	雙 47-8-4	
906-3-4	氍 140-1-3	鹹 869-6-1	357-8-6	艬 48-1-1	957-3-5	
幺 371-7-2	毳 1051-4-4	雒 1341-5-5	犝 357-8-5	**2050**	嬰 289-7-2	
1545-7-5	1055-2-4	1343-1-3	拜 1409-3-4	手 897-2-1	舉 1155-5-3	
厹 1410-7-2	1056-5-3	雉 108-5-2	**2056**	犇 333-2-3	變 804-4-4	
幺 1161-3-5	1437-3-1	雌 216-2-3	㸆 905-8-1	犉 555-3-4	舉 1155-5-4	
裒 951-6-1	1463-4-2	鷈 1317-5-3	犅 466-6-3	犛 43-1-1	舉 1155-5-5	
嶆 1013-3-5	1465-6-2	雖 285-2-1	**2059**	犛 555-3-5		
嶕 1135-7-4	毬 404-2-3	**2062**	惊 460-8-4	**2041**		
嶵 375-2-3	1209-6-5	嶒 777-5-2	1236-8-2	航 476-5-4		
375-2-3	毰 230-5-5	穜 739-8-4	**2060**	錐 830-8-4		
嶭 400-1-1	毵 1605-8-1	(華) 634-5-3	舌 1443-2-6	雅 561-6-6		
嶙 394-6-1	**2063**	穮 64-3-4	1464-7-1	雉 1117-3-3		
嶂 812-1-3	鱸 1013-3-1	穝 867-2-3	臿 1376-8-4	雉 1367-3-5		
嶧 218-6-3	罐 821-2-5	幢 10-4-1	看 298-6-1	雉 70-3-1		
巑 42-4-4	822-3-5	雞 42-3-1	1142-1-1	雉 1029-5-2		
2074	822-6-1	巉 662-6-1	香 461-4-5	艫 1321-7-1		
嶂 1506-3-1	836-4-1	蟲 551-8-7	售 1270-3-5	艤 244-7-5		
嶂 1234-2-2	鱸 1013-3-3	**2072**	1330-7-1	9-3-2		
辥 1461-2-3	217-8-3	嶀 517-7-3	番 68-6-4	33-2-3		
辥 1605-2-1	218-5-2	嶒 756-5-1	284-6-2	955-7-3		
爵 1480-8-5	**2064**	776-1-2	308-7-4	957-6-1		
嶄 1506-2-6	皎 813-8-5	779-7-3	310-3-2	雞 169-7-1		
嶬 824-6-1	辭 113-7-2	807-4-4	419-2-3	1022-4-2		
825-3-3	**2070**	1183-3-1	420-1-2	雞 401-7-2		
辭 1439-8-3	丨 1063-1-1	嵽 196-4-2	1133-3-1	**2042**		
辭 1391-5-5	1402-4-2	197-7-4	1148-4-2	舫 449-4-5		
1410-2-2	1474-6-3	嵪 390-8-5	1217-4-3	1232-3-3		
1466-5-1	**2071**	400-7-4	番(番) 283-1-3	1241-5-2		
2075	丨 749-5-2	蟠 40-4-5	香 461-4-4	1241-5-1		
嶂 420-7-3	乚 537-5-2	嶋 1116-6-6	畾 408-8-3	艕 1246-3-5		
2076		嶬 1035-1-1		**2043**		
峆 905-5-2				舷 336-3-3		
			2044		
			舜 291-1-2		

1545-4-1 | **2033** | **2030** | 244-5-1 | 1199-1-3 |
鱹 48-2-4 | 衰 1410-7-3 | 乏 1632-1-1 | 1114-7-1 | 1200-4-2 |
2036 | 1411-2-4 | **2031** | 倍 230-7-2 | 俯 699-8-3 |
鱸 466-7-1 | 忈 244-2-3 | 雒 1383-7-3 | 240-3-2 | 倅 1098-6-1 |
鰆 1333-2-1 | 悉 1370-5-3 | 雒 557-7-5 | 727-8-3 | 1108-3-2 |
2039 | 焦 374-4-4 | 魷 475-7-3 | 734-1-4 | 1409-8-2 |
鯨 462-8-6 | 376-3-1 | 477-1-6 | 1095-8-4 | 265-7-4 |
494-1-5 | 553-6-3 | 868-8-1 | 1183-1-2 | 依 1490-7-3 |
2040 | 悠 129-1-3 | 869-7-4 | 焃 1184-1-3 | 1281-2-5 |
千 326-5-2 | 679-2-4 | 鮭 908-7-4 | 傴 1332-8-3 | 發 1184-1-3 |
平 184-6-1 | 683-7-4 | 魟 535-6-4 | 偣 1336-8-5 | 1184-7-1 |
189-1-6 | 熏 272-8-4 | 1262-8-3 | 699-4-3 | 679-2-3 |
受 821-4-3 | 1128-3-4 | 雒 85-2-1 | 殠 701-4-1 | 683-7-5 |
822-4-3 | 愚 275-4-3 | 740-6-3 | 895-4-4 | 戲 485-6-1 |
孚 160-3-2 | 749-4-3 | 鱸 1321-5-2 | 1575-1-1 | 舜 1387-2-1 |
561-7-5 | 1126-7-2 | 鱔 9-6-6 | 徝 1083-4-1 | 1409-6-2 |
1019-5-2 | 憑 774-2-4 | 鱠 303-1-4 | 1225-6-3 | 偉 456-2-2 |
1020-7-5 | 1413-5-3 | 345-6-1 | 箈 1289-2-1 | 倅 1370-3-3 |
妥 225-6-3 | 1540-1-3 | 796-3-1 | **2028** | 弈 265-8-4 |
729-5-1 | 戀 983-1-1 | **2032** | 俊 232-4-1 | 1192-8-3 |
844-6-4 | 雧 374-7-2 | 魴 862-2-2 | 232-8-1 | 嫟 1029-8-2 |
季 333-2-1 | 鰊 678-5-4 | 862-8-1 | 234-1-3 | 嫜 456-2-4 |
季 983-8-1 | 蠢 374-4-3 | 魴 450-5-1 | 724-3-3 | 1234-2-1 |
委 83-2-3 | 鱸 345-6-2 | 鰾 517-5-3 | 733-2-2 | 120-6-1 |
656-8-4 | **2034** | 鰤 199-1-1 | 1108-2-3 | 1567-8-5 |
968-3-4 | 尋 1388-6-1 | 1039-1-3 | 俟 1372-1-2 | 傻 1520-2-2 |
受 897-7-2 | 1433-8-1 | 鰝 828-2-1 | 佼 232-4-2 | 億 1540-7-1 |
1205-8-1 | 尋 353-2-1 | 829-7-4 | 233-6-1 | 傻 1541-4-1 |
1211-4-1 | 359-5-1 | 1501-3-1 | 健 1606-5-2 | 傻 1544-7-3 |
1212-7-1 | 鮫 267-1-4 | 鯜 450-5-2 | 儘 871-4-1 | 億 1545-5-6 |
爰 278-3-1 | 皎 390-1-2 | 鴛 862-2-1 | **2029** | 德 379-1-3 |
曼 1470-1-2 | 鮫 390-3-1 | 862-8-2 | 惊 462-4-2 | 儀 451-6-1 |
委 877-8-4 | 鮮 266-4-5 | 鱐 40-6-2 | 1237-1-1 | 457-5-1 |
隼 740-6-4 | 鱘 253-3-5 | 40-7-1 | 1238-1-1 | 襄 451-6-2 |
隼 1534-7-2 | 鮮 1387-2-2 | 鯖 714-3-3 | 1249-1-4 | 861-4-3 |
舉 217-3-3 | 鮻 1605-1-2 | 970-8-2 | 傒 1579-2-3 | 爍 1084-6-1 |
731-7-2 | 1606-3-1 | | 㑲 662-6-4 | 艫 377-2-6 |
舉 897-2-2 | 鱝 1545-1-3 | | 474-8-4 | 378-8-5 |

雟 793-8-4	
鼎 340-3-4	
2023	
佽 335-8-4	
依 339-4-2	
依 128-8-1	
683-7-1	
儇 120-7-2	
129-2-1	
679-2-3	
683-7-5	
億 1567-8-3	
2025	**2024**
舜 1113-4-2	佼 389-3-5
2026	389-5-1
信 242-3-2	823-7-2
825-1-1

集韻校本

集韻檢字表　上

一六七八　　一六七七

右半（一六七七）

稃 1074-2-3	64-7-3	雞 200-6-2	集 1580-7-3	禿 244-3-1	嵞 467-1-3
1409-2-4	貓 1523-5-5	纏 1219-8-5	棗 374-1-2	辵 1485-2-3	864-7-1
1410-1-1	1536-2-2	纏 842-8-4	紮 1027-5-3	貢 931-2-3	1239-7-1
絳 528-8-1	1542-2-2	777-6-4	113-8-4	奡 202-5-3	嵧 276-4-1
縡 739-1-5	絃 336-2-2	777-8-2	117-1-5	奡 102-4-3	**2077**
絆 228-1-2	1172-8-1	778-2-1	橐 774-2-5	雙 374-4-5	盂 1252-8-5
975-8-4	纕(纕)	1133-2-3	1051-4-5	**2081**	香 663-3-2
1098-8-2	86-7-4	1134-6-1	1055-4-2	雉 830-3-4	畱 1607-7-1
1099-3-3	227-8-4	1159-5-2	1057-1-6	虓 474-4-5	1626-8-3
1387-2-4	**2092**	**2092**	纍 1055-5-1	虓 201-2-1	函 1607-7-3
綫 1596-5-1	228-3-1	紡 449-8-1	欒 1353-2-2	**2083**	1626-8-6
稗 1388-6-4	紡 862-1-3	欒 1420-4-4	餽 1135-8-1	峀 382-8-3
辮 677-3-4	423-1-4	緒 1335-7-7	1473-8-5	**2088**	餽 543-6-2
絳 1388-6-3	穚 1364-1-3	稿 401-4-4	欒 1580-7-2	丞 55-5-4	舀 175-2-2
綾 1605-6-3	穰 609-1-2	64-7-1	**2091**	543-7-2
緶 1520-4-1	纀 374-3-4	稑 471-2-4	杙 450-8-4	**2090**	818-3-3
1520-7-1	375-3-4	489-1-4	杭 484-7-3	禾 418-3-3	963-7-3
1540-6-5	纏 610-2-1	651-3-2	航 872-2-2	秉 586-3-3	霯 55-6-3
穈 1113-1-2	總 1568-2-5	978-1-2	杭 477-7-3	糸 112-2-3	霯 94-2-1
2095	穋 379-2-1	1039-1-2	縮 472-3-2	1545-7-4	雔 42-6-5
縛 334-7-2	394-1-1	1040-6-3	478-3-1	采 801-4-2	949-5-1
2096	1202-1-6	稿 1549-3-4	統 952-6-2	**2078**	叠 362-4-2
稽 602-5-3	812-3-2	縞 829-4-2	稺 979-8-3	峻 233-2-1
1289-1-2	鑂 374-3-1	1206-7-3	統 549-5-1	679-5-4
綯 699-4-4	553-2-1	縞 64-2-3	稚 171-5-2	礦 1244-6-1
1267-5-2	554-8-4	綯 470-2-3	維 98-5-2	**2079**
1278-6-1	穰 457-3-5	1241-4-5	統 805-8-3	采 734-4-4
穗 467-2-6	512-2-3	纏 207-6-5	雉 1339-5-2	907-8-1
稽 1332-6-3	861-3-1	771-1-4	種 9-3-5	1105-5-1
1337-1-6	纕 451-5-2	稿 714-5-3	38-2-4	1159-1-2
2098	457-6-3	961-8-2	633-5-2	1606-3-3
絯 233-3-1	472-6-4	962-5-1	954-1-3	乘 1167-6-4
724-4-2	**2094**	975-2-2	乘 526-4-3	1258-8-4
733-5-1	紋 267-1-1	1035-3-1	采 977-2-4	累 831-1-4
1524-8-4	絞 388-7-1	1036-3-1	**2080**	桼 788-3-4
穑 872-8-6	814-4-4	1050-7-3	天 385-4-4	黍 692-1-1
纏 1244-5-1	823-4-4	纏 327-2-5	818-7-3
1244-8-1	稃 1113-1-1	黯 397-5-3	830-1-4
	繛 62-5-1	纏 346-3-1	1341-4-2
		1180-1-2	夭 663-6-5

左半（一六七八）

171-7-4	盧 78-4-3	征 506-2-3	顗 684-1-1	盍 133-5-3	積 1244-7-2
歷 1551-5-3	甒 356-7-1	徎 106-3-2	736-6-2	259-4-6	**2099**
儱 629-2-3	357-4-2	虐 1487-6-2	頖 666-2-1	盧 589-3-3	綜 460-7-2
貓 822-8-1	偓 696-1-1	佢 1614-3-5	**2119**	盧 601-4-2	穆 474-5-1
瓿 281-3-3	徎 506-2-4	**2119**	坏 229-4-3	盈 691-1-3	释 1258-7-2
756-4-3	狟 279-7-4	挜 570-8-2	560-7-2	702-8-1	絲 1044-1-5
807-5-1	305-7-5	703-7-2	561-8-4	703-3-2	穋 1605-4-1
1132-6-2	306-5-5	1023-7-3	562-3-5	壹 710-1-4	纏 99-1-1
1183-2-3	舺 78-4-4	1025-4-1	895-5-3	堅 977-8-2	1579-4-1
甒 182-6-4	279-8-1	俓 335-7-2	**2120**	鏊 1042-4-5	1606-6-2
盧 182-5-2	庿 189-3-5	337-7-3	歩 532-1-1	**2111**	緣 675-6-1
歷 1552-4-4	虜 189-4-1	496-6-1	1420-5-1	距 688-1-5	纏 264-2-4
攊 1553-5-2	偅 1599-8-1	1250-7-1	1422-4-7	甄 55-6-5	獮 430-7-1
儸 65-2-4	儸 340-7-2	1254-4-2	卢 189-3-4	63-7-1	**2101**
1042-3-1	僵 462-4-3	徎 465-3-1	步 1026-8-1	94-2-2	963-7-4
瓶 205-4-2	僵 726-2-5	864-2-1	麥 1609-2-3	963-7-4	**2102**
207-4-5	726-5-2	侄 443-6-4	**2121**	**2112**	鳿 736-3-7
208-3-1	舾 723-3-2	1229-1-1	仁 244-2-2	与 695-3-1	鸁 543-8-2
欚 1551-7-2	盧 182-5-1	俳 219-6-1	尢 459-6-5	嫣 648-6-2	**2104**
纚 629-2-2	舷 323-5-4	230-3-1	仜 18-1-3	鴉 1025-1-2	坪 1250-4-3
玀 1552-7-6	791-2-2	俓 522-6-1	仉 1416-8-4	**2113**	牌 1227-3-3
鱺 436-1-4	嫗 757-5-1	1254-3-1	伍 713-8-4	鵲 744-7-4	**2106**
钃 646-7-1	789-3-1	矼 45-1-3	佤 1081-2-1	805-3-1	幅 1571-2-5
欐 521-6-5	1132-4-4	瓶 338-5-3	征 506-4-3	螱 61-7-3	1572-2-3
2122	1171-2-2	1173-1-3	伕 103-4-2	蠭 247-1-6	嶍 582-7-5
衎 886-7-3	1182-7-4	虚 133-5-2	105-7-5	**2114**	**2108**
伨 695-3-4	膢 1233-2-4	133-7-5	229-3-2	敤 863-2-3	順 1113-7-1
行 515-8-5	瓠 221-3-6	虛 179-5-1	240-1-6	岷 994-7-5	**2109**
行 476-7-3	儢 1136-2-3	422-3-3	671-1-2	671-5-4	环 229-2-6
485-6-3	瓶 590-8-1	偃 756-8-1	671-5-4	敨 736-7-1	**2110**
620-8-2	598-2-2	789-6-1	1416-7-7	665-4-3	上 863-7-2
868-8-5	926-7-5	恒 430-1-3	任 464-1-2	嶂 1032-1-3	1234-3-1
1242-6-1	1295-5-5	慨 982-5-1	征 648-1-3	**2118**	止 672-8-1
1246-1-3	1297-2-3	1107-1-1	虎 710-3-3	頔 58-8-5
韦 1076-7-2	殭 462-5-2	徘 230-3-2	俖 971-8-1	顎 103-5-3
夯 891-8-4	儢 1554-2-1	犹 308-5-4	1368-8-1	頟 165-3-1
1264-8-2	儱 11-3-1	1500-5-2	1377-7-2	頟 58-8-3
何 414-8-3	628-8-1	舽 688-1-3
837-2-3	954-5-5	1010-6-4
俩 861-8-5	嫗 155-8-5	俖 1157-7-5
	貙 145-6-3	豿 103-7-3

862-7-6
肯 732-6-1
890-6-2
岓 751-1-3
1126-5-1
偭 111-4-5
衕 670-1-1
虧 154-5-1
徏 1563-1-6
衎 766-5-1
1142-1-5
衍 348-7-2
804-8-1
1181-4-3
河 413-5-5
炣 414-1-3
倆 857-1-1
徏 1563-1-8
豻 516-3-4
崗 664-3-4
臬 1577-1-2
禼 1461-6-1
術 977-4-5
1385-4-1
衕 1171-8-5
1173-2-4
傌 1220-8-1
倩 240-2-3
街 77-4-3
210-8-2
衖 956-3-6
衚 805-2-1
衝 9-6-2
946-7-2
衏 123-2-2
虜 709-3-3
傿 349-4-2
757-2-2
1126-6-5
1132-4-2
僝 1191-7-1

衙 281-6-2
338-6-3
1172-3-5
1173-1-2
衕 133-1-2
444-2-1
686-6-3
1009-3-4
偏 1551-5-4
衡 486-2-3
493-1-2
衙 1171-8-4
1173-2-3
衛 973-4-2
1370-2-3
衚 637-7-3
酤 113-6-3
鼎 886-5-3
衠 793-2-2
1175-7-4
衙 620-8-1
膚 144-2-2
161-7-6
德 753-7-3
衡 32-8-3
633-8-1
衕 1289-7-2
鬳 1131-1-1
1132-6-1
儞 651-7-2
儒 170-2-1
衞 686-6-4
衡 485-6-4
486-2-5
衛 1059-4-1
1474-7-2
衞 834-3-4
1211-6-4
虧 78-6-5
82-5-2
衛 1370-2-2

觸 1511-4-3
1515-5-5
衝 32-8-2
955-7-4
穤 894-3-3
衢 157-7-1

2123

侲 241-3-3
243-5-4
250-1-1
1111-2-6
倀 459-4-4
459-5-2
460-2-1
490-5-5
1246-8-1
虘 1324-3-1
豦 135-8-1
688-8-2
1010-7-1
徢 349-5-5
偃 1502-5-4
䑣 50-8-1
958-1-5
慮 144-4-3
173-3-3
1014-4-2
儢 694-6-2
屖 521-6-6
虪 1500-5-5
麢 1059-7-1

2124

仟 766-8-4
1140-6-3
併 496-6-2
侫 522-3-1
1257-3-3
伻 502-1-5
502-4-2

佴 981-2-5
994-5-2
1104-2-4
倂 947-5-1
便 351-5-5
1185-4-1
豣 1143-6-3
虔 350-3-2
倬 1365-5-4
1366-8-2
豻 298-3-2
300-1-2
318-3-2
318-4-5
1140-3-4
1143-6-2
殅 995-1-3
虖 184-6-2
189-2-1
522-8-2
713-3-1
處 692-5-4
1011-1-1
1013-1-3
偄 ·812-8-1
818-6-4
佊 1186-7-3
儆 526-3-4
徫 1204-6-2
傉 1345-6-1
1354-3-4
傁 756-3-1
敲 646-8-6
844-4-2
躸 1212-4-5
僤 1301-3-2
觶 1366-7-1
1367-7-3
敵 1196-5-4
優 542-6-1
564-7-4

骭 298-5-3
1140-5-1
敲 934-6-1
雙 67-5-3
優 542-6-3
戲 1014-6-2
儡 1608-2-3
1608-6-3
優 226-6-2

2125

虒 1629-5-1
嵗 1462-8-5
歲 1050-8-1
1217-8-4
虞 619-1-4
徽 1077-5-4
㷅 1110-2-4

2126

佔 606-4-3
608-4-5
613-5-3
1305-3-1
価 1326-6-3
佰 1507-2-2
1509-1-1
袩 585-2-3
600-8-3
601-7-3
620-6-1
1299-5-3
倍 191-2-3
1034-3-5
佸 729-7-2
734-1-1
偪 1323-2-4
1570-8-4
1571-4-4
偭 800-5-1
1185-5-3

黏 606-6-4
黴 1233-2-3
貊 1444-1-3
1507-5-4
盧 182-6-1
僭 577-4-3
578-4-1
582-3-4
936-4-2
1287-1-4
1302-2-3
貂 106-2-4
671-4-1
黼 894-8-3
膚 695-1-1

2127

婢 1202-7-5

2128

袱 694-5-3
瘊(瘊)
1372-1-1
虔 1317-5-6
虙 1487-6-1
俱 798-5-5
1155-8-3
1220-2-5
偵 507-4-3
507-7-2
1246-8-4
1253-4-5
徙 57-7-2
648-1-4
虞 688-2-2
禎 1247-3-2
須 165-2-4
319-4-1
漿 458-7-3
虞 150-7-1
1016-4-3

傾 510-8-5
882-2-1
縱 646-7-5
價 852-1-2
1228-3-2
額 165-4-2
傾 656-5-3
727-5-2
須 838-3-2
頻 246-4-2
類 582-8-3
914-4-2
1286-3-2
頡 225-8-3
1219-3-4
須 1202-5-4
虞 688-2-1
顛 1143-7-1
頔 94-1-4
顆 356-5-1
700-2-4
頗 563-3-4
顢 1036-8-6
傾 118-8-3
鱖 1402-8-1
1403-2-1
顙 921-4-2
922-1-1
蘋 246-2-4
246-4-3
顓 886-4-3
傾 331-1-1
還 220-7-3
顚 1110-4-4
顥 330-7-2
顱 182-8-3

2129

伓 105-7-6
229-5-4
僳 830-6-5

傆 278-1-4
1130-1-2
1157-6-3
僄 376-6-2
377-4-3
1197-1-1
1197-6-2
傈 136-3-1
虩 247-5-4
321-2-2
貅 136-1-1

2131

魟 17-8-3
19-1-2
20-4-2
28-3-3
45-1-4
魥 1031-5-2
鮏 464-1-1
魭 277-3-1
277-7-4
774-4-2
1147-4-3
鮠 419-1-4
魫 985-5-5
鮔(鮀)
185-7-1
魾 103-8-3
105-4-2
106-2-1
虢 1514-7-2
駤 1449-3-2
䭼 46-3-3
䱎 1263-6-2
鮭 87-1-4
颿 1612-5-1
䲕 1610-1-1
鮔 117-3-3
鮰 571-5-1
908-7-3

1283-2-5
鯉 509-8-2
884-6-2
鮏 465-1-3
鯡 124-6-3
1001-6-5
鰋 757-4-1
鮔 536-8-4
1263-6-1
鱥 1005-4-5
鯩 1565-1-3
驅 564-7-1
鰸 155-6-1
156-1-2
565-1-2
696-1-6
鱋 134-4-2
鱂 462-8-5
494-1-4
驢 183-8-3
鱷 1503-6-7
鱺 1553-1-2
鱸 183-7-2
鱺 65-4-4
200-4-2
718-3-5

2132

䮑 86-5-3
䱘 122-6-3
魳 86-3-4
1593-7-2
駉 413-7-4
魺 415-3-3
836-6-4
鮩 873-6-2
874-6-4
鮞 111-3-1
1330-8-3
䮾 847-3-2
䮑 86-5-2

鰢 847-3-1
鰏 1525-7-4
1553-1-1
鰤 86-3-3
鯆 710-1-1
鱱 1061-8-1
鱬 170-7-3

2133

急 146-2-2
695-4-5
点 608-5-2
貞 507-4-2
慫 349-5-1
德 1058-3-1
懇 1362-1-3
餒 1333-6-3

2134

饃 1359-7-6
1360-3-3
鮃 105-4-3
鯁 872-1-2
1245-8-1
鯙 1366-3-1
鯾 350-7-4
351-8-2
鮍 350-4-3
鱏 579-1-2
585-4-5

2135

鱥 1060-3-2

2136

鮎 610-4-1
614-3-5
鮊 1048-2-3
鯃 190-8-4
鱛 578-3-2
579-1-4

579-7-5
580-8-1
583-1-4
彊 353-1-1
1155-4-5
1248-4-3

2137

魳 550-6-3

2138

頵 1114-8-6
顛 375-5-3
頸 1433-8-3
顎 352-8-6
355-8-4
1248-4-2
鰽 918-3-5
鱖 100-7-1
1060-3-1
1402-8-2
1404-1-2

2139

鮓 229-7-1
鯇 101-1-4
鮇 1329-4-1
鰾 821-5-2

2140

攴 1314-3-1
1360-3-7
卓 1204-4-3
1365-4-5
1366-7-7
1483-3-4
要 86-5-1
覃 589-3-4
覃 589-3-5
覈 441-7-4
覊 71-5-2

246-5-1

2141

舡 45-5-4
45-7-2
舤 1416-5-2
甎 71-4-3
209-7-2
671-5-5
瓬 896-4-4
䑶 1088-7-4
甒 1297-2-2
1306-7-5
1307-3-2
艗 1552-7-1
艫 145-2-4
183-4-3
艬 11-8-1
38-8-4
魖 175-6-3
甗 519-5-3

2142

䑣 122-4-4
舸 836-5-2
舫 476-5-6
艁 1027-2-5
艣 709-7-6

2143

艀 519-5-5

2144

弃 695-2-4
弆 1177-6-2
冉 327-8-3
般 309-2-2
鼓 1483-2-3
鼛 720-7-1
鼙 1204-7-4
穀 1042-5-1

集韻檢字表 上

集韻校本 上

右半（右起）

2146
幅 1323-3-3
攇 519-5-2
蟠 578-1-3

2148
頦 758-2-3
　1186-1-1
頦 165-6-1
頦 102-3-2
　541-4-3
　658-6-3
　669-8-2
　670-4-2
　1101-3-2
頦 850-3-4
　83-3-1
　225-8-2
頓 660-4-5
　715-7-1
　988-8-2
顑 279-1-1
　752-6-3
　753-7-4
　1130-1-4
顮 829-4-1
顮 70-2-4
　400-2-1
　401-8-1
顮 622-5-4
　1307-3-1

2150
犇 146-2-4
犖 1059-5-2
　1060-2-3
　1102-3-1
　1110-6-2
　247-1-3

2151
輊 322-6-4
　335-4-1
　496-2-4
　497-6-2
　1254-5-1

煙 323-3-3
樞 564-8-1
　904-5-2
　1017-1-3
軏 1416-5-5
魑 189-4-3
魖 885-3-4
懼 462-5-5
魖 857-2-3
魖 189-4-2
輊 1038-8-4
　118-8-1
　725-8-2
　727-6-3
魖 133-6-4
懼 520-5-5
魖 1553-8-3

2152
犘 906-4-3
犗 1061-7-1
　1069-3-2
犔 1024-2-5

2154
軒 300-2-2
軤 502-7-1
棹 398-2-2
　1204-6-3
皷 282-1-6
　282-6-2
覂 816-8-5

2155
瓵 1509-5-2
瓵 117-2-1

2156
悟 191-1-2
呫 613-7-1

頌 1275-4-2
　1277-7-5
頳 1427-8-3
　1443-1-1
頲 989-1-4
頦 1513-4-4
頲 1341-8-1
頲 881-8-2
額 103-5-2
　105-8-1
顎 160-6-4
　567-7-5
額 285-7-5
　419-5-2
　420-1-4

2158
頲 1252-7-1
頦 415-7-1
　837-7-3

2159
憬 277-4-4
　308-5-2

2160
占 606-8-2
　1299-5-2
卤 193-1-6
卤 1534-5-4
卣 543-8-4
　894-3-4
卤 193-1-5
卤 366-8-1
　1187-8-2
卤 709-5-1
　1069-3-2
犢 1024-2-5

2161
瓵 1509-5-2
瓵 117-2-1

2162
嗇 414-3-3
衁 887-6-1

2163
曋 521-4-5

2164
斦 1141-3-4
故 613-5-1
攺 1508-1-4
　1508-8-3
敄 903-3-1
攼 1512-7-2
　1513-7-1
　1514-8-3
　105-7-1

2166
齒 1116-7-3
睿 1064-6-5
罄 262-3-1
　1271-6-4
　1305-2-4
響 246-6-4
罄 1059-5-1

2168
瓺 1509-5-2
瓵 117-2-1

2169
暽 521-4-5

2171
虹 18-5-5
虮 1400-2-3
　1416-4-3
岮 308-2-5
卤 528-1-1
岠 419-6-4
岯 103-6-1
　105-7-1
　671-1-1
　671-5-1

2172
岼 110-8-3
師 85-8-2
崿 180-3-1
嶇 1061-3-5
　1469-1-1
斷 122-3-4
斷 441-6-1

萜 238-6-1
崍 81-6-1
胚 103-6-3
　105-7-2
　671-5-2
盧 528-1-2
嶁 757-1-1
嶉 1567-4-4
嶗 155-2-1
嶗 133-7-3
　134-1-1
遜 1259-8-4
岠 687-6-3
　688-3-4
　697-1-2
嶁 145-2-2
巊 687-8-2
廷 1377-4-4
　1378-2-4
　1448-6-5
穮 1609-5-3
離 81-6-2
　1081-6-1
　1132-7-1
竈 61-7-2
龘 1564-8-1
齷 141-1-1
　436-1-1
　436-7-2
　691-7-2
齷 1551-4-3

岅 1416-8-5
岠 304-7-4
　537-2-1
嶝 1449-6-1
甀 1445-1-3
卤 543-8-1
嶇 1267-1-5
崝 496-1-1
　509-7-4
　523-6-2

瓶 215-6-3
瓶 284-7-2
　308-8-2
翡 123-7-1
　124-7-4
竃 116-4-2
　233-7-1
醯 1552-1-5
醯 1501-1-2
醯 182-6-2
醯 521-4-3
額 160-6-4
　567-7-5
額 285-7-5
　419-5-2
　420-1-4

嗇 1141-3-4
敀 613-5-1

齒 1013-8-3
舓 1300-3-3
鮎 620-4-3
　940-2-4
　1305-2-4
甌 521-4-4
蟲 366-8-2

璕 601-3-2

左半（右起）

齒 1013-8-4
齒 673-4-3
　890-2-2
麟 1462-1-2

2173
嫠 648-2-5
　648-4-4
嶁 1014-6-1
獴 135-7-1

2174
岠 1141-1-5
　1143-8-1
岈 441-2-5
歧 988-7-1
岍 334-7-4
峗 1202-3-2
嶠 947-7-1
峎 872-3-3
硬 1265-7-4
敲 818-7-4
嶁 617-8-2
歧 729-4-3
嶬 1603-6-2
顱 392-2-3

852-1-3
1214-4-3
1227-8-3

2178
頃 511-1-1
　653-5-5
　881-8-1
頊 1319-7-3
　1490-4-3
　1491-7-1
　1510-1-2
　1510-4-4
頌 372-2-2
頏 951-4-1
嶸 1379-5-1
頓 1386-7-4
　1415-3-1
　1465-7-2
顑 1200-8-1
頙 46-5-3
顏 224-8-1
　1263-5-2

2176
崿 190-6-3
　686-6-1
嶹 1116-3-2
鮎 1305-3-2
齬 132-7-5
　190-3-1
　686-2-3

2177
齟 673-4-5

1172-1-4
甕 1059-5-3
　1084-4-2
　1090-8-1

1013-8-4
673-4-3
890-2-2

729-4-3
756-3-4
775-8-5
443-8-1
1229-5-2
756-4-1
776-1-1
807-6-2

2183
魟 271-8-3
　1127-6-2

秠 103-6-5
　562-3-3
　670-7-4
　895-5-4
　901-8-2
秏 1029-3-3
矩 860-7-2
紅 673-5-2
　651-6-2
　723-1-4
緧 52-3-1
　53-6-2
　57-6-3
稦 519-1-3
絙 1448-3-4
稈 1229-1-2
絕 333-8-4

2184
秠 169-5-2
戴 1107-1-2

2188
炗 709-3-2
頴 524-6-3
頯 604-7-5
頷 286-7-4
　745-8-5
　751-3-2
　759-5-4
　762-1-3
組 305-1-1
　536-8-2
　1263-5-2

2190
秅 1328-8-2
朱 760-2-6
　1135-3-5
桌 1577-1-3
柬 71-7-3
　210-2-4
　1005-3-4
瓶 1058-4-2
　1065-7-4
　1065-8-3
　1472-7-5
　1474-3-5
稦 682-7-1
豺 1031-3-4
經 259-2-3
繸 346-3-3

2179
酥 229-5-6
　229-5-5
　376-7-2
　378-3-5
　820-5-2

2180
大 863-6-4
癸 1317-5-5
貞 507-4-1
奧 1534-4-2
晜 478-7-4
廋 1571-8-3
贊 791-2-3

2191
秬 137-1-1
　687-8-3
秨 984-8-3
紅 17-6-2
　20-1-2
　956-1-2

537-2-1
1014-6-1
1490-4-3
1491-7-1
1510-1-2
1510-4-4
441-2-5

2192
紅 874-1-3
絢 352-6-1
　800-3-2
　1174-3-1
　1460-3-3
　1475-8-3
絎 414-7-2
紒 1246-1-4
紗 1609-3-1
綢 414-7-1
綢 856-8-2
　1236-8-1
稦 1062-1-2
絅 50-4-3
　52-3-1

緔 536-8-1
　891-3-2
穚 436-2-4
氉 96-4-4
維 682-2-6
繻 329-1-1
　784-2-4
綧 208-7-2
繮 462-6-2
續 987-6-1
繸 1058-7-5
穤 10-7-1
韄 1564-8-2
纙 1553-8-1
纏 183-3-2
稦 65-6-4
　64-3-1
　646-4-3
緧 651-6-2
　723-1-4
緧 52-3-1
　53-6-2
　57-6-3
稦 519-1-3
絙 1448-3-4
稈 1229-1-2

53-6-3
57-6-2
縞 165-5-1
　170-4-1

2193
秐 271-6-4
紘 271-8-4
緶 243-6-3
　737-6-8
綀 613-3-2
穇 1193-2-4
稯 519-1-4
繸 1391-3-2
繚 521-1-1
黐 610-4-3

2194
秆 766-6-6
　1141-5-2
秆 153-4-5
秄 788-3-6
秄 444-1-1
紆 154-5-2
　155-1-4
　564-7-3
紆 766-7-4
赽 1269-6-3
　1332-8-4
粳 484-7-4
絪 674-2-1
緵 769-8-3
　799-8-4
　872-2-1
　882-4-3
綽 1483-2-2
穀 382-1-2
稦 1345-7-1
緌 384-4-4
繸 329-4-1
　351-7-2

集韻檢字表　上

集韻校本

一六八三　一六八四

亂 1155-5-2	731-8-2	810-1-3	1065-7-6	1173-4-3	畿 683-6-1
燈 233-3-4	嵐 207-6-3	810-7-3	1088-1-4	戗 1383-2-4	嶽 129-8-1
234-8-1	偅 954-2-3	1188-3-2	劗 1285-1-2	剡 1422-1-5	130-6-4
巋 1191-5-5	舭 104-7-3	1195-6-3	劗 207-4-2	1468-1-3	233-3-2
嵓 220-5-4	犰 104-8-2	1212-3-1	圍 814-3-4	制 1053-1-2	234-8-5
1001-4-3	嵐 591-3-2	尭 1238-7-6		卢 356-4-3	1107-3-1
1096-2-4	旄 652-3-3	尭 126-1-2	**2221**	1178-8-3	
1392-7-5	儇 57-8-2	尭 224-1-5	任 1225-8-4	剚(嗽)	**2216**
1408-8-4	63-1-1	669-8-3	1490-3-4	1084-2-4	踏 1596-5-3
氅 227-7-5	650-7-2	672-6-3	1490-7-2	舢 541-3-5	**2217**
僱 1599-8-2	催 863-8-4	727-6-1	1509-6-1	575-8-1	繼 1463-7-2
儞 1220-2-3	1239-2-5	1416-8-2	氿 1439-7-1	576-1-2	蹈 1290-2-2
亂 1265-2-1	能 1103-3-2	佳 716-2-1	仳 103-1-3	910-7-3	**2218**
毿 591-8-4	徸 628-2-3	佻 366-3-3	104-7-2	倒 833-3-7	嶔 587-1-4
619-4-3	633-6-3	408-7-1	660-6-1	1211-3-2	587-3-1
雉 1099-1-5	崒 436-6-1	牦 1462-4-3	670-6-2	列 1062-3-2	611-2-3
舓 388-2-1	綷 522-4-3	倕 55-6-1	671-1-3	劇 282-1-4	621-4-7
劗 1190-3-3	崖 730-2-1	959-7-2	671-2-5	制 313-5-1	
1191-5-2	崖 224-6-6	963-7-1	727-7-2	793-8-2	
1196-1-2	朧 660-5-2	徟 863-2-4	988-1-1	797-4-1	**2220**
尰 955-1-5	670-8-3	1238-6-2	任 581-2-1	798-2-1	卢 756-5-2
巑 42-7-1	671-3-5	豽 1510-2-1	913-7-1	割 1053-1-1	1420-4-1
632-7-1	催 228-2-2	朓 810-4-3	1286-4-3	側 1560-1-1	1474-4-2
641-2-1	229-1-1	817-6-1	1287-7-5	側 1061-1-4	刐 747-8-5
燈 1262-1-2	1098-7-5	818-7-2	兊 41-7-1	劇 350-7-1	歺 1468-2-1
麀 392-8-2	銚 810-3-4	能 26-8-3	638-3-2	倒 597-2-3	岑 579-7-1
399-1-1	能 1188-4-1	235-4-2	光 1334-1-2	597-8-6	582-6-2
軆 233-8-3	徿 864-1-1	236-8-1	兆 247-2-3	927-5-4	584-6-3
234-5-4	1239-3-1	534-5-4	死 1029-2-1	削 230-4-3	586-8-1
儑 1602-1-5	亂 1155-5-1	890-7-1	岸 1500-3-1	562-1-2	914-5-1
1611-1-1	巍 684-8-4	1104-3-1	1516-5-3	890-5-4	917-4-5
艦 650-4-2	隆 26-3-1	彪 574-8-3	1517-4-1	劉 622-3-4	刐 307-8-2
650-7-4	傀 222-6-6	576-5-2	他 648-3-1	燗 1061-4-2	卢 1480-1-2
660-5-1	傮 55-6-2	佻 81-4-1	648-4-2	劗 1576-3-4	剠 555-6-4
閶 1512-2-1	僜 529-5-1	崖 211-4-4	649-3-3	參 582-1-3	制 1052-8-5
1554-8-1	532-6-4	兊 1474-1-6	凭 528-5-3	592-3-1	俐 523-7-2
鑛 196-4-5	533-7-2	崔 85-4-3	1259-7-2	劇 1059-8-4	例 1061-1-3
1334-1-3	1258-4-1	90-8-2	桃 365-6-1	劇 1518-6-1	1468-4-7
麷 676-1-4	1261-6-2	桃 365-6-1	366-3-1	劊 607-2-2	峷 630-6-5
龐 11-2-2	1262-2-3	228-1-4	228-1-4	劗 986-2-4	削 340-1-2
38-8-3	催 228-2-3	228-8-1	408-7-2		
		728-6-1	412-5-1	1006-3-5	

2212	竺 1584-7-2	斫 1542-7-6	895-6-5	**2198**	784-2-3
峹 109-2-1	里 971-2-2	甪 738-7-3	901-8-1		縟 634-5-8
110-1-3	坕 480-4-4	彎 1229-7-5	1394-2-4	稷 774-6-3	1348-4-2
993-4-2	坙 353-8-4	彎 316-4-4	繰 136-5-4	1156-1-1	綬 806-6-2
翁 633-1-1	剄 835-6-4	**2203**	稞 1379-6-2	1220-4-1	穉 935-5-3
澄 864-6-7	豈 683-3-2	版 1508-1-3	穆 376-7-5	穎 876-5-3	穮 1481-7-6
嶠 386-3-6	732-3-5	1520-5-4	821-7-4	881-6-1	綬 543-1-1
歸 102-6-6	坔 977-8-4	**2204**	繰 1379-2-1	881-7-3	564-8-4
132-4-1	釜 586-7-4	刟 33-3-4	緤 353-7-2	884-2-1	566-1-1
669-7-2	剑 193-1-2	刟 130-7-1	1152-1-1	穎 881-5-3	纘 1524-8-5
685-8-4	剣 130-7-1	233-3-3	1176-2-5	穎 635-4-3	
986-8-2	235-1-1	版 1510-3-2	1197-3-5	702-6-6	**2195**
閶 571-2-3	1107-3-2	**2207**	繰 820-7-1	1386-7-3	穐 1079-2-4
1281-6-2	1108-2-5	牆 1628-3-6	136-5-3	緶 798-5-7	1109-8-4
2213	崋 1449-5-6	**2208**	**2200**	1179-2-2	繖 1051-1-3
蚩 108-8-4	登 1399-7-3	凵 786-5-5	縝 507-8-3		**2196**
802-4-3	1403-7-2	川 252-4-1	類(類)	稡 1535-5-3	
蜑 59-4-1	鑒 58-4-4	356-1-4	574-1-4	秥 610-4-2	
90-6-2	58-8-2	刋 1359-3-3	穎 105-8-2	秥 934-7-3	
723-7-1	型 94-7-4	甹 953-2-2	穎 881-6-2	秥 341-2-6	
蠠 890-8-1	墿 250-4-6	肼 339-7-4	穎 524-6-5	秥 670-8-1	
1104-4-1	製 1052-8-2	鬥 1281-6-3	788-8-4	稽 805-4-4	
1574-4-3	晉 708-1-2	剠 1468-4-4	805-4-4	絪 1174-7-4	
蠹 655-7-5	21-2-1		883-5-2	絪 896-5-3	
嶙 1473-6-2	豐 125-7-2	**2210**	維 646-4-4	稲 1571-1-4	
890-7-2	盤 131-2-6	凵 540-3-3	723-1-5	1571-7-6	
1574-4-2	齹 1503-4-1	凵 107-6-1	**2201**	籼 166-1-1	
蠻 319-6-3	劉 65-5-4	出 107-6-3	儿 244-1-1	220-3-2	
蠹 1469-5-5	鑾 314-8-2	坣 492-1-5	1086-4-6	1322-7-4	
2214	**2211**	坣 37-1-2	風 555-1-7	896-5-3	
對 37-2-1	此 648-4-1	465-2-1	瓱 403-8-1	稱 929-3-1	
崴 711-8-1	牝 492-6-4	1120-8-3	胤 747-4-1	1297-8-1	
蟸 226-7-3	絆 1157-4-2	953-6-1	1120-8-3	1603-6-1	
731-5-1	暉 633-6-2	桃 817-6-3	縉 1451-2-3	稛 583-1-2	
2215	634-1-1	脆 196-6-1	縋 246-2-3	588-7-1	
畿 683-4-2	卑 228-8-2	989-3-3		612-5-4	
戠 985-6-1		1374-2-2	**2199**	610-4-2	
		些 59-6-2	紆 161-6-5	黏 1302-7-3	
	665-2-3	421-2-1	230-7-1	絪 1571-2-1	
	729-2-3	432-2-4	片 1148-2-3	1571-7-5	
		1035-5-5	1173-7-1	1572-1-1	
		1214-7-2	号 828-4-3	1575-2-2	

集韻檢字表　上

集韻校本

一六八五　一六八六

714-3-2	鱗 75-7-6	1470-4-2	1554-3-3	1627-6-5	蘡 451-4-3
962-1-1	207-3-3	牀 453-2-1		嫶 382-2-3	**2226**
962-4-1	鷟 314-8-1	魟 1491-3-2	1235-2-4	徊 1627-2-1	
970-8-1	**2233**	鮑 842-2-3	係 992-6-2	貐 1628-3-2	恬 1426-4-3
戀 1048-5-2	巛 306-8-1	魟 105-1-2	1044-2-1	1384-7-2	1427-3-5
鷙 1050-6-4	1078-5-1	鮭 374-6-1	1045-6-4	1410-5-2	1427-8-1
1053-3-4	巛 290-3-5	魿 649-3-1	崇 72-3-2	1417-1-3	1443-4-3
德 1059-4-2	巛 239-3-2	鮴 367-2-3	保 831-1-5	1440-4-3	俏 1427-8-2
1079-4-1	忐 993-1-2	383-7-2	採 454-1-3	魸 249-8-2	倩 1596-4-5
1474-7-3	忐 990-2-2	818-1-1	傑 54-2-4	**2228**	倩 290-2-4
戀 1181-2-2	忞 1129-3-3	834-7-3	漦 453-1-4	伕 819-1-2	1135-3-1
2234	1131-2-1	鱗 124-6-2	崀 277-8-2	妖 818-8-4	崤 875-3-2
紙 75-1-3	忐 450-8-1	鱨 234-1-2	儠 824-7-3	佚 873-8-2	偕 215-5-3
飯 777-2-3	忝 581-3-1	234-7-4	826-8-2	嶻 586-7-2	217-1-1
鈑 51-6-2	584-8-6	鱲 1610-8-5	1204-2-3	傝 101-7-2	崖 756-5-3
舣 87-1-3	913-4-2	**2232**	縣 352-1-2	102-4-2	1143-3-4
鰕 1588-8-1	1286-6-3	篤 289-4-2	1475-8-2	983-6-3	偕 216-4-5
艇 517-5-4	煢 422-8-3	鶯 59-3-2	**2230**	202-6-3	循 253-6-5
887-7-5	煢 213-7-4	61-2-1	列 1547-3-3	719-8-4	255-8-2
艇 343-1-2	218-7-3	114-2-5	刡 1433-8-2	202-7-2	1118-5-5
345-7-2	675-7-3	纕 581-3-6	剐 192-2-4	719-8-1	殂 289-8-3
738-3-1	735-1-3	584-8-5	剒 167-5-2	887-2-1	1137-6-1
鮮 161-1-1	崶 15-1-3	1286-6-1	1046-4-3	16-4-3	貊 1275-6-3
561-7-1	製 1422-5-3	鴑 94-5-3	1453-6-2	631-3-3	番 419-2-4
574-2-1	1464-2-3	斷 1463-6-1	剠 375-5-1	633-1-2	骷 1443-3-2
576-6-1	剋 360-4-5	1465-1-2	1193-5-2	族 1341-1-1	1443-6-4
鰒 731-3-2	懲 97-7-7	鮮 579-4-1	達 1127-5-2	僕 1313-5-3	貊 216-5-3
鰺 731-3-1	熊 26-8-1	583-1-3	銅 1069-4-3	1314-6-3	貊 836-1-5
鰻 767-5-5	532-2-3	鰭 914-4-5	鋼 1576-5-1	1314-8-2	牆 453-7-7
鰻 15-8-2	態 1103-3-1	922-4-5	**2231**	1343-6-1	**2227**
946-1-3	1104-5-2	鰭 1531-5-1	耗 1072-2-2	嶪 104-7-5	仙 340-7-3
鰻 1430-8-2	髮 1587-6-1	鯔 58-1-2		崴 1060-2-2	791-5-6
鱻 1429-7-6	1604-5-5	鯖 387-3-2		嶪 1403-1-3	佃 1387-7-7
1430-8-1	272-8-3	819-7-1		嶽 1358-6-4	俗 836-3-3
2235	懸 1060-3-5	823-1-3		嶮 842-5-4	殀 41-6-5
鱗 251-5-1	紫 59-3-3	823-2-1		猍 202-8-2	峃 1398-1-1
2236	66-5-3	鰯 81-8-4		貗 599-5-2	1414-4-1
鮨 1275-2-1	90-7-2	82-3-1	**2229**	休 1367-7-7	佸 1582-7-3
	648-8-1	鷟 112-2-4			1612-6-2
	663-2-2				1627-4-4

復 1323-8-1	226-5-4	445-6-3	723-3-3	僙 313-3-2	629-1-2
優 683-8-1	俵 491-1-1	446-3-4	背 649-4-3	313-6-3	艍 1265-1-1
733-7-2	俘 160-4-3	閞 1205-2-1	偤 423-8-2	傚 698-4-4	21-3-1
1107-5-3	俀 729-5-2	舿 187-1-2	鼎 272-2-6	嶆 60-8-1	艫 59-2-4
矮 721-7-4	後 902-5-2	德 1370-6-1	360-6-5	114-4-1	60-6-2
髮 67-5-4	1274-8-3	1409-5-1	褉 649-7-3	962-2-3	爨（爨）
歗 1191-6-1	袚 545-7-4	1445-5-1	廖 367-8-5	1083-3-2	112-7-3
廦 1081-7-3	倭 83-4-1	舿 563-8-3	391-2-2	1532-6-1	**2222**
瘢 278-7-6	417-6-1	震 29-8-5	306-5-6		屶 1076-7-4
辮 97-7-8	841-7-1	強 1238-1-3	313-7-4	1154-8-4	1077-8-3
纞 1108-6-4	1238-1-3	閒 1186-4-5	886-5-2	1256-4-2	忻 1126-1-2
1406-1-2	960-5-4	穚 764-5-1	1563-1-5	傷 1563-1-5	忪 339-4-5
1432-1-2	970-6-3	德 1370-7-4	彭 487-8-5	萬 1002-8-3	肯 45-5-3
巇 817-3-2	671-4-4	億 761-8-5	960-7-2	崗 1461-6-2	1356-8-1
巖 586-7-6	1278-8-3	1126-6-7	247-4-1	靖 59-1-3	汾 267-8-1
596-7-3	偶 527-5-1	1258-8-1	247-5-3	59-8-1	271-1-1
615-7-3	1258-6-1	舿 78-5-3	321-2-1	60-6-3	胃 41-6-2
621-6-1	艇 50-8-2	807-6-3	1484-3-3	649-8-3	郗 280-6-3
徽 1073-4-4	隱 749-6-3	1132-5-4	207-1-2	斯 773-6-5	圻 452-5-2
纞 219-2-2	958-1-6	1183-2-2	649-7-2	774-1-3	帶 58-7-2
2225	将 1072-2-3	鰌 387-8-3	1132-5-4	晰 1542-8-3	90-7-1
牂 453-1-1	舿 160-5-2	183-8-5	1183-2-2	崞 28-2-2	648-6-3
459-2-3	671-4-3	**2224**	819-6-3	嵩 22-7-3	嵩 1464-6-3
牂 454-1-5	822-5-1	彌 72-3-1	823-1-2	崤 62-2-3	圻 1464-6-3
崒 46-3-1	煖 729-6-1	備 1048-5-4	1196-5-3	僙 534-8-1	尚 313-1-5
崴 594-3-5	731-3-6	夢 316-5-2	彌 72-3-1	535-4-2	356-3-3
595-5-4	陵 1116-6-3	彎 315-3-1	728-1-1	剅 651-4-3	
1291-6-1	後 279-1-6	1618-8-1	734-3-2	佾 1057-8-1	
崴 217-7-2	767-2-3	仮 757-6-4	1262-6-1	1063-7-3	
222-5-4	16-3-1	低 195-2-2	帯 472-4-3	1464-5-6	
684-6-4	舣 643-2-1	彶 757-7-2	閜 268-3-6	侉 1286-3-3	
724-2-1	716-6-5	777-1-5	艫 75-8-1	鼻 1365-5-1	
律 1388-7-1	矮 83-4-4	1133-6-1	76-5-2	背 1147-1-5	
僻 739-6-3	敠 1208-3-2	岸 1143-3-3	闒 1053-4-1	背 58-4-1	
1178-7-1	1343-4-4	俊 1588-7-1	207-4-1	絇 1268-4-1	
機 126-1-3	豺 219-5-1	舿 1019-5-3	寳 804-3-3	弊 121-8-1	
131-3-1	724-1-3	促 887-4-4	820-1-1	帶 58-8-1	
厪 89-5-4	舿 561-5-2	888-5-1	響 359-1-4	嵩 1549-2-4	
91-6-5	657-3-3	1256-5-4	**2223**	崙 258-6-1	
巇 473-6-3	841-7-2	低 93-2-1	宋 1081-8-4	俏 1096-6-2	
		孤 195-3-1	宋 1002-1-1		
			孤 212-6-2	觡 650-8-1	1108-3-4

集韻校本

集韻檢字表　上

一六八八

一六八七

	987-8-3	
	989-3-1	
2268	1374-3-1	
幽	502-1-1	
峉	105-5-4	
岵	155-7-3	
岑	472-8-2	
峵	20-8-6	
	46-4-1	
	46-5-2	
嶆	1235-7-1	
崟	194-4-8	
罃	42-2-1	
	639-7-6	
峄	955-4-4	
	427-5-2	
	844-5-3	
譽	452-4-2	
嵦	234-5-3	
	732-4-4	
崟	472-5-3	
嶷	1261-5-2	
嶅	728-7-2	
巤	1610-6-5	
亂	741-1-2	
	742-8-4	
	745-4-2	
	751-1-1	
	1118-8-2	
2271	1129-6-1	
匕	1129-6-2	
閪	956-5-2	
巀	59-3-4	
礟	1610-7-3	
巘	51-8-2	
	214-6-3	
嵼	21-4-1	
嶘	232-6-1	
	234-7-2	
巚	1602-3-3	

斳	156-4-1	
	157-7-5	
斳	566-3-6	
斳	1492-5-6	
	1512-6-2	
斲	1484-3-4	
斶	657-5-1	
2263		
觚	563-8-2	
觚	566-8-2	
	1277-5-3	
瓠	1427-4-4	
2264		
舓	645-7-4	
舓	302-8-3	
	331-6-2	
暖	1107-8-1	
鰐	1192-7-3	
	1481-3-4	
	1481-4-1	
2261		
乱	201-3-4	
乱	673-6-1	
乿	673-6-2	
虓	104-3-1	
	209-5-5	
虓	648-7-1	
	714-8-2	
雖	90-8-3	
	665-2-2	
	685-6-3	
雖（唯）	925-3-1	
	166-4-2	
醲	129-8-4	
	201-3-2	
	310-6-5	
	419-2-2	
	420-1-3	
雖	728-5-2	
罋	890-4-2	
醲	282-7-1	
2262		
彭	1306-6-1	
岢	836-7-5	

岜	1178-8-4	
峇	1590-5-5	
峇	512-5-3	
峇	1513-5-1	
俗	951-1-1	
	926-4-3	
巒	1115-7-1	
巒	990-6-2	
	315-4-2	
嵓	261-8-4	
峇	274-3-5	
	1169-2-1	
巒	312-1-2	
	315-4-3	
	319-8-5	
	777-2-4	
嶜	286-3-1	
	356-8-5	
	214-8-1	
	962-1-3	
	962-4-2	
	1036-1-4	
脊	1112-1-3	
崷	108-5-7	
崷	1251-8-3	
嶜	58-6-1	
	61-2-4	
	90-7-3	
岩	366-8-3	
	649-1-1	
	715-3-5	
峇	925-3-1	
	931-6-1	
	1294-1-2	
曾	252-3-6	
嶜	736-4-1	
	1069-7-4	
	1104-3-2	
	1574-4-4	
岽	1325-8-2	
嶜	578-3-1	
	579-4-3	
	605-6-6	

2255		
㧪	638-7-2	
艸	891-5-4	
羲	656-3-2	
幾	683-5-3	
	46-7-4	
	42-2-2	
輦	261-8-3	
輦	897-1-3	
劓	1042-8-3	
砦	1083-2-2	
	1091-8-4	
皆	59-5-4	
2257		
㧪	926-4-2	
幡	384-2-3	
2258		
狨	1167-3-5	
獏	1360-4-4	
2260		
旨	663-3-1	
刮	935-3-2	
	1300-7-3	
剮	566-3-5	
皆	215-5-2	
岩	109-5-4	
甾	107-7-5	
	108-1-5	
	995-4-4	
嵍	239-2-4	
皆	215-5-1	
皆	61-1-1	
	90-5-1	
	649-1-3	
	1035-5-6	
	1214-7-3	
	1531-6-2	

彪	992-1-4	
彪	124-6-1	
軋	1436-4-5	
魌	1206-1-1	
齜	131-3-2	
摧	665-1-5	
	672-6-2	
	728-6-5	
	728-8-2	
崔	228-7-3	
巍	130-2-1	
	684-8-2	
	1008-6-4	
犧	1610-8-3	
巇	130-6-3	
	125-8-2	
	130-6-2	
2252		
弟	1392-7-4	
	1394-4-1	
	1394-4-4	
斯	1464-4-4	
犐	1338-4-4	
2253		
犨	802-6-4	
2254		
牴	195-8-4	
	220-1-5	
	716-6-4	
牷	409-2-3	
将	1434-1-3	
	1470-4-1	
犢	161-6-3	

	222-5-5	
	224-1-3	
2248		
	684-8-3	
	685-8-3	
	727-6-2	
2250		
半	36-1-3	
判	540-4-3	
半	36-6-3	
㸯	253-6-1	
	256-1-2	
挐	1147-1-4	
挐	214-7-3	
	961-8-3	
	962-2-2	
	967-2-2	
	970-6-1	
犖	444-5-1	
	1229-7-3	
犖	36-6-2	
犖	265-2-2	
犁	551-2-1	
犖	58-5-2	
犖	1127-5-3	
犂	1052-5-1	
犂	1054-4-4	
閄	498-7-3	
	1172-1-4	
犅	823-1-4	
犖	358-7-2	
	1181-3-2	
2245		
㝡	1583-4-6	
	1627-8-3	
2246		
牦	404-7-1	
牪	716-3-2	
兔	130-1-1	
	218-6-4	
舠	409-1-2	

2243		
瓠	731-4-5	
2244		
艸	832-2-2	
芊	316-2-1	
㞋	1088-4-6	
舨	776-7-1	
舤	716-7-4	
	1038-4-1	
艇	888-1-1	
舛	706-3-4	
	862-6-4	
	867-5-1	
	906-4-5	
斛	561-1-4	
舜	575-6-3	
舣	16-6-2	
	1085-8-1	
	1214-3-2	
燊	1406-5-7	
	1430-3-2	
閶	925-8-1	
舞	1130-7-5	
	1133-2-5	
舞	1160-1-4	
	1179-4-1	
舞	1088-4-4	
2241		
舟	1383-1-4	
乳	703-8-1	
	1024-2-1	
屺	1632-5-3	
乳	160-7-1	
屺	1256-5-3	
桃	409-1-1	
	410-8-1	
	1195-3-4	
	235-1-4	
舮	954-4-4	
舮	1132-7-3	
舮	954-4-3	
魏	130-1-1	
	224-1-4	
魏	1008-5-2	
2242		
劳	1564-4-3	
彤	583-7-1	
	1287-4-3	
斯	1464-7-3	
斯	1464-7-4	
郭	1505-3-5	
舲	1288-6-4	

劉	622-8-1	
	939-5-4	
舉	1130-7-4	
	1370-1-2	
擧	1160-1-3	
	315-6-3	
	320-1-3	
	359-2-2	
	804-4-3	
	1181-2-5	
變	1185-6-2	
戀	1133-2-4	
	1133-5-4	
委	581-2-3	
	1286-4-2	
製	1060-5-2	
爰	15-6-2	
	946-1-1	
卓	512-5-4	
爭	996-6-2	
爭	674-7-4	
	995-8-3	
牢	265-7-1	
剬	105-5-2	
	209-3-4	
婁	657-2-4	
卓	224-6-3	
	59-7-4	
	90-8-5	
	1387-2-3	
	1387-3-1	
	1410-2-5	
牵	591-4-4	
剳	327-8-4	
爰	16-4-1	
	631-4-2	
劉	1466-5-4	
棗（棗）		
	1281-2-3	
斯	1464-7-3	
	572-5-3	
覃	912-4-1	
牵	1414-2-3	
牵	729-2-2	

	1131-4-3	
燮	683-5-1	
學	58-4-2	
	676-4-4	
娑	58-4-3	
	59-1-1	
	61-3-2	
	66-5-2	
	89-7-3	
2237		
	648-7-2	
鮨	382-5-3	
鮨	409-3-1	
2238		
嶺	880-6-4	
鱇	101-6-4	
躬	201-8-3	
2239		
穌	178-4-1	
鰺	761-5-3	
鱗	397-3-1	
鱷	832-8-2	
鱷	843-4-2	
鰈	1621-2-4	
鰈	1321-5-1	
	1493-2-1	
	1553-1-3	
2240		
中	1467-3-1	
少	832-2-4	
卓	830-7-2	
	1580-6-4	
巡	359-7-3	
學	676-1-3	
娑	990-4-3	
戈	408-4-3	
妛	109-3-2	
剕	1416-3-2	
娑	280-5-5	

	1275-7-1	
鮨	84-7-5	
	101-1-2	
	109-1-7	
鱸	108-5-6	
鱓	283-4-4	
	283-7-3	
	285-7-1	

2269		
磼	1314-5-2	
嶺	1513-5-2	
睽	202-1-2	
2269		
餘	382-3-3	
礫	1359-4-1	
	1493-2-2	
	1552-1-4	
2270		
屮	575-5-4	
屮	1405-2-4	
剞	394-7-2	
嶇	523-6-3	
創	773-6-3	
	774-1-5	
	1154-4-6	
	1155-2-3	
嵷	1476-3-3	
剳	1234-8-5	
剒	1627-5-1	
剷	209-3-5	
	1036-5-5	
2266		
嵷	376-7-1	
劊	1611-3-1	
劗	1424-2-3	

2267		
酚	1407-6-3	
2265		
幾	130-4-2	
2266		
峕	61-1-2	
	194-5-3	
	649-2-1	
	714-3-4	
	762-2-3	
盎	820-2-1	
嵩	95-7-4	
	730-5-2	
辥	1090-7-5	

2271		
匕	671-8-2	
	741-2-2	
	1230-3-2	
屯	820-2-1	
屯	1402-2-2	
比	104-4-2	
	660-5-5	
	671-1-5	
	672-1-1	
	969-5-1	

集韻檢字表　上

集韻校本

一六八九　　一六九〇

右半葉（自右至左）

2272
圻 130-6-1
屶 476-5-1
斷 1154-4-7
端 313-5-5
崝 1531-2-2
嶄 1054-1-2
嶃 622-6-6
930-5-5
939-5-1
91-7-3
剬 502-6-3
嶠 387-1-2
387-4-3
1196-4-1
218-6-2
斷 773-6-2
774-1-2
1154-4-4
1155-2-1
斷 276-3-4
323-4-4
745-5-1
750-3-5
崒 751-2-3
796-8-2
807-4-2
斷 690-8-3
691-5-3
齭 696-7-4
697-8-3

2273
屾 250-6-4
宏 356-4-2
兹 112-6-1
543-2-1
574-3-2
屹 1308-3-2
艮 764-8-2
艮 866-5-4
裘 59-7-2

960-5-3
970-5-5
1036-2-4
裛 727-2-5
瓟 383-2-2
製 1053-1-3
餐 1399-7-2
1403-7-4
314-2-1
裂 1468-4-1
餐 59-6-3
61-1-3
91-7-3
649-4-2
嶂 749-6-2
裏(裹)
218-6-2
襄 724-2-2

2274
岅 757-7-5
岻 92-8-2
岻 84-6-4
195-3-5
崢 973-1-4
嶸 992-5-5
844-7-5
1387-8-6
飯 777-1-3
嵯 767-6-3
嶬 1420-3-3
1159-4-4
1454-8-6
餕 530-1-4

2275
每 231-7-5
728-2-3
1097-6-2
1474-1-5

2276
岶 1508-4-2
嵃 1596-6-2

墻 835-6-1
嶓 419-3-5
1217-3-3
鮕 1427-7-1
1443-1-2
鮨 1048-3-1
鱛 797-3-3
醢 84-4-1
219-3-3
436-8-5
1083-3-1

嶓 247-6-5
321-1-3
嶓 419-3-5
1217-3-3

2277
山 942-2-4
1290-5-5

2278
出 1114-8-4
凶 41-6-4
凷 904-4-3
山 599-7-4
由 1084-2-7
由 1101-1-5
1294-5-4
出 959-6-2

2279
嵊 526-7-6
嵊 1259-2-3
蝶 1589-1-4
1599-6-3
繇 382-3-2
544-3-2
984-7-2

2280
犬 582-8-4
炅 1561-5-2
矣 202-7-5
嵤 383-6-4
嵤 409-2-4

炭 1152-6-2
奭 1561-5-1
寘 330-8-4
戾 913-3-6
裂 1468-2-2
賞 58-5-4
賃 1286-6-4
1287-7-4
熊 237-1-1
閞 948-2-3
956-5-1
賞 1082-4-4
罰 312-3-3
313-1-3
樂 359-2-1
闕 268-3-5

2281

2282
彭 141-2-5
彭 1185-6-4
則 1560-5-1
1561-4-4
1563-1-3
廖 1560-5-3

2285
幾 126-1-1
130-7-3
683-4-4
984-7-2
1005-7-1

2286
璠 284-7-3

2288

災 239-2-4
嶷 120-8-3
1568-8-3
巚 330-8-3

2289
嵽 396-8-5
811-6-5

2290
利 980-4-5
枭 990-3-3
枭(关)
1246-4-2
糾 575-7-3
819-7-2
820-2-2
910-6-1
籵 1430-5-2
紃 253-3-4
253-8-1
256-2-2
356-3-1
枲 990-5-6
柴 54-2-3
214-4-4
436-7-1
961-8-4
962-3-3
1083-2-1
1091-8-2
枲 913-6-1
1286-4-4
崇 975-5-2
1386-7-1
紃 743-1-3
744-7-5
祡 214-5-1
436-6-4
崇 22-7-4
25-1-1

1620-7-3
120-8-3
1568-8-3
330-8-3

左半葉（自右至左）

刜 1062-1-1
1468-7-2
梨 94-2-6
200-8-4
巢 396-8-1
397-2-3
398-5-2
399-3-3
1204-2-1
紫 59-8-2
60-6-4
650-1-1
紫 648-8-2
篡 581-3-5
584-8-2
1286-5-5
剠 986-2-3
1065-7-5
劃 25-2-1
951-2-1
熊 1104-5-1
剿 396-5-2
815-3-4
1203-5-5
梨 1062-1-3
1468-7-1
巢 1205-8-3
666-6-4
730-5-1
巘 1035-8-1
巢 375-7-3
397-4-1
105-5-1
刜 1561-2-4
閬 719-2-1
剿 1379-2-2
巐 368-1-3
巢 1579-6-4
巉 666-6-5
730-4-6
樂 1194-7-3
1201-1-5
1358-8-1

1368-1-3
1492-4-3
綢 373-2-3
業 1621-2-2
綢 926-8-3
劉 95-1-4
桑 1369-4-4
巢 1473-6-4
櫱 384-2-6
櫐 730-4-7
樂 315-2-4
欒 315-1-2
1155-7-3
1181-3-3
紫 648-8-2
581-3-5
584-8-2
1286-5-5

1286-5-4
秕 723-7-2
秪 913-7-3
桃 365-5-2
398-6-3
綢 373-2-3
業 1621-2-2
綢 926-8-3
劉 95-1-4
桑 1369-4-4
巢 1473-6-4
櫱 384-2-6
櫐 730-4-7
樂 315-2-4
欒 315-1-2
1155-7-3
1188-2-3
種 55-8-1
427-5-4
秅 672-2-5
乱 910-6-2
秅 437-6-6
438-3-1
439-2-5
1029-3-1
秕 105-5-6
208-7-1
種 38-2-3
633-5-3
耗 1100-8-4
954-2-1
1210-1-1
844-1-3
經 585-6-3
崱 1269-4-2
稭 1136-2-2
966-2-1
57-8-4
208-7-3
330-1-5
672-4-5
714-7-4
988-2-4
989-5-3
紐 1209-5-3
紆 581-3-4
584-8-1

1045-7-3
纖 1602-3-5
426-2-1
秕 913-7-3
秪 365-5-2
桃 398-6-3
408-7-3
稅 16-2-3
秺 119-3-4
綉 1282-4-1
綟 743-1-4
74-2-1
稱 313-4-1
844-3-2
絹 1095-6-5
彩 1150-3-1
新 261-5-1
275-7-1
750-6-1
1126-2-1
稿 386-8-1
388-1-2
501-8-1
緉 487-5-3
繃 665-3-2
縭 371-4-1
386-4-3
1486-6-2
繼 60-1-1
經 207-6-4
963-4-2
崱 1269-4-2
程 1136-2-2
穊 966-2-1
1080-2-3
稙 57-8-4
穭 1235-7-2
緟 38-2-5
955-1-3
纏 65-8-2
紙 1081-6-4
1081-8-2
維 1098-5-5
繩 1545-8-1
氈 1348-8-2
繼 1128-5-1

纆 749-6-1

2294
繼 1602-3-5
纍 426-2-1

2292
彩 734-5-3
彩 1185-6-3
秲 119-3-4
綉 1282-4-1
綫 743-1-4
綫 74-2-1
稑 88-2-3
88-8-5
綎 516-4-1
517-2-5
綖 348-5-2
805-2-3
1174-7-3
1181-6-3
稜 88-2-4
962-6-2
977-5-1
綳 161-6-4
綏 76-6-5
86-7-3
87-8-1
88-6-4
225-7-1
844-6-5
962-6-6
966-4-5
稱 527-2-5
1258-5-5

2293
稷 16-2-2
631-2-2
綏 87-7-3
綏 897-8-2
1270-3-1
緌 754-4-4
767-2-1
768-5-3

緌 16-3-3
945-8-3
綵 523-7-1
夆 185-3-6
穤 1003-3-4
稬 1364-1-4
1481-2-2
鑐 975-5-3
纖 17-1-1

2295
棧 778-4-2
778-6-5
機 683-5-2
984-8-4

2296
秸 1426-6-2
1427-4-2
1443-2-1
稭 1443-1-4
結 1461-4-1
稻 108-1-3
稭 215-7-4
1435-3-4
縚 248-7-1
352-4-6
緇 108-2-2
672-6-1
995-4-2
緒 216-4-4
724-6-3
縞 256-2-1
稫 285-3-1
繕 283-1-1
284-2-5
310-6-1

2297
秞 341-2-3
柚 959-6-1

集韻校本

集韻檢字表　上

一六九二　　一六九一

Left page (一六九二)

鑣　806-7-4

2340
燮　255-2-1
牮　1228-5-3
嫠　201-6-3
鏖　194-1-5

2341
舵　838-8-6
粏　745-1-2
舭　753-2-2

2342
艑　784-6-2
　　800-2-5

2343
艆　468-8-2

2344
弁　309-5-2
　　1185-8-5

2345
戋　413-8-4
戝　1518-3-1
臧　938-1-1
臧　1605-7-4

2346
艑　1326-7-5
艑　1267-7-3

2348
艐　1411-4-5

2350
牟　568-4-1
　　906-8-3
　　1280-1-3

　　1430-8-3
　　1431-5-2
鮫　1143-2-3
鯾　1117-3-2
鮻　423-1-2
鱄　176-7-5

2335
鯎　1401-5-2
鹹　22-8-2
鹹　1570-6-3
錢　778-7-2
鹹　617-3-3
　　618-6-2
　　918-3-3
　　938-6-1
鹹　129-6-4
鹹　1576-5-2

2336
鮐　236-6-1
鮐　117-5-1
　　235-5-2
　　236-3-2
鮥　554-2-3
　　555-1-5
　　733-7-5
　　893-3-3
　　1266-2-1
鮥　33-4-5
　　40-7-2
　　638-2-3

2337
鮥　1376-7-3

2338
鮲　432-2-1
　　1221-7-2
鱝　246-3-2
　　329-2-3

2331
鴕　425-2-3
鴕　425-2-1
鴕　425-2-4
鮀　759-2-1
　　767-6-1
　　776-2-1
　　1144-6-4
艎　19-6-1
鵂　1276-3-2

2332
鯆　176-7-6
　　177-4-5
　　700-4-4
　　707-1-4
鯿　321-2-3
　　329-2-2

2333
怠　117-5-2
　　235-5-1
　　735-6-4
恖　1103-5-1
　　1573-1-3
愁　540-8-3
　　893-1-4
然　345-1-1
焦　1438-8-11
黛　1102-4-4
鯢　469-6-1
鱘　177-5-1
鱝　918-3-2

2334
駊　1429-7-3
　　1432-2-2
駃　1573-7-2
駇　1109-5-2
　　1429-7-4

侯　122-7-1
　　130-8-1
　　675-2-3
　　679-2-2
侯　980-8-4
　　1042-4-1
侯　675-3-4
猴　602-4-2
偵　895-8-1
狓　1266-3-1
獻　1139-4-4
殯　745-7-1
　　751-4-3
　　245-8-1
　　1114-3-1
殯　1114-4-3
僂　756-6-5
　　806-5-3
獻　78-5-3
　　81-4-3
　　421-3-3
　　1131-5-2

2329
俅　540-6-3
俅　921-5-2
　　1292-2-1
倧　30-5-1
俅　542-3-1
俅　541-5-1
像　95-8-3
　　428-8-3
　　730-5-4
觖　541-3-4
　　575-8-2
　　576-1-3

2330
魆　1373-5-1
狆　1039-7-2

戠　1422-3-5
　　1447-1-4
儵　1394-4-5
軄　1558-1-2
徵　1302-2-1
織　1583-3-2
殲　603-3-4
　　604-2-1

2326
伂　677-1-3
　　678-7-2
　　723-5-2
　　732-8-6
　　735-3-3
　　735-6-1
　　997-2-2
　　1103-2-4
　　1103-4-2
殆　735-5-5
俗　893-1-2
俗　39-5-2
　　637-7-1
儹　361-2-3
　　362-8-2
　　746-2-1
　　746-2-4
　　1101-3-1

2327
佰　307-1-3
　　1157-4-3
偰　1438-6-1
廬　1420-7-1
觖　541-3-4
　　575-8-2
　　576-1-3

2328
伏　1268-1-2
　　1324-2-4
　　1574-8-2
狀　1235-2-2
狆　1039-7-2

俅　1085-3-3
俄　415-6-4
　　837-7-2
侔　412-6-1
徿　23-2-3
娍　1401-6-3
倰　792-8-2
　　793-2-4
　　799-2-1
　　1175-8-1
狨　1050-8-2
殘　1386-5-3
殘　1462-8-3
　　1471-7-2
俄　938-3-2
後　793-2-1
　　778-8-1
殘　1570-4-2
殘　300-7-2
俄　1317-4-4
　　1344-4-3
　　1543-7-2
戙　1406-5-2
臧　473-2-4
　　473-5-2
　　868-5-3
戲　189-1-7
俄　429-6-3
骹　778-2-4
戱　775-3-1
　　778-8-5
　　799-3-1
　　1159-7-4
臧　1583-3-5
戲　78-1-4
　　80-6-3
　　82-2-2
　　82-6-3
　　189-1-5
　　421-3-4
　　966-6-3

Right page (一六九一)

燃　794-4-3
　　796-6-5
狼　468-6-3
儊　642-4-3

2324
代　1102-4-1
代　1565-6-3
戕　473-3-3
伐　1563-5-1
侒　299-7-4
　　774-3-3
俊　293-8-4
　　1113-4-3
　　1117-6-1
　　1117-7-1
泼　1431-8-3
後　255-1-3
俊　1271-4-5
俊　906-8-6
傅　159-3-5
　　1019-6-2
　　1020-2-1
皽　1393-5-1
儧　972-8-4
發　312-2-4
猝　735-1-1
鼗　557-8-6
獷　1494-6-5

2325
伐　1072-7-5
　　1109-5-3
　　1406-1-5
伖　1332-1-6
侔　568-3-2
　　1279-8-2
戕　301-2-4
　　453-3-2
　　454-1-4
　　505-2-3

藍　693-7-2

2322
自　340-3-1
　　1173-5-2
忊　693-7-4
佮　1102-5-2
備　699-5-1
　　700-1-2
　　701-3-1
貟　1103-1-2
舟　192-4-3
　　219-2-1
浦　706-7-4
偏　351-1-2
　　1185-3-2
偏　343-2-5
　　994-2-1
俊　1177-2-2
徧　329-3-2
　　351-1-3
　　1173-6-1
儵　581-6-2
　　592-4-2
　　921-3-1
　　921-7-2
　　1292-3-3
　　1593-4-3
魚　219-1-4
徛　967-1-2
儵　921-3-2
　　1295-3-2
傳　806-5-4
窮　952-2-3
停　501-5-4
寧　1257-6-1
俍　461-3-1
　　866-6-1
　　1240-8-3

　　921-8-3
　　1292-3-2

2321
允　359-6-3
　　745-1-1
　　423-3-2
　　665-1-3
　　838-6-4
　　1218-6-3
佗　438-1-3
　　1225-8-5
傀　47-7-3
　　641-8-1
俖　286-5-1
　　1135-1-4
倥　19-5-1
　　632-1-2
　　948-5-2
傀　308-2-1
　　752-8-3
倌　1157-7-4
矵　62-3-1
舷　634-7-1
舵　425-1-2
　　1292-3-3
　　1593-4-3
　　1429-1-1
傲　1268-7-2
僮　756-6-6
僅　993-6-5
　　996-2-5
　　1104-8-1
艃　81-5-1
雜　556-8-4
殲　1269-3-1
　　1327-5-4
　　1328-1-1
　　1593-8-1
　　921-4-3

蟲　415-7-2

2314
斌　993-5-4
峻　60-1-3
　　228-5-4
　　423-3-2

2315
　　1218-6-3
峨　1528-3-6

2316
峈　904-3-5
峈　1512-4-2
　　1135-1-4

2318
獃　234-8-2

2320
仆　1019-4-4
　　1267-4-5
　　1278-5-1
　　1314-5-1
　　1574-8-8
外　1079-3-4
　　1429-3-2
忲　911-5-2
　　915-7-3
　　1285-5-6
必　989-7-3
　　1374-3-3
　　1376-2-2
　　1458-3-3
參　406-3-2
　　581-5-4
　　582-4-2
　　592-2-5
　　599-2-1
　　921-4-3

　　1482-1-5
　　1552-1-3

2300
卜　1313-3-1
　　665-1-3

2302
艑　328-6-6
　　330-1-1
　　784-8-2
　　1174-1-4
牖　894-1-1

2298
秋　1009-5-4
穑　328-6-5
綏　201-8-5
樸　1314-7-1
　　1315-2-4
縷　1350-1-3
穧　1314-7-2
縷　1313-7-3
　　1350-1-2

2299
秝　1551-1-3
絑　974-4-2
　　592-2-7
絲　112-2-2
坒　666-5-1
　　964-2-1
盉　732-3-3
坒　269-2-2
坔　512-8-3
盉　473-2-6
縫　301-1-3

2313
蚩　1103-4-3
　　1573-2-1
　　1573-6-4

紬　1383-7-6
　　1387-5-4
　　1388-1-1
稬　575-2-3
稭　1582-8-2
稻　834-3-1
　　834-4-2
紬　1416-8-6
　　1437-8-2
　　1474-3-6
緄　1627-7-4
綹　408-3-3
稻　834-2-3
埒　269-1-3
　　1186-2-2
圣　1124-7-1
盉　192-4-1
絑　734-5-1
耕　614-8-3
盉　1301-7-1
繮　975-3-4
繏　405-1-1
　　832-6-2
縫　315-4-4
　　358-8-1
　　1181-3-1
繂　1612-4-2
　　1621-1-5
繂　1479-6-1

集韻校本

集韻檢字表　上

一六九三　一六九四

〔頁 一六九三〕

2384
敓 1431-8-4

2386
犒 1089-8-2
1091-1-2
䶗 1228-1-1
齰 1090-1-2

2390
臬 499-8-3
榮 1103-2-2
泉 675-5-4
秘 990-2-1
枲 95-4-1
428-4-1
666-5-3
紺 1080-1-3
秘 1374-4-5
1459-2-5

2391
秅 437-7-1
1029-3-2
1226-2-2
綻 425-7-3
綩 305-1-3
767-3-5
1159-8-5
稑 19-3-2
綩 753-6-2
綻 948-6-5
稯 1377-3-1
緈 1447-4-3

2392
稍 338-3-3
絎 693-5-2
694-1-1
緉 159-8-5
176-4-4

嶰 27-7-1
嶧 28-2-3
1418-3-6

2373
岺 666-5-2
964-1-5
嶙 498-3-4
岷 468-8-4
1102-5-1

2374
嶇 299-8-4
1143-2-1
1420-1-1
峻 1116-6-4
1118-2-3
崚 312-2-1
嶍 1489-7-3
1494-1-6

2375
峨 1401-7-4
峩 507-3-1
峨 415-5-4
837-8-3
峄 411-8-2
崚 778-4-1
778-7-1
嶷 78-7-3
巇 1063-6-5
巘 1214-7-1
巀 775-1-4
775-3-2
778-8-6
799-2-3
617-5-5
618-5-1
1624-3-3
1625-2-4
1625-6-5
嶮 1439-5-2

2376
嶗 40-4-4
637-8-3
貽 108-7-1
109-2-5
114-5-4

2377
岱 1102-4-2
嶒 1411-7-3
嶒 1414-3-5
424-7-2
鑒 1442-6-1

2378
歆 1304-2-2
嵾 958-3-2
巉 755-8-1
756-6-4
806-7-1
807-2-3
巉 756-4-2
807-4-3

2379
峔 542-1-3

2380
矣 679-1-3
負 263-3-4
272-2-5
1127-6-1
臮 235-8-1
236-5-3
貸 1103-2-5
1573-2-4
1573-5-1

曙 719-5-3
馪 1074-8-2
1418-3-6

2368
猷 1509-2-2
馥 245-6-6

2371
屺 425-4-4
屹 1081-2-3
嶭 47-4-3
皖 304-7-6
767-4-1
776-3-4
毢 1022-6-4
舵 359-6-2
峥 19-4-5
45-4-5
642-3-1
948-5-3
崰 281-1-3
753-4-4

2362
歔 693-3-1
鯿 784-6-4

2363
鯴 918-2-2
1295-2-1

2364
䲔 63-2-2
穫 603-4-5
齚 81-6-3
䶂 54-1-2
䶗（䶗）
211-6-1

2365
齚 1377-4-5

2372
峭 360-5-1
峬 177-5-2

2360
台 116-5-2
235-4-1
236-6-2
996-4-3
咨 401-2-1
893-1-1
922-1-3
757-5-5
駓 1132-8-4
1133-5-2
762-2-4
畚 1374-4-4
祕 1459-2-6
201-3-1

2361
舔 794-2-3
皖 306-1-1
760-1-4
776-2-2

畚 758-1-2
762-5-5

2351
牠 417-4-4
425-1-1
427-7-4
996-4-3
401-2-1
893-1-1
922-1-3
757-5-5
魋 1132-8-4
駓 997-3-4
魃 1133-5-2
762-2-4
1374-4-4
1459-2-6
201-3-1

2352
憯 558-6-4
574-7-3
592-1-4
592-4-5
594-4-4
622-3-1

2354
牸 996-6-5
558-6-3
牰 973-6-4

2355
我 837-6-2

2356
牺 1085-8-3

2358
莪 415-5-2
㦣 327-4-1
誐 1578-1-3
䳜 617-1-1

2359
䏶 541-3-6
576-1-4
㦧 96-2-2

〔頁 一六九四〕

尉 1329-1-4
射 1223-8-1
1226-6-2
1536-1-3
1538-2-1
豺 219-3-4
斛 1312-5-4
傋 1406-2-1
射 1020-3-4
倒 1093-8-1

2421
化 1230-2-6
仇 156-5-3
540-8-1
仕 675-1-1
他 424-2-3
1215-4-4
先 326-3-1
1165-4-5
優 923-5-1
佽 1462-2-1
佐 838-2-1
1215-1-2
壯 1234-6-1
仳 72-8-6
佳 210-8-1
441-8-2
佻 265-7-2
往 212-2-2
佻 265-7-3
值 266-6-1
997-4-1
1559-7-6
1564-2-3
俺 1298-2-2
1623-3-2
銃 590-7-2
922-6-3
1292-6-3
姚 532-4-4

儋 845-2-5
鑒 868-6-1

2411
靠 1206-4-5
1342-6-1
1343-2-2
雛 1290-2-4

2412
勎 217-5-3
勈 627-4-1
628-2-1

2413
壐 1370-3-7
蠱 1497-7-5

2414
歧 74-6-4
跱 62-8-3
677-7-2
竣 889-8-1
鼓 62-1-2
80-2-3
皷 163-1-3
699-6-3

2415
巇 312-1-1
1174-2-4
1426-2-2
1460-1-4

2416
蹢 693-8-2

2420
什 1582-1-1
付 1019-6-1
盆 1201-1-1

繡 1042-5-2
繢 263-2-3
272-3-2
746-1-1
751-3-3
繽 744-6-2
804-8-2
1181-8-5
繢 245-5-2

2399
秫 1385-7-5
綠 540-7-1
576-3-4
綜 952-5-3
1263-3-1
線 532-3-2
緣 95-4-3

2400
十 854-2-3

2401
庵 933-6-5
廬 736-1-2

2402
庯 991-6-3

2404
牘 898-2-2
1212-4-2

2408
牘 1318-5-3

2409
牒 1614-5-5
牒 1620-7-4

2410
盆 1201-1-1

1558-2-1
穰 1050-7-2
穡 602-6-3
1302-2-2
纖 580-5-2
602-7-1
604-6-3

2396
紿 235-6-1
529-8-3
735-7-1
絡 900-5-1
緔 1272-8-1
緒 719-5-4
緙 1441-3-4
稽 828-3-2
829-4-3
1205-8-2
縮 1331-1-1

2397
稭 203-3-1
稻 768-4-5
縮 776-5-1
1145-7-1
1159-8-4

2398
紒 1380-6-1
1385-6-3
1389-5-3
1455-2-1
1456-4-4
紩 991-7-2
1324-6-3
稑 888-3-2
縅 1450-3-6
縼 1162-1-2
1168-4-3
1174-5-3

1558-2-1
1185-8-6
穟 1117-5-1
1560-3-2
紌 993-2-3
1558-2-1
1558-8-5
縛 176-4-3
701-1-6
縛 1020-2-4
1220-5-1
1480-2-2
縡 735-1-5
1105-3-1
1106-1-1
種 1204-5-2
1365-5-2
1366-6-4

2395
栽 171-3-2
秡 634-8-4
絨 1401-3-3
絨 24-6-2
秮 1339-7-4
緺 1063-3-4
栽 1109-8-5
稝 461-2-4
469-3-3
稼 1228-4-4
總 735-7-2
繆 1174-7-1
秾 1339-7-3
緘 618-1-6
1304-6-2
繩 1328-3-3
1332-2-1
織 971-7-2
993-2-1
993-5-6
993-7-5

177-3-1
701-1-5
790-4-3
790-7-2
絹 1172-2-1
1182-5-2
綃 706-7-2
編 328-6-4
編 328-7-1
329-4-2
351-5-4
784-2-2
784-6-3
移 582-2-4
622-2-6
繆 373-2-2
405-1-2
603-5-5
605-7-5
621-8-1
921-8-4
925-3-2
鯿 784-5-4
800-2-6
穋 501-7-1

2393
稑 1063-4-... 1109-8-5

2394
秡 1566-1-4
絽 1393-5-2
絳 284-2-3

集韻檢字表 上

集韻校本

一六九五　一六九六

2422

仴 1564-3-1　1574-1-1　值 1563-1-9　531-8-3　532-3-3　889-8-4　1261-1-1　偙 1023-7-4　偡 923-6-5　939-7-3　890-1-1　俋 923-6-5

2423

佽 430-1-1　敊 577-6-2　981-8-1　1285-4-5　1388-8-3　健 1423-2-4　德 978-8-1　儋 371-7-1　健 1423-2-5　德 997-1-3　1572-6-1　豨 217-7-1　儞 1571-8-6　蒲 1091-4-1

2424

伎 74-7-1　655-1-4　957-8-3　965-2-4　1211-7-4　佊 661-8-2　969-7-4　79-1-3　79-5-5　效 1150-3-3　侍 994-2-3　彼 661-7-3　967-1-3　帗 1039-7-3　1041-8-1　侼 392-1-4　俘 1408-1-1　待 735-4-2

2425

偉 684-2-2　1007-2-5　衼 684-6-1　儀 1406-7-5

2426

估 188-3-2　712-1-2　佑 891-5-2　1264-1-3　佶 1382-5-1　1384-2-4　俉 1342-5-3　徂 1381-1-4　姑 186-6-3　188-5-1　借 1222-2-6　1531-3-5　1532-7-2　偌 1226-7-5　偘 1202-7-4　褚 141-5-5　僧 1437-1-4　1441-6-4　1443-5-1　豬 982-7-1　998-6-2　1381-3-2　儲 1485-1-1　僖 117-6-1　鮚 1341-7-3　儹 1560-6-5　貓 379-4-2　395-1-4　鯺 437-3-2　850-4-3　1225-5-3　僐 535-5-5　1262-7-3　儲 143-4-4　倖 878-1-2　884-4-3　皎 78-8-2　659-2-4　968-7-3　958-1-3　俌 634-8-6　侍 677-8-5　皷 50-3-4　後 530-8-3　530-5-1　1262-3-3　皴 563-8-7　1275-1-3　僻 677-6-5　廞 436-1-3　707-4-2　倜 409-8-4　547-3-1　1211-7-4　戯 436-4-1　皷 931-3-1　183-8-2　驕 1212-4-4

2427

伷 600-4-3　1291-5-1

2428

伏 1068-5-3　696-4-4　1016-7-6　俠 1617-7-1　1618-4-5　1626-1-1　俱 118-6-3　122-1-3　998-6-4　徒 180-6-4　俠 1299-1-3　媄 385-5-1　俱 331-1-2　敓 221-5-3　僕 1141-8-5　傸 478-8-3　479-6-3　487-3-6　債 291-4-1　1125-1-1　祺 119-1-3　998-6-1　999-1-3　儴 1012-3-1　僺 1610-4-2　1610-5-2　傔 1567-5-2　儳 1572-3-1　僚 367-8-1　811-4-2　835-5-5　傑 917-4-1

2429

休 538-8-1　575-1-2　835-5-3

2430

沐 459-1-2　俫 591-3-4　俠 115-4-3　238-4-6　1103-7-5　僳 1602-8-1　1603-1-2　1610-3-4　1612-6-3　1628-3-4　倈 237-1-3　1103-7-4　狄 539-2-2　俲 1515-7-3　狆 539-2-1　575-1-1　牒 1614-6-1　媒 231-7-3　媟 1603-1-3　1610-3-1　1621-4-2　傛 1610-4-2　橫 479-4-2　濆 271-2-4　748-8-1　傔 1567-5-2　傸 306-4-2　儚 367-8-1　償 1319-7-5　1336-3-1　1345-7-5　1550-6-2

2431

鮑 1371-4-2　魤 419-1-3　1230-4-1　魷 584-2-1　912-3-2　913-3-1　鮭 205-8-2　211-1-1　213-3-1　854-1-5　鮏 783-7-4　鮢 1334-7-5　鮊 1623-1-4　鱸 1599-4-2　1599-4-3　1599-6-1　鱴 986-1-5　罐 306-4-2　鱹 1145-6-1

2432

勂 946-2-4　1088-6-4

2427 (右)

傓 1038-8-2　貘 1507-7-1　齇 487-1-3　償 1337-2-4　贛 486-4-4　殯 1319-1-1　1467-6-1　獠 1189-5-3　獠 369-3-4

2433

怤 160-6-1　700-6-5　1020-1-2　悠 1030-6-4　休 391-5-1　539-3-4　575-1-4　懃 1037-4-4　1088-6-4

2434

鮍 67-2-5　鮨 109-7-3　鮾 530-7-2　鱖 67-3-1　鮮 266-4-4　鱘 109-7-2　孍 1506-6-2　鱒 1496-6-2　饡 1031-5-1　1230-1-3　1514-1-4　鱘 548-4-3　鱗 1442-1-3　1473-7-1

2435

鱭 1460-6-4

2436

鮚 1382-5-4　1384-3-1　1434-7-2　1453-7-4　鱛 141-5-2　鯌 1480-7-2　1498-7-4

2437

鉗 599-5-4

2430 (中)

鮒 178-2-3　1020-6-2　鰤 1020-6-3　鱝 1008-3-2

2429 (中)

休 538-8-1　575-1-2　696-4-4　1016-7-6　955-3-1

2438

軗 1041-6-4　1068-3-4　鮨 639-3-5　鯕 122-6-2　鱝 481-1-1　鱒 749-1-3

2439

鯠 1601-3-3　鯠 237-8-1　鰈 1605-1-3　1615-8-2　1628-4-3　1631-6-3　鰶 1069-7-3　鰺 1371-4-1

2440

升 526-8-2　癹 160-6-2　561-8-1　1020-1-1　斐 458-8-2　紨 160-3-1

2441

壯 326-6-1　1349-7-2　勉 758-5-3　801-6-2　艬 122-4-3　蟯 381-1-3

2442

髀 1067-7-2　勤 622-6-2

2443

舤 1067-3-1

2438 (左列)

600-6-5　鮭 134-4-1　1601-3-4　1621-8-2　緣 630-1-3　戀 1052-7-7　鱬 13-6-1

勛 1564-5-2　魞 1602-4-5　勳 273-3-3　1128-4-5　鮖 177-4-4　1026-4-3　371-8-3　574-4-2　893-5-2　910-4-3　1340-8-3　鮪 669-4-3　891-8-3　鮳 106-1-1　154-6-1　156-1-3　188-7-4　445-5-1　1027-4-2　1032-6-1　鋤 1434-7-1　鰤 1442-1-3　鱮 311-8-3　76-7-1　667-8-2　844-7-4　845-6-3　1219-2-2　1219-6-3　鱜 1496-6-1

2433 (中列)

齇 1287-8-2　獠 115-7-5　237-7-2　儍 846-3-3　鰈 1057-6-1　1064-5-4

右欄（2422 区）

890-1-1　偙 1023-7-4　偡 923-6-5　939-7-3　值 1563-1-9　531-8-3　532-3-3　889-8-4　1261-1-1　烑 265-7-5　1151-1-2　催 1355-4-1　891-6-4　1357-1-2　殖 996-1-3　1559-5-1　侉 192-3-2　444-7-3　俺 610-7-3　445-3-4　1298-1-2　1214-6-1　1623-3-3　1214-6-2　尵 600-6-4　僅 1122-4-1　颰 537-4-4　鮭 721-2-5　853-7-3　683-2-3　僥 370-3-2　符 1230-5-2　372-4-1　勛 1362-4-2　557-7-3　勀 1564-5-1　814-4-3　1559-7-1　殢 1076-3-1　1598-8-6　斻 1287-3-1　1122-7-1　1126-6-4　儤 235-7-2　236-1-1　1103-4-1　殣 1047-1-1　731-8-3　殨 1076-3-1　儌 537-4-1　勰 358-7-3　玃 306-5-2

362-3-3　鱹 279-7-6　偲 1023-7-4　偍 923-6-5　939-7-3

殉 1151-4-1　勦 1014-4-4　傿 657-7-1　勪 184-1-1　1014-4-5　貓 311-7-5　319-7-3　1134-4-3　1149-4-4　654-6-2　傴 1037-8-1　騎 445-4-5　臂 973-4-1　981-8-1　1285-4-5　1388-8-3　勷 805-1-2　855-5-1　856-1-1　864-5-2　侖 1487-1-4　豨 217-7-1　1571-8-6　蒲 1091-4-1　1011-2-2　1014-7-4　儵 22-6-1　701-6-5　532-2-1　535-5-2　655-1-4　957-8-3　965-2-4　1211-7-4　仴 661-8-2　969-7-4　79-1-3　79-5-5　効 1150-3-3　侍 994-2-3　彼 661-7-3　967-1-3　帗 1039-7-3　1041-8-1　侼 392-1-4　俘 1408-1-1　待 735-4-2

鱬 437-3-4　勘 1014-4-4　662-1-3　662-5-1　俊 530-2-4　534-3-2　890-8-3　1260-4-6　1262-3-3　188-3-4　皴 563-8-7　1275-1-3　僻 677-6-5　廞 436-1-3　707-4-2　倜 409-8-4　547-3-1　1211-7-4　戯 436-4-1　皷 931-3-1　144-2-3　183-8-2　驕 1212-4-4

波 66-8-2

解 1515-5-4　觧 358-4-3　蠦 82-4-1　82-6-4

2426

估 188-3-2　712-1-2　佑 891-5-2　1264-1-3　佶 1382-5-1　1384-2-4　俉 1342-5-3　徂 1381-1-4　姑 186-6-3　188-5-1　借 1222-2-6　1531-3-5　1532-7-2　偌 1226-7-5　偘 1202-7-4　褚 141-5-5　僧 1437-1-4　1441-6-4　1443-5-1　豬 982-7-1　998-6-2　1381-3-2　儲 1485-1-1　僖 117-6-1　鮚 1341-7-3　儹 1560-6-5　貓 379-4-2　395-1-4　鯺 437-3-2　850-4-3　1225-5-3　僐 535-5-5　1262-7-3　儲 143-4-4

集韻檢字表 上

集韻校本

一六九七

一六九八

緋	1558-2-3

2492

幼	20-1-1
衲	960-1-4
	964-4-4
納	1597-5-6
稀	126-8-1
綯	732-8-5
	733-6-2
綺	1032-3-1
稀	80-4-3
紬	1604-4-1
	1604-6-3
	1622-5-4
勒	92-3-2
	665-2-5
	396-4-3
	397-6-5
	809-4-1
	815-4-1
	1193-3-4
	1203-5-4
	1328-5-2
綷	654-1-3
	656-4-4
	694-1-2
緔	584-8-3
繆	850-5-2
	851-1-1
	1226-4-2
綺	1172-2-3
	1172-4-2
稱	292-3-3
繩	1602-3-6
穧	1166-4-2
參	437-6-2
	1225-4-3

2493

紘	497-8-4
絬	687-2-4

2494

衼	959-1-3
秖	67-2-4
	104-1-3
	662-2-4
	969-6-3
絞	50-4-2
綏	388-7-2
秮	678-1-3
	994-3-2
綏	419-3-2
	662-1-2
	662-2-2
	970-4-1
稊	1408-4-3
稜	530-4-6
綷	1002-3-1
	1393-6-1
稈	33-7-3
	634-8-1
綾	530-5-3
絳	884-5-3
稈	266-5-1
	1317-5-1
緒	33-8-3
	634-8-3
	954-3-4
稷	1031-5-5
	1503-8-1
	1514-1-1

緤	629-4-3
	641-4-1

2491

秋	1065-3-6
	1581-4-4
秞	72-5-5
紈	540-7-2
統	922-6-2
秸	213-2-4
秬	450-8-5
繼	1461-3-1
稆	1209-7-3
絓	212-6-5
	217-4-2
	1079-7-5
	1080-1-2
稑	1334-3-2
稙	1559-6-1
	1563-2-1
稐	596-1-2
	611-1-4
	920-4-2
	934-4-2
	1298-2-1
	1623-4-2
稞	477-7-2
綀	1298-3-4
穣	1592-1-5
穂	478-3-2
繦	1134-3-1
種	1123-1-1
稴	391-8-3
	1194-4-1
繧	750-8-4
繞	816-8-3
	1194-2-5
競	370-7-2
繡	361-4-2
	363-1-3
敨	692-8-3
	695-2-2

槳	868-6-2
	1234-7-3
	1242-4-4
貨	1216-4-3
奘	1234-6-5
贅	51-5-4
賛	991-6-1

2477

	1574-7-2
峀	600-2-2
岀	1206-7-2
贊	1150-4-4

2481

嵞	604-7-4

2482

屴	1380-8-2
劼	273-3-4
	1128-4-4

2484

奼	892-5-2

2489

嶽	1090-2-1
	1092-5-1
嶚	811-6-4
	1194-6-1

2490

村	1329-1-2
科	417-1-2
	1216-6-4
尀	108-2-3
尅	899-8-1
尃	159-8-3
斜	908-5-2
尌	160-8-1
	163-5-3
	1020-2-3
尌	159-8-4

	1357-2-2
齼	1225-1-3
	1517-2-3
	1517-2-5
	1521-8-3

2474

攱	965-2-3
岐	51-5-1
	55-3-3
	74-5-3
	79-6-3
籛	421-6-1
	422-2-3
	846-8-1
岐	66-8-4
峻	419-3-4
	419-6-3
岥	66-8-5
	670-8-5
峙	677-6-4
峻	530-6-1
	534-4-3
峙	678-2-3
嶕	472-3-3
	867-6-1
敨	83-1-2
敨	1627-6-2
巇	1515-4-4
嶙	833-5-5
巀	1420-3-4
巀	1602-2-3

2476

岵	712-5-3
岵	828-3-4
嵫	1517-3-1
嶒	406-7-1
	407-3-1
嶒	1450-1-2
	1451-3-3
齵	1434-4-2
	1441-6-1
齰	1312-6-2
	1341-7-2
	1343-2-1

裝	458-8-5
	1234-6-3
嶵	14-3-3
嶁	1061-3-4
艫	76-7-2

2477

（見上）

嵁	1624-1-5
嵨	1507-8-3
嵀	1624-7-2
嶱	313-1-2
麒	119-1-1
	122-3-3
顛	331-2-1
齺	691-6-1

2479

怀	539-7-4
峽	237-6-1
徠	220-1-3
	235-2-3
齭	1288-2-1
	1288-3-3

2480

奥	210-7-2

2472

劭	540-3-4
	575-7-6
幼	1196-2-6
	1200-7-7
	1284-5-1
	1340-7-3
岰	392-5-5
	910-3-5
	1200-7-2
帥	973-3-2
	1054-8-2
	1370-3-1
嶸	395-3-1
崎	79-1-2
	80-1-3
	80-6-2
	130-5-3
	654-4-2
	655-3-3
崤	388-8-5
	400-1-2
劬	1458-5-5
嶹	1041-2-4
	1449-5-4
嶹	1061-3-6
嶹	1418-6-2
	1420-8-4
嶙	400-6-1
齣	1602-6-1
	1629-1-1
齝	61-3-4
齮	79-1-4
	119-1-2
	654-3-3
	655-7-6
齻	1442-2-2
	1602-3-4

2473

屼	498-3-5

磔	1601-5-1
磻	1458-2-5
磔	1613-6-2

2470

屮	908-4-2
嵲	1093-4-4

2471

毡	403-8-2
	1213-6-1
峚	706-3-3
峗	867-6-2
	1241-8-1
毨	783-6-2
岤	1564-1-3
岹	610-7-5
	934-1-4
嵁	593-7-6
	596-6-5
	616-3-3
	617-8-5
	915-2-3
	921-1-1
	941-2-2
嵧	634-3-4
	372-3-2
礎	292-1-1
毹	1118-8-1
毹	63-2-1
毵	1058-2-5
毵	1052-4-3
	1462-1-1
嶃	363-1-2
	1146-8-2
齵	211-6-2
齵	750-3-2
齷	824-6-2

	1592-1-1
曉	813-7-3
麒	1290-3-2
礍	1076-1-3

2462

劬	157-3-2
勧	399-7-1
勧	1086-6-4
勦	283-8-4
㤭	655-6-2

2463

黇	1133-3-2
䝉	14-3-1
	629-8-3

2464

鼓	965-3-2
皷	254-8-4
皷	1356-8-3
鼙	1407-6-2
	1408-4-1
黸	547-7-2

2465

皠	1585-8-3
	1604-2-2

2466

皓	221-5-1
	827-6-1
	829-6-2

2467

甜	613-7-3

2468

顛	270-8-3
贉	1422-3-2

虭	37-1-3
犆	1564-1-4
	1573-4-2
犥	80-1-2
	655-2-3
	967-4-4
犨	221-7-2
	726-1-7
	1101-3-3
犈	1341-8-5
	1343-4-2
	1359-2-2
	1368-3-1
	1506-8-2
軌	541-4-4
犨	750-8-1
犦	823-1-5
	118-7-4
	379-5-2
	80-1-1
	1298-5-3
	398-8-3
	427-1-2
	1215-8-5
犪	320-2-1
	1160-2-5
犠	396-6-1
	397-6-6
	824-7-2
	1198-4-2

2454

特	1573-4-1
犉	235-2-4
	240-1-2
	379-8-2
	409-4-6
	411-2-5
	555-4-2
	892-2-3

2456

牯	711-6-3
牿	1342-7-3

2458

橫	481-2-6
犢	1318-8-1
軼	1590-2-2
	1624-6-1
鱺	1039-1-1

2460

告	399-6-7
	1206-6-2
	1338-1-1
	1342-6-3
	1342-7-1
	1357-7-1
告	1230-3-1
嚳	834-3-3
嚳	1039-3-3

2461

牠	645-7-3
牪	1341-6-1
	1357-6-4
	1501-1-3
犙	596-1-1
	920-6-2
	934-2-4

2453

犅	1069-4-1

艫	13-4-1
	949-8-1
	955-8-1

2444

𥤪	1206-5-6
籤	255-4-1
	560-4-2
	1271-4-3

2446

鮐	833-3-3
	1210-6-1
艚	454-1-2

2448

槿	750-8-1

2449

艓	1602-8-2
	1616-1-1
艛	369-6-4

2450

斜	417-4-5
料	417-4-3
斠	1224-1-2
斠	1242-5-1

2451

牡	706-4-5
	906-4-2
牧	584-1-4
牝	912-2-2

2452

牣	568-4-2
牣	1617-8-4
犄	79-5-3
	80-6-5
犕	991-8-1
犕	1325-4-5
犘	679-4-2

2469

礵	（見右）

集韻校本　集韻檢字表　上

右半（右より左へ）

2495
稈 80-4-2
稗 444-8-1
繂 1525-2-1
1569-2-2
緯 684-5-4
1006-6-2
穤 1460-3-4
121-7-5
2496
竤 75-5-5
粘 1032-5-5
秸 1381-7-1
1435-3-5
結 188-3-3
稭 1342-5-1
1044-1-7
結 1045-8-3
1381-6-3
1453-1-4
稸 1499-7-3
1497-8-2
1202-8-1
鉆 189-1-2
433-4-4
690-1-1
1500-1-1
1532-8-1
緒 1493-7-1
378-7-4
379-5-1
395-1-1
825-8-3
1202-6-3
稽 101-2-1
110-2-1
1151-4-3
黏 185-2-5
繕 851-1-2
稽 1560-7-1
繡 1561-1-3
穑 521-6-2

2497
綝 1564-6-3
581-7-2
583-6-3
115-3-4
237-5-3
2498
稼 181-3-1
秾 616-1-1
秾 1618-1-2
1618-3-2
禖 119-3-1
121-7-5
稢 75-5-5
秸 643-4-1
652-8-2
965-6-3
稬 241-5-3
332-6-6
737-7-3
1111-4-6
1453-1-4
緵 1026-2-4
1497-8-2
241-6-3
242-8-2
250-1-6
737-6-7
1111-5-4
積 762-5-2
1244-2-4
鎮 240-8-1
242-8-1
737-6-7
續 1025-7-1
1349-6-1
積 312-7-2
771-5-3
1248-6-1
姓 1473-2-1
2499
秾 115-3-5
237-2-1

2500
牛 542-4-4
2504
僂 173-1-1
2508
牘 226-1-2
2509
牀 169-4-1
牀 1168-7-3
2510
生 492-1-4
875-6-3
1248-6-1
姓 492-6-2
1255-8-1
2511
姓 265-8-2

2515
僅 1581-7-1
雞 480-4-1
體 717-2-3
2518
缺 1472-1-5
1613-2-3
2519
悚 1248-6-4
2520
仗 860-8-2
1236-1-3
佳 36-8-5
仲 951-6-3
件 568-3-3
舢 1108-6-5
舛 739-6-2
796-8-4
伸 242-3-1
244-5-4
250-1-2
2523
体 762-5-4
1137-4-4
2525
俸 629-5-2
636-1-4
953-3-4
傳 1345-2-2
儺 636-1-1
2526
仙 1272-1-5
952-2-1
955-2-5
油 1272-2-3
1345-5-5
1549-6-4
倚 739-4-2
747-3-3
747-6-3
僔 406-6-4

䞊 608-3-2
640-5-4
640-7-2
1277-4-8
傳 358-6-2
1180-5-5
1180-5-2
傻 572-6-1
696-2-2
704-6-3
900-7-5
1025-6-1
1283-8-4
狹 674-7-2
995-6-6
樓 572-8-2
573-1-4
704-6-4
1025-6-2
獿 173-2-3
175-5-5
698-2-2

僀 1581-7-1
雞 480-4-1
體 717-2-3
2522
佈 1070-2-6
佛 1000-8-4
1001-8-2
1376-3-5
1392-6-1
1394-6-1
1407-8-2
佛 1392-4-4
傅 513-7-2
1251-6-1
傴 1166-1-2
1252-3-1
舓 170-2-2
513-7-4

俵 1198-2-1
健 347-2-2
758-7-3
803-1-3
1134-7-2
1180-3-2
30-2-2
39-2-4
640-2-2
642-2-1
2521
他 764-3-3
往 464-1-5
1238-6-3
500-4-5
2524
健 1131-8-2

僯 1291-3-3

左半（右より左へ）

2527
倩 957-2-1
1051-2-3
1052-1-3
債 771-3-2
726-1-1
726-8-1
2528
俫 463-5-3
473-7-5
857-7-3
伏 1380-3-2
1448-2-1
1449-7-1
俙 97-3-1
夬 1049-5-4
侢 97-5-1
199-5-3
俠 463-2-2
474-2-3
殊 979-6-1
1378-2-3
健 1605-2-2
1606-1-3
1606-5-3
供 786-3-4
健 1613-1-3
1619-5-2
伙 652-7-1
966-5-2
1049-5-1
1456-1-5
狹 473-4-1
債 1082-8-4

2529
休 1091-7-3
1098-3-2
休 1425-3-1
513-3-2
俙 1095-3-1
休 168-4-2
171-6-1
546-5-4
俠 1316-4-1
1346-8-4
殊 1426-1-5
俠 7-3-3
946-4-2
俠 962-2-6
俍 1168-8-2
徥 7-4-2
俠 1362-7-1
傻 1027-7-2
傑 1405-1-3
1405-3-1
1405-4-5
鑓 1473-1-1
俫 982-2-3

2530
魶 641-7-2
2531
牲 500-4-4
513-3-2
艪 718-3-4
2532
魶 1070-4-2
鯖 504-3-4
鯖 504-1-2
506-6-2
512-7-2
525-1-3
鱝 551-8-1
558-4-2
1327-3-2
鮁 1378-7-4
鮪 91-7-1
98-1-3
199-1-3
鐀 1522-6-4
1523-2-6

2533
态 538-3-2
慈 1107-4-6
鏈 347-5-2
鱧 954-4-1

俫 7-4-1
殊 1153-7-1
鮇 1316-7-3
羰 314-6-2
㺒 356-6-4
797-6-1
797-8-4
1181-4-2
鑅 740-7-5
1466-5-3
肆 685-4-2
970-7-3
1099-6-2
1413-1-5
984-1-2
1007-4-3
1084-4-1
1086-7-3
1007-5-3
積 225-7-3
2534
鍵 756-2-1
鱒 314-6-2
356-6-4
797-6-1
797-8-4
1181-4-2
172-7-4
573-4-2
2535
舝 629-6-5
633-3-3
2536
魶 545-4-3
548-4-2
556-8-1
鰭 252-5-1
554-2-4
555-1-6
2537
鰭 32-7-1
2538
魎 407-2-3

1378-2-2
魋 1316-8-1
2552
怖 1070-3-5
2554
鍵 282-1-5
282-6-1
350-4-2
755-6-3
2555
犇 291-1-3
2556
軸 1266-5-3
1269-2-1
1269-4-1
2559
榛 245-4-2
轄 1437-3-3
1438-8-1
2560
告 401-8-2
杏 570-8-1
皆 875-4-1
879-5-6
2562
師 1430-6-2
靖 1166-1-1
2565
薛 633-2-4
2568
猷 163-6-3
猷 1048-8-6

1531-4-3
2539
魶 1000-7-3
魶 1426-1-2
魶 168-7-1
169-6-2
練 7-2-1
鍊 1168-8-3
2540
駢 1252-7-4
駤 244-8-2
2542
沸 1395-2-1
2544
購 566-4-3
螻 573-2-3
2546
舳 1267-1-3
1272-8-6
1333-4-3
2548
鍵 1606-7-2
1619-5-3
2550
摰 1509-6-4
2551
牲 492-4-2
魅 992-2-1
魅 243-8-1
魅 62-4-1
997-3-3

缺 1472-1-5
1613-2-3
驊 756-2-1

集韻校本　集韻檢字表　上　一七〇二　一七〇一

一七〇二（左頁）

238-6-4	1472-7-3	759-6-3	997-7-4	1167-7-2	**2604**
1105-1-1	1473-1-2	軀 1416-2-3	偈 1378-6-3	四 983-4-4	牌 213-3-2
燦 1623-3-4	偈 1503-4-5	儭 1248-7-2	伯 1584-2-2	伯 1508-6-1	219-6-3
1632-4-3	猲 1057-8-2	僬 661-8-5	阜 1588-6-1	阜 1509-1-4	**2608**
㣎 328-7-2	傔 1293-2-2	鵝 104-7-4	倱 759-1-3	伽 429-7-3	媞 198-8-4
329-4-4	1600-8-3	貌 104-8-1	徎 880-1-3	徊 223-3-1	**2610**
2624	得 1397-1-4	麂 712-3-6	880-3-1	佪 648-2-4	皇 479-5-3
伻 69-8-3	煬 964-8-3	儼 244-7-1	880-8-3	648-4-3	863-3-2
209-1-5	煼 1076-3-3	1115-5-2	887-3-3	652-5-2	皀 1282-4-4
659-8-3	鼻 989-1-1	1118-8-4	皇 479-7-2	伽 142-6-4	堡 831-1-1
715-7-2	儦 1318-5-2	觀 428-7-1	傀 217-6-3	徊 223-3-2	皇 479-5-3
復 1094-1-2	1318-8-3	804-4-1	222-6-2	554-3-2	**2611**
佹 1583-3-3	1347-7-3	1155-8-2	226-4-3	個 1213-8-4	現 788-5-4
得 1572-7-7	傷 329-4-5	138-4-3	658-8-2	俨 926-5-2	覼 984-4-4
儍 1562-7-4	鬵 330-4-1	1011-4-3	725-8-4	937-1-3	984-7-1
復 1542-3-3	錦 352-3-3	1021-8-4	1083-6-2	個 1326-6-2	**2612**
得 1578-4-2	貁 1007-1-4	僵 731-1-4	殞 1202-8-3	俰 1216-7-2	甥 492-2-1
偊 311-3-1	俒 958-6-1	儽 426-3-1	昆 1269-8-2	廖 576-8-1	**2613**
1158-6-7	961-1-1	447-4-1	徨 464-2-3	1325-8-3	蝨 378-1-2
傻 850-3-2	傷 328-7-3	罹 157-5-2	479-7-3	舳 1546-5-4	378-5-5
1224-4-4	觸 1025-2-3	1017-4-3	舶 1546-5-4	個 695-8-1	378-6-3
得 1572-7-4	1347-1-2	耀 1215-6-3	組 771-8-6	貂 1115-1-3	蟲 70-3-3
得 1572-4-2	**2623**	覿 205-1-4	772-7-3	偭 1185-5-4	71-1-4
猂 1140-4-1	侲 766-4-3	**2622**	1152-4-1	鼗 341-6-4	1153-2-2
猙 662-1-1	偎 222-4-2	帛 1509-2-1	1153-2-3	軀 1528-4-3	208-8-7
662-4-1	偲 111-7-1	帛 1067-1-2	傀 1230-3-3	鰡 1487-7-5	378-1-1
觲 70-5-2	238-8-2	傷 959-3-3	媼 289-3-2		378-6-4
208-8-5	675-8-4	964-5-2	1416-1-2		聲 1008-5-3
觟 1582-8-5	殘 727-2-1	貍 115-7-3	**2621**		**2615**
1583-3-1	儇 339-7-2	219-7-6	但 302-7-4		岫 1335-2-3
㸐 1073-6-4	355-2-6	1539-3-1	772-5-3		**2620**
燡 1029-1-5	359-8-4	佾 988-1-2	1089-3-1		伷 1114-7-2
㺜 319-7-4	傔 596-6-2	傷 864-6-4	1399-8-1		佃 331-8-2
1149-4-3	1292-1-4	865-8-2	兌 475-3-3		
獿 399-7-4	1592-5-5	貌 1202-5-5	1202-5-3		
儤 936-6-1	德 354-5-2	1362-2-4	1362-2-3		
覆 1488-4-2	軀 222-3-1	1016-4-2	侃 1142-1-3		
1488-6-4	727-1-3	粗 179-6-5	兌 56-1-3		
玃 1487-8-1	錮 112-4-3	覯 1518-2-1	偓 880-4-4		
1488-8-1	214-1-1	偶 1058-3-4	887-4-1		
		1059-2-1	覜 788-6-3		
		軦 393-5-4	1170-1-1		
		1405-1-2	俚 678-3-4		
		1405-4-4			
		觀 1417-5-2			

一七〇一（右頁）

726-8-5	紬 546-7-4	繓 165-5-4	1473-1-4	1266-8-2	1049-7-2
987-6-2	547-5-2	363-8-3	綝 242-4-4	1268-8-5	嘖 1521-7-1
1099-8-3	1269-2-2	1268-4-2	稴 1064-5-6	1272-7-1	1522-6-6
1413-1-3	1272-4-3	**2593**	綫 1461-3-3	**2578**	齻 1446-2-2
橫 770-6-2	釉 1267-1-2	綫 804-1-4	紳 1389-7-6	857-6-4	1475-6-4
繢 771-2-2	稽 1290-1-1	1179-1-2	**2591**	869-8-4	1607-8-1
2599	**2597**	1180-8-5	紈 305-1-2	嵑 1606-6-4	1627-5-3
秌 1425-8-5	稽 49-2-3	1182-5-4	純 108-2-4	巙 1607-7-5	嶭 1280-7-5
秝 1098-3-4	繀 1051-1-1	347-5-5	252-1-4	巘 1448-6-6	**2569**
秫 1406-7-1	1052-1-5	977-2-5	252-5-5	巔 1521-8-2	昧 1425-6-3
1425-5-2	**2598**	穗 34-1-3	253-8-3	1523-1-2	穌 1458-2-4
絲 963-5-2	秋 162-2-4	39-2-2	260-8-1	**2579**	釀 378-6-2
絑 168-3-2	秌 995-5-2	807-2-4	295-7-1	峽 1000-7-4	**2570**
171-7-3	秌 463-5-1	總 1048-8-5	355-7-1	7-4-3	峄 1412-1-6
練 139-8-1	474-2-5	1051-1-2	739-1-2	764-2-3	峒 433-7-3
穇 1404-7-4	857-5-1	1052-1-4	764-2-3	1113-1-3	餅 1252-5-3
1473-5-3	秩 1378-2-5	繒 744-4-1	1113-1-3	**2580**	䏝 674-8-2
練 1168-3-2	1380-8-1	804-6-1	緻 1089-7-2	緻 1089-7-2	䐑 995-6-2
緑 735-5-3	1449-8-3	緧 1089-7-2	緗 1079-7-4	緗 1079-7-4	戲 1462-1-3
1102-5-4	紘 162-3-3	繘 399-2-5	1080-3-3	1080-3-3	**2571**
穄 171-4-2	缺 1456-4-5	640-3-1	1527-3-4	1527-3-4	肆 972-7-4
穈 443-1-1	稦 198-2-7	緟 347-5-4	1527-5-4	1527-5-4	973-5-3
2600	979-8-4	803-4-1	**2592**		982-1-6
白 974-8-7	**2594**	纗 1241-2-2	秭 664-4-2	肆 1063-5-3	岈 304-7-5
1221-6-3	缺 463-6-4		715-3-3	趚 1116-1-5	㪣 1089-7-1
1508-6-2	857-6-3		秭 1376-2-4	**2588**	籠 171-4-3
1509-1-3	鉄 1378-1-2		1408-4-2	狖 1457-8-2	**2572**
自 974-8-5	1378-3-3		紼 1393-5-3	**2589**	峥 500-5-1
989-1-2	鈇 1378-4-4		緋 1001-4-1	煉 1349-3-1	**2573**
由 1002-2-5	緤 1578-3-3		1393-6-2	煉 1535-1-7	嶬 413-1-3
1392-5-4	1605-2-5		稦 988-4-4	**2590**	巚 1241-3-5
囪 747-3-5	1606-5-1		緟 514-1-4	結 500-2-3	**2574**
973-7-2	積 961-7-1		稍 1268-7-4	512-6-3	嶁 704-8-1
1114-8-3	1530-8-1		1272-8-4	1165-7-3	909-3-1
甶 1629-7-4	1531-6-3		結 500-2-3	緋 121-6-1	1283-7-3
囟 15-4-4	1544-1-5		512-6-3	朱 168-2-4	**2576**
囟 48-4-1	稦 859-6-2		1165-7-3	169-6-1	岫 545-7-1
2601	繢 1543-8-1		緋 1272-4-2	种 25-8-2	
覞 784-4-5	繀 859-4-5			秎 199-8-4	
	繢 223-8-1			築 1405-1-1	

集韻校本　集韻檢字表　上　　一七○四　　一七○三

左頁（一七○四）

2680
臭 829-3-3 / 1510-6-2 / 1533-5-1 / 1534-4-1
臭 1264-8-4 / 1269-7-2
奥 485-7-1
槀 23-6-5
賃 831-2-2

2681
覝 1544-3-5
焜 761-6-3
覞 1127-7-1
䚫 1623-2-3

2682
覰 1074-8-1 / 1076-3-5 / 1087-1-1 / 1418-3-4

2684
煇 1538-5-3

2690
和 418-2-2 / 1216-7-1
泉 355-5-1 / 1186-6-1
秈 1496-1-5
枷 443-2-1
泉 1065-7-1 / 1454-6-1 / 1474-1-2
秜 259-7-4
細 1035-3-3
紐 1507-3-2
泉 985-2-3

〔續〕 209-7-3 / 660-2-1
嵼 1149-4-1
峬 401-2-6
嶂 1532-3-3 / 1538-3-3
嶒 881-2-3 / 885-3-2
嶬 611-5-6
䃁 1092-2-3
䃁 621-6-5 / 1302-6-3 / 1305-5-2

2675
岬 1630-3-3
嵑 1373-3-4
嵀 196-2-1 / 301-4-1

2676
嶰 666-6-2

2677
旨 111-6-3

2678
崏 190-6-4
崺 645-7-1
巀 789-6-2 / 807-6-1 / 1171-4-4
顗 949-6-1
嶷 1363-3-5

2679
嶻 726-1-5
嶺 1454-8-5 / 1474-2-2
嶸 95-7-1
嶸 95-7-2

〔續〕 魄 657-4-4 / 726-1-4
穗 1541-1-3
穟 227-7-4 / 238-6-2
覛 1265-8-3
嶧 728-8-3
覬 544-1-2
嶐 95-7-3 / 666-3-3 / 730-4-5 / 1389-2-6

2672
崵 447-6-3 / 864-6-6
嵧 151-5-1 / 565-3-1
崵 1405-3-4 / 1417-4-1 / 1418-6-3
嵧 1503-3-4
鰡 151-6-3 / 565-2-1

2673
嶙 765-7-2 / 1141-1-4
崑 287-8-6
嶇 1100-2-3
岬 71-3-2
崿 481-3-4

2665
岾 1082-3-3
嶧 1547-2-4
彈 302-2-1 / 332-5-2 / 333-6-2
睥 989-1-3
昬 719-7-4
礐 1008-6-2

2666
畾 812-4-1 / 883-3-1 / 884-2-3 / 1508-2-1

2668
琨 645-7-5
䫸 1115-3-7

2670
岫 1035-5-1
嵋 263-6-2
嵋 686-7-1
鰡 752-1-3 / 760-5-4

2671
皀 461-5-1 / 1571-7-1 / 1587-6-3 / 1589-2-3
碣 1076-1-2 / 1107-7-3

2660
钏 814-1-3 / 1508-4-5 / 1509-1-5
昬 719-7-4
礐 1008-6-2

2661
虝 590-8-4 / 608-4-4 / 931-8-3 / 1299-8-4
覵 543-8-6
魄 1491-2-1 / 1495-3-4 / 1496-7-1 / 1508-3-1
272-6-4 / 1416-1-3 / 289-2-4 / 217-8-4 / 218-5-3

2662
碣 645-7-2
暍 865-7-2
暍 1417-5-3 / 1418-3-1
碣 1076-1-2 / 1107-7-3

2663
覷 217-8-5
覶 404-8-1
皃 111-6-4
崿 481-3-4

2664
皹 765-7-3

〔續〕 1141-3-3
嶍 827-6-3
鹹 1092-1-5
攫 1201-4-3
懪 96-2-1

2649
爍 1228-7-2

2650
牰 903-3-4
牰 973-6-3
牺 323-3-2
犖 130-1-5 / 1008-6-3

2651
鬼 685-5-1
鬾（魃） 46-7-3
牷 1036-7-4
犩 67-5-5 / 68-6-1 / 213-4-2 / 722-6-2

2652
犗 282-2-1 / 1417-8-2
獨 1318-8-2
犡 1418-3-5 / 1419-8-3

2653
犪 67-5-6

2654
将 1573-4-3
嫂 1562-5-3
嬰 510-3-5

2658
㞦 1070-4-1
㦣 1557-1-1

2659
欏 1343-5-2

右頁（一七○三）

〔續〕覯 562-5-5
覷 83-4-2 / 418-1-1
艎 513-4-1
艂 480-7-1
覲 362-6-1 / 754-2-2 / 766-1-2 / 767-4-4
魏 130-2-3 / 224-3-1 / 658-6-4 / 1008-5-1
覬 401-2-4
覷 1575-8-3

2642
䏲 1315-7-4 / 1326-2-1
觥 1509-4-1
觸 1404-5-4
䐀 1006-8-1
觸 1601-2-2

2643
䚯 222-3-5

2644
畀 999-3-2
畁 1185-8-4

2645
肺 1629-6-4 / 1630-3-4
舶 1326-2-2
舶 1509-3-4 / 188-4-1

2646
眉 1209-8-2 / 1344-3-2 / 1575-8-4

2648
䑧 190-6-1

〔續〕 190-8-3 / 695-8-2
鼪 1041-4-4
鯮 199-2-1 / 645-5-4 / 1472-6-5 / 959-2-3 / 1041-5-3

2639
鯏 853-7-4
鯠 323-7-2 / 761-5-6 / 1161-2-1
鰊 355-6-4
鱃 288-3-3
鰈 405-2-1
鱟 1313-8-4 / 1315-1-7 / 1349-8-5

2640
卓 833-1-3
卑 69-6-4 / 71-4-2 / 246-5-2 / 319-3-6 / 659-8-5 / 660-8-3 / 1374-1-1
舳 1369-7-7
皐 399-6-2 / 1205-6-5
舶 1326-2-2
舶 1509-3-4
皐 400-8-1
皋 729-1-3

2641
艇 115-4-5 / 678-5-1

2638
䣃 643-3-3 / 653-1-1
鯢 152-1-2

〔續〕息 1561-6-2
恩 111-6-2
恩 14-6-6
慇 1548-6-6
憨 1058-3-3
懸懸 1017-8-4 / 213-6-5 / 220-1-1
鰓 222-3-3
鰓 238-5-1
騘 1562-1-3
鱲 1576-8-4
鱲 317-7-3

2634
鯤 757-3-5
鮮 67-8-2 / 70-6-1 / 213-4-3
鰻 311-8-2 / 1134-5-1

2635
鮞 1629-4-3 / 1630-8-2
鯡 988-7-2
鱧 1373-5-2
鱓 425-3-1 / 796-2-5

2636
鯧 455-7-4 / 400-8-1
皋 729-1-3

〔續〕 846-1-5 / 964-3-1 / 1094-5-1

2630
鮰 553-5-2 / 554-1-3
鉑 1221-7-1 / 1509-4-2
鮰 1033-4-1

2631
駏 796-3-2
䮂 1630-6-2
鯉 678-5-3
鮑 1604-7-4 / 1623-1-5
鯤 287-4-4 / 288-3-1
鯹 513-3-3
鰉 481-1-2
鰍 105-1-3
鰡 158-7-4 / 697-8-4 / 1017-5-3
鑺 426-4-4

2632
錫 448-7-4
鯛 43-3-1 / 151-7-2
錫 1075-1-2
鯛 1006-8-2
鱷 1503-6-6
錫 1601-3-5 / 1602-4-6 / 1615-8-3
髑 1319-6-5
鱲 288-3-2

2633
景 370-1-2

2628
俱 958-1-1 / 964-6-1
俣 695-7-4
促 1349-1-4 / 1363-4-1
躯 50-3-2
徙 55-4-1 / 220-7-2 / 645-4-1 / 650-8-4 / 717-3-2 / 725-1-1 / 725-3-1 / 794-4-1 / 796-4-1 / 1153-2-1
煥 892-1-2
煥 1264-6-4 / 1269-8-1
鰉 195-5-1 / 197-6-3
艉 1264-6-2

2629
保 831-1-6
傈 846-1-4 / 853-5-3
傈 342-4-2
裸 841-1-4
傈 95-8-5 / 667-5-3 / 730-5-5 / 1094-5-2
傈 1192-5-2
躶 846-1-3 / 1615-8-3
鯥 1454-6-5 / 1474-3-4
髑 1319-6-5
鱲 288-3-2 / 227-5-3 / 730-5-3 / 1095-3-3

〔續〕 1489-3-2 / 1541-8-1

2625
伴 989-3-2 / 1036-8-2
傳 1373-2-3
徫 988-5-4
偉 302-7-1 / 343-4-5 / 772-2-4 / 772-4-1 / 772-6-4 / 794-4-1 / 796-4-1 / 1153-2-1 / 1422-8-3
揮 301-3-3
彈 301-8-2 / 303-1-5 / 332-6-5 / 1153-3-1
觶 50-7-2 / 958-1-4

2626
侶 694-6-1
倡 452-2-2 / 455-5-3 / 1233-8-4
偅 1142-1-4
舳 534-5-5
鉏 27-1-2
僧 349-5-3
偏 96-4-2 / 130-2-2
徣 227-1-1 / 685-8-1 / 731-1-3 / 1095-3-3

集韻校本

集韻檢字表 上

一七〇六　一七〇五

字	碼	字	碼
	1392-2-2	瞿	810-5-3
仰	476-4-4	甕	836-1-6
	858-3-4	齟	707-7-8
	1238-4-1		1028-6-2
内	1095-4-3	僬	1087-5-1
佛	810-2-1	耀	1582-5-1
	1187-5-2	耀	1189-3-1
向	860-5-2	僬	619-6-3
	1233-5-1		623-1-5
	1237-2-4		939-5-6
仔	146-1-1		1306-7-3
	695-3-3		1307-4-5
勺	1360-7-3		1307-5-3
	1482-5-3		1307-6-1
	1483-5-4	鮑	1202-2-4
	1496-8-1	黿(黿)	
	1550-7-1		753-4-5
艮	750-1-2	僬	340-7-1
艮(昇)		覽	102-4-4
	128-8-2		102-7-3
卯	288-3-4		132-3-4
佝	156-3-3		669-8-4
	1017-4-2		987-2-1
	1275-5-1		1007-5-4
	1275-8-3	僬	741-7-2
	1277-4-7		800-4-5
伺	112-3-1	仍	111-5-3
	996-2-3	馗	527-6-1
佝	1113-8-1		1259-5-3
	1115-3-3	勿	1391-8-1
	1118-4-1		1407-4-2
仰	1244-1-1	仢	1360-7-4
角	1321-4-2		1483-6-1
	1354-7-5		1550-7-3
㓞	300-8-5	切	1112-5-2
卯	846-2-1	囟	399-1-4
邲	783-7-1	卯	372-6-2
侗	7-8-3	厹	509-3-4
	8-6-3	邠	956-4-3
	627-6-3	佝	256-6-3
	947-3-2	勿	747-8-2

字	碼	字	碼
	1454-6-8		656-7-2
僆	682-1-2	伊	99-6-3
	683-1-2	釜	23-8-1
俚	843-7-1	蠻	453-2-4
僆	386-1-3		860-4-2
2721			1237-5-3
仈	859-1-3	釜	36-7-2
仈	859-1-4	蠱	896-3-2
仉	623-7-5	蠹	64-1-2
旄	658-5-4	蠹	23-8-3
偓	1357-8-2		1307-8-3
犯	431-5-1		1308-1-3
肥	431-2-1	**2714**	
経	221-6-1	兆	752-7-2
	1083-7-1	峻	1329-6-2
俎	435-8-3	危	83-7-3
偃	570-8-3	但	138-4-6
貌	97-1-1		139-2-3
殂	179-4-7	鐈	1330-4-3
㛮	1566-5-3		707-7-4
	1568-7-2		707-8-3
施	659-5-1	鉑	729-4-1
隆	1380-2-1	峪	1293-5-3
偃	874-2-1		1296-1-2
偑	1326-8-5	佩	1096-4-4
	1329-5-3	佩	1326-8-5
危	82-8-4		1329-5-3
	659-2-3	斻	145-8-3
貌	204-7-2	欤	59-4-3
觬	204-7-4	欯	117-7-4
	720-4-5	徂	179-4-1
黿	97-4-5	欤	59-4-2
巍	181-7-5	觝	691-3-4
翟	200-6-3	俎	179-4-3
僮	1593-3-3	彴	1380-7-1
催	810-6-1	倪	204-2-4
卯	1112-5-2		211-7-2
颭	562-3-2	夕	720-4-1
僖	703-5-5	产	601-5-7
	1023-6-4		607-1-1
翟	1578-8-6	釜	1047-8-4
	1582-4-1		
	1582-8-4		
	1593-2-1		

字	碼	字	碼
盤	310-5-1	勺	260-4-1
	319-2-1		260-6-3
釜	453-2-4	勺	1428-6-1
蠻	860-4-2	邮	59-2-2
	1237-5-3	卽	538-5-3
釜	36-7-2	卬	1409-2-5
蠱	896-3-2	邯	1386-2-3
蠹	64-1-2		1391-2-2
蠹	23-8-3	旬	255-7-2
	1307-8-3	郵	55-7-5
	1308-1-3		538-5-2
2714		甸	1154-5-1
兆	752-7-2	郇	480-6-1
峻	1329-6-2	崞	126-5-6
危	83-7-3	匋	1599-5-1
但	138-4-6	鴇	251-7-2
2715		鴇	492-5-3
	139-2-3	嶋	58-3-4
鐈	1330-4-3		648-6-1
	707-7-4	歸	126-5-5
	707-8-3		1296-1-2
鉑	729-4-1		987-6-5
峪	1293-5-3	鶖	55-7-2
	1296-1-2		959-8-3
佩	1096-4-4		1024-8-5
佩	1326-8-5	鄞	21-3-1
2718		鶕	38-3-3
斻	145-8-3		633-7-3
欤	59-4-3	鶄	480-7-4
欯	117-7-4	鸚	292-6-2
徂	232-1-2		319-6-4
欤	59-4-2	鶄	962-1-2
俀	699-8-2		962-3-1
	758-5-4	**2713**	
	801-6-3	欤	1386-6-3
鼻	163-6-1	欵	863-2-2
殈	1326-5-2	歓	109-4-3
徂	691-3-4	歌	1195-3-2
俎	179-4-3	**2720**	
彴	1380-7-1	夕	1532-1-1
倪	204-2-4	螯	94-6-3
	211-7-2	螫	200-7-2
夕	720-4-1		616-6-1
产	601-5-7	釜	23-7-4
	607-1-1		
釜	1047-8-4		

字	碼	字	碼
隆	26-4-6	繰	1494-3-1
登	1539-4-4	蠹	256-4-1
盈	767-8-2		355-5-2
登	308-1-3		356-2-2
登	532-8-2	犇	1082-4-1
墊	863-5-5		1176-4-2
盤	309-4-5	繀	95-4-2
參	1113-4-1	**2701**	
鍪	1344-8-2	兀(几)	
鍪	1087-5-2		169-2-1
	760-7-4	䰩	1307-3-4
	765-4-3	**2702**	
鼚	721-4-3	勺	393-3-3
甓	868-5-2	兮	517-2-4
墼	894-6-1	朐	1237-2-5
墼	544-1-3	㣯	381-7-4
墼	1501-4-6		384-8-4
	1504-4-2		958-6-2
	1512-2-5	犂	254-3-2
墼	977-8-1		740-6-1
鍪	309-4-4	**2698**	
墼	544-1-4	稷	1560-4-1
豐	533-5-1	程	198-2-4
2711		鳰	1313-8-2
訊	1115-4-3		1359-8-5
岬	1330-8-1	粵	1401-3-1
	1335-2-2	犓	1118-4-3
凱	732-3-6	**2703**	
毚	974-2-3	總	15-4-5
魄	769-6-2		48-4-3
鼅	100-4-2	**2699**	
龜	264-1-4	稞	417-3-1
龜	539-7-3		846-3-1
颭	732-4-1		853-6-2
艷	1297-3-2	線	1174-7-2
2712		稞	428-6-2
勺	1193-8-3		962-6-3
	1485-1-2	**2710**	
	1547-7-3	互	1058-7-1
		血	1455-3-1
		盈	528-2-1

字	碼	字	碼
繂	1373-5-4	繼	805-5-3
	1374-5-2	繼	1575-6-7
	1458-6-6		1158-1-1
	302-6-2	縷	790-8-1
	344-6-4	穢	784-3-4
	772-2-1	穢	328-6-3
	794-6-3	**2694**	
	1177-4-4	楊	1539-2-5
	1178-5-1	稦	1404-7-3
緯	1127-4-1		1418-7-3
2696			1419-5-4
和	694-8-2	稞	1453-8-6
紹	694-7-3		1473-5-2
稞	455-8-2		1374-8-1
稞	1095-4-1		1544-5-1
繃	731-1-5	稞	1560-2-5
緝	1578-3-1		1562-4-4
	1579-7-2		1562-5-2
緯	284-2-4	褐	1405-6-1
綽	1037-2-3		1476-4-2
緹	195-8-4	絹	1006-6-1
	196-3-1	縪	1037-2-3
	197-2-5	穆	1326-3-4
	681-1-2	穆	784-3-2
	717-3-3	綢	1149-3-5
2706		稞	401-8-4
曆	1615-7-4	錫	1224-3-5
膾	1299-4-2		1158-8-1
2708		縟	1058-7-3
欹	615-8-6	**2693**	
		稞	765-3-4
			1537-3-3
犁	660-3-1	稞	1533-1-1
繂	1533-1-3	羸	570-3-3
	95-3-4		1254-1-2
	428-8-4	稞	1488-5-1
綠	374-2-4	**2695**	
	405-1-3	稗	1082-3-2
	815-2-3		
	832-7-1		

字	碼	字	碼
稞	1221-8-1	泉	992-2-2
繼	805-5-3	綱	259-1-5
	806-1-5	細	1413-1-6
	1158-1-1	納	1035-3-2
縷	790-8-1	稻	1033-2-3
2692		稍	746-1-3
楊	1539-2-5		752-3-3
稦	1404-7-3		760-4-1
	1418-7-3	綱	760-5-3
	1419-5-4	細	451-5-1
稞	1453-8-6		458-4-2
	1473-5-2	黏	1369-8-5
	1374-8-1		1379-8-1
稞	1544-5-1	櫟	851-2-5
2691		錫	964-7-5
稞	1530-1-3		
	1542-6-1	組	1162-1-4
綿	352-1-3	程	508-3-2
褐	1405-6-1	稅	788-3-7
	1476-4-2	規	1327-6-5
絹	1006-6-1	絹	1543-4-2
穆	1326-3-4	稞	759-3-1
穆	784-3-2	經	509-5-4
綢	1149-3-5		516-3-6
稞	401-8-4	絕	787-8-3
錫	1224-3-5	穩	272-6-3
	1158-8-1	程	513-1-1
縟	1058-7-3	程	480-2-3
2693			486-7-3
穢	1562-4-5	魏	1562-4-5
穩	765-3-4	繩	288-5-2
緵	222-4-1		759-8-3
總	111-8-1		761-1-5
緵	1100-3-2	縕	272-6-2
總	109-5-2	總	289-2-2
穆	728-3-3		751-7-3
	734-3-3		762-1-2
	1097-6-1		1129-4-2
	1104-5-3	繩	987-2-5
2695			1110-5-2
稗	1082-3-2	繞	105-3-3

倆 854-5-1
佝 256-6-3
1117-6-5
1118-5-1
1172-3-1
侈 551-4-2
侈 643-8-2
644-2-4
848-5-3
959-1-1
徇 157-4-6
郇 79-5-1
84-1-1
658-6-2
659-3-4
669-3-1
672-7-1
夘 958-3-1
958-8-1
958-8-2
[illegible] 644-3-1
[illegible] 982-3-5
1041-4-5
[illegible] 1027-2-3
[illegible] 1084-1-4
[illegible] 1429-3-6
1430-2-2
1443-8-1
[illegible](帑)
744-8-5
[illegible] 747-8-6
1407-4-3
修 551-4-1
偈 1353-7-4
俑 7-8-2
637-7-2
侗 627-6-4
徇 256-6-2
1117-5-2
1118-4-2
1176-8-4

僃 163-7-2
177-8-5
帑 326-8-2
1150-3-2
1165-8-3
[illegible] 710-6-1
[illegible] 95-1-6
脩 366-1-2
373-4-1
546-8-2
551-3-6
894-3-5
脩(脩)
543-8-5
們 1137-6-2
佣 890-5-2
[illegible] 230-5-1
528-6-2
535-3-1
734-1-2
890-5-1
1262-6-3
倜 546-5-3
1187-7-4
1548-6-2
躬 27-2-1
御 1009-2-3
豹 1201-3-4
[illegible] 41-6-3
豿 260-4-4
[illegible] 982-3-7
[illegible] 256-4-4
1118-3-5
1182-4-3
[illegible] 1486-8-3
1517-8-3
1518-7-3
佩 21-8-1
[illegible] 697-6-1
698-7-1
偦 137-6-5

689-1-5
徟 556-3-3
徇 409-8-3
鄉 563-5-2
1274-5-3
[illegible] 1096-1-2
豿 565-6-1
566-3-4
1277-7-3
[illegible] 1364-7-3
鄕 956-3-4
鄉 461-5-2
1237-3-1
[illegible] 1311-8-1
1320-1-3
1357-7-3
[illegible] 350-5-1
806-8-2
[illegible] 373-4-2
545-6-2
894-7-3
1329-2-5
1336-3-3
[illegible] 1117-6-6
[illegible] 168-7-4
170-1-4
1271-4-4
1271-5-5
1628-8-5
[illegible] 28-1-3
[illegible] 1370-6-2
1445-5-2
[illegible] 1009-4-2
御 686-6-5
1009-2-1
1229-4-3
豿 904-1-1
1275-6-4
[illegible] 254-5-5
躳 27-2-4
1337-3-5

[illegible] 1358-3-1
1367-7-4
[illegible] 359-8-3
[illegible] 841-4-3
姍 487-8-6
[illegible] 422-3-4
436-8-1
[illegible] 189-8-4
710-5-6
[illegible] 221-8-4
229-3-1
230-4-2
562-1-1
890-5-3
1084-3-1
[illegible] 627-7-1
[illegible] 883-6-3
[illegible] 1276-8-2
僇 369-6-5
1273-5-3
1285-1-1
1334-6-3
胥 1221-3-3
1508-3-3
[illegible] 529-4-1
[illegible] 1445-6-3
[illegible] 309-8-3
狪 8-2-2
9-7-4
[illegible] 73-7-2
[illegible] 581-7-4
[illegible] 820-1-3
[illegible] 779-4-3
[illegible] 547-3-3
[illegible] 1384-1-3
1384-8-3
1390-3-1
1457-3-1
御 1009-2-4
[illegible] 81-8-3
82-3-3

82-8-3
657-6-2
[illegible] 841-5-3
[illegible] 364-8-2
[illegible] 1463-3-3
1472-1-3
[illegible] 136-7-4
[illegible] 1337-6-3
[illegible] 250-6-2
[illegible] 897-5-5
[illegible] 27-7-2
[illegible] 27-7-3
28-2-1
[illegible] 854-6-1
[illegible] 721-7-1
[illegible] 452-6-1
[illegible] 539-2-4
[illegible] 161-5-1
162-6-2
[illegible] 1415-5-2
彙 1007-1-1
[illegible] 973-6-1
982-2-4
[illegible] 321-8-2
[illegible] 539-2-5
1265-8-5
[illegible] 390-8-7
393-8-5
398-4-2
[illegible] 113-6-2
[illegible] 656-6-3
659-5-3
[illegible] 1367-7-5
1484-6-2
[illegible] 338-2-2
[illegible] 860-2-2
1237-3-2
[illegible] 1318-4-4
[illegible] 384-8-3
[illegible] 921-1-3
939-6-4

941-7-4
[illegible] 1539-6-2
[illegible] 550-8-3
[illegible] 1077-3-3
1077-6-3
[illegible] 966-2-3
[illegible] 1156-5-5
駒 565-8-2
1032-6-2
[illegible] 619-8-4
鯛 1161-1-2
鱎 1385-8-2
1456-1-2
[illegible] 207-5-4
794-3-4
808-4-1
[illegible] 830-8-2
[illegible] 102-5-1
102-8-1
126-7-2
1007-7-2
[illegible] 565-8-3
1275-2-3
[illegible] 531-4-4
[illegible] 665-6-4
[illegible] 120-8-4
1569-1-2
[illegible] 1153-7-2
[illegible] 856-3-4
[illegible] 170-1-3
[illegible] 386-8-2
387-5-4
[illegible] 1113-6-5
[illegible] 455-1-1
[illegible] 136-1-3
[illegible] 150-8-1
[illegible] 607-3-3
926-7-1
[illegible] 1189-7-4
[illegible] 1030-4-5
[illegible] 145-1-3

[illegible] 207-1-3

2723

佷 537-2-2
很 759-5-3
765-2-1
象 644-2-2
象(豙)
52-8-1
[illegible] 24-4-1
偬 15-5-2
630-8-1
945-7-5
傜 405-4-3
象 855-7-4
[illegible] 1414-1-7
衆 24-3-3
950-8-4
徭 405-5-4
1210-3-6
[illegible] 28-6-1
[illegible] 1345-1-4
[illegible] 24-2-3
[illegible] 417-2-3
像 855-8-1
1232-1-1
[illegible] 36-3-4
[illegible] 290-6-2
腞 804-2-3
808-7-1
1411-3-4
[illegible] 1110-4-1
[illegible] 178-6-4
[illegible] 1154-8-5
[illegible] 367-2-1
545-6-3
548-4-1
1329-3-1
[illegible] 547-1-4
548-8-1
1550-6-3

[illegible] 24-2-4
[illegible] 23-8-6
[illegible] 1329-3-2
1336-4-4

2724

仅 184-1-6
伋 1587-3-3
1588-2-1
仔 112-8-3
676-2-1
690-4-2
996-8-2
伇 1539-3-6
彶 1587-3-4
1588-2-3
[illegible] 300-8-1
[illegible] 184-4-4
役 1539-3-4
1539-4-3
[illegible] 1588-8-3
[illegible] 1539-3-5
[illegible] 546-5-1
[illegible] 991-3-4
[illegible] 986-5-5
1106-8-1
[illegible] 1407-4-4
[illegible] 242-2-2
侵 577-1-1
[illegible] 290-1-2
292-7-1
800-8-2
[illegible] 1022-3-1
[illegible] 994-1-7
1329-5-4
1330-6-4
1548-6-1
殷 262-7-3
275-2-4
323-2-5
749-7-3

叚 214-4-2
435-5-3
傻 558-8-2
906-8-8
[illegible] 1118-5-2
[illegible] 1587-8-3
假 440-5-3
852-3-3
1227-1-2
1228-3-3
1512-6-6
[illegible] 882-5-2
1251-6-2
1257-7-5
[illegible] 778-8-3
794-1-3
799-5-5
1179-6-2
[illegible] 659-8-4
[illegible] 666-2-3
將 448-8-2
452-3-1
452-8-5
473-4-2
499-7-5
856-4-2
1233-3-1
[illegible] 295-7-5
[illegible] 95-2-4
徦 440-3-1
852-3-4
1228-5-2
1512-6-5
[illegible] 1251-6-3
1257-8-1
[illegible] 435-8-4
貑 1500-5-1
[illegible] 1155-3-4
[illegible] 95-2-3
[illegible] 794-1-2
799-5-4

[illegible] 1267-8-5
1325-6-1
1578-1-4
[illegible] 1155-3-3
[illegible] 578-4-2
[illegible] 1474-5-5
[illegible] 939-2-5
[illegible] 819-4-3
[illegible] 441-3-4
[illegible] 558-6-5
[illegible] 442-6-1
[illegible] 845-8-4
[illegible] 1456-1-1

2725

侮 701-6-6
[illegible] 608-3-1
[illegible] 21-1-3
36-3-3
[illegible] 426-7-3
[illegible] 315-7-3
1159-4-1
[illegible] 286-4-4
290-6-5
解 721-2-2
721-5-2
1080-5-3
1080-7-1
1081-1-1
[illegible] 721-6-3
[illegible] 93-1-5
197-5-3

2726

佋 380-5-1
816-5-1
佫 885-8-3
佫 1500-7-4
1512-6-4
倨 746-2-5
佫 1511-7-2

1512-6-3
[illegible] 380-8-1
[illegible] 408-2-4
倨 135-4-3
1010-4-1
[illegible] 1492-6-4
[illegible] 398-2-5
408-2-3
貂 363-8-4
[illegible] 382-3-1
[illegible] 1273-4-3
貉 1220-6-2
1498-1-2
1500-5-3
1507-5-3
[illegible] 606-7-4
[illegible] 1512-7-5
[illegible] 773-6-4
774-1-4
[illegible] 289-8-2
292-5-3
[illegible] 1546-6-1
[illegible] 775-7-1
[illegible] 597-5-2
598-1-3
1295-6-1
1299-6-5
[illegible] 688-1-4
1010-6-3
[illegible] 1233-2-2
[illegible] 1299-7-1
[illegible] 601-5-6

2727

[illegible] 676-5-1
[illegible] 725-6-7
[illegible] 644-2-6
倔 1398-5-2

2728

伙 1303-4-4

[illegible] 446-8-1
[illegible] 974-2-4
974-8-1
[illegible] 114-4-6
[illegible] 562-7-1
[illegible] 547-2-2
[illegible] 1329-2-6
俱 156-7-1
[illegible] 274-7-2
[illegible] 1540-2-7
1540-7-4
1541-1-6
[illegible] 659-6-3
[illegible] 1084-2-3
[illegible] 1461-5-3
[illegible] 1274-5-1
僎 255-3-3
255-6-1
264-2-1
[illegible] 885-8-4
[illegible] 856-4-3
[illegible] 1157-4-4
[illegible] 357-3-3
797-1-2
797-7-4
[illegible] 546-8-7
1329-2-2
[illegible] 563-3-5
[illegible] 118-8-2
僎 793-7-3
799-4-1
1118-3-4
1179-6-1
1184-8-1
[illegible] 133-6-1
[illegible] 189-3-3
[illegible] 695-6-2
[illegible] 864-1-2
[illegible] 768-4-2
[illegible] 385-8-2
[illegible] 121-2-2

集韻檢字表　上

集韻校本

一七〇九　　一七一〇

右半（右→左、各列上→下）

偂 73-4-3 ／ 傆 120-7-4 ／ 680-4-1 ／ 1000-2-3 ／ 1106-4-3 ／ 1108-1-2 ／ 貘 204-2-1 ／ 1047-5-4 ／ 1436-1-3 ／ 1454-3-6 ／ 歔 1403-6-7 ／ 歟 78-2-2 ／ 歟 1624-6-3 ／ 歔 78-2-3 ／ 孅 287-8-1

2729
你 651-7-3 ／ 680-7-3 ／ 保 831-1-2 ／ 1208-5-1 ／ 條 365-8-2 ／ 366-6-4 ／ 381-4-3 ／ 燦 1219-1-1 ／ 條 408-3-2 ／ 徥 898-3-1 ／ 901-3-1 ／ 傑 44-1-3 ／ 傺 1050-7-1 ／ 1057-4-4 ／ 綠 1321-5-6 ／ 像 951-5-1 ／ 綠 1351-3-2 ／ 猱 817-2-1

2730
冬 28-5-1

2731
尲 1382-7-1

尵 1436-2-7 ／ 鮑 830-8-3 ／ 魡 393-5-2 ／ 394-1-3 ／ 825-4-6 ／ 鮑 223-8-3 ／ 鮸 758-3-3 ／ 801-7-1 ／ 鮸 204-1-1 ／ 鮏 1436-1-1 ／ 鮏 873-6-1 ／ 艷 1128-5-5 ／ 鰹 334-5-1 ／ 纎 24-2-2 ／ 鱻 1060-8-1 ／ 繩(繩) 29-4-4 ／ 鱹 526-7-5 ／ 878-4-2 ／ 1259-2-4 ／ 1260-7-3 ／ 鰹 1087-6-3 ／ 鮞 101-1-3

2732
勺 1482-3-2 ／ 1483-5-1 ／ 烏 191-2-4 ／ 鴛 63-7-4 ／ 200-6-4 ／ 1156-7-2 ／ 鄠 371-3-1 ／ 鳥 809-5-5 ／ 833-5-7 ／ 1338-7-1 ／ 郎 1561-8-3 ／ 鄢 133-3-1 ／ 191-8-4 ／ 713-5-2 ／ 1009-8-3 ／ 匋 1020-8-3 ／ 1574-8-1 ／ 訌 809-1-4 ／ 811-8-1

釛 407-5-4 ／ 鄆 375-7-1 ／ 釣 1187-5-4 ／ 1547-8-3 ／ 鶏 1325-5-2 ／ 鶏 1589-3-3

2733
勿 1413-2-6 ／ 14-6-5 ／ 280-4-1 ／ 急 1587-3-2 ／ 怱 394-2-2 ／ 895-2-2 ／ 1292-7-3 ／ 忩 339-1-1 ／ 忽 764-5-6 ／ 愨 1345-7-4 ／ 1554-2-3 ／ 愁 94-8-2 ／ 悠 1329-2-3 ／ 慇 262-7-2 ／ 275-3-1 ／ 749-5-3 ／ 懲 1329-2-4 ／ 弊 24-3-1 ／ 懇 765-3-5 ／ 懋 1228-5-1 ／ 200-6-4 ／ 躬 416-8-3 ／ 鯛 365-1-3 ／ 1055-7-2 ／ 1055-7-4 ／ 慇 1087-5-4

蠢 132-6-3 ／ 191-1-1 ／ 韶 365-1-4 ／ 駱 1030-4-6 ／ 駱 726-8-4 ／ 1493-1-4 ／ 1502-5-1 ／ 1513-2-2 ／ 鮼 273-8-1 ／ 鮼 135-5-3 ／ 1010-6-5 ／ 鰭 1513-2-1 ／ 鰡 550-6-4 ／ 鰡 1580-4-2 ／ 1622-3-1 ／ 鮫 1539-7-4 ／ 鮊 893-4-3 ／ 鮨 1301-7-3 ／ 1304-2-5 ／ 鰰 166-2-1 ／ 570-5-2 ／ 570-7-1

2738
歐 191-8-2 ／ 歙 1593-7-1 ／ 1598-6-1 ／ 歙 1192-6-3 ／ 躪 563-7-1 ／ 鰒 1513-6-1 ／ 鰶 563-7-2 ／ 鰥 768-4-1 ／ 1145-3-2 ／ 鰊 893-7-2 ／ 1207-6-6 ／ 鰈 799-5-1 ／ 鯽 147-2-2 ／ 690-3-1 ／ 鰊 287-7-5 ／ 鰡 1423-5-1

2739
鰰 759-2-2 ／ 761-6-1 ／ 767-6-2 ／ 鰥 1351-4-4 ／ 鰐 557-8-2

鱨 1390-2-1 ／ 1457-4-2 ／ 鰊 856-2-5 ／ 鰊 374-5-2 ／ 鱗 300-6-2 ／ 鱸 718-4-2 ／ 蠡 340-8-4 ／ 791-5-5 ／ 蠡 1621-3-1

2734
導 937-3-4 ／ 叙 686-4-3 ／ 靫 1592-4-1 ／ 忠 339-1-1 ／ 鮮 1260-7-4 ／ 鮴 556-2-1 ／ 鰠 1539-7-3 ／ 鰤 1329-4-2 ／ 鰋 558-7-3 ／ 鰕 440-5-2 ／ 441-4-4 ／ 852-6-2 ／ 鰵 778-7-3 ／ 鱗 453-2-5

2735
200-4-1 ／ 鮮 500-3-2 ／ 500-7-4 ／ 220-8-3

2736
鰭 1437-5-1 ／ 鵁 345-3-1 ／ 鸞 1128-5-3 ／ 勿 1413-2-6 ／ 忽 14-6-5 ／ 忽 280-4-1 ／ 急 1587-3-2 ／ 怱 394-2-2 ／ 895-2-2 ／ 1292-7-3 ／ 魚 132-6-1 ／ 忽 764-5-6 ／ 怒 1345-7-4 ／ 1554-2-3 ／ 愁 94-8-2 ／ 907-7-5 ／ 908-1-1 ／ 909-8-3 ／ 燋 1329-2-4 ／ 弊 24-3-1 ／ 懇 765-3-5 ／ 懋 1228-5-1

2737

右中列
釛 407-5-4 ／ 鄆 375-7-1 ／ 釣 1187-5-4 ／ 1547-8-3 ／ 鶏 1325-5-2 ／ 鶏 1589-3-3

釛 1436-2-7 ／ 鮑 830-8-3 ／ 魡 393-5-2 ／ 394-1-3 ／ 825-4-6 ／ 鮑 223-8-3 ／ 鮸 758-3-3 ／ 801-7-1 ／ 鮸 204-1-1 ／ 鮏 1436-1-1 ／ 鮏 873-6-1 ／ 艷 1128-5-5 ／ 鰹 334-5-1 ／ 纎 24-2-2 ／ 鱻 1060-8-1 ／ 繩(繩) 29-4-4 ／ 鱹 526-7-5 ／ 878-4-2 ／ 1259-2-4 ／ 1260-7-3 ／ 鰹 1087-6-3 ／ 鮞 101-1-3

左半（右→左、各列上→下）

鼀 1089-5-2 ／ 犠 1307-2-5 ／ 鼀 1384-8-4 ／ 鼀 1000-2-2 ／ 蕝 1006-3-4

2752
牣 1112-7-2 ／ 物 1392-1-1 ／ 郚 500-4-1 ／ 狥 902-7-5 ／ 904-2-2 ／ 牰 9-8-2 ／ 牰 178-8-2 ／ 493-1-3 ／ 708-1-1 ／ 牰 475-6-6 ／ 牾 1415-7-2 ／ 牣 168-1-1 ／ 犕 411-2-4 ／ 犕 569-1-1 ／ 鵝 415-6-2

2753
牠 1112-7-3

2754
叙 1252-5-4 ／ 觬 440-6-1 ／ 442-6-2 ／ 將 579-2-2 ／ 犪 381-1-4 ／ 叚 578-1-4

2755
牪 427-2-4 ／ 牳 906-6-6 ／ 牟 532-8-1 ／ 牪 36-8-2 ／ 37-3-2 ／ 犟 128-6-5

歈 620-2-6

2749
膘(膘) ／ 43-8-2 ／ 膝 300-6-1 ／ 蘇 97-7-6

2750
牟 31-2-3 ／ 45-8-3 ／ 956-1-4 ／ 爭 499-8-2 ／ 1250-1-2 ／ 牟 36-2-2 ／ 37-6-4 ／ 37-8-1 ／ 953-5-2 ／ 1074-6-3 ／ 1471-2-5 ／ 挈 307-8-5 ／ 牵 1347-1-3 ／ 犛 94-4-3 ／ 199-8-3 ／ 擎 94-3-2 ／ 擎 309-6-3 ／ 420-2-4 ／ 挈 156-3-5 ／ 摰 1463-3-4 ／ 龜 995-7-1 ／ 鏧 309-8-4

2751
牴 431-6-5 ／ 魁 726-8-2 ／ 727-5-1 ／ 862-4-7 ／ 戳 1343-4-1 ／ 1359-2-3 ／ 皖 1416-6-1

鵤 70-2-5 ／ 鶏 278-8-2 ／ 鶏 15-6-4 ／ 鶝 740-6-5 ／ 鶏 169-7-2 ／ 鶏 830-1-1 ／ 鶏 401-7-1

2743
艦 718-3-2

2744
舟 555-8-1 ／ 兵 23-6-3 ／ 牟 102-3-1 ／ 般 1592-5-3 ／ 舨 214-3-6 ／ 般 435-7-1 ／ 309-2-1 ／ 309-5-1 ／ 318-8-2 ／ 769-8-4 ／ 艘 363-6-3 ／ 405-3-3 ／ 鱗 856-6-2 ／ 彝 97-7-5

2745
艀 47-2-2 ／ 艀 22-2-3

2746
船 357-4-5 ／ 359-7-6 ／ 船 365-1-1 ／ 艍 1492-1-3 ／ 艍 1580-5-4

2748
艓 1045-4-2 ／ 艤 1404-5-3

213-4-1 ／ 鄂 557-6-1 ／ 898-1-3 ／ 努 167-8-4 ／ 560-4-3 ／ 軥 1202-2-1 ／ 郆 43-8-4 ／ 駒 566-4-2 ／ 匐 1267-8-6 ／ 胴 9-3-1 ／ 翓 556-2-3 ／ 鄒 559-4-3 ／ 鴨 1373-8-3 ／ 郭 828-1-3 ／ 郫 401-2-5 ／ 胴 365-1-2 ／ 407-7-2 ／ 匊 1339-3-5 ／ 15-6-3 ／ 鴒 830-8-1 ／ 318-8-2 ／ 翶 792-2-3 ／ 艑 168-8-3 ／ 559-7-2 ／ 匊 1337-3-3 ／ 鶴 757-6-1 ／ 758-2-2 ／ 801-3-3 ／ 801-5-1 ／ 鴣 364-1-3 ／ 380-1-1 ／ 398-1-1 ／ 546-6-1 ／ 809-7-2

2742
翮 402-3-1 ／ 鵠 160-5-1 ／ 鶚 845-1-1 ／ 鶴 1204-3-4 ／ 鶴 1365-8-3 ／ 1366-7-6 ／ 1367-3-4

肥 431-1-4 ／ 舺 753-2-3 ／ 舤 624-1-1 ／ 舣 1556-5-4 ／ 艋 873-5-1 ／ 艞 1492-1-2 ／ 䑶 623-8-6 ／ 艍 255-3-4 ／ 1118-1-3 ／ 颬 731-4-3 ／ 覍 620-1-1 ／ 622-5-2 ／ 氄 1029-5-1 ／ 艍 622-8-2 ／ 1307-4-1 ／ 螽 1019-3-1 ／ 1508-2-3 ／ 1508-2-2 ／ 巤 619-7-4 ／ 623-5-2

2742中
勾 540-2-1 ／ 邢 341-7-2 ／ 屌 683-8-2 ／ 匃 502-6-2 ／ 邶 1186-4-4 ／ 釘 811-4-4 ／ 刖 407-7-1 ／ 匃 555-5-3 ／ 努 300-8-4 ／ 郛 161-2-1 ／ 1267-3-1

2741
訇 255-2-4 ／ 264-4-5 ／ 561-6-4 ／ 鄒 1118-2-1 ／ 邦 333-3-1 ／ 522-1-3 ／ 郫 68-4-4 ／ 70-6-2 ／ 70-8-1

鮮 367-1-3 ／ 809-1-3 ／ 鮮 1050-6-3

2740
夊 23-6-6 ／ 665-3-4 ／ 夊 53-5-3 ／ 54-4-2 ／ 86-8-1 ／ 89-1-3 ／ 處 692-5-3 ／ 身 242-1-2 ／ 夋 440-8-3 ／ 阜 896-1-2 ／ 娑 752-7-3 ／ 夐 338-8-3 ／ 娑 1150-3-4 ／ 夑 936-5-3 ／ 夒 1155-6-2 ／ 與 1196-2-2 ／ 夒 309-7-3 ／ 419-8-2 ／ 1148-7-5 ／ 夐 754-4-2 ／ 1172-5-2 ／ 1250-8-3 ／ 豎 1084-7-2 ／ 夑 412-7-1 ／ 557-7-2 ／ 黎 94-3-4

2741左
舡 1396-8-1 ／ 兔 622-5-3 ／ 758-5-2 ／ 801-5-2 ／ 1123-8-2 ／ 1134-5-3 ／ 兔 181-7-7 ／ 1029-4-3

⿰牛解 721-2-4

2756

⿰牛各 1228-1-3
⿰牛習 1597-5-1

2759

⿰牛黎 94-4-4

2760

名 505-7-3
515-3-2
1251-7-2
各 1502-1-3
曶 1413-3-2
智 83-6-2
308-1-1
畱 753-3-2
1131-3-2
昝 382-7-2
543-6-1
督 1344-7-2
昝 1539-8-2
1540-1-1
1557-6-2
砮 1345-1-2
督 1344-7-1
習 94-3-1
昝 1439-4-1
1446-1-2
1463-7-3
響 860-1-7
磐 310-2-1
⿱般田 309-6-2
319-5-2
1158-6-3
魯 694-5-2
709-3-1
魯 847-7-1
1016-3-3
1034-5-3
響 860-2-1
1237-4-1
響 860-1-4
1237-6-2
響 680-5-2

2761

皅 430-8-1
1221-8-5
齯 651-8-4
颮 215-7-5
齸 1064-6-7
曜 1194-8-3
齫 354-6-4
䶨 613-3-5
䶵 1550-8-1

2762

句 156-3-4
158-1-5
566-2-2
1017-3-3
1276-8-3
旬 253-6-2
254-8-1
255-7-1
260-6-2
旬 254-5-2
791-1-3
1171-7-3
1172-5-1
甸 332-1-3
1167-6-3
1259-2-5
邭 158-1-4
1017-5-2
郜 235-4-3
郋 203-3-2
1044-7-2
的 812-6-1
1547-2-3
郇 254-5-4
317-3-2
匌 1589-5-2
1590-2-4
1590-4-3
1590-8-2
郈 545-4-2
郶 1206-7-1
1342-8-3
訇 339-3-3
498-8-4
1121-8-2
鉤 157-4-3
鄐 108-5-3
朐 1495-6-1
訇 339-3-4
498-8-5
匒 1594-4-4
匐 1315-4-3
1325-2-4
1574-7-4
翑 159-1-3
697-3-3
翗 1493-5-3
匔 709-6-2
鄱 68-6-3
310-5-3
420-1-1
鴄 1509-4-3
鰌 689-5-1
鴝 158-3-1
567-1-2
1277-1-5
鶹 1414-1-5
鴿 1428-5-1
1443-6-2
鵖 84-8-1
971-6-3
鵢 251-7-3
254-8-3
鵅 1492-8-1
1513-1-4
鵒 1341-5-4
1343-1-2
1500-4-5
鄮 1039-8-3
鶔 108-5-1
995-3-2
鷭 216-2-2
1086-3-1
鱊 1384-2-3
鷴 303-4-2
鶜 285-1-5

2764

叡 300-8-2
叙 925-5-1
叡 1501-4-5
1504-4-3
殷 572-2-2
叡 354-6-5
1064-6-4
觧 514-2-4

2765

甜 597-6-1
607-7-3
1296-4-2
1300-3-2

2766

略 1493-2-3
𤰞 1601-5-2
䑛 589-2-3
606-7-3
613-3-4
1300-3-1

2767

䑠 618-3-3
938-5-6
1295-1-3

2768

欲 153-8-2
696-3-5
1016-7-5
欱 232-2-4
欨 254-4-2
齗 137-7-3
齞 139-7-2
歙 820-3-4
822-7-4
893-2-2
893-6-5
904-3-4
910-3-1
1278-2-2
歆 59-7-1
歔 894-3-7
歛 382-4-3

2769

䘵 1322-1-2

2771

乙 1436-2-6
屼 669-1-1
岜 712-3-5
包 392-8-4
394-5-5
561-8-2
屺 679-5-3
毡 1260-1-1
匈 15-4-7
色 1560-5-2
毬 1593-1-2
岨 138-3-1
691-2-5
691-7-3
𡶳 393-5-1
岷 96-6-1
岮 83-8-1
656-7-3
659-8-1
1400-2-2
皀 1485-4-2
甈 767-8-3
屹 681-6-3
毷 1118-5-3
毟 798-3-10
峴 1454-8-7
嵽 843-7-2
毹 1339-4-3
甃 201-1-2
毳 1059-5-5
1060-7-3
毨 558-6-2
毽 1210-5-1
毻 1209-6-4
甌 200-1-3
毲 1605-8-3
鼂 878-3-2
鼃 567-1-1
甕 1000-4-1
䶕 431-6-2
1221-6-2
飆 382-4-1
1195-5-1
齟 436-1-2
436-7-3
690-7-3
691-3-5
691-7-1
齙 394-7-3
巉 622-6-5
939-5-2
齯 56-2-2
204-3-2
齷 1358-1-1
巙 619-7-3
1307-2-6

2772

幻 812-5-2

1158-2-4
1161-3-4
邮 300-4-3
320-3-3
341-4-3
勾 1075-6-3
1419-2-4
邶 1374-2-3
1375-8-2
岈 1112-5-3
匈 41-6-1
岃 1400-6-2
岉 1392-2-1
岬 1243-8-3
𨚔 393-4-3
393-8-4
403-6-3
404-1-1
岣 156-7-4
697-5-3
903-6-3
1277-5-2
昒(旸)
55-5-5
匋 409-5-1
郍 432-8-3
439-6-4
峒 8-8-4
628-7-1
946-7-1
峋 254-6-1
256-5-3
峫 427-1-4
卽 1562-2-1
匋 1083-8-5
峒 539-7-5
539-8-6
575-3-3
嵎 427-8-1
崩 534-7-1
崵 367-4-3
峭 689-4-1
嶋 713-5-1
鳩 974-5-2
1369-4-2
嶼 369-6-1
398-5-3
412-4-5
嵺 368-2-1
匎 1009-5-5
1265-4-2
蝟 1410-5-1
1414-3-4
嵮 1114-1-2
嵎 1160-8-3
鵡 1432-8-5
鴇 392-3-2
813-2-1
824-4-1
1284-5-3
鵃 225-2-1
䳜 1589-2-2
1604-4-2
1613-1-1
鵮 617-8-1
620-4-4
鯛 108-7-2
109-2-4
114-6-1
鷗 209-3-3
鷂 383-2-3
1195-4-4
鸕 42-3-2
鵑 1434-3-2
1436-6-1
鷮 689-5-4
691-1-1
鷳 559-6-2
1364-4-4
鸐 1602-3-2
鸘 1442-8-3

2773

峉 679-6-1
998-7-2
999-1-4
嵷 636-5-2
綮 1344-4-2
1344-8-1
嶑 856-2-3
黎 94-4-2
餐 293-1-3
300-5-4
1150-2-1
槃 309-3-1
饗 461-7-2
860-4-1
齦 276-3-5
760-5-5
765-4-5
779-3-1

2774

岋 1592-6-5
岷 248-3-2
崼 166-4-3
㱿 539-8-1
540-1-1
1265-3-1
嶁 413-1-2
齱 559-6-1
908-2-3
1341-1-2
1363-3-7
齵 452-8-1

2775

峥 500-5-2
嶰 721-3-2
721-6-4
1080-6-3
齳 752-1-2

2776

峈 1493-4-4
岵 263-1-2
263-6-1
264-3-2
崌 135-2-1
崏 248-3-3
嵋 106-5-1
韶 1154-4-5
1155-2-2
嵧 549-8-6
岧 818-3-6
嶦 607-2-1
1299-7-3
醑 1580-3-4
齠 365-3-2
366-4-2

2777

㕣 83-7-4
臼 224-5-4
自 895-8-2
臽 919-1-3
1304-2-1
臿 896-1-1
峪 918-5-6
崛 1386-8-3
1398-7-5
1400-1-3
崡 617-2-1
𦥸 1397-5-4
崫 1398-6-2
舄 810-1-2
833-5-3
臿 896-1-4
1268-2-1
齨 1457-3-6
1457-7-3
䶨 1455-5-3
齝 892-8-1
齰 995-7-4
齣 1304-1-3
齽 1442-7-2
1455-1-3
1474-2-1
齺 976-5-4
齫 1081-1-3
鑿 290-6-3

2778

欦 910-3-3
欪 103-3-1
欶 1377-8-2
1381-2-1
1381-4-3
1388-2-4
1397-5-2
1437-3-2
嵌 574-3-4
910-3-2
1340-4-1
嵕 563-8-4
欿 590-4-5
593-8-4
918-8-1
919-6-3
嵲 886-1-5
歃 1607-5-5
1624-7-3
1626-5-5
歃 1626-5-6
歊 894-3-6
歍 382-4-2
818-6-2
歗 689-3-3
嶕 690-2-5

2779

嵥 844-5-4
1218-8-6

2780

夂 1450-3-4
1452-5-4
1560-2-1
久 1265-7-3
欠 1303-4-2
奂 1144-4-4
1144-8-3
灸 1265-5-3
炙 1223-5-4
1535-1-6
負 895-7-2
奥 411-5-5
焱 1329-5-1
夋 479-4-6
叕 1559-1-2
奥 543-2-2
1207-3-1
1340-8-4
臭 1485-4-3
㒵 132-6-2
退 1136-6-4
奥 1456-7-2
㚘 260-1-2
貿 1092-7-1
督 300-8-3
貟 97-4-4
260-1-1
奭 856-4-1
盤 310-1-2
趯 452-4-3
趫 1384-8-2
趮 648-1-6
趲 341-5-4
奰 976-4-4

2781

魄 979-5-3
䰢 202-4-1
疑 1414-5-2

集韻檢字表　上　集韻校本

一七一三　一七一四

一七一三（右半）

稽 1415-7-1　桐 10-4-2　　1212-1-4　紐 901-1-3　歟 202-4-6　　1414-5-3
鄁 200-1-4　移 72-5-4　　1550-5-3　組 138-4-5　疑 120-7-3　　1436-8-3
稻 137-5-4　　644-8-2　鞚 787-7-2　　707-6-3　　680-3-5　　1441-2-2
　689-3-1　　964-7-1　　1170-2-5　紬 281-1-4　1396-7-1　竈 1087-4-1
綢 475-4-2　秘 1043-6-3　糶 94-5-5　　753-6-3　1569-1-3　鼉 203-1-2
網 862-2-6　絧 524-6-1　纎 239-6-2　　498-1-1　歟 1340-4-2
綯 212-3-1　　525-3-2　　619-7-1　稞 758-6-2　**2790**　　**2782**
　416-6-3　　883-2-4　　622-2-5　稆 681-6-2　梟 370-1-1　勺 748-1-1
　428-8-1　　883-6-2　　622-6-4　　992-5-2　祭 1050-5-1　　831-5-1
　446-1-1　　1257-6-3　　623-2-3　　1000-6-5　　266-4-1　祭 1202-4-3
綑 501-8-2　絢 157-2-4　　1105-8-3　舭 266-4-1　　1089-6-2　　1208-8-1
綢 408-4-1　　157-6-1　　1306-6-5　絕 1463-3-2　黎 94-2-5　郎 271-7-3
　547-5-3　　1017-3-2　　1307-2-3　　1463-7-1　　200-8-3　　1127-6-3
　1189-1-3　絧 91-6-3　羅 1187-8-3　粑 1130-7-3　羅 1187-8-3　柴 1150-1-3
綯 410-6-2　　114-1-1　　1188-6-3　集 622-8-4　　1183-6-3　郎 507-6-1
稀 551-7-2　稀 551-7-1　**2792**　　1491-6-1　　1188-6-3　　508-5-1
剌 1112-8-1　柳 1371-7-3　　　　　繞 312-1-3　　　　　鄭 1339-8-2
　1369-8-6　　1390-8-1　秒 528-2-2　　801-6-5　条 648-1-5　鄭 59-2-3
　1379-8-2　　1562-4-6　邛 168-3-1　　1123-8-1　黎 95-2-6　鴉 385-5-2
稐 168-8-1　　947-2-3　　171-2-4　　1134-3-2　　199-7-5　　830-3-3
　169-8-1　綯 254-8-2　利 809-8-2　程 1311-1-1　槳 856-5-3　黎 94-8-3
　560-3-4　　256-2-3　　1548-2-2　綖 1278-4-2　漿 453-2-2　　199-7-5
絹 1412-7-4　　1172-2-2　菊 1337-5-4　稑 1270-2-3　繁 310-1-1　鶏 720-7-4
　1415-3-2　　1172-4-1　秒 980-5-1　縕 509-5-3　禫 686-3-2　鶏 896-7-2
綯 1518-1-4　終 69-2-2　約 1196-2-5　　516-3-5　　1009-3-3　鶡 701-2-1
穆 540-3-1　　964-6-3　　1201-1-4　耡 901-2-5　黎 95-2-5　鄭 313-1-1
　576-3-5　　966-3-4　　1358-5-1　穉 1566-1-1　**2791**　　422-3-5
　1334-3-3　翔 1565-4-1　1487-3-4　龝 1385-1-3　紀 679-8-1　　1150-8-4
緫 559-7-1　稌 417-3-2　　1556-2-1　　　　　　杷 901-4-3　鶏 201-2-2
　1024-6-2　棚 489-3-1　　1385-1-3　　　　　**2787**　**2784**
　1203-6-3　稠 366-5-2　紉 244-2-5　貌 719-3-3　杷 1221-8-2　叡 1436-8-2
　1271-2-3　　547-8-1　稴 1270-2-2　貌 719-3-3　紀 680-2-1
　1332-2-3　　1189-2-3　　1123-1-3　艶 1383-2-2　祖 138-2-2　**2787**
鵠 552-3-4　鄀 370-2-1　邾 734-5-2　　　　　　　　　滔 1290-7-4
鴶 168-5-3　　371-2-5　紉 1409-6-4　綖 571-2-5　　179-2-1
　171-5-1　鄒 1050-6-1　稦 1446-2-4　龝 1550-1-2　**2788**
鄒 95-1-1　　1089-6-1　約 256-2-4　　741-6-3　欵 120-5-1
繆 368-6-4　　397-1-4　　360-8-3　　1259-3-1　　234-2-3
　547-5-4　　397-5-2　　741-6-3　稛 92-1-2　　733-5-2
　551-3-3　　　　　　　1259-3-1　稞 94-4-1　　1086-7-1
　568-8-3　　　　　　　1260-8-1　　96-8-3　　1088-2-3
　　　　　　　　　繹 834-6-2　　1226-2-3　姦 1303-4-3

一七一四（左半）

2810　　　566-6-4　**2796**　緵 577-3-4　　945-8-5　　575-7-2
籢 1188-7-8　穄 695-5-3　　　　　　577-8-2　緣 359-5-3　　576-7-2
鑒 366-5-6　　1015-6-6　稴 1500-8-1　緣 602-7-3　　1182-2-2　　811-3-2
鑒 997-3-2　穧 90-4-4　紹 379-7-3　緻 166-6-1　縕 405-1-4　　1189-6-2
鼇 1450-3-5　　91-4-4　　816-4-3　　559-6-4　縶 1051-5-1　　1267-2-3
2812　　　961-8-1　絡 1492-3-1　　570-4-1　縫 22-3-4　　1325-8-4
翱 546-1-2　纉 353-8-1　　1502-1-2　　1022-1-4　　37-4-2　豺 439-1-4
2813　　702-7-3　絡 515-2-2　　1024-6-4　　953-4-1　　850-8-5
筺 366-8-4　　1176-2-1　稆 135-6-2　綴 1062-5-2　穉 979-8-2　　851-1-3
鼇 690-7-2　穛 680-4-3　絽 157-6-4　　1071-5-2　縞 1051-5-3　　1226-3-2
2814　穫 1566-1-2　稻 550-7-3　　1469-1-5　　1055-7-1　綳 1160-8-1
攲 260-7-3　歠 315-4-1　縉 248-7-2　繹 979-8-1　　1057-2-3　　1383-7-4
數 863-1-3　　1184-6-3　　290-1-3　緞 1155-4-2　　1073-7-4　　1384-7-5
數 677-5-3　**2799**　　352-4-5　　552-2-1　　1074-1-3　　1385-8-4
數 529-3-5　秾 1219-6-4　　741-5-4　緦 440-7-4　黎 94-8-1　　1389-7-1
數 223-1-2　綠 844-1-2　　741-8-4　　774-2-2　　201-1-1　　1390-5-1
　224-2-5　稞 898-5-6　緦 550-6-2　緩 725-2-3　纏 979-7-2　　1456-4-6
　234-6-3　綠 1351-3-1　綹 1578-3-4　縫 602-7-2　纒 702-7-2　豹 1482-8-2
　1346-8-1　緹 979-3-1　　1605-2-7　絳 979-7-1　　1176-2-2　鵣 1338-6-2
　1347-7-2　綠 1274-3-2　繪 598-4-1　繛 570-3-4　黐 200-2-3　　1339-5-1
斠 329-7-1　綠 859-5-1　稺 694-8-1　縛 578-5-1　翱 185-3-4
嶔 1290-2-5　稯 1050-6-2　**2797**　　　　　穟 551-8-6　鵒 1386-6-5
2820　綜 1105-6-1　緼 1398-2-4　**2795**　　　　　繝 601-6-3
似 676-5-2　稯 300-6-6　　1402-1-1　紺 608-1-1　**2794**
狀 756-8-3　穄 899-3-3　**2798**　絳 956-2-3　叔 1329-1-1　　928-3-4
2821　　951-4-3　秋 1328-1-2　絳 956-1-1　　1329-5-5　鵣 1150-4-2
仡 1395-3-4　纋 1024-6-3　　1328-7-3　綷 500-2-2　　1330-6-3　　94-5-4
　1396-5-4　**2800**　欨 594-4-1　　37-4-3　極 1622-6-6　　1492-8-2
　1416-5-3　久 892-3-3　紝 139-8-2　　128-6-4　秄 676-2-3　緔 1346-5-2
仡 1106-5-2　**2802**　　687-1-3　　287-3-2　　996-8-1　鵯 950-6-3
　1382-6-2　昐 320-2-3　　1012-1-5　　288-6-5　秄 1471-2-1　鵣 319-7-1
　1396-4-1　腧 173-8-2　稴 1145-2-1　　755-3-2　級 1587-4-3
作 707-7-5　　571-8-1　欨 90-2-3　　759-2-3　紆 1471-2-2　**2793**
　1012-4-2　　1019-2-2　　974-4-4　　760-4-5　紙 249-1-2　終 23-6-1
　1028-4-4　稷 1044-7-3　　975-2-3　　761-2-1　欿 697-3-4　� 999-6-1
　　　　　　1023-5-1　稷 1044-7-3　　1127-4-3　　1017-7-4　穟 631-2-1
　　　　　　1025-3-1　　1452-6-5　秇 93-4-3　叙 975-5-5　總 1413-6-6
　　　　　緩 563-6-2　緩 563-6-2　　198-2-6　　1055-2-3　縎 963-5-1
　　　　　　1283-1-4　　565-6-7　犁 199-8-2　　1055-6-2　總 15-2-2
　　　　　　　　　　　　　繿 1080-5-4　　1057-3-1　　16-3-4
　　　　　　　　　　　　　　　　　稷 1062-8-4　　1186-8-2　　630-6-1
　　　　　　　　　　　　　　　　　　　　　　　　760-2-3

Left page (一七一六)

2853
羚 520-5-6
鱳 614-2-4

2854
牧 1279-7-2
　 1326-1-2
矮 462-6-1
斂 294-7-1
敏 541-4-5
㟪 102-2-2

2855
犧 78-1-2
　 421-3-2

2856
㤲 1223-1-3
䭲 473-1-3
㷎 529-3-1
舲 1590-2-1

2860
驚 1190-6-3

2861
阬 254-4-3
艦 1296-3-1

2862
舚 1288-2-4
舚 593-3-2
　 595-5-2
舚 270-8-4
艙 450-6-3
䶂 531-8-1
　 589-1-5
䚻 632-8-5
䚻 572-2-3

艐 160-2-5
　 178-1-3
蹲 1138-6-4
徹 1467-5-2

2845
籖 12-2-1
䰙 656-2-3
䰙 702-3-2

2846
䊯 326-6-2
　 1166-2-1
舨 1592-5-2
舧 897-3-1

2849
艅 146-3-4

2850
舉 555-3-2
舉 33-6-3
筆 366-6-1
擎 814-3-3
　 1190-2-4
　 1555-5-4

2851
㟜 1499-4-2
　 1500-2-3
銓 355-4-3
憪 1004-1-1
橙 518-6-3

2852
扮 1086-4-3
㤾 1288-2-3
扮 270-3-3
褕 175-4-4
憸 1601-7-2

　 545-8-1
聳 635-3-2
　 642-3-4
　 1027-2-6

2841
炸 1509-7-3
　 1516-7-3
　 1517-4-3
施 838-8-7
艖 214-3-5
　 422-4-3
　 435-7-2
　 849-7-4
艋 1556-5-2
艨 1195-4-1
艦 940-4-2
鑑 623-3-3
　 1305-5-1

2842
舲 1288-6-5
艕 717-6-1
　 1041-4-2

2836
綸 258-4-1
　 296-5-4
　 338-6-4
艑 175-4-3
鷙 1467-4-3
　 1467-8-2
艒 1601-2-1

2838
鮍 912-6-3
軅 35-8-3
鱳 355-3-2
鮚 611-4-4
　 937-2-1

2839
鯑 181-6-3

2840
娑 367-4-4

數 107-1-4
鰒 1315-4-1
　 1325-4-4
　 1361-4-3
鰔 980-2-5
鰍 314-5-1
鱒 763-4-5
　 799-5-6
　 804-3-1
　 1138-7-2
　 1179-7-4
鱤 128-6-2

2835
鮮 340-8-3
　 791-5-3
　 1174-8-1
鮰 231-7-4
　 569-1-2
蟻 81-2-2
蟻 81-5-2
鱤 580-4-4
懲 529-7-1
鯼 749-1-4
　 1124-4-4
　 1137-2-3
鰭 113-4-1
鱇 615-2-2
　 615-4-2
　 617-3-2
　 1301-7-4
　 1301-8-2
鱠 858-8-1

2834
斂 132-7-4
　 1009-3-1
餅 878-6-3
　 885-6-3
　 1374-7-5
鰍 367-2-2
　 545-4-4
　 809-1-5

鱯 258-4-3
鱯 20-6-1
鷙 370-3-1
　 814-6-2
　 1191-1-1
　 1554-5-1
　 1556-2-4
殯 1302-8-2
鱰 35-8-2
鱰 1446-8-1

2829
徐 139-2-1
　 140-6-1
徐 139-1-4
儀 1232-1-6

2831
鮀 1396-2-3
鮓 849-4-5
鮐 20-4-1
鱨 251-4-2
　 508-7-4
　 520-3-2
鮑 425-2-2
鮠 1433-5-2
鯏 878-6-2
鰱 849-4-3
鰹 552-5-1

2832
魣 1086-1-2
魿 261-4-5
　 579-4-2
　 586-6-1
　 620-5-3
　 912-3-1
　 913-2-6
　 914-4-4
　 917-3-4
　 922-4-6
紛 269-4-2
　 748-3-1
　 749-1-2
　 1124-4-5

　 1292-8-1
　 1293-7-2
徼 1176-5-3
儆 933-1-2
　 933-2-5
　 1554-5-1
　 1556-2-4
儳 35-8-1

2833
悠 544-5-2
怹 1500-1-5
煞 993-5-3
　 1089-4-6
　 635-3-1
懲 635-8-1
鮀 20-4-1
鱨 251-4-2
　 508-7-4
　 520-3-2
鮑 425-2-2
鮠 1433-5-2
鯏 878-6-2
鰱 849-4-3
鰹 552-5-1
魣 1086-1-2
魿 261-4-5
　 579-4-2
　 586-6-1
　 620-5-3
　 912-3-1
　 913-2-6
　 914-4-4
　 917-3-4
　 922-4-6
紛 269-4-2
　 748-3-1
　 749-1-2
　 1124-4-5
　 809-1-5
　 1041-5-2

集韻校本　集韻檢字表　上

一七一六　一七一五

Right page (一七一五)

796-1-1
1178-1-3
僧 529-3-2
535-8-1
艙 452-5-3
儈 1077-7-4
徻 1079-3-2
猶 544-3-4
553-4-1
554-8-3
1266-4-2
鮋 552-5-2
554-6-3
儦 1287-7-3
魿 1624-6-2
儘 795-8-5
1077-5-1
1079-3-3
1090-6-4
1090-8-4

2828
從 25-1-2
32-7-3
34-8-5
35-2-2
35-7-6
48-7-2
630-7-2
635-8-2
953-6-4
953-8-2
954-1-1
躱 1223-7-5
1536-1-2
從 35-1-1
635-3-3
從 635-3-4
642-4-2
債 590-5-4
923-4-1

徵 128-1-2
繳 980-2-4
艤 381-5-1
纖 1438-8-9
徼 128-6-1
歔 183-2-1
徻 132-7-3
徼 107-1-3
1097-5-3

2825
伴 447-8-1
453-4-2
454-2-4
侮 701-6-4
1021-7-2
1279-7-1
徉 447-8-1
拜 473-4-1
舛 453-4-3
1232-1-3
舛 448-1-2
453-7-1
微 128-2-1
儀 1459-4-4
儴 701-6-2
解 505-3-2

2826
侉 1590-4-5
1590-8-1
徹 1467-3-2
1467-7-6
俗 1349-7-1
1518-7-4
袷 1076-7-3
偭 545-3-2
儈 473-2-3
493-1-1
偣 1628-5-4
僙 795-7-2

1322-8-2
1324-5-1
敬 1281-2-6
歔 797-2-4
傲 402-2-6
徼 531-1-1
徼 1459-4-5
814-4-2
1190-7-2
1191-1-4
1555-8-2
徼 1305-8-3
微 123-2-1
878-6-1
882-3-2
885-6-2
1251-4-3
做 860-1-2
傅 313-1-4
763-4-1
763-7-1
771-4-4
862-7-4
1438-8-5
546-8-5
傲 370-3-4
250-1-3
252-5-3
677-4-3
1119-6-1
復 1322-8-3
敔 1479-3-2
傲 1279-4-3
骏 1438-8-10
傲 1207-7-3
384-4-2
814-5-3
1190-8-1
微(微)
123-5-4
敏 1155-7-1
徼 1467-3-3

儌 1301-8-1
殮 293-1-2
妝 689-1-2
偽 701-7-3
706-5-2
毅 977-2-3
儣 599-6-4
454-5-4

2824
仟 714-1-1
1034-5-1
1191-1-4
1555-8-2
894-7-2
併 330-1-3
878-6-1
1233-6-1
882-3-2
885-6-2
1249-2-3
做 555-2-5
做 1113-7-4
做 544-5-5
敦 123-2-3
放 1165-5-1
做 862-7-4
敝 1438-8-5
做 546-8-5
敓 242-5-3

2823
公 31-8-1
伶 508-7-1
518-4-5
1254-1-1
1257-2-2
公 31-8-2
陉 519-3-1
880-7-1
伶 518-5-4
徵 979-1-1
980-1-5
㲋 32-8-1
34-5-1
34-5-2
復 1267-7-6

倫 257-8-2
弟 199-5-2
偷 571-4-2
儵 1380-3-4
儵 641-1-2
偷 173-1-5
傷 448-3-4
454-5-4
傚 1279-4-5
傖 1586-6-1
僧 1446-4-2
艑 1139-5-3
煬 454-6-1
1233-6-1
艑 1022-6-2
貐 174-2-3
隼 653-5-1
705-7-2
鈐 82-5-3
觴 454-5-1
鷙 392-7-6
1354-8-2
1554-6-3

1215-2-3
1499-1-3
佺 353-5-2
358-3-4
俛 1071-2-4
1433-1-5
作 1499-1-5
坐 423-3-1
1218-3-1
傚 1433-7-1
㑊 179-4-6
梯 665-6-2
1250-3-2
㠇 1006-4-1
傞 421-1-3
421-5-4
嶵 840-2-3
雀 892-5-3
妵 179-4-5
臨 366-6-3
偑 1004-5-4
漎 964-8-2
縱 421-8-2
429-3-2
432-5-2
縬 965-7-1
篪 1329-3-3
儳 598-5-5
獢 1526-5-4
艦 599-1-2

2822
伶 204-3-1
价 1085-4-1
伶 532-1-3
羚 588-6-1
612-2-1
份 247-4-3
268-4-3
俏 1380-3-3
珍 786-5-3

集韻校本

集韻檢字表　上

一七七

集韻檢字表（一七七）

2863
舲 521-4-6
齡 520-4-3
釀 612-8-4
614-4-3
䗲 938-5-5

2864
敂 903-6-1
1275-8-2
故 52-4-4
敄 1443-3-1
骿 878-4-4
散 216-4-3
骿 514-3-1
882-5-5
斁 529-3-4
敵 1217-2-3
馥 1325-2-4
1571-4-1
1572-2-4
曤 814-1-2
甌 926-1-2
1294-4-4
1295-1-4

2866
䫙 593-3-1
齹 54-1-1
齸 1047-6-1
1380-6-2
1537-2-3

2867
皓 895-4-2

2868
齱 603-8-4
938-5-4
1302-6-4

2870
以 676-5-3

678-6-3
齡 1087-6-2
齡 1288-2-5

2871
凵 450-5-5
屹 1383-2-3
1396-6-2
毨 1086-3-3
岭 973-3-3
1071-7-3
621-4-6
932-7-2
938-4-1
1218-4-1
毡 1591-1-1
嵽 291-6-3
嵯 54-1-3
421-6-4
422-1-1
嵼 518-8-2
酅 224-7-3
30-8-4
48-7-3
毼 35-5-2
齓 1412-4-3
1413-2-2
齓（齔）
1451-4-2
觰 1517-2-4
1517-2-6

嶹 610-7-7
齡 1494-2-1

2873
岯 453-6-1
嶬 78-7-4
81-3-3
嶰 341-3-3
791-8-1
巇 655-7-7

2876
岭 1589-8-5
峪 1351-6-4
593-1-5
嵧 554-6-4
峏 584-7-3
919-3-1
岭 500-5-3
嶼 611-4-2
529-2-3
536-6-2
嶒 1076-8-1
1078-8-3
齡 1589-6-3
1591-2-5
1595-3-4
1624-5-1
齡 596-6-4

2877
螯 1201-3-3

2878
㞢 120-8-2
峻 635-5-2
嶁 1167-5-3
峏 611-5-4
932-4-2

2880
灸 892-5-1

嶓 102-6-4
熒 640-1-2
㷉 35-4-2
遾 1622-7-5

2875
峣 453-6-1

2881

2883
齴 1396-3-2

2884
敹 772-5-1
1152-7-3
敧 217-2-1
敺 312-4-1

2886
粉 201-5-4
201-6-4
203-3-3

2890
繁 1482-6-2

2891
杚 1396-2-5
1412-4-1
1451-7-2
紇 1005-2-1
1413-2-3
紇 1404-2-4
1412-5-2
1451-8-3
1472-8-3
1475-4-2
秅 1028-6-3
1499-5-3
紇 1413-2-1
稅 1054-7-1

趏 954-1-2
焌 640-1-2
燬 35-4-2
遾 1622-7-5

嵰 610-7-6
934-1-5
敀 103-1-4

2872
岭 255-4-4
255-6-2
293-6-1
763-4-4
騂 329-6-1
882-5-1

2874
收 555-2-3
1269-2-2
屽 686-8-2
屼 701-4-3
攽 103-1-3
670-8-4
671-3-1

1154-8-1
1433-2-2
1465-4-3
紝 850-1-4
1500-1-2
絕 52-3-4
緸 353-6-1
355-8-3
1463-1-4
1466-8-1
統 1071-6-3
黇 1386-6-4
繪 587-6-4
588-3-5
612-1-2
1288-5-2
稐 1081-3-1
繉 52-3-3
縒 54-2-1
707-5-3
839-8-2
840-3-1
1498-6-3
縊 965-6-4
1047-5-1
繿 598-6-6
纘 1296-6-3
穩 602-2-6

2892
粉 270-3-1
749-3-3
1125-5-3
紛 1045-8-1
1086-4-4
1453-1-5
紛 587-6-2
588-3-4
612-4-2
1288-1-2
1288-5-1

一七八

集韻檢字表（一七八）

615-1-3
617-3-6
935-5-5
1301-4-3
給 529-6-2
1587-4-1
1588-1-5
1622-8-6
1623-6-1
1624-4-1
給 1518-1-3
稻 1243-7-3
緒 552-1-1
554-6-5
稽 1077-6-1
1090-5-1
1216-3-4
緪 1498-4-6
繕 1177-7-4
繒 528-7-4
536-4-1
536-5-1
1263-4-3
秒 980-3-6
1078-4-4
1099-8-4

2893
衿 521-1-2
繪 770-4-1
繖 1468-1-2
953-7-2
縛 293-6-3
緓 980-2-2
緎 814-2-5
1191-1-2
1524-8-1
緲 160-8-2
緤 1149-6-1
纏 1176-5-5

2895
稦 977-7-4
992-4-2
753-3-4

紛 268-2-2
271-2-2
935-5-5
1301-4-3
紾 737-6-5
744-1-5
785-8-1
786-7-4
796-3-3
802-3-5
802-8-4
稀 198-2-3
稊 743-8-1
764-6-2
縺 197-2-4
緶 257-8-4
296-6-4
323-8-2
繪 165-5-2
175-4-2
383-8-3
紗 1519-2-3
敿 128-1-3
複 1323-4-2
1325-4-1
稻 1390-7-5
穆 582-2-3
緶 109-3-3

紛 615-1-3
617-3-6
緣 976-7-3
緅 1519-2-2
縑 615-1-1
稽 977-2-1
無 699-4-5
緵 976-7-2
稀 198-2-3
秱 614-1-2
稻 743-8-1
綿 198-2-3
敨 1438-8-7
緻 979-6-3
稕 763-5-2
稬 1452-2-1
衿 521-1-2
繪 770-4-1
繖 1468-1-2
953-7-2
縛 293-6-3
緎 814-2-5
緤 1149-6-1
稵 1021-3-3
繝 1174-7-5

2896
袷 1589-8-2
1590-8-5
稺 980-2-2
稻 977-2-2
稵 113-1-3
553-5-3
575-2-2
緫 1301-6-1
穚 1343-3-3
1345-7-3
1482-6-4
稞 609-1-1
614-1-3

794-6-2
繜 1167-6-5
繢 929-5-3
932-1-4
繸 1180-2-2
1181-8-2

2899
稊 142-1-2
180-3-3
182-4-1
708-6-3
708-7-2
緒 552-1-1
554-6-5
稽 1077-6-1
1090-5-1
1216-3-4

2905
胖 1148-2-2

2910
鰲 373-8-7

2911
銚 870-5-1

2913
螢 552-6-7

2915
岼 1122-1-3

2921
优 479-1-1
487-2-1
倦 808-2-4
1184-8-3
卷 754-6-4
觬 487-1-4
陸 465-8-1
傪 511-5-3
螯 552-4-1
553-3-4

575-2-4

2922
沙 821-8-4
826-6-1
1203-8-1
紗 385-5-4
818-8-1
俏 373-6-3
1192-1-1
1192-4-1
汋 421-1-4
468-4-4
859-8-2
866-1-4
傗 1184-8-5
俏 815-2-2
1192-3-6
玅 826-1-2
徜 457-1-2
紗 396-6-2
1203-7-1
稊 374-2-2
809-5-1
俲 821-8-3
餙 85-5-2
傷 411-3-6
412-6-2
1213-2-3
鮹 826-3-1
1203-3-4
儵 533-7-1
勞 1213-3-5
騰 10-5-1
29-6-4
533-8-4
29-6-3
533-8-3

2923
处 1439-6-5

1462-5-4
懘 560-1-4
1271-6-2
儳 859-8-3
865-5-4
865-8-1
1240-1-3
1247-2-3

2924
俴 1260-5-5
倭 1260-6-1
偅 511-5-2

2925
伴 770-1-2
1148-3-1
1148-7-4
僯 743-5-1
1119-8-4

2926
偝 875-8-2
儅 467-4-1
1240-3-4

2928
俵 597-2-2
597-8-5
927-2-1
927-5-3
1295-6-5
1296-2-2
佹 560-1-5
1192-5-4
傛 606-4-1
926-8-5
償 457-2-1
861-7-4

2923
1234-3-2

集韻檢字表 上　**集韻校本**

一七二〇　一七一九

左半

纂 1555-8-1	1234-4-1	1034-8-2	1153-4-2	810-3-5	窬 13-4-4
3015	蜜 1374-8-6	**3013**	1154-2-5	810-4-2	宣 352-7-2
	瀘 1632-2-4		灘 1188-2-4	瓊 549-4-2	
窾 1527-8-2	濾 861-6-3	汧 1185-8-2	灘 662-8-3	窒 787-6-4	
1570-5-3	蜜 522-2-3	泫 336-7-2	灉 292-3-5	窬 1320-3-1	1301-2-3
3016	蘯 1253-7-2	338-5-4	澆 858-2-4	窯 33-4-3	
	3014	339-2-2	1249-2-5	628-1-3	
涪 163-8-3		790-5-2	沴 449-3-5	溇 777-5-4	窒 501-1-5
560-8-2	汶 248-3-4	1172-2-4	449-4-3	窪 446-5-4	瓊 551-2-1
567-7-3	267-3-2	洂 1538-7-3	450-3-4	705-6-2	瓊 598-7-2
溏 466-1-2	292-5-1	浓 129-3-2	澗 696-1-2	881-7-2	1296-7-3
潽 1586-8-3	748-2-2	滑 1336-2-1	潼 8-2-3	塞 1576-1-3	
溏 466-1-1	1123-8-5	滂 470-5-1	9-5-1	豐 21-4-3	
潃 1333-1-1	汳 389-1-4	滾 761-3-1	淳 516-3-2	32-5-1	竈 521-6-3
潐 1568-4-1	390-3-4	窣 722-1-1	517-1-2	33-2-4	
	1199-2-1	854-5-2	滑 1586-8-6	89-1-2	**3011**
3018	淬 1098-8-3	簘 1246-6-5	1622-3-2	灃 344-5-3	汇 451-3-3
	1099-4-5	瀘 1012-8-1	1625-3-3	345-6-4	471-7-4
潄 336-8-4	淳 252-2-5	滾 1135-7-2	渧 196-8-4	346-6-1	867-8-1
潃 597-4-3	252-8-2	蜜 1374-8-5	1039-1-4	1153-1-1	1232-7-1
597-7-4	739-1-3	瀘 376-2-1	滒 827-8-1	1153-3-5	1241-7-4
1296-3-4	液 1533-5-4	815-6-3	1342-4-1	灘 42-5-2	沉 476-7-2
瀇 870-6-6	1538-7-2	1192-7-1	1356-1-2	639-7-2	868-6-4
871-7-1	淬 1098-6-5	濂 614-3-1	1501-5-2	955-5-2	869-7-3
1245-1-3	1387-1-5	936-4-3	1506-5-1	灘 98-7-1	注 1022-8-3
	1387-5-2	澄 1568-4-2	漓 64-8-2	濉 279-7-2	1025-1-3
3019	溁 1579-2-5	塞 298-4-2	滂 470-4-4	窾 489-8-6	1271-8-1
	1605-3-1	濠 399-8-1	471-5-1	508-1-2	1281-8-7
涼 460-6-1	1605-8-4	滴 1547-8-2	488-2-3	1253-4-2	泣 1584-8-3
涼 460-5-3	穿 192-2-2	濾 379-1-4	488-3-6	灃 346-5-2	1586-7-3
1236-5-4	浠 1538-7-4	388-2-2	窨 632-7-4	瀛 509-2-3	泜 1029-6-2
溗 1461-6-4	渡 1029-6-1	浦 575-4-1	灘 40-3-2	灘 1093-5-1	流 23-5-2
溓 474-7-4	滁 1027-7-4	漓 576-7-1	漓 655-5-1	灘 1594-3-3	31-3-4
凓 589-1-1	滼 578-1-5	滴 1198-6-3	滴 1547-8-1	1600-3-3	泣 980-6-6
915-8-4	漳 456-5-1	滾 217-8-1	滴 455-4-4	灘 64-8-1	1043-7-2
溧 1578-5-4	寝 1149-3-3	218-5-1	鴻 327-4-4	灘 42-5-1	流 550-2-4
1579-2-4	澼 1540-8-5	瀼 452-1-1	滴 1063-8-2	955-5-1	澆 805-7-3
溧 526-6-3	1544-8-3	457-7-3	窨 911-7-2	灘 301-7-4	淮 218-4-2
溧 916-2-2	1555-6-3	469-8-4	濟 192-8-1	714-4-2	泄 863-3-3
潹 259-1-2	洴 801-4-1	861-6-2	714-4-2	303-2-3	766-3-4
瀀 106-5-5		866-8-4		714-8-5	1239-3-5
瀀 106-5-6	潭 252-3-1			1152-8-1	窕 365-6-3

右半

宜 80-8-2	**2995**	498-3-1	1192-2-1	夔 395-8-6	**2929**
空 19-2-1		**2980**	**2963**	826-2-5	
632-1-1	秝 770-2-5				傸 661-3-5
948-6-2	絆 1147-7-2	類 1450-1-3	礥 865-7-3	**2942**	殊 715-6-2
寶 703-4-1	繿 250-8-4	奐 1458-8-5	**2968**		償 866-2-2
宣 280-2-3	**2996**	趣 945-5-2		舥 1203-6-1	1247-2-5
352-7-1	稬 467-5-5		毿 927-4-4	艄 395-6-1	**2930**
室 993-6-4		**2990**	1296-4-3	1203-2-3	
1369-3-1	**2998**	繁 1332-2-2	礥 1296-3-2	勦 622-6-3	魳 815-1-1
宜 693-7-3		**2991**		**2944**	**2932**
盜 873-5-5	秋 551-8-5		毿 927-1-1	舵 915-3-2	
875-1-3	綏 596-8-2	絩 1244-5-2	甏 1271-3-4	**2946**	魦 423-1-1
寠 80-8-4	597-7-5	1244-8-2	甕 552-6-3	艦 467-6-1	435-2-2
空 443-4-4	600-8-1	稞 754-6-1		1240-4-5	1193-6-3
室 205-4-4	606-4-4	1183-7-4	**2972**		鮹 373-4-4
207-4-4	926-8-4	繰 754-5-3	紗 372-2-3	**2950**	396-2-2
208-3-3	紃 552-1-2	1130-6-1	374-2-3		鮋 1458-5-7
212-1-5	積 682-7-5	繪 533-7-7	1196-3-1	摯 554-8-1	鷔 552-3-5
213-2-2	1003-3-3	槮 511-6-4	1197-8-1	**2951**	魈 821-8-1
392-5-2	1124-8-1	糵 1184-8-7	峭 1192-2-3		**2933**
446-4-4		毚 754-7-2	紗 435-2-5	卷 362-3-5	
窀 306-1-4	**2999**		嶗 412-4-6	1184-3-5	愁 407-5-1
室 1377-1-1	絑 715-5-1	**2992**		幢 466-6-4	553-1-2
1383-8-1	繰 533-7-6		峭 372-2-3	魈 373-6-1	560-4-4
1447-4-2		秒 821-7-3	紗 435-2-5	儵 1120-8-1	
1448-8-4	**3000**	紗 434-8-3	嶗 412-4-6	**2935**	
1451-1-1	丶 73-8-5	821-8-2	嶗 250-7-3		鱗 251-4-1
盞 1388-4-4	1393-3-1	稍 395-8-1	743-3-5	**2952**	**2937**
1455-5-1	1450-5-3	825-4-4			
窒 299-8-2	1587-7-4	1202-8-5	**2976**	峭 1203-3-5	鱛 457-2-4
登 336-8-3		稀 1374-5-1			**2938**
室 1283-2-1	**3002**	1459-2-8	嵼 498-3-2	**2956**	
509-7-1	穷 245-7-6	稭 527-2-3	499-5-3	嶍 873-3-3	魳 1550-5-4
525-5-1	1114-5-2	綃 373-2-1	499-6-1	873-3-4	魥 552-4-4
872-7-2	1174-3-2	395-8-2	524-1-2		鯌 843-4-1
885-2-1	穸 27-4-4	糯 411-7-2		**2978**	**2939**
1254-6-2	寏 755-8-2	鱛 1185-1-1	**2960**		
宣 1237-3-3	806-6-5	綃 396-3-2	餤 928-2-3	醬 553-1-3	
窒 521-8-2		鱛 1213-1-2	928-7-3	554-4-3	鮴 715-6-3
塞 1104-7-1	**3010**		930-3-2		鯙 534-1-4
1576-1-2	互 80-8-1	**2993**	1297-4-4	**2962**	**2940**
	穬 865-6-1	嵥 495-2-1		魈 1458-2-3	
				1459-2-7	艄 373-4-6
			2979		斐 552-8-1

集韻校本　　集韻檢字表　上

右半葉

3020
户 712-1-4
宁 143-4-1
社 703-4-3
窄 1225-3-1
窄 1516-5-2
粒 1597-5-5
1629-1-4
宁 501-4-3
岁 1532-1-2
寍 521-8-1
寇 1257-4-4
寥 367-8-4
398-1-3
398-4-1
1551-6-6

宣 690-8-2
扈 73-3-1
崖 1024-5-3
636-5-3
寵 1553-4-1
窳 629-1-3
雖 522-2-1
1177-1-2
宥 1264-5-6
宿 9-6-1
628-6-3

3022
齐 1085-3-4
穷 248-1-5
芳 470-7-6
帋 712-6-5
家 1544-2-6
宵 946-6-4
寫 874-8-3
寡 1575-2-2
窵 1262-4-6
窳 1302-6-6
寎 1247-6-1
1247-8-1

寵 11-7-1
38-8-2
窵 1353-6-3
廖 73-2-5
扇 342-8-4
窵 1523-6-6
1529-1-4
窵 1455-4-5
寱 1009-6-3
375-2-1
寮 950-2-1
寮(窵) 692-8-2
寱 1016-2-2
寓 698-6-3
寱 983-6-4
寱 1247-7-3
1248-2-2
寱 1034-1-3
寱 1263-1-3
1302-6-6

襽 64-2-4
襽 1549-4-2
1549-8-3
雳 330-4-3
庰 33-5-3
窵 1523-6-6
裯 1535-1-5
礁 1192-6-1
礁(褘) 815-4-3
褵 1208-8-5
廩 136-8-1
褵 820-6-4
822-1-4
褵 218-2-2
襽 457-4-4
861-4-5

3024
庪 1587-8-1
庌 710-5-5
712-7-2
1032-1-5
穿 356-1-2
袗 814-2-3
825-3-2
1190-5-2
寝 911-1-5
裨 1098-8-4
1099-2-2
窻 933-4-3
被 1535-1-4
1537-5-2
裨 1098-4-3
1098-6-4
1099-2-3
褋 1605-2-3
寢 911-1-4
覆 911-1-1

3023
宖 497-8-2
498-7-1
503-6-3
屋 1010-2-4
1590-3-4
1590-7-3
1598-3-2
宸 243-3-1
家 442-1-1
1228-4-5
571-3-5
571-8-3
1282-8-2
宧 1230-7-1
宖 503-6-4
538-1-2
窚 387-4-2
寫 1118-2-4
窮 27-2-5
27-8-3
寫 84-2-1
657-5-3
祔 1539-1-3
褅 1222-5-4
瓜 706-1-1

窊 175-6-2
446-4-1
705-6-1
襭(褾) 228-3-3
窳 1229-8-1
裯 1535-1-5
礁 1192-6-1

窵 1248-2-1
1248-2-4
1248-3-2
寫 1353-6-3
寥 73-2-5
扇 342-8-4
1177-1-2
宥 1264-5-6
宿 9-6-1
628-6-3

窵 1248-1-3
1248-2-3
1248-3-1
裯 1336-4-3
褅 1041-2-1
宥 1263-8-1
睿 1104-8-4
宴 854-4-5
齋 173-7-5
571-3-5
571-8-3
1282-8-2

眉 690-8-2
扈 73-3-1
崖 1024-5-3
703-4-3
窄 1225-3-1
窄 1516-5-2
1014-3-3
宁 501-4-3
岁 1532-1-2
521-8-1
寧 1257-4-4
寥 367-8-4
398-1-3
398-4-1
1551-6-6

3021
宄 634-1-3
窿 1599-1-2
襬 1321-3-5
庀 1526-2-2
完 304-6-2
306-8-3
1416-7-4
扈 675-1-3
宅 1510-5-4
宛 280-4-3
751-6-4
752-7-1
768-1-3
808-6-1
1399-8-4
1403-8-3
凱 498-8-1
659-2-1
968-8-5
宄 478-5-1
869-7-5
871-2-2
1244-3-2

左半葉

738-8-1
窆 417-7-3
窣 1409-1-5
1409-7-5
窶 911-1-2
窠 573-5-2
1025-5-3
窾 1268-1-3
窶 573-5-3
698-1-2
311-8-4
窣 1387-7-2
1440-3-1
1443-3-5
1444-8-1
窬 924-2-2

1195-4-3
憲 787-5-5
憲 1131-7-1
窵 553-7-2
1371-8-1
憲 1576-2-2
竁 273-1-5

3034
守 897-2-3
1269-5-1
穿 906-8-5
宸 897-2-4

3035
窘 56-8-1

802-8-2
1180-1-3
避 969-4-4
遷(遷)
210-3-2

3032
宁 352-2-5
寫 847-6-1
1034-6-1
1222-1-2
寫 847-2-5
寫 809-8-5
834-1-3
1187-6-3
寋 281-7-1
349-7-1
806-8-6
這 1132-6-6
1132-2-1
進 982-6-5
進 1116-1-4
1116-5-2
逮 981-4-4
道 1335-5-4
遮 756-4-5
807-5-2
1143-5-1
逯 199-4-1
寒 297-6-1
遮 433-8-1
1223-7-2
達 456-2-3
適 1523-5-3
1529-1-1
1576-2-1
1370-8-4
窻 15-4-3
窯 735-2-3
窯 382-4-4
遷 1370-2-5
遭 345-4-4

720-6-1
989-8-4
攘 1065-5-4
1065-8-2

3030
庡 928-4-1
庱 699-2-4
逬 46-1-1
475-7-2
477-1-4
迹 1531-2-4
迲 389-5-2
窀 937-4-2
塞 1262-4-7
1302-6-5
1132-6-6
1132-2-1

3029
庆 712-1-5
庱 938-2-1
庱 186-3-2
853-5-4
1080-3-5
1507-4-4
寐 989-8-2
寐 715-5-3
廉 474-6-2
869-3-3
窹 662-7-3
窹 810-3-3
遃 1188-2-2
1189-2-1
寏 474-6-3
869-4-4
瓤 1048-1-3
1065-5-3
1065-8-1

1067-4-3
1068-3-1
窚 980-8-5
1041-8-5
1042-3-4
窈 1190-2-2
1450-2-2
宾 245-7-4
1114-5-1
寱 593-4-3
攘 1009-7-1
攘 593-4-2
597-5-1
868-8-2
窓 1531-2-4
窓 389-5-2

褉 1370-4-3
寋 1323-5-4
1323-8-3
1325-2-1
窚 1190-2-2
辥 1074-2-4
辥 1099-3-2
攘 142-5-4
攘 911-2-4

3025
成 507-1-2
庫 817-4-1
834-6-3

3026
启 719-4-1
居 935-4-4
宿 1268-5-2
1326-6-4
1331-5-2
1543-7-1
134-8-2
宦 1530-2-4
窙 1592-5-4
寱 472-2-5
寱 1034-1-2
窖 596-7-2
窬 1413-5-2
褚 467-1-4
褊 1336-8-2
窖 1437-2-4
褅 1039-6-3
窘 27-8-4
寱 911-2-1
寱 1263-1-2

3027
窟 1414-3-2
662-7-4
671-7-4
715-5-4

3028
庋 1039-8-2

3041
宂 670-2-3
究 1265-4-4
宪 585-5-5
寃 1136-1-1
竀 1301-2-2
1614-2-4
1617-4-2
雄 1156-5-2

3042
穷 442-1-2
窘 1338-1-2
窘 1338-1-3

3043
宏 497-7-3
宏 497-7-4

3044
穽 947-6-5
穽 920-7-5
寊 522-4-1
1257-3-2

3040
宇 698-6-2
字 113-4-3
996-5-2
安 299-7-3
宇 155-5-4
突 813-2-4
1191-2-5
突 813-2-3
1191-2-3
宴 558-5-2
906-8-4
宁 996-5-3
宰 391-5-4
宴 789-4-3
1170-6-1
宰 734-7-4
窒 516-8-3
窅 1191-2-2
宰 734-7-5
準 1465-8-1
寧 391-6-1
宵 356-1-3
準 664-2-3

3033
宓 1375-1-4
1376-5-4
忩 670-2-4
寓 371-5-2
宽 307-3-4
769-1-4
寒 297-6-1
窓 280-4-2
1399-8-3
窓 1501-8-3
寒 349-5-2
1104-8-3
1576-2-1
1533-2-3
1535-1-3
襛 1593-8-6
攘 562-5-1
攘 210-2-1
661-5-1
662-7-4
671-7-4
715-5-4

集韻校本　集韻檢字表　上

一七二四　一七二三

一七二四

字	頁-欄-行
泗	1248-1-2
泗	785-2-4
海	1174-3-3
渮	413-7-2
澗	1524-5-2
	1526-1-5
澥	86-1-1
灟	323-4-1
	348-8-3
	349-3-1
	1132-3-3
湑	253-5-2
瀡	1385-5-2
灟	1061-3-2
	661-3-1
	715-6-4
	719-2-3
濡	111-3-2
	142-5-5
	165-8-5
	170-2-3
	314-7-4
	557-6-4
	798-3-5
	1024-2-4
	1156-2-1
	1220-4-4
瀶	1536-7-2
澢	1529-1-5
	1536-2-3
	1549-7-5
瀾	72-4-5
	715-6-5
	718-8-4
灅	578-6-5
	579-6-1
	583-2-4
	605-3-1
瀏	1221-4-2
灁	574-8-1

字	頁-欄-行
瀝	1514-7-3
灟	1553-2-5
瀣	1505-3-1
瀘	183-4-2
瀧	11-5-2
	39-1-2
	48-3-1
	49-5-5
	947-7-6
灡	646-3-3
	720-7-2
	722-8-2
	849-4-1
	960-4-2
	1082-6-1
灦	521-3-6
3112	
汀	516-2-3
	517-8-1
	888-5-5
	1256-7-2
污	155-5-2
沛	1593-6-3
沔	661-3-3
	742-5-3
	800-6-1
河	415-1-1
湎	110-6-4
洐	485-8-1
涉	1609-2-2
	1614-1-3
沛	1078-5-2
灄	528-7-3
湎	1082-6-4
馮	22-1-2
	502-7-3
	503-1-3
	528-4-5
	528-7-2
	748-5-3

字	頁-欄-行
	885-1-2
	1254-4-1
泚	464-8-2
涅	259-6-1
浧	446-5-3
汦	863-1-6
	871-6-5
	1238-7-2
	1245-1-4
涯	81-3-5
	211-5-1
	444-4-3
滤	189-6-7
	576-6-2
	259-5-1
	1082-6-1
	337-3-1
	1047-5-3
	1171-2-1
滣	1454-4-1
	464-4-2
澳	18-5-3
滅	949-4-4
滅	1005-3-5
	1106-1-4
	1106-8-2
渾	1581-2-5
漚	564-3-4
	1277-8-3
漬	138-2-4
	436-3-2
瀶	462-5-1
澠	432-2-2
灂	792-1-2
澁	1582-3-5
澄	1107-3-7
灅	1361-8-4
灉(灉)	116-8-4
	189-6-4
瀾	940-7-4
瀝	1553-3-4
瀵	1514-5-6

字	頁-欄-行
3110	
汼	155-4-1
淄	192-2-3
	1033-5-4
還	1043-4-2
3111	
泛	1031-4-4
江	44-6-1
汜	1031-8-1
汪	477-4-3
	498-8-2
	863-1-5
	1238-6-6
	1245-1-2
沇	277-2-2
	752-5-2
泊	688-7-4
汜	185-8-1
	1500-7-2
	1511-5-4
沚	673-1-2
	993-4-1
汪	507-8-5
沌	842-5-3
涇	880-2-4
	881-1-3
涯	464-4-3
洹	278-5-3
	304-8-1
浧	978-7-5
	1378-7-2
汛	1608-3-2
	1609-6-3
	1610-6-1
沲	116-4-3
	677-2-1
	678-8-5
3099	
涺	1282-7-4
涇	522-5-2

字	頁-欄-行
寀	350-1-5
	1091-8-3
寀	35-6-4
寀	1057-1-5
	1439-3-5
雜	1411-6-2
寏	367-8-2
寀	397-1-1
寀	368-1-1
寀	1491-4-6
3086	
竂	1034-2-1
3090	
宦	891-3-1
竂	988-6-5
竂	244-6-4
永	876-6-1
	1249-4-1
宋	952-4-1
宗	30-4-4
寀	830-8-5
宗	1346-1-3
	1544-2-2
寀	973-2-3
宴	540-6-1
寀	307-4-2
寀	1369-4-5
寀	988-6-4
寀	438-6-3
寀	1143-1-2
寀	734-5-5
	911-8-2
	1105-5-2
寀	35-6-3
寀	1143-1-3
寀	542-2-5
寀	438-6-4
寀	244-6-5
	1115-5-4
	417-5-6
寀	768-3-2
寀	1498-3-3
	1516-1-5
東	259-8-4
寀	584-6-5
寀	1000-7-2

字	頁-欄-行
3081	
竆	76-8-2
	653-5-7
3084	
薇	1265-4-5

一七二三

字	頁-欄-行
密	1606-7-3
賓	948-3-1
寶	1046-8-5
	1452-5-1
	1454-2-2
賓	507-6-3
	1559-4-1
宖	927-4-3
寀	1497-6-2
	957-8-1
	972-6-4
	1168-2-1
寶	245-7-7
寀	245-7-5
	1436-2-5
	1454-2-2
寀	1183-5-2
	1369-4-3
寀	30-6-1
寀	1207-3-2
	250-3-2
	332-2-1
	780-2-1
	802-7-1
寀	1375-2-2
寀	245-7-8
	522-3-2
	281-4-4
	281-7-2
	349-7-3
	806-8-1
賽	1104-8-2
甕	755-8-3
	756-7-3
	806-3-2
襄	1576-1-1
襄	297-6-3
寀	830-6-2
寀	1282-8-1
	1319-4-2

字	頁-欄-行
寀	1375-2-1
	1376-4-1
審	830-6-3
寀	923-7-1
	924-8-1
	382-4-5
3080	
穴	1455-1-4
㝹	1265-5-1
㝹	894-4-1
㝹	1410-6-2
	371-8-5
	813-5-2
	1191-3-4
	239-2-2
灾	517-8-2
	1256-3-5
	1256-7-4
3073	
	1410-6-1
	1411-2-5
	1433-3-4
	1449-6-3
㝹	813-3-1
	1191-2-4
㝹	1455-5-2
	1457-4-4
	1457-6-1
㝹	259-8-3
㝹	1227-3-4
㝹	273-8-6
㝹	580-1-1
	581-8-5
	585-5-4
辞	1540-2-6
3077	
㝹	1380-4-3
	304-7-2
寅	97-4-1
	259-8-1
寃	922-1-2

字	頁-欄-行
	1178-6-2
	1465-5-4
3062	
甸	812-7-4
竈	1210-8-3
寶	312-6-1
	1073-8-2
窨	1151-7-1
竈	1210-8-4
3072	
甯	398-3-4
	1200-3-3
	1201-6-3
	1213-2-2
	1273-2-2
	1191-3-4
窈	812-7-3
	819-2-3
	1191-2-6
3073	
宏	39-3-4
良	460-2-6
	857-2-4
宦	468-5-3
	866-5-3
食	468-6-1
	866-7-2
襄	349-6-1
	756-1-3
	806-6-4
	1158-1-2
	1171-6-2
3074	
	1286-8-2
竈	1237-3-4
竈	860-1-5
竈	155-5-5
	307-1-1
窅	1387-6-1
	1440-2-4

字	頁-欄-行
3062	
甸	812-7-2
	824-5-2
	1191-4-2
	1268-8-6
宦	39-3-3
容	637-6-2
窨	1420-6-1
窨	273-7-1
	274-3-4
	1128-6-5
	1530-2-5
	1590-5-2
	1626-3-3
富	1267-6-2
窨	875-7-2
窨	1200-3-2
	1210-8-5
	15-4-6
	48-4-2
窨	746-2-2
	1008-7-1
	1129-2-2
	806-3-5
	1572-3-5
	1575-6-3
窨	585-7-1
	586-4-4
	1289-1-1
窨	1576-1-4
審	911-8-3
窨	500-7-2
窨	1440-1-2
窨	755-7-6
	806-4-1
宦	1191-3-1
竈	564-8-5
竈	813-2-2
窨	501-4-4
㝹	1225-6-1
杭	1243-3-3
宅	1225-6-4

字	頁-欄-行
寶	567-4-2
	1276-7-2
窆	1440-1-1
	1444-7-3
寀	1277-6-3
㝹	297-6-2
3050	
牢	411-5-3
審	573-5-1
牢	25-6-1
牢	411-5-4
字	1437-8-1
	1440-6-1
窆	995-6-3
寨	1630-5-3
寨	349-8-2
	352-6-5
	806-5-2
牽	299-8-1
3055	
牢	879-2-4
	1252-5-1
3058	
窆	1457-5-3
3060	
宦	1239-6-1
宙	1272-2-4
宮	27-3-1
客	1590-5-3
	1227-7-3
	1512-4-1
害	1074-5-3
	1417-3-2
害	1034-1-4
官	352-5-1
	392-2-4
	525-2-2

3113
沄 272-2-1
286-8-1
759-4-5
泒 253-5-3
添 613-2-2
1300-4-1
涱 863-6-5
1235-4-3
涿 1318-1-1
1319-7-1
1366-1-2
1367-4-3
漲 459-4-3
863-6-6
1235-4-2
澐 271-8-2
澪 521-2-4
澽 137-1-5
688-7-1
1010-5-5
1011-3-1
濾 1014-6-3
蠡 136-2-5

3114
汗 297-8-3
299-4-5
1140-5-3
汙 153-2-1
191-5-3
446-6-3
1033-5-1
1216-8-2
汳 1407-3-1
泘 991-1-4
泙 488-2-2
491-3-1
汧 334-8-2
337-8-5

3115
海 728-8-5
1170-2-4
1254-8-3
洱 661-2-2
674-1-2
995-1-1
洏 1105-2-1
洊 947-7-5
浭 485-2-1
洴 1141-4-1
1142-6-4
淖 1204-8-3
1205-1-4
1366-3-4
1367-5-2
1483-2-2
漊 574-6-3
滓 197-8-5
渳 661-2-1
742-5-4
800-7-4
汥 19-4-3
溽 1348-4-3
溥 189-6-3
710-5-3
潭 578-7-3
585-5-3
589-4-3
913-7-4
916-3-4
1293-6-3
潵 1066-4-2
淳 189-6-5
潬 1293-5-1
漫 542-7-1
灄 1585-2-1
1607-2-5
1609-6-2
灒 1133-2-6
湃 1088-5-3
1088-8-3
滅 1077-5-2
1079-2-2
1092-6-2
1110-2-2
1427-1-2
澤 1495-5-3

3116
沰 1491-2-4
1506-8-4
沾 606-6-3
606-8-3
608-4-2
608-4-6
613-2-1
1300-6-2
1614-3-3
洒 714-6-2
722-8-3
728-4-4
765-6-3
783-8-1
960-4-3
1082-6-2
1115-3-2
1165-6-1
洦 1507-5-1
1508-4-1
1508-7-4
浯 190-5-5
酒 896-6-3
活 991-1-3
湐 1507-5-2
温 1571-6-3
湎 800-5-2
滑 1116-3-3
滷 709-5-2
1534-3-3
1549-8-6
潛 605-2-1
濬 1116-7-4
濡 227-6-1
溘 1048-2-1
濬 1116-7-5
濳 1631-5-3
灊 1553-2-6
濡 521-3-5

3117
灩 1582-6-1

3118
汊 1560-4-4
湏 725-6-4
1100-7-6
淏 296-7-2
314-7-3
764-7-3
774-6-1
799-1-5
1156-1-3
湞 485-5-1
490-2-2
501-5-1
507-5-2
507-7-3
湏 948-8-3
湏 886-7-5
湔 646-7-2
頮 409-4-3
699-8-1
758-5-5
1188-4-2
滇 1143-4-2
湏 631-6-5
632-2-2
641-3-3
948-3-5
瀲 1402-1-3
瀌 151-3-3
湏 1015-6-1
瀕 419-7-5
瀕 1443-3-6
瀕 1444-8-3
瀨 1072-1-1
瀕 246-2-2
246-4-4
灝 1149-4-5
灝 827-7-3
829-8-5
瀬 828-3-1
瀨 918-1-5
灝 787-6-2
1169-8-1

3119
沵 550-2-5
沶 92-7-4
117-1-1
673-7-4
972-7-1
980-3-1
溧 1379-3-3
溧 1379-3-2
源 277-1-4
漂 376-5-6
377-3-3
821-3-2
1197-2-4

3121
祉 673-3-3
677-6-2
衩 1031-7-2
祉 506-5-2
衪 419-7-6
衽 84-5-4
裋 1282-5-1
裋 703-6-1
773-6-1
1023-6-5
褊 328-5-4
351-4-2
裶 123-8-2
124-7-1
裡 259-1-1
337-3-3
滮 1259-7-3
複 757-2-6
1132-4-5
褈 259-1-4
褫 133-7-1
136-8-3
襤 1012-3-6
褔 155-3-2
167-8-3
564-5-3
696-2-3
904-4-1
1278-1-2
褯 1600-1-2
襈 341-5-2
襮 694-5-5
襱 11-1-4
628-8-4
636-7-1
954-6-1
襽 791-5-1
䙲 691-5-1
襹 53-3-5
襹 53-1-4
646-7-4
960-5-1
䙥 518-1-1
䙥 521-5-3

3122
袔 414-3-4
1214-5-4
袦 854-3-6
1214-4-4
1214-5-1

袻 111-4-3
357-7-2
禰 857-1-3
禡 1220-6-1
1508-8-3
褟 1525-1-4
䙄 86-2-2
禲 1061-5-1
襧 718-6-1
鳾 1185-3-1
襦 165-8-4
170-3-1

3123
褖 791-4-5
裖 737-6-4
738-3-3
1111-3-3
褥 521-5-4

3124
衦 766-7-3
1142-7-4
衧 153-3-1
袢 1161-1-3
敊 1411-8-1
袸 947-5-3
褄 384-4-3
1196-2-4
被 349-6-4
䙏 634-3-3
褥 1345-6-3
1348-4-1
禫 923-4-3
褸 893-8-1
襵 1608-7-3
1609-8-2

3126
祏 1535-3-4
1535-5-2
祏 1491-3-1
袩 606-4-2
613-5-5
1614-1-5
1617-4-1
袹 1444-1-1
1507-3-5
䄏(䄔)
1266-7-3
褔 1267-5-4
1322-6-4
褔 1267-3-2
䙥 518-1-2

3128
禎 507-3-6
襖 357-7-1
774-6-4
798-6-1
褷 53-1-5
顝 322-5-2
334-6-1
335-3-5
1191-7-2
襒 1403-1-4
1403-6-2
襏 1297-8-2
顡 1451-2-4
襰 1068-6-3
顧 711-8-3
1032-6-3
顫 888-8-3
顮 246-1-1
246-8-2
襭 981-7-2

3129
褾 820-4-1
822-2-2
1198-5-3

3130
迁 299-1-1
迂 152-3-1
迃 155-2-1
696-1-5
699-1-4
迒 998-7-4
迋 464-3-1
465-2-3
863-8-2
864-2-3
1238-5-5
1239-2-1
1239-4-3
1489-3-4
运 751-5-1
迺 1593-4-6
迓 1009-4-3
1229-4-2
迠 648-1-2
延 506-2-2
逕 87-2-2
逦 1614-1-1
逕 485-1-2
逜 714-1-2
1034-3-2
逗 572-1-1
652-7-4
965-4-2
1025-3-2
1282-3-3
1282-6-1
逎 553-1-5
554-5-4
逐 1272-5-3
1333-3-4
1550-5-5
逕 1254-3-2
逛 863-8-3
1239-2-2
1239-4-4
逦 1229-3-4
遅 509-6-3
逴 1365-7-3
1366-4-2
1485-3-1
逼 1571-4-3
遣 1176-4-1
1181-5-4
1182-3-4
遉 1253-5-3
遖 544-6-2
遭 346-2-2
348-3-2
遳 753-7-2
遽 179-4-2
遯 296-4-2
764-4-1
1139-1-1
1139-2-2
遷 341-5-5
還 646-1-2
1369-7-4
1377-4-1
遷 1345-5-2
1550-1-4
邌 136-3-4
158-6-3
1011-1-2
邇 646-1-1
逵 1423-1-2
遡 210-3-1
遲 1554-1-1
邋 1139-1-2
邋 1139-2-4
邁 257-2-3
1025-1-1
還 651-4-2
邅 38-1-1

3132
鷈 477-5-5

3133
惉 606-5-2
憑 528-6-1
890-1-3

3140
娞 712-3-2
1031-1-4
1033-7-3
婑 477-6-1
娑 606-2-1
608-6-3
612-7-3

3144
敉 826-1-3

3148
頞 1419-8-2
顫 888-8-4

3150
肇 817-4-3
834-6-4

3158
顛 286-5-3
290-7-1
1136-1-2

3161
甑 33-6-4
40-5-4

3168
額 1513-4-3
頟 39-4-2
953-7-4
顴 1292-6-5

3171
瓩 425-5-1
瓬 469-6-4

3184
敝 1121-3-4

3188
頓 886-4-4
1256-4-1
顯 515-1-3

3190
渠 135-6-3
688-3-3
1011-3-3
潶 503-1-2
528-5-1
528-6-3

3198
頪 1292-2-2
類 1599-7-1

3200
州 555-6-2

3210
剏 364-4-3
365-4-2
冽 1062-4-6
1468-3-3
洌 1061-3-3
1468-3-2
洲 555-7-1
淛 980-7-1
1043-7-3
1168-6-4
坔 1123-3-1
1127-2-2

集韻校本

集韻檢字表　上

一七二八

一七二七

左半（一七二八）

遄 357-1-1
通 1627-2-2
遳 628-2-2
遌 340-3-3
逋 255-1-2
764-4-2
1139-2-1
遼 16-3-2
遰 1364-7-1
遝 1182-3-3
遞 717-6-2
1041-1-2
1054-2-4
遙 382-1-4
遜 1137-8-3
遭 802-5-3
遟 502-1-2
遾 878-6-5
遽 1602-2-5
1611-2-3
383-1-2
544-3-1

3232
簥 1341-4-4
1506-7-3

3240
劋 559-1-6

3241
甤 140-1-1
166-8-1
167-1-4

3244
叢 16-8-4
1074-5-2

3250
犖 1364-6-2

樸 1313-7-4
1350-1-1

3229
檅 1044-5-3
藖 1341-5-2

3230
迁 326-7-4
迀 1536-4-5
巡 1113-7-3
近 751-1-2
999-1-2
1126-4-4
返 283-3-4
757-7-1
777-1-4
717-1-1
1038-3-2
1061-6-3
适 1427-3-1
1428-1-5
563-7-4
1274-7-3
1277-3-4
逃 409-8-1
逄 1238-5-4
邐 833-3-4

3227
逶 902-5-3
逡 878-6-6
逯 544-2-5
逝 1053-8-1
1054-2-3
1465-3-2
逴 1282-1-5
1329-2-1

3228
遷 1428-1-4
逬 863-2-6
逷 83-2-1
585-6-1
1468-4-6

褾 16-7-5
褹 279-1-4
1130-3-2
1183-5-1

3225
襪 1001-6-3
1394-2-2
1429-6-3

3226
祜 1144-6-2
1426-4-1
1428-2-1
1443-4-1
1443-6-1
1443-4-2
褔 284-7-5
283-1-2
284-3-1
1217-3-4

3223
祧 154-3-1
瓻 329-7-3
襦 273-1-4
襭 1126-8-5

3224
袖 973-2-1
祒 1398-7-2
1445-2-1
補 1582-7-4
1627-8-1

3228
祆 331-7-6
335-5-2
385-3-2
襆 1050-3-1
襖 211-2-2
1044-5-2

襻 1602-2-1
1611-2-5
剡 307-8-1
剐 351-5-2
襧 340-5-1
1173-4-2
衫 621-7-5
祈 130-3-2
659-1-6
脊 1531-1-2
1532-7-1

3221
礼 717-7-5
礼 672-1-7
祂 1491-7-2
祂 672-1-6
褗 1095-6-4
313-3-3
313-8-1
843-8-1
祅 1139-4-5
袄 1154-7-2
665-3-1
祔 313-3-4
祪 207-8-5
613-6-2
1606-2-1
1613-8-4
耗 784-7-4
種 33-3-2
33-5-2
襑 1126-8-5
種（褈）
38-1-1
裖 54-8-4
55-2-5
74-4-1
74-2-6
袛 74-4-1
75-5-3
祇 63-4-1
650-3-5
643-4-3
652-5-6
權 1104-4-2
襽 42-8-2
955-6-5

3220
剞 1450-3-1

1468-1-5
487-8-4
873-8-3
浜 1152-7-2
渓 205-7-1
206-6-6
668-4-1
668-5-2
1455-7-5
溪 201-6-5
濱 1369-1-5
濮 1313-4-3

3219
冰 528-2-4
531-4-1
1261-3-1
418-6-2
沃 526-6-2
滦 25-2-1
淙 48-8-1
459-2-2
956-8-1
1235-3-1
漢 397-5-1
809-3-2
815-8-1
843-2-5
漢 1621-3-4
潊 1314-3-7
1320-4-1
1346-1-2
1368-1-4
1479-6-3
1481-7-4
1491-8-1
1495-5-2
1553-3-3
濼 315-1-3
褟 42-8-2
955-6-5

右半（一七二七）

洉 1275-3-1
湑 1428-2-1
湆 1596-5-2
湇 290-3-1
1135-3-3
1167-8-3
淄 108-4-2
1256-6-3
湉 1428-2-4
215-8-1
216-8-3
湉 613-8-2
湡 84-6-2
1426-3-7
256-6-1
潘 283-2-2
308-7-3
419-8-3
420-3-4
1148-4-1
731-4-1
淨 983-8-2
浄 417-8-5
淄 106-5-3
涺 1428-2-2
觬 1595-2-2
潘 283-1-5
糣 283-2-3
323-6-3
360-7-3

3217
澄 1430-7-5
潑 1430-7-4
渺 774-7-4
777-5-3
1159-1-5
泅 42-1-2
沺 1387-6-4
1388-3-2
1414-7-4
潚 1612-6-1
1627-7-1
1628-4-2
滔 409-2-1
411-1-3
1304-8-1
灘 347-2-3

3215
淨 265-3-2
266-6-3

3216
活 1426-3-6
1428-2-3

195-4-2
665-8-2
1038-8-3
290-3-1
1135-3-3
888-3-3
1167-8-3
1256-6-3
342-4-3
1181-6-5
822-7-3
1470-3-2
浮 560-7-5
574-1-5
泛 636-2-3
1307-8-4
1632-1-3
89-2-5
731-4-1
漰 898-2-1
滺 278-7-2
潽 665-8-1
678-1-5
980-3-4

滐 1445-8-1
275-2-3
749-7-1
1126-8-3
濫 803-3-4
1364-3-3
1517-3-4
1126-8-3
1364-3-2
262-5-4

汗 326-7-1
汳 1133-1-3
淨 265-3-2
266-6-3
642-7-4
澎 189-6-8
泚 84-6-1
92-7-5

193-6-3
960-6-4
886-7-4
887-8-2
1256-6-4
81-8-1
82-8-2
1365-2-1
316-5-1
浮 1078-5-3
浻 1422-1-1
浙 1053-8-4
1464-2-4
1632-1-3
579-1-3
579-7-6
582-6-3
泓 538-1-3
派 1081-7-2
623-2-2
1519-7-4
淡 113-1-1
665-8-1
29-5-2
678-1-5
浙 313-6-1
356-8-1
1154-8-3
漸 53-2-4
56-7-4
193-4-1
604-3-4
605-4-2
1126-8-3
622-6-7
623-5-1
930-1-2
1298-8-3
1464-2-5
1185-8-1
502-5-4
534-8-6
1260-2-3
1262-2-6
488-3-4
488-8-3
84-6-1
92-7-5

澧 21-3-2

3212
汭 605-8-2
沂 1148-9-5
沂 129-6-5
262-4-2
276-6-5
灣 316-5-1
泌 1078-5-3
汔 704-2-3
909-7-2
澄 129-8-3
224-2-1
234-4-5
10-1-4
627-5-1
636-5-1
640-1-5
946-3-2
952-8-2
954-4-2
1297-2-1
1307-5-2
彭 29-5-2
954-4-2
濘 228-7-2
漄 313-6-1
濺 356-8-1
灘 1154-8-3
湋 53-2-4
淮 56-7-4
604-3-4
605-4-2
211-5-2
228-7-1
728-4-1
涅 1546-4-3
澄 490-5-2
529-6-5
890-2-3
1260-2-3
1262-2-6
瀧 1611-2-4
瀣 533-2-1
533-4-2

湮 1238-6-5
淫 885-2-2
淫 477-4-2
863-1-4
1466-6-2

3213
浙 1468-3-1
1362-8-4
1561-2-3
淵 264-4-1
338-5-1
1297-6-5

汎 704-2-3
909-7-2
澄 129-8-3
224-2-1
234-4-5

3211
兆 810-8-5
817-5-3
沱 1490-8-1
沚 105-2-4
670-6-5
672-7-3
汎 1444-4-1
沂 539-8-4
沚 648-5-3
649-2-5
714-7-1
383-3-2
409-1-3
409-6-2
818-2-1
834-5-2

淵 1053-8-3
涮 1160-2-1
1179-4-4
1466-6-2
洌 1468-3-1
溳 1362-8-4
測 1561-2-3
淵 264-4-1
338-5-1
1297-6-5
339-7-3
623-8-3
盜 84-7-3
93-5-3
釜 1341-2-3
1502-7-2
1506-7-4
測 377-3-4
蓮 1298-6-6
瀏 1010-6-1
952-8-2
溜 550-3-1
900-6-1
澗 1512-3-2
1555-1-4

集韻校本　集韻檢字表　上

一七三〇　一七二九

頁一七三〇（左半，分欄自右至左）

3317
湑 307-4-3
1144-2-1
1146-4-1
濸 1376-6-3
溜 1414-8-3

3318
汱 790-2-1
790-5-3
沕 1455-4-3
1456-2-2
838-5-1
838-6-5
犾 1325-2-6
1218-6-4

3319
祝 954-8-3
梲 776-3-1
椀 753-1-2
褤 349-6-3

3320
祕 990-1-4

3321
汴 255-5-1
袨 1494-3-2
褕 1496-4-1
黻 1393-4-1

3322
衿 693-2-2
褊 706-7-1
329-3-3
799-7-4
襂 581-7-1
592-1-3
621-8-4
韝 700-2-3
707-1-1
鑩 784-6-1
襦 281-4-5
621-8-3

3323
稂 866-7-1
極 860-6-2

3324
祄 1566-5-1
袚 1096-1-1
1108-5-3
1394-5-4
袚 1001-5-5
1073-1-4
1392-5-2
1392-8-3
1393-5-4
1429-4-1
255-5-1
褊 1494-3-2
1496-4-1
黻 1393-4-1

3325
祴 1022-6-3
232-7-3
1435-7-5
袾 415-5-3
戚 719-6-1
祴 216-3-2
232-7-4

3326
裭 1085-7-2
極 860-6-2

3327
裑 768-3-4
769-1-1

3328
祝 1455-2-3
綻 1162-1-3
1168-4-2
1174-5-4
袯 1411-7-1
獻 1042-3-5
襈 349-6-2
806-6-3

3329
宮 1285-3-2

3330
述 538-7-6
述 1385-4-2
遥 1400-8-3
迌 425-5-2
远 634-7-2
迫 735-5-1
遏 1384-5-4
迬 152-3-2
述 541-1-3
遄 177-1-4
逡 675-3-7
255-1-1
1117-4-2
逭 769-2-3
1144-1-6
遍 1173-6-2
逋 177-1-5

3333
总 60-1-2
650-1-2
843-2-2

3340
发 1107-5-2
1168-4-2
1174-5-4

3350
肇 817-4-2
834-7-1

3360
官 1285-3-2

3366
當 1285-3-3

3377
宓 1376-4-2

3380
奠 1141-6-1

3385
戴 744-6-3
804-3-2
804-8-3
894-8-6
1121-4-3

3390
梁 435-2-1
460-5-1
460-4-6
460-4-5

3400
斗 703-4-5
908-2-4

3410
汁 1579-7-3
1581-6-1
1581-8-3
1617-8-2
汉 1109-6-3
泏 160-1-3
163-4-5
561-1-3
澌 1222-5-2
澌 953-6-2
1222-4-3
1226-7-3
盔 923-1-4
對 1093-7-1
澍 433-2-3
澍 1023-1-1
1023-8-3
鑒 68-1-4
澌 821-2-4
澌 1092-8-3
1094-1-1
鎏 783-8-3

3411
沈 1371-5-1
汎 542-4-2
670-3-6
池 63-3-6
425-7-5
㲱 1216-5-1
沈 583-7-3

（欄首另見）
梁 968-2-2
棐 647-7-2
縈 66-2-3
647-7-1
遄 1385-4-3
遴 1516-6-1
遬 973-2-4
975-2-4
裕(裕)
39-6-1

頁一七二九（右半，分欄自右至左）

3260
剀 129-7-1
割 1419-2-2
晢 839-4-4
礕 1424-6-2
蠥 926-3-2
930-4-1
蠥 929-8-3

3262
彭 638-2-2

3270
創 426-6-3
839-3-3

3272
斳 839-3-2

3273
饗 385-5-3
饜 929-8-2

3277
汔 262-5-2
276-7-2

3280
羮 1313-4-2
1314-8-5
1323-2-3
1343-6-3

3281
氌 1315-2-4

3290
業 1588-8-4
1599-7-3
1620-7-1
剚 1605-2-4
1621-2-1

3291
沱 63-3-5
425-4-1
838-7-5
灨 1621-1-2
毉 158-1-3

3300
心 577-5-4
必 1372-4-1
1458-6-5

3308
頒 1114-4-2

3310
涴 280-8-5
753-4-1
浧 1565-6-4
海 246-2-3
湾 952-1-4
沉 670-3-5
沆 634-5-2
瀧 47-5-1
浣 767-3-5
769-2-2
776-4-4
1144-4-2

3311
沈 538-7-7
668-1-2

3312
泞 694-1-3
渻 338-1-2
1173-5-5
745-4-1
805-7-1

3313
1131-5-1
1216-1-1
911-2-2
911-5-3
914-1-3
1285-3-1
1286-8-3
挑 817-3-3
泌 990-3-2
1373-7-2
1374-3-4
盎 1375-1-3
塗 47-7-4
636-3-1
637-1-4
949-7-4
954-6-3
澧 177-2-4

3314
浅 1394-1-2
1405-8-5
浒 1186-2-1
浽 1143-2-4
減 1383-5-2
1569-4-1
1570-1-4
俊 1116-4-2
1118-2-5

3315
浪 468-8-3
866-7-4
1240-5-1
74-2-5
1421-4-1
1427-1-3
1445-5-6
1384-5-3
568-5-2

3316
冶 851-4-3
冶 114-7-1
117-2-3
235-7-4
980-1-1
922-3-1
潜 27-4-1
渹 813-5-4
溶 40-3-1
637-8-1

（氵部諸音另見）
滃 1150-7-4
1175-3-2
減 239-4-6
239-8-3
減 937-7-3
938-4-3
1304-6-3
減 1523-3-3
滅 1475-7-3
渻 327-5-3
瀳 1558-5-5
瀄 1105-7-4
1576-4-3
瀳 1583-2-4
1628-2-3
滅 1432-6-5
減 473-6-2
瀄 1422-1-4
1462-6-2
1531-5-3
瀄 327-5-1
1150-8-1
1175-3-1
1175-4-2
灡 1103-7-2
瀄 78-5-6
瀳 603-3-5
604-3-3
灡 1422-5-1
減 1086-4-2
1087-8-3

559-1-4
898-7-1
396-3-5
159-4-2
706-6-1
707-3-2
1495-1-5
1496-2-3
889-1-1
1544-2-7
1409-4-3
1494-8-4
940-6-1
911-6-3
577-2-5
911-6-4
1285-6-5

滲 577-2-4
581-8-1
1286-7-1
1286-8-1
瀹 1282-8-4
潯 522-3-1
889-1-1
1043-8-3
1257-4-1
瀉 847-6-2
45-8-2
49-8-4
948-6-4

沲 63-3-5
425-4-1
838-7-5
沉 670-3-5
634-5-2
瀧 47-5-1
浣 767-3-5
769-2-2
776-4-4
1144-4-2
泥 838-8-1
淬 19-5-4
45-6-1

頒 1114-4-2

涴 280-8-5
753-4-1
1131-5-1
1216-1-1
866-7-4
1240-5-1
715-1-1
1176-2-4
871-7-2
1224-7-5
1500-3-2
922-7-2
1131-6-2

法 498-5-4
1216-1-1
浪 468-8-3
溼 1375-4-6
池 715-1-1
渲 1176-2-4
淬 871-7-2
澤 1224-7-5
溢 1500-3-2
濾 1375-4-2
淦 434-5-1
565-5-7
1276-2-1

3313（氵部）
涴 280-8-5
753-4-1

沁 1285-5-5
沁 577-6-1
911-2-2
911-5-3
914-1-3
1285-3-1
1286-8-3
抧 817-3-3
泌 990-3-2
1373-7-2
1374-3-4
盎 1375-1-3
塗 47-7-4
636-3-1
637-1-4
949-7-4
954-6-3
澧 177-2-4

3260
剀 129-7-1
割 1419-2-2
晢 839-4-4
礕 1424-6-2
蠥 926-3-2
930-4-1
蠥 929-8-3

3262
彭 638-2-2

3270
創 426-6-3
839-3-3

3272
斳 839-3-2

3273
饗 385-5-3
饜 929-8-2

3277
汔 262-5-2
276-7-2

3280
羮 1313-4-2
1314-8-5
1323-2-3
1343-6-3

3281
氌 1315-2-4

3290
業 1588-8-4
1599-7-3
1620-7-1

集韻檢字表　上

集韻校本

一七三一

RC1（3415・3416）
1211-8-5；溥 1149-5-4；潊 916-3-3；薄 578-7-2
3415 渾 1033-5-3；滓 1423-8-1；渾 1495-5-4；漳 132-1-2；滙 418-5-3；溦 1425-7-1；1460-1-1；瀘 1110-2-3；1404-1-1；1427-1-1；瀍 1427-2-2；灘 603-3-3
3416 沽 186-8-2；711-3-4；1033-1-4；洁 1381-6-4；浩 827-7-1；829-6-4；1207-1-3；1591-3-3；渚 692-3-3；潜 1028-4-1；1028-7-4；1516-7-1；1521-2-4；1529-5-1；渃 1226-8-2；1484-6-1；洵 395-3-2；潏 1594-5-1；1628-6-1；渚 92-7-2；潗 848-6-3

RC2
汲 51-3-3；75-1-1；汲 967-3-3；970-6-2；浠 685-4-6；1007-4-2；波 67-4-3；419-2-1；970-2-3；持 673-1-3；673-8-1；678-1-1；洋 661-3-2；涍 294-1-6；763-6-1；1138-5-3；1166-6-2；凌 530-2-3；淬 884-5-5；渗 391-8-1；1199-5-1；浮 1408-2-1；凌 530-2-1；1260-4-3；滓 884-5-4；淖 381-7-1；潃 867-5-3；1241-7-3；澍 109-8-1；澈 17-2-6；滓 728-4-2；潊 924-5-2；澍 673-8-2；溥 1495-8-2；濩 1030-8-1；1504-1-4；1514-1-5；1515-4-3；濤 409-7-2；汲 548-7-4；898-1-2；汝 692-7-3

RC3
1159-2-2；1186-8-3；瀌 1546-5-1；瀠 811-6-6；瀌 293-7-3；327-4-3；328-3-3；1138-7-4；1166-6-1；1466-3-5；363-5-4；303-8-1；773-3-4；1154-1-2；574-5-3；910-3-6；829-1-3；669-4-2；191-5-2；712-5-1；1040-2-1；1064-3-1；1067-3-3；1068-2-2；449-3-4；530-2-1；127-5-4；1632-3-1；245-2-2；436-2-2；507-8-4；624-4-3；278-5-4；1423-3-4；14-6-4；1278-3-4；13-1-4；630-2-2；66-6-1；649-6-1；962-5-4；1419-3-2

RC4
灒 928-2-4；1297-6-1；瀌 1546-5-1；瀠 811-6-6；瀌 293-7-3；327-4-3；328-3-3；1138-7-4；1166-6-1；1466-3-5；363-5-4；303-8-1；773-3-4；1154-1-2；574-5-3；910-3-6；829-1-3；669-4-2；191-5-2；712-5-1；1032-2-1；1033-5-2；1504-4-4；1506-4-4；1202-1-4；389-1-3；436-2-2；507-8-4；624-4-3；845-2-1；415-2-2；1621-7-3；769-4-1；1137-5-5；1052-7-4；1057-6-2；1060-6-1；649-6-1；962-5-4；1419-3-2
3414 汶 965-6-2；898-1-2

RC5（3412・3413）
939-7-1；1297-6-1；1285-6-2；1287-3-2；1287-5-3；港 640-5-2；948-2-2；956-6-1
3412 汋 1574-4-1；汍 295-2-5；960-2-2；1056-1-1；1138-7-4；1166-6-1；渤 1564-4-4；沟 1574-2-2；沛 1026-7-1；沕 392-5-1；漸 670-3-4；溢 1598-8-5；591-1-1；1049-8-2；1170-8-3；669-4-2；191-5-2；712-5-1
3413 汰 220-8-1；1040-2-1；1064-3-1；1067-3-3；1068-2-2；449-3-4；浠 127-5-4；法 1632-3-1；渣 1225-2-3；渣 436-2-5；漸 670-3-4；淜 392-5-1；1598-8-5；591-1-1；1049-8-2；1170-8-3；1342-1-1；1355-7-1；1356-5-3；1504-8-1；1506-4-4；1175-5-1；315-8-1；775-1-1

RC6
590-2-6；596-7-4；912-4-2；912-7-1；1287-5-2；洗 890-1-2；泄 1063-8-1；洙 1461-6-5；洗 477-6-3；洼 1371-8-2；沅 889-8-5；洼 107-5-1；205-4-5；208-3-2；212-1-3；213-2-1；218-1-1；淮 1342-1-1；汻 1355-7-1；1356-5-3；1504-8-1；1506-4-4；座 1334-2-3；涯 673-4-2；洗 584-1-2；泄 1234-6-4；座 1334-2-4；洎 1559-7-4；1563-6-5；淹 610-5-3；616-4-5；934-2-1；1298-5-1；灆 1604-7-5；1623-1-3；湛 580-7-4；583-7-4；585-1-4；590-6-4；604-5-3；915-2-3；916-3-5；924-1-2；耀 929-5-2

一七三二

LC1（3428・3429・3430）
3428 祺 385-3-1；袱 1617-8-3；1625-4-3；祺 120-2-6；122-2-3；祺 999-5-3；禛 240-7-1；襧 486-4-1；襫 628-8-5；636-7-2；1319-2-4；1347-6-7；1348-2-1；襸 312-7-1；1150-6-3；1150-8-2
3429 襪 231-3-1；裸 1615-3-2；襦 1498-4-1；1516-2-5；襬 1370-7-2；襟 1615-3-1；襠 1194-5-5；襠 587-7-2
3430 边 670-1-2；辻 180-6-3；达 1039-6-4；1423-2-7；1423-6-6；迆 652-2-2；这 652-7-2；965-2-2；迀 1094-1-4；迓 1053-3-3；1054-3-4

LC2（3425・3426・3424）
969-1-5；枝 50-4-4；被 67-1-3；662-3-1；969-5-3；970-3-3；袥 294-1-4；1138-6-3；1166-7-3；袗 1002-3-2；裬 530-5-2；534-3-4；禱 530-3-6；833-4-5；1211-3-3
3425 襌 80-4-5；129-2-5；禕 128-2-3；132-2-3；襪 1406-6-5；襷 1158-5-1
3426 祐 712-2-3；祐 1264-2-1；祜 1435-3-3；1453-2-2；祫 828-7-2；829-7-2；1207-2-1；1342-8-2；襂 1225-2-1；褚 693-1-5；褕 693-2-1；693-6-3；848-8-2
3424 褉 1594-5-6；禧 118-1-1

LC3（3422・3423）
933-6-4；934-4-1；1298-4-2；禧 487-4-3；襢 1598-7-3；襘 120-3-1；122-3-1；襪 381-1-1；1194-3-2；襤 1085-7-3；襱 1160-3-1
3422 神 261-1-5；袘 1056-5-4；1597-6-2；袎 1200-7-6；袴 1032-3-2；裿 654-3-4；654-8-1；655-6-3；宿 214-5-2；宿 1219-2-5；1219-6-2；禠 1219-2-6；襀 1061-5-2；襁 1419-5-3；褸 14-4-2；褊 788-2-1；褊 1478-8-6；襧 303-7-2
3423 社 848-8-4；袧 73-1-2；652-3-4；祝 922-6-1；祛 134-4-3；社 134-2-3；1010-3-1；林 1429-6-2；襏 279-1-5；禃 1559-7-5；襜 1298-6-2；襆 596-2-3

LC4
1628-3-5；1631-6-1；漆 1069-7-2；漆 460-5-2；漆 181-2-1；滌 1498-2-2；1515-8-1；381-1-1；1194-3-2；滦 913-8-3；漆 974-4-3；1371-2-1；1446-2-1；漢 1064-1-1；潦 369-1-1；411-5-2；835-4-3；1244-1-3；潰 269-7-2；291-5-3；748-6-1；411-5-2；691-6-5；1213-1-3；1507-8-5；1283-2-6；1319-4-1；1367-4-5；1423-4-1；1246-2-4；312-8-6
3419 沐 1315-5-2；涞 1371-2-2；淋 539-3-3；584-4-3；淋 1287-7-1；淇 122-2-2；湛 231-7-2；1063-3-2；1215-2-2；桂 77-4-2；205-6-3；植 1559-7-5；淹 1298-6-2；淹 596-2-3

LC5
332-6-4；1111-5-2；1167-3-4；1168-2-4；漢 302-3-2；1141-5-5；潢 478-8-2；480-6-3；870-6-5；1244-1-3；1446-2-1
3417 汫 425-8-3；1067-3-2；1068-2-1；1423-4-1；洪 639-5-4；浃 1617-8-1；1620-2-2；1624-5-5；1626-2-5；洪 17-4-1；956-3-3；汝 221-4-5；渫 1207-7-2；1341-2-1；浃 1593-7-5；1620-2-1；1624-5-2；1625-6-2；淇 122-2-2；湛 231-7-2；漢 494-6-3；漢 97-7-3；漢 1497-3-1；1507-8-4；滇 241-6-1；331-3-3

LC6（3417・3418）
潲 829-8-4；潵 142-7-3；潜 1159-2-1；潲 827-7-2；潍 1582-3-2；潐 1561-2-1；潍 142-7-7；180-1-3；141-5-4；143-6-1
3417 汫 269-7-2；291-5-3；748-6-1；汫 919-8-3
3418 汱 425-8-3；1067-3-2；1068-2-1；1423-4-1；洪 639-5-4；浃 1617-8-1；1620-2-2；1624-5-5；1626-2-5；洪 17-4-1；956-3-3；汝 221-4-5

集韻校本　集韻檢字表　上

一七三四　一七三三

一七三四（左半）

字	編號	字	編號	字	編號	字	編號	字	編號	字	編號
	1115-1-1		668-2-3		171-4-1		406-5-3	祓	1392-5-3		1073-2-4
洳	142-4-4		977-4-1	襕	1567-2-1		407-2-1	祓	1001-6-1		1097-8-6
	1013-7-2		982-8-3	**3530**		**3527**		補	504-6-2		1100-7-5
洇	1033-2-2	**3533**		迪	1429-4-4	褙	49-1-2		1165-8-2	沭	1425-6-2
洰	1135-4-2	懯	346-2-4		1430-8-4		49-2-2	菁	983-1-3	涷	570-1-4
	873-3-2		347-2-1		1431-2-2	褙	49-1-1	褕	170-3-2	沫	730-7-2
	877-1-5		803-4-3	迡	257-1-1		49-2-4	襶	1001-2-2		1094-7-4
洇	1031-5-4	**3601**		迯	976-3-2	**3523**			1001-4-6	涷	962-1-5
	1500-7-1	婗	988-4-2		981-4-2	袾	162-3-1	裱	820-4-3		1521-2-1
	1511-7-1		1114-4-1	**3528**			163-7-1		822-2-1		1530-5-4
汕	1508-4-4		1373-3-2	迠	978-4-1	袟	1056-4-3		1198-1-2	洗	169-4-2
	1100-7-2		1391-6-3	迪	1345-5-1		1065-5-2	禮	34-1-2	涷	7-1-1
湘	1508-7-5		1458-1-6		1549-6-3		1067-1-1		39-2-1		946-2-5
湘	452-1-2		1459-4-3	迭	1041-1-3		1456-4-3	禮（禮）		涷	569-6-4
	458-4-3		1460-2-4		1380-7-2	袟	463-2-3		24-8-1		1270-8-4
澗	759-4-3	**3610**			1448-6-1	袏	1378-7-5	禮	98-6-3		1316-3-4
	1135-1-2	汨	1383-5-1	速	1531-3-1	袟	1378-7-3		976-5-6		1348-8-5
	1158-4-1		1413-2-5	遌	1054-3-3		198-5-1	襀	1241-2-3	涷	6-7-2
澗（澗）			1415-2-5	連	346-7-4	褉	1578-4-1				946-3-1
	287-4-3	汨	1546-4-2	速	803-3-3		1579-8-1	**3524**		涷	1168-6-2
塱	880-2-1	洇	259-6-2		1154-1-5		1605-2-6	褥	566-6-2	漆	1067-3-4
濁	1528-2-1	泗	332-6-3		1180-4-1		1631-2-1	褛	573-1-3	溙	265-3-1
澗	132-1-3	泗	544-6-1	**3524**			1530-8-2	褛	172-4-3	溙	1473-3-2
壆	864-7-2	泗	973-7-5	速	1316-1-4		1544-1-1		572-7-4	肆	1043-1-1
盥	468-3-5	泗	901-6-2	通	976-3-3		986-6-2		704-6-2	灤	1584-4
	864-5-1	泅（泅）		逮	735-5-4		1007-6-1	**3520**			
	1240-1-1		1585-1-5		1041-1-5		1076-8-5	神	951-8-1		
	1240-2-1	泊	1496-2-5		1093-6-1	**3525**		神	243-7-4		
3611			1508-4-3		1102-6-1	襖	1533-4-2	**3521**			
況	1238-8-2	汭	443-1-4	遑	244-8-3		1276-5-4	襆	1065-5-1		
況	1238-7-3	泗	259-5-2	遒	1274-7-4	**3529**			1089-6-3		
涅	880-2-2	洄	223-4-1	遺	804-5-3	袾	992-2-4		1440-4-1		
	880-5-2		1100-4-1		1182-1-2	袄	1406-7-3	禮	680-8-2		
	881-5-1	泊	985-1-1	遺	327-5-5		1425-5-1		717-7-4		
涅	615-4-3		985-3-2	遺	1523-2-3	袾	168-5-1	**3522**			
	1450-5-4	泅	1035-3-4		1531-2-5		171-7-1	袘	1001-6-2		
況	720-1-3			遭	406-5-5		1023-3-1		1430-2-6		
	788-1-2			遑	572-5-4	袖	1269-1-3		1430-6-3		
	1169-5-3			遺	61-5-3	襖	407-1-4				
	1170-2-3				98-6-4		376-2-4				
					116-6-3		168-6-2				

一七三三（右半）

字	編號	字	編號	字	編號	字	編號	字	編號
3518			730-1-2	瀘	711-7-3	遷	1074-6-4		1057-3-3
決	1049-6-4		1071-7-4	**3490**			1077-3-1		1061-6-4
	1455-6-1	**3512**		染	931-5-2	遷	1318-7-1		1468-5-1
	1455-8-3	瀜	26-6-2		1299-7-5	遷	1016-8-4	遊	1139-4-1
	1456-2-3	瀯	866-8-3	**3510**		遷	1144-2-1	遷	406-2-1
	1457-6-5		1241-3-1	洪	884-8-4	遷	1091-6-2		833-3-1
	1471-8-4	**3514**			889-3-1	邇	1116-3-5		1210-5-5
洪	463-4-3	凄	89-6-4	沖	25-8-1	洪	1072-3-2		1211-1-3
	473-8-3		194-1-1		628-5-1		1073-1-2	遶	101-7-6
	494-7-4	凄	193-8-2		1393-2-3		1432-6-3	迷	1383-6-1
	869-8-2		714-8-1		1394-2-1	沛	715-1-2		1385-6-1
	1243-6-3		1166-2-5	清	1252-2-1	沸	1001-4-5		1388-8-1
洗	1380-4-2	湕	755-6-2	清	514-1-3		1393-2-3	遺	1498-7-1
	1449-1-4	溝	566-5-1	清	504-1-1		1394-2-1	諸	1489-7-4
湀	97-7-2		640-5-3		879-4-2	汫	542-5-2		1137-5-4
	717-3-1	薄	314-3-1		1252-2-3		574-7-1	憇	644-6-1
	1039-5-4		356-8-2		1252-4-3	洩	995-6-4	遺	972-2-1
洢	173-6-1		798-1-4	沸	988-4-3	漉	545-8-4	道	1052-7-5
湅	1606-1-1	溇	172-8-3		990-8-3	洩	674-7-5	道	1057-7-1
	1607-5-1		572-5-2	漓	1166-3-1		995-6-5		1103-7-7
	1614-5-1		704-8-2	瀉	170-2-4		997-7-2	迷	237-1-4
洶	763-8-1		909-4-1	瀘	363-5-5	洩	1064-4-1		1103-7-7
	786-3-3	**3515**			1326-7-1		1461-6-6	達	1423-2-6
湊	1280-6-2	潡	636-1-3		1327-8-2	**3440**			1423-6-5
澰	858-7-2	潬	803-4-2		1331-7-2	津	244-7-4	逯	736-5-3
湝	962-1-4	**3513**		**3516**		沖	25-5-2	迷	981-4-3
澳	858-6-2	沐	291-4-3	油	544-7-3	津	245-3-3		1619-4-5
	859-4-1		291-5-4		1266-6-4	津	244-8-1		1623-7-2
潰	223-7-5	凍	314-3-3	凍	1514-4-2	**3511**		蓮	833-3-2
	726-6-1	漣	303-7-7		1514-5-5	汍	304-8-2	達	1587-7-3
	1099-5-4		347-1-3	漕	1144-4-3	沌	252-6-1	逳	61-3-5
	1106-1-5	濾	767-7-2		1145-2-2		295-5-1		131-6-4
	1413-1-4		875-5-4	濃	1048-7-1		764-2-2		223-2-5
潰	990-7-3	漕	407-2-4	濃	30-1-4		804-2-2	遠	753-7-1
	1001-8-3		570-7-2		39-1-4		1139-1-4		1130-2-2
	1002-5-4		1211-1-4	瀘	667-8-1	汪	492-6-3	蓮	423-2-1
	1088-5-4	湊	1298-7-3			瀰	685-4-5		1041-1-1
瀾	730-1-3	**3517**				瀘	1080-2-1		1053-8-2
3519		潜	48-8-3				1527-3-5		1068-1-3
沫	1000-7-1					澧	718-1-1	遷	816-8-4
						瀘	740-2-4	遷	1091-6-1
							740-3-3		368-2-3
							741-1-1	遷	1087-7-5
							741-1-3		1169-5-4
						3472			
						劻	469-7-1		

集韻校本

集韻檢字表 上

一七三六　一七三五

左

1330-8-5
1335-2-4
沮 138-2-3
　138-7-3
　141-1-2
　327-8-2
　331-7-4
　690-3-5
　690-6-1
　691-4-2
　1011-8-3
　1305-3-3
洫 1380-4-5
泡 393-3-2
　393-7-6
　394-4-4
　1202-5-1
泥 199-5-4
　718-8-3
　1043-7-4
　1257-4-3
沉 1338-5-3
沉 135-3-3
冴 498-6-3
泾 1083-8-2
洫 1380-7-3

3711
氾 616-6-3
　624-1-3
沤 1344-4-1
　1362-7-4
洭 83-8-3
　656-8-3
　659-4-5
泳 526-3-1
涇 1082-8-1
浣 311-3-3
　728-1-2
　769-5-2
　801-8-3
　1149-5-3

3710
垄 91-4-5
　1562-8-3

3651
洴 99-7-1
溫 1308-1-5
溋 623-8-2
涅 199-6-1
　1043-8-1
　1306-4-1

3671
饩 612-7-1
　623-8-1
　624-3-2
　1212-1-5
鋬 1587-5-1
鎣 1320-3-4
鋬 823-6-4
　825-1-5
　1199-2-3
　1334-1-1
鑿 1317-6-1
　1499-5-4
鑿 1210-8-1
　1211-2-4
　1499-3-3

3681
覝 813-5-3
覜 515-1-2
　1519-7-1
　1545-7-3

3690
昶 861-1-4
　1235-6-1

3700
冂 1546-1-1

3702
邟 990-4-4
　1373-7-1
　1374-2-1
　1376-2-3
　1391-2-3
　1376-2-5
　1376-8-5
　1460-6-2

3708
欤 1374-5-5

3640
邊 865-2-3

3651
覼 286-5-4
　290-7-3
　1127-7-2
逡 430-2-5
遮 322-4-3
　349-5-4
迦 430-2-3
　442-4-1
　1228-6-2
　1559-4-2
邊 465-7-2
　865-2-2
　1239-7-5
遇 43-4-1
　1016-2-1
過 1418-1-2
　1419-7-2
遷 1503-2-7
遼 1596-4-4
邉 479-7-1
邊 1601-1-1
遑 603-2-3
遼 1034-3-3
　1503-2-5
邊 316-7-4
　354-5-1
　355-6-5
　1158-3-2
遄 1362-1-2
邊 328-4-2
遷 1176-1-5
遴 426-5-1
迦 430-2-4
　839-5-1
　1215-5-3
邊 1487-8-2

3633
灄 865-1-3
濕 406-3-4

3626
褌 455-6-4
褶 1209-1-3
襷 227-6-2
　1023-8-2
　1282-1-3
　1319-2-3
　1347-6-5
　1365-3-2
襀 988-8-3
　991-2-1

3628
褉 191-1-4
褆 50-5-3
　54-8-2
　197-2-2
褆 63-4-2
　197-2-3
　645-5-3
　650-8-3
襈 676-6-3
襀 1214-5-2

3629
裸 1145-8-1
裸 846-1-2
褓 831-2-3
襟 1343-5-1
　1494-2-6
襟 1343-8-1
　1349-8-4

3630
迎 1630-2-3
迟 1517-8-1
　1541-7-2
迥 554-4-1
追 1508-6-3
迦 430-2-4
　442-4-2
　721-1-3
迴 1100-2-5
逞 508-2-4
　509-4-3
　880-2-5
退 1091-4-2

3623
褪 88-6-1
　112-1-3
襷 68-1-5

3624
裨 69-7-2
　70-7-3
　1545-5-4
褫 1562-7-3
褐 311-2-2
襸 1073-7-1
　1432-4-3
襌 1537-4-1
襌 1490-4-2
　1510-7-2
褸 497-3-2
　1245-8-4

3625
神 1629-6-1
　1630-3-6
禪 1373-6-3
禪 344-4-1
　1177-8-1
禪 989-2-3
禪 301-3-2

3622
禓 1039-6-2
　1542-5-2
褐 448-8-1
　453-7-2
　454-7-2

右

3621
祝 1269-8-3
　1329-7-3
　1329-8-4
祖 772-5-4
　1162-1-1
視 663-8-6
　972-4-1
覘 1526-3-4
　1145-8-3
裎 508-5-3
　880-2-3
　880-4-3
　1253-7-1
裋 287-8-5
褞 751-7-1
褔 289-5-2
裎 513-4-2
覾 322-5-4
覷 351-5-1
　877-2-1
　877-2-3
覿 245-6-5
　246-1-3
　747-2-2
　1114-3-3
　1114-6-2
襯 1118-7-2
覻 245-6-3
　246-1-4
　247-1-4

3620
覻 322-5-3
襗 426-5-5
　1215-6-1
袡 1369-8-2
　1379-7-2
袥 1221-2-5
裥 259-1-3
裥 259-3-1
柚 142-4-3
　145-3-2
禂 760-4-2
襷 131-8-1
溪 998-2-1

3615
洴 1630-4-3

3619
灅 1566-2-2
濱 722-7-3
濱 1214-5-3
澳 1082-4-3
　1088-8-2
裸 840-5-2
汩 455-8-3
湄 1209-2-1
潸 670-3-3
溜 962-8-2
　1529-2-1
　1536-2-4
溧 913-8-4
濛 872-6-3
潠 1013-6-1
濔 666-8-4
潪 812-5-1
潔 1015-1-3
澡 832-5-6
瀑 1315-2-1
　1361-8-1
瀑 1208-7-1
灂 95-6-3
渢 667-1-3
沴 642-8-1
　652-8-3
淇 1070-2-5
　1072-3-3
　1088-6-1
　1091-5-5
淀 1364-3-1
渓 827-5-2
渓 1557-2-1
湜 1559-4-3
潡 1630-4-3

3616
浯 1082-1-2
浘 1036-6-3
　1072-4-5
湮 1372-7-1
　1372-7-6
潡 1013-7-1
　301-8-3
　772-8-3
　796-3-4
潉 1036-7-1
澦 1455-1-1
潔 667-1-1
　1595-5-5
澯 985-4-1
溎 17-2-4
　30-8-1
　956-7-5

3612
湯 447-6-2
　454-8-1
　467-8-1
潅 1240-1-4
邋 317-3-1
灅 816-3-1
邊 328-5-2
灅 867-1-1

3617
澤 1490-4-1
灑 1629-1-3

3618
澤 1490-5-3
　1510-6-1
　1533-1-2
　1537-5-4
漳 728-4-3
漫 510-2-2
　885-3-3
　1245-8-3
瀺 615-7-5
　1302-6-1
驛 1539-2-1

3614
浑 833-3-6
浔 1572-8-1
淖 70-2-2
洰 1578-5-5
潩 1579-3-2
　1583-2-5
潑 1561-3-1
　1561-5-3
潛 1361-8-2
　1149-2-3
　1158-6-6

3613
潰 222-1-3
　684-7-2
瀯 510-2-2
　885-3-3
瀂 1245-8-3
濾 1562-1-4
邋 1417-6-2

3621（续）
灅 667-1-2
　731-1-1
灅 426-4-2

涅 116-1-4
湼 1254-2-3
泡 1588-3-2
　1620-5-1
　1623-3-6
　1626-4-2
　1630-4-4
浣 1202-6-1
泡 1375-6-1
混 287-5-2
　288-5-1
　759-1-1
　761-3-2
温 288-7-5
　1129-5-3
　1473-3-3
湟 480-6-4
　1238-7-4
洮 217-8-2
　222-2-1
　725-7-5
　726-4-5
　727-3-5
規 365-7-2
　810-3-2
　1188-1-4
混 870-6-4
洇 1036-6-4
澪 728-6-4
覞 793-7-2
瀕 1115-5-5
瀨 1115-6-1
　877-5-4
　1248-7-1
灅 722-5-3
瀨 244-7-2
　265-4-1
　266-7-4
　1115-6-2
　1118-7-1
灅 158-2-1

集韻檢字表 上

集韻校本 上

右半（3712–3713 區）

混 681-4-1
沮 1011-8-4
況 205-1-3　211-7-3　1048-3-5
泚 125-1-2
沍 135-3-2
洭 163-4-4
澴 22-2-4　624-2-1　1308-3-1
浲 26-3-2
渥 1277-8-4　1310-7-2　1357-7-5
浼 280-8-4
澂 26-3-3
瀥 631-7-1
灉 526-6-1　741-7-3　800-7-2
瀡 509-1-3
瀧 1255-8-1　1256-1-1　1121-8-4
瓃 22-4-1
灒 1582-3-3
濯 1204-8-4　1364-7-2　1367-1-2　1482-2-1　525-3-4
灆 310-6-2
瀣 1087-4-5　1100-4-3　1106-1-3
瀎 619-8-5　934-7-4　939-4-3
灙 824-3-2
3712

汋 1364-2-5　1364-4-1　1479-7-4　1480-7-5　1482-3-3　1483-4-2　1483-6-2
沔 738-6-4　1169-3-2
洄 883-1-3　883-4-1　883-8-3
潃 637-7-4
泅 1391-6-4
汹 1098-2-3　1376-6-2　1392-2-3　1414-2-4
溝 258-6-2　260-4-5　260-7-4　264-1-3　623-2-2　528-3-3　528-4-1　528-6-4
汾 690-4-3
洞 947-4-2　512-1-5　522-8-3　524-2-2　524-7-1　525-3-4
淘 499-2-2　1248-7-3
郷 444-1-4　1129-2-3　883-1-2　883-8-4　1106-1-3
洵 399-1-5
沟 567-3-2　1017-7-1
湧 825-7-1
洞 112-5-2
泇 1453-4-3

洞 9-4-2　628-4-3　946-6-5
淘 42-1-1　635-5-5　638-2-4
潤 364-5-4　1187-7-5
郷 600-5-2　1141-5-1
涌 637-7-4　1363-1-1　862-6-5　867-5-4
渦 416-3-4　417-7-1　446-2-1
溯 22-4-3　528-3-1　528-4-1　528-6-4
鴻 864-5-4
623-2-2　509-3-1　264-1-3
淘 409-7-1
洞 1339-1-4
湖 185-6-5
滑 1412-8-1　522-8-3　524-7-1
潮 381-7-2
潤 1114-1-1
澗 323-2-1　1160-8-2
潤 725-6-3
郷 444-1-4　1129-2-3　1135-7-1
消 137-4-3　689-3-5
湧 637-7-5
渺 73-2-3
澃 550-7-2
洞 112-5-2

潞 551-6-2　558-8-1　896-4-5　1268-5-4
瀉 713-6-2
灣 1117-6-4
潩 1504-7-2　1505-7-4　1506-3-4　948-4-3　1514-4-3　1514-6-4　1514-8-4
605-1-3　928-3-3　1367-7-6　1484-2-1　1554-3-4
1357-7-4
郷 22-1-3
渺 73-2-4
鴻 864-5-4
漏 1283-4-1
瀴 368-8-3　550-3-2　811-6-7　825-1-2　1553-5-5
滑 1412-8-1　1415-3-4　1436-5-1　1160-8-2
澗 725-6-3　728-1-3　1129-2-3
742-3-2　801-8-4　762-7-2　689-3-5
瀉 1480-7-3　1530-3-2　1534-3-4　1549-8-5
潤 930-6-2

潃 1385-5-4　1389-6-4　1456-2-1
翾 279-7-3　353-1-5
鴻 1456-7-5　17-4-4　631-7-4　632-3-2
738-6-4　144-7-4
潤 1527-8-5
瀾 389-8-3
濶 1120-4　601-8-1　605-1-3　928-3-3
澗 1420-2-5
濶 1356-1-3　1357-7-4
303-7-6
潀 73-2-4　1154-1-1
潟 917-2-6　920-2-4　1291-5-2　1291-8-4
鶮 279-7-1　352-8-5
潤 912-5-2　921-5-3　925-3-4　926-5-3　930-6-3　1293-2-3
瀾 1402-1-4
鸕 561-6-5
鶴 1375-4-1
灡 794-8-2
鸕 201-8-2
濶 1346-7-1　1350-4-4

鸛 301-7-3　766-3-5　1141-7-3
3713
泠 23-7-2
浪 261-6-3　290-8-4　1127-2-4
澀 738-6-3　764-7-2　787-2-4
澁 1100-7-4　1413-4-1　1415-7-5
瀒 974-5-4　1585-8-1　1586-4-5
濠 1154-8-2
潘 405-3-1　558-5-3
潼 12-4-2　37-7-2　633-3-2
塚 949-7-1　636-4-4
濠 1367-4-4
湩 8-3-1
濛 23-7-3　35-5-4
過 416-3-3　417-6-4
漁 132-7-2　1009-3-2
濠 855-6-1　856-1-3　864-5-3
盞 36-7-3
選 1176-1-1
濠 1015-6-2
瀘 1329-4-4

左半（3714–3722 區）

690-6-4
袍 403-8-3　1208-8-4
祚 651-8-1
祂 658-4-6　659-2-2　1007-7-5
裱 758-6-1
祝 204-4-2　720-4-4　1454-5-2
裡 1567-2-2
裸 1358-2-5
祂 852-7-3　1230-8-3
襀 365-3-4
襀 703-6-2　1023-7-1
3722
祁 55-2-4　74-4-3　84-8-2　93-4-2　101-2-3　109-3-2
礽 527-7-2
礜 732-6-2　890-6-1
祄 811-3-3　1189-7-5
初 140-6-3
衸 1478-8-4　1482-6-1
衲 1202-4-2　1547-5-1
衶 27-4-2
衳 260-7-5
神 364-8-1
祠 113-7-3　676-6-4

凝 531-4-2　1261-2-4
激 1418-5-3
澪 690-2-4
濱 90-3-4　91-5-3
溪 1626-8-2
濱 744-7-1　1121-3-3
瀨 1069-2-2　1069-2-1
漢 1559-3-1　1563-8-3　1566-4-1
瀟 948-8-4
瀟 918-1-1　1291-4-1
3719
深 579-8-2　1289-4-1
淥 1320-3-2　1351-3-4
深 557-7-4
滌 1188-8-4　1550-1-3
澳 370-3-6
濚 1050-7-5
潔 1453-4-1
溇 1150-3-5
潹 1271-5-3
3721
厖 116-7-4
祀 676-6-1
冠 307-2-1　1145-5-3
祖 901-7-2
祖 707-5-4
袘 199-7-1
祖 432-5-5

洤 595-1-4　618-6-4　919-4-1　928-3-1
浥 1412-4-4　1413-1-1　1413-4-2　1415-3-6
洛 1491-7-4
泲 262-8-3　264-3-1
涵 594-8-5　595-2-1　617-4-2
溜 748-2-4　1094-4-1　1100-7-3　1413-3-1
泿 135-3-1
滑 249-3-2　742-3-3　1174-4-3
湄 106-5-2　774-6-2
凈 499-7-3　17-4-3　30-5-2　1273-1-1
凓 882-6-3　885-8-5
涵 594-8-4　919-4-5
潺 182-3-3　437-7-3
濶 570-1-3
湝 1580-2-1　1582-1-4
滷 1030-2-5
澶 597-3-2　1547-2-1　927-3-1　1270-8-1　1280-3-1　1299-6-6
潺 768-5-2
澳 1207-4-3　1339-8-3
澉 919-1-2
灢 1137-8-1　1176-1-2
泊 224-6-3

3718
沿 359-3-1
沼 816-3-2
湢 1193-8-1
洺 505-8-1
洛 1491-7-4
澂 1168-1-1
澤 664-8-2　975-8-2　1312-3-2　1313-1-2　295-2-4　824-7-5
濴 1094-4-1
渟 1100-7-3
泜 135-3-1
滑 249-3-2
湍 742-3-3
湄 1174-4-3
漕 550-8-2　1273-1-1
涵 594-8-4
澛 919-4-5
澐 182-3-3
澛 437-7-3
溜 1580-2-1　1582-1-4
潞 1030-2-5
潰 597-3-2　598-3-4
澤 439-4-1
澗 597-7-3
澥 721-3-1
黽 710-8-3
潯 127-8-1

3714
瀨 1500-7-3　1511-5-3　585-5-2　590-3-4　320-6-1　344-6-5
澤 1168-1-1
汲 1587-4-4　1588-2-2
泘 1165-5-5
汙 544-2-4　553-8-5
汉 1231-1-1
沒 842-8-2　1098-2-1
泘（泙）1581-7-3
泯 247-2-4　249-5-2　741-4-1　1174-4-5
浸 577-4-1　911-2-3　1285-5-4　1286-1-4
泙 556-4-4
浮 766-4-1
浸 577-2-3　1285-6-1
淑 1329-8-3　1330-5-1
澀 1469-7-3
澌 1084-4-4
漫 405-7-4　559-1-3　898-7-2
毀 19-4-4
潑 275-3-4
潑 1089-5-1　1439-3-2
澤 198-1-1

瀨 1500-6-2　578-7-1
瀻 132-7-1
亹 1374-8-4

邎 36-7-1　44-3-5

3717
洛 1493-4-3

集韻檢字表　上

集韻校本

一七三九

一七四〇

右頁（一七三九）

逢 12-2-3　　1351-5-1　　1273-2-1　　1231-2-2　禐 865-1-5　袑 157-2-3
37-4-1　襚 868-3-1　福 594-8-1　役 1071-3-2　褔 1457-3-2　565-4-2
通 7-1-1　鑾 1498-8-1　919-3-5　1432-8-1　襉 1160-6-1　566-5-2
過 416-3-2　1499-4-3　1499-4-3　裙 1580-1-5　禠 779-5-2　1276-1-1
841-6-4　**3730**　1582-1-3　1384-1-1　襎 1456-4-2　1277-4-3
1216-2-1　迈 528-1-3　1615-3-3　褑 242-5-2　鴇 305-7-4　祒 698-1-1
逯 1041-1-6　迅 1115-2-1　褖 1344-7-6　浸 577-4-4　306-4-3　袡 11-2-1
1102-6-2　1117-2-3　襜 598-3-3　577-7-2　307-5-2　627-7-5
1321-8-2　迟 679-5-2　襜 606-3-3　911-4-1　鴇 280-3-1　636-7-3
1351-2-1　迂 544-2-6　1299-3-1　1285-7-3　334-3-1　袘 256-3-2
遘 1387-6-3　迆 1392-3-1　**3727**　襛 1062-8-2　翩 245-5-3　1171-8-3
遇 1271-2-2　1413-5-4　祖 676-6-2　1469-6-5　鴇 351-3-3　1172-7-5
運 1127-3-1　迎 494-3-2　袽 1624-8-6　襖 1432-8-2　741-3-2　袗 644-8-1
逮 295-8-3　1249-3-3　襔 1398-7-1　725-2-2　784-7-3　719-5-1
358-5-3　1547-3-5　594-7-4　1056-8-1　鴇 1531-4-2　838-4-3
764-4-3　迎 35-7-7　**3728**　1089-4-3　1544-2-1　袡 696-5-2
1139-2-3　退 179-3-3　裤 93-6-3　1439-2-3　祹 303-7-3　禍 841-4-2
1180-7-2　迴 883-1-1　襖 1044-2-2　**3728**　151-1-4　廊 74-1-2
退 440-2-3　1255-5-2　1435-1-1　裤 93-6-3　1016-3-4　禍 841-4-1
遝 549-1-1　迹 646-1-3　襖 564-1-3　襖 923-1-1　鴇 522-1-5　171-5-3
遡 1027-7-5　迣 93-1-1　襖 1452-3-5　禫 578-5-2　1257-4-2　833-6-2
遲 93-1-2　107-4-4　襖 563-2-3　襖 564-5-3　1211-4-5　鴇 245-5-4
193-3-2　迣 1043-8-2　515-5-2　1452-3-5　襦 1346-7-2　袘 410-8-3
980-1-3　迊 366-2-1　610-4-4　606-2-5　1347-6-6　袡 172-3-1
遂 1316-1-6　迴 946-8-1　襖 830-2-2　607-8-4　364-7-4
避 98-6-5　追 61-3-6　襖 799-6-2　610-4-4　**3723**　407-6-2
遴 856-3-3　92-2-2　1179-6-3　襦 956-2-2　褲 12-3-5　547-5-1
遒 382-1-5　224-4-3　1185-1-4　襫 799-6-2　襌 287-8-3　家 12-7-2
遷 1189-5-5　981-4-1　**3726**　襌 287-8-3　**3726**　褚 636-4-2　袡 410-6-3
遺 1145-5-2　1094-3-5　禩 1417-3-4　1185-1-4　祗 999-5-4　褐 833-4-6
1157-2-5　迥 256-5-4　襖 147-5-3　祒 367-3-2　裸 635-6-5　1211-3-4
遮 1265-4-1　1117-1-5　襤 564-5-4　379-8-1　祿 1154-7-4　裈 689-2-4
邐 98-6-6　迒 725-1-3　襤 773-4-3　816-5-2　褸 185-6-4
過 841-5-1　1171-7-5　襤 725-1-3　816-6-1　褳(褳)　338-4-6
遲 92-8-4　1172-7-4　**3729**　**3729**　37-7-1　羆 1546-2-1
997-5-4　逄 47-1-3　袼 1492-3-4　祿 844-5-2　鼏 幕 1546-1-2
選 770-8-2　逡 72-6-3　1502-3-2　裸 856-1-2　翩 351-3-2
771-6-1　迒 89-4-4　祢 718-6-2　裙 135-1-2　鵰 712-8-4
793-5-1　退 1094-2-1　祿 427-4-5　136-8-4　褐 1271-3-1
1175-8-4　逸 1380-2-1　844-4-3　**3724**　鴞 954-1-5
1444-5-1　　1010-4-2　祓 1604-5-2　裼 364-7-3
　　祿 1320-2-2　1622-5-1　祅 809-8-1
　　1321-8-1　祓 1082-7-2

左頁（一七四〇）

1051-5-6　紊 974-7-1　491-8-4　鶵 1417-7-3　郯 299-8-3　1466-7-1
1055-1-3　渠 1043-8-4　505-8-2　1441-2-3　1143-2-5　逿 1385-8-5
1462-8-2　繫 1344-5-1　514-8-1　鷤 40-6-4　郯 405-6-2　1389-4-1
淫 1137-3-4　1499-3-1　886-2-1　**3764**　558-2-2　遘 1299-7-2
浇 462-2-3　**3791**　**3764**　1174-5-2　聊 1283-8-1　避 211-2-5
澠 838-8-2　袍 825-6-1　1255-6-2　嫣 300-1-1　721-1-2
淦 594-2-2　**3792**　1546-7-3　27-8-2　1156-5-1　1080-6-5
595-1-5　郯 25-2-3　熒 118-1-4　29-3-4　鷄 1327-1-6　邅 1548-5-4
1291-5-4　鄴 1621-1-3　资 89-8-1　觳 1075-2-6　**3744**　邅 93-1-4
澄 623-3-1　鷄 136-1-2　974-6-3　**3744**　取 1022-4-1　200-2-1
1306-4-2　鷄 1621-2-5　**3768**　**3768**　遘 277-2-1　避 277-2-1
溢 291-7-2　**3798**　36-4-4　歆 441-7-5　算 594-1-6　還 1565-6-2
1124-4-1　歑 1621-3-3　爨 1151-8-3　歆 1087-1-2　933-4-2　**3732**
1137-2-4　**3810**　**3781**　**3771**　觳 1344-6-2　鷥 90-7-4
1137-4-1　汎 247-8-1　艷 886-2-3　瓦 1230-8-5　觳 734-8-1　974-5-1
澁 52-7-2　1438-3-5　1255-5-4　宜 1533-4-3　**3748**　974-8-3
淶 54-3-2　汰 1560-4-5　飝 489-4-1　瓷 91-5-1　顓 918-1-4　鵁 1386-1-3
421-4-3　汕 677-2-2　878-3-3　**3772**　鷄 1376-7-2　鶹 1376-7-2
432-6-2　塗 180-7-3　**3782**　郎 468-5-1　1460-6-3　1460-6-3
436-2-1　438-5-2　鄩 515-3-4　鎊 1511-1-1　軍 273-8-5　鷄 416-8-2
437-1-1　1029-6-4　鳩 1336-5-5　鳩 469-5-2　牵 89-6-1　鷄 1389-8-5
1224-6-3　1226-2-1　1389-8-1　鷄 1376-7-1　**3752**　**3733**
1225-3-2　**3811**　1397-2-6　**3773**　鄆 272-4-4　恣 89-5-5
濔 1004-5-5　汔 1395-6-1　1455-2-4　睿 90-1-1　1127-5-4　974-6-2
1404-6-2　1396-3-3　鷄 1411-6-1　91-3-5　鶴 412-6-3　滺 1043-8-6
滗 1375-5-5　沧 492-8-5　鷄 1314-5-6　**3773**　� 128-1-1　憑 637-6-1
漉 404-6-1　汽 1005-1-1　1344-1-3　鶺 412-6-3　288-4-4　羸 319-8-4
溢 972-6-3　1005-4-4　**3788**　128-1-1　1127-8-1　**3740**
1369-5-1　1107-3-3　顮 331-4-4　**3774**　**3740**　罕 1141-8-4
1380-4-4　1382-7-2　1499-5-5　觳 1344-6-1　罕 1141-8-4　**3741**
滽 298-8-1　泎 1517-3-3　**3790**　1499-5-5　姿 89-8-3　冤 280-3-4
299-2-2　洓 425-4-2　罙 71-7-2　**3760**　974-8-4　**3741**
504-6-5　838-8-3　**3777**　咨 89-7-1　醫 1499-8-4　託 1028-8-5
漣 1333-6-1　沧 472-8-5　661-4-3　974-7-3　繫 1499-2-1　**3742**
溢 1054-5-1　泩 355-5-3　采 210-2-2　套 91-5-2　**3761**　罇 29-6-1
1064-4-4　浧 1051-2-1　棨 112-8-2　**3778**　託 1028-8-5　**3742**
濫 598-7-4　　**3778**　歆 468-7-2　冥 330-6-1　罇 29-6-1　羿 1364-2-4
927-5-2　　歆 468-7-2　**3780**　鄆 29-6-1
927-7-5　　**3780**　1036-4-1
940-5-5　　1036-4-1
1296-4-4

集韻檢字表　上

集韻校本

一七四一

一七四二

3913	**3890**	道 834-3-2	1263-3-2	衿 521-5-5	1288-5-4	
		1211-6-3	檜 1077-1-1	880-7-3	襊 73-1-1	
沁 434-6-3	榮 719-5-6	遂 976-3-1	襘 1077-2-5	裱 694-5-4	964-7-4	
濧 555-1-4	1170-4-5	遒 1243-7-4	1078-1-1	祂 32-2-6	褡 437-2-1	
560-5-1	縈 719-6-2	遼 402-2-5	**3828**	635-6-7	840-1-1	
809-3-1	884-8-3	遬 1563-5-3	� 16-7-4	襆 587-7-3	840-3-2	
815-8-4	1047-5-2	遜 35-1-2	635-5-1	糕 1482-6-3	襤 599-1-1	
澄 525-1-5	1255-1-1	遮 701-5-2	635-7-2	袴 1040-4-3	襤 598-6-5	
884-2-5	蓁 834-4-1	遵 1628-1-1	606-2-6	襪 976-5-5	**3822**	
灂 865-3-3	1212-5-5	遶 1175-6-1	609-4-3	**3824**	衸 1087-7-1	
865-6-4	**3911**	1181-6-2	**3830**	啟 1526-6-3	衸 1085-6-4	
3915	洸 477-5-3	遵 255-5-3	迄 1395-3-1	祥 878-7-2	衿 587-6-3	
泮 1148-1-3	478-8-1	遷 1054-3-5	迂 714-1-3	裇 1298-6-3	588-3-6	
洋 1147-8-4	870-6-7	遽 370-5-1	1034-3-4	複 1322-7-2	612-4-1	
濂 250-8-1	港 1185-1-6	384-4-1	迤 1499-2-2	1324-1-2	1288-5-3	
321-3-2	淦 700-8-5	遒 929-7-3	1516-5-1	祴 650-3-1	衯 268-3-4	
3916	潗 939-7-2	遼 348-3-1	迤 73-7-6	665-3-3	268-8-1	
淯 875-5-3	湟 467-2-2	遵 1151-5-2	425-5-3	襮 1459-6-6	291-7-5	
879-6-2	瀅 524-6-2	**3834**	652-2-3	徽(襮)	衫 1111-3-2	
潼 467-7-3	瀅 512-2-2	導 1211-6-2	迫 1589-7-4	224-8-2	衿 241-5-5	
澄 873-2-3	884-3-1	**3840**	迫 502-2-1	226-1-3	737-6-3	
澄 510-6-1	1255-3-3	肇 1366-8-1	502-4-3	徽 1524-8-2	帟 1170-4-6	
3918	**3912**	**3860**	1250-1-3	**3825**	帠 719-5-5	
淡 597-3-1	沙 53-4-1	启 681-1-3	1257-8-3	祥 453-4-1	720-3-1	
927-3-3	423-1-3	719-3-4	送 945-5-1	裲 1326-4-4	720-8-1	
928-3-2	434-6-2	啓 719-4-2	逆 1518-8-4	**3826**	1045-4-1	
1295-8-2	1224-2-6	1170-4-4	途 180-7-1	袷 1589-8-3	褕 174-8-1	
1297-6-4	消 372-7-4	啟 1045-3-4	遞 717-6-3	1624-1-2	383-2-4	
湫 179-3-1	涓 1234-1-1	嘗 834-8-1	1041-1-4	袷 1622-5-2	571-7-4	
375-2-4	渺 821-6-3	簪 935-8-2	逾 173-4-1	袷 1624-4-4	褕 20-8-2	
375-8-2	稍 1192-3-3	遊 544-2-1	572-2-1	1625-3-2	褚 454-7-3	
湽 552-4-2	稍 1192-3-2	544-2-7	1625-4-2	粉 748-4-1		
湽 553-4-2	稍 1363-2-4	**3864**	道 256-5-2	裕 1018-5-3	襁 1344-7-5	
809-2-3	稇 826-1-5	敳 1075-2-5	552-8-2	褋 545-2-3	襘 1195-5-3	
815-7-3	1203-4-3	1418-5-2	553-1-4	554-7-3	1478-8-5	
896-8-1	潯 411-5-1	**3874**	554-2-2	襭 536-5-2	襴 779-5-1	
潠 843-2-4	835-4-5	改 52-4-3	554-6-1	褙 529-2-2	**3823**	
淡 524-2-5	1213-3-2		896-8-3	1259-6-4	松 32-3-1	
					635-6-3	

潕 915-3-3	潼 1036-8-5		710-5-2		610-3-1	湯 454-8-2	1297-1-1
滐 17-2-7	1082-1-1	潫 672-4-3	614-3-2	濴 1586-4-4	灃 927-7-4
潰 590-5-3	潩 1375-5-4	1066-4-1	621-2-3	1626-4-3	1296-4-5
1293-2-4	瀣 702-3-6	1197-3-4	935-6-1	瀁 1390-8-4	瀘 601-8-2
漩 354-8-5	灘 791-8-2	1475-4-4	940-1-1	瀚 1140-5-4	
1176-4-5	**3816**	漱 925-6-2	1304-4-6	淪 1195-2-2	
激 1536-2-1	925-8-4	淦 931-2-2	1479-1-1	**3812**	
漢 1181-8-3	沿 805-7-2	1295-2-3	濴 544-7-1	泠 582-8-2	
潋 924-5-1	沿 1591-5-2	1296-3-3	游 504-6-4	594-2-3	
932-2-3	1623-8-1	澈 1149-8-2	瀣 702-3-5	594-8-6	
1303-2-3	浴 1351-7-2	激 529-6-3	遂 977-3-1	1291-5-5	
潎 342-4-5	洽 594-2-4	渡 1323-5-3	稜 912-5-5	**3813**	汾 269-2-3
漠 1051-4-1	595-1-1	1325-2-5	澄 114-3-2	冷 518-6-4	269-3-3
濿 146-6-2	1290-7-2	激 764-5-2	瀵 855-5-4	873-8-5	291-7-3
洽 1223-1-1	澈 1467-8-4	1231-4-2	瀹 767-3-2	888-7-3	沴 737-2-1
滄 458-6-3	潭 293-4-1	潔 767-3-3	1144-4-1	888-7-2	786-8-1
3819	472-8-7	293-8-1	**3814**	980-8-1	
涂 1042-6-3	492-8-4	澼 1140-5-5	汙 869-2-1	淞 34-4-2	1042-6-2
涂 143-5-4	1235-1-3	漱 1168-6-3	871-3-1	35-7-2	1451-1-4
180-8-1	浯 1583-8-4	激 370-4-4	汝 544-5-4	汩 1121-4-2	
438-5-3	酒 554-1-2	1190-3-1	洴 488-2-1	涕 681-1-1	
439-8-5	554-4-1	1190-8-4	514-4-1	717-2-4	
涂 917-2-4	滄 472-8-4	1555-7-1	湫 544-7-2	717-6-6	
潃 143-5-3	1235-1-4	溢 106-5-4	1550-6-1	1039-5-3	
漾 855-5-5	渦 584-5-1	123-5-2	潫 1428-8-5	淪 258-2-1	
1231-4-1	滀 595-1-3	瀍 1301-6-5	滵 933-8-4	323-8-3	
潀 1521-2-3	1301-6-5	潯 1057-2-2	940-2-3	743-8-5	
潔 285-5-2	滑 706-6-5	1159-3-3	941-1-2	764-6-5	
3821	滑 265-2-3	游 549-4-5	淤 133-4-2	1123-4-2	
袏 1028-5-1	536-2-3	554-1-1	1009-8-1	渝 173-5-2	1139-6-2
袘 74-1-4	濸 1078-4-2	1434-1-6	激 978-7-4	1019-1-4	湓 268-1-4
964-7-3	1079-2-3	1626-6-1	激 106-5-7	濂 932-2-5	
祬 970-7-1	1090-4-3	漱 681-2-1	123-5-1	935-6-3	1283-2-3
1055-1-2	1436-8-1	澵 529-6-4	淺 850-4-2	滄 293-3-1	淪 342-1-4
祝 1054-7-3	濫 584-4-5	澈 932-2-2	激 1200-5-1	300-5-5	778-2-6
1071-3-1	1302-8-3	激 402-7-3	濊 977-3-2	792-7-5	
1072-1-3	**3818**	激 1408-3-2	滋 112-8-4	1150-7-5	
葅 898-2-3	淀 354-8-4	涔 160-1-4	114-3-3	1175-2-4	
1270-4-1	1176-4-4	**3815**	163-5-1	濂 818-3-1	淪 1139-5-5
1330-7-4	洋 448-1-4	453-6-2	激 690-2-3	謙 584-5-2	淪 632-6-1
祴 587-7-1	漢 671-7-1	海 732-2-1	潩 686-8-1	609-7-1	澮 589-1-3
	漢 894-8-2				

集韻校本　集韻檢字表　上

左半（集韻檢字表）

猨	618-6-3
	1304-7-3
嶓	1333-3-1
猹	1264-7-2
糚	466-5-5

4028
狦 485-2-3
獂 639-4-2 / 864-1-3 / 873-1-3 / 877-1-4

4030
寸 763-2-3 / 1138-2-1

4032
蔫 270-5-5
鳶 1010-1-4

4033
忢 1076-6-4 / 1109-6-2
志 993-1-1 / 993-6-2 / 993-8-1
忲 1012-7-2 / 1030-6-3
杰 1473-1-3
恝 1032-8-3
恚 965-8-4
恋 1618-7-2
憙 242-7-2 / 1572-6-2
蕉 370-8-5 / 371-4-3 / 386-5-1
廉 1105-1-4
慛 1391-1-5
熹 118-2-1

446-4-3
狿 339-6-5
憰 333-8-5 / 336-2-3
猿(猨) 86-7-1
幨 809-5-3 / 811-5-5 / 815-4-2
懷 839-7-2
猫 1305-1-3
懡 609-2-1
獌 457-8-3
鼺 1568-6-5

4024
皮 68-3-2
存 293-7-4 / 1138-7-3 / 1166-8-1
狡 823-5-1 / 825-3-5
焠 1074-3-1 / 1099-3-4
㠌 1605-4-4 / 1631-1-2
猝 1409-5-6
獀 517-5-1
獐 456-6-4
覆 1323-5-5 / 1325-2-2
獝 1540-6-4
幰 172-3-2
幪 48-2-1

4025
羨 1426-8-2

4026
狷 262-2-1 / 276-6-3

雨 698-5-3
冏 1412-3-5 / 1440-5-2
希 126-7-3 / 665-2-6
看 388-4-2
南 591-4-3
斎 1458-5-6
脅 1303-3-1 / 1586-5-3 / 1621-4-4
俞 487-7-3 / 538-2-1
斎 364-8-3
寅 1007-2-1
榜 1241-6-1
猭 392-1-3
獮(獮) 62-6-2
猵 40-6-1
猾 1550-4-3
乗 113-2-3 / 239-3-1 / 239-8-2 / 1105-3-4
獮 723-2-3
幬 1035-1-5
蔑 454-5-3
蟹 195-1-5 / 199-7-3 / 240-3-6 / 427-2-2

4023
赤 1530-7-1 / 1534-2-1
狋 283-5-4 / 283-8-1 / 306-3-3 / 757-8-4
夵 187-5-3

373-5-3 / 1115-4-4 / 1117-3-1

4018
帷 99-1-3
雅 121-1-1 / 211-6-3 / 667-5-1 / 1266-4-3

4019
塈 372-2-4
雒 191-4-3
獍 1245-6-4
幢 10-1-5 / 49-3-1

4020
才 239-1-4 / 239-6-3 / 1105-4-3
麥 433-3-2 / 437-2-4 / 644-2-5 / 848-6-4 / 1223-3-1 / 1225-4-2 / 1036-6-1

4022
巾 261-1-4 / 747-3-1 / 1126-3-3
内 960-2-3 / 1056-1-2
克 1576-8-5
犺 869-6-3 / 1243-2-1
布 1026-5-1
乔 828-4-2 / 829-3-2
有 891-4-1 / 1264-5-5
布 1438-8-8
肉 1024-2-3 / 1270-6-2 / 1330-7-5
帝 50-2-2
乔 1085-3-1

埃 216-3-1 / 232-8-4 / 211-6-3
壤 871-4-5 / 1244-4-2 / 1266-4-3

4021
在 735-3-1 / 1105-7-1
忙 471-8-5
犺 869-6-3 / 1243-2-1
奄 850-1-1
狂 908-7-2 / 1023-4-2

4016
帙 471-8-4 / 478-2-3
培 229-5-2 / 230-4-1 / 240-3-1 / 561-8-3 / 734-2-5
奔 89-1-4 / 99-6-2

465-8-4 / 458-1-4
861-2-2
蠱 1417-7-5 / 1441-3-1

4014
垺 505-4-3
埻 225-2-3 / 738-8-3 / 1113-3-1 / 1219-6-1 / 1506-1-2 / 1514-8-6
埠 1098-5-4 / 1409-2-1
坡 709-2-1
墙 1510-2-3
墇 456-4-1 / 1234-1-5
壁 715-8-4 / 1036-6-1
蘷 270-2-1
墭 1108-6-2
壜 1506-1-1 / 1514-8-5

4015
壵 1569-6-2 / 1570-5-2
盏 1449-8-2

692-4-2 / 1013-2-2

905-5-1 / 1575-2-3

右半（集韻校本）

壇 302-4-2 / 772-3-2 / 796-1-4 / 1153-3-6 / 1178-3-2
壜 346-4-5
鼉 842-4-2
雛 1154-2-2
雞 304-1-3
蠱 952-3-1 / 1331-8-2 / 1333-2-2
壥 178-7-2

4012
坊 449-5-2 / 450-3-3 / 1232-4-3 / 1232-8-2
塀 690-4-1
塏 1336-4-1
墙 390-8-4 / 1356-7-4
塝 1241-7-2
埔 40-3-3
墑 1548-3-3
齋 262-8-2

4013
畫 206-5-3 / 213-2-3
塡 1482-5-5 / 1535-2-3
壊 1135-7-3
螽 1029-2-5
壎 399-8-2
壞 217-7-5 / 218-7-2 / 1083-7-2 / 1084-5-2
畫 643-5-4

臺 1310-6-3
奎 269-1-5
壸 1559-5-3
盉 223-4-5 / 891-6-2 / 895-1-1 / 1264-4-1
盉 221-8-2
壹 1382-1-2
壺 184-6-3
壼 259-7-5 / 262-6-2 / 262-8-1 / 272-5-1 / 751-6-5 / 1129-4-4 / 1454-4-3
壺 263-6-4 / 1123-3-2
垒 237-6-2
臺 235-8-3
盦 1047-1-2
釐 115-1-4

4011
坑 485-3-3
垚 372-3-3 / 1191-6-3
砶 1086-8-4
堆 224-6-1
壏 346-4-6
塷 320-7-3 / 320-8-3 / 344-8-3 / 346-7-3
塊 1322-4-3
境 876-3-4
壇 627-6-2 / 628-1-5 / 773-7-5
雒 1334-7-4

1423-6-4
厷 497-8-1 / 537-5-1

4010
土 708-5-2 / 708-8-2 / 850-6-3 / 851-8-3 / 855-2-2 / 674-8-3
左 837-8-6 / 1215-2-1 / 1215-1-1 / 713-8-3 / 1076-6-3 / 1109-5-4

4001
直 997-4-2 / 1563-8-4
查 433-1-1 / 447-3-2 / 703-7-3 / 704-4-3 / 1024-8-3
查 436-2-3 / 436-6-3
奎 206-3-2 / 653-7-2 / 658-7-1
查 298-5-1 / 305-8-4 / 753-8-1 / 754-1-2
盎 1598-2-1
盍 1075-3-7 / 1418-7-6 / 1598-2-2
盍 891-6-3 / 1264-4-2
臺 235-8-5

3971
笔 435-1-1

3973
裘 434-8-4

4000
十 1581-7-5
ナ 837-8-5 / 891-4-2 / 1215-2-1
士 1076-6-3 / 1109-5-4
杢 1067-2-1
圭 205-1-5
㘸 1052-3-4
㘸 1333-7-3 / 1334-1-4
壺 1123-3-2
垒 237-6-2
臺 235-8-3
盦 1047-1-2
釐 115-1-4

4002
力 1564-2-4
夸 155-1-1 / 156-2-1 / 445-4-1 / 854-3-1 / 1017-2-3

4003
太 1067-2-2

927-1-2 / 1299-3-3

3929

3930
迷 1148-8-1
迷 72-5-3 / 210-1-1
道 373-1-1
逖 1548-4-2
遒 1119-8-3

3932

3933
駕 420-8-4

3940
婺 420-7-5 / 840-1-3 / 840-3-3

3950
犖 435-1-2

3960
砦 434-7-1 / 840-2-1 / 843-6-1

3962
喾 1214-3-3

884-2-4 / 1255-4-5
漢 1124-4-6 / 1137-2-5
漢 1124-8-2 / 1137-2-6
獜 715-5-2

3919
洣 715-6-1
漅 589-1-1 / 916-5-1 / 916-8-3 / 1288-4-4
漈 316-5-3 / 360-5-2 / 361-1-1
漅 510-6-4
漅 510-6-3 / 524-2-4
漅 510-6-2

3921
捲 280-6-1 / 753-6-5 / 754-6-3 / 755-4-1

3922
籹 820-4-2
褙 374-3-6 / 395-8-3
褊 1458-5-3

3925
祥 284-3-2 / 1148-5-4

3926
嵾 421-1-1
襠 467-2-1

3928
裌 606-3-2

集韻檢字表　上

集韻校本

一七四五　　一七四六

左

237-1-2
1103-7-6
1564-6-2
奈 1069-6-3
1215-7-3
索 1028-2-2
1498-1-3
1515-7-1
柰 1371-1-1
棘 1007-2-2
尞 369-1-3
1194-5-3
棗(棗) 1564-1-1
棗(棗) 1564-1-2
柬 83-1-3
集 1579-3-1
4091
杭 476-5-5
柱 693-5-1
704-4-1
704-4-4
1025-1-3
梳 950-8-2
梳 139-5-1
椎 85-4-1
93-7-3
楳 423-6-2
槑 60-8-4
楳 1321-6-1
槑 494-1-3
槿 777-6-3
1159-4-3
橦 9-2-2
31-6-1
33-2-2
49-3-3
627-4-2
楹 202-3-1 | 1104-1-6
褱 978-2-3
1038-4-3
趝 1510-4-3
奭 1533-3-2
越 1372-3-3
賷 194-3-4
趰 1321-3-4
趰 1535-3-3
趩 1193-5-1
賷 1335-7-6
趡 89-4-5
趙 345-5-1
346-4-3
802-8-1
燮 345-1-2
4081
蹴 1243-1-4
1244-6-2
䟼 122-5-4
跓 908-5-1
趹 23-4-3
952-7-1
趮 304-1-2
426-8-1
踄 839-7-6
1154-2-1
趼 270-5-4
趀 664-7-4
667-7-4
690-6-3
1192-8-4
趙 1019-4-5
1278-5-3
1574-8-7
柰 409-4-4
928-6-3
杀 1444-2-5
來 115-4-2
184-1-2 |

233-6-3
奠 1452-5-5
1453-3-2
真 240-6-1
爽 1391-1-3
爽 1391-1-4
爽 859-2-5
趉 335-8-3
賣 125-2-3
4074
269-3-2
269-6-4
283-4-1
291-2-1
318-7-4
748-5-5
969-7-3
4075
1125-2-2
1334-8-2
4077
1567-7-4
369-1-2
811-6-2
1624-7-5
4080
爽 1501-8-1
1533-3-1
趙 664-7-4
667-7-4
690-6-3
1192-8-4
灰 221-2-1
走 907-8-6
1278-5-3
1574-8-7
奏 335-8-2
賣 1082-4-5
1221-1-3
賷 238-2-2
1068-7-1 | 1010-1-2
752-1-4
1453-3-2
240-6-1
1211-5-4
喪 472-5-2
1242-1-4
壢 1223-5-2

1017-4-5
畲 1624-3-2
難 427-1-3
811-6-2
1624-7-5
裏 1124-6-4
資 115-4-4
難 270-5-4
趙 664-7-4
667-7-4
690-6-3
1192-8-4
灰 221-2-1
走 907-8-6
1278-5-3
夾 930-8-1
趙 335-8-2
1533-2-4
1617-7-2
1618-4-4
4066
687-1-1
687-3-4
1625-3-4
麤 1467-1-6 | 畨 730-4-1
4068

4071
七 445-1-5
1370-8-5
乜 847-3-3
上 1135-2-1
衣 195-7-1
716-4-3
1039-2-4
薣 1480-8-2
薺 1480-8-3
耷 1265-6-2
喪(喪)
472-5-1
番 733-6-3
嗇 1242-1-5
薶 472-5-6
竃 552-6-1
1327-4-3
4061
雄 188-2-1
雖 1480-6-2
1530-2-2
雛 79-8-3
4062
奇 77-6-3
78-8-5
79-5-4
655-3-7
4064
壽 411-2-3
897-8-3
1270-3-2
1270-5-5
去 134-5-1 |

旹 974-8-6
杏 872-4-6
杏 1119-6-4
杏 812-6-4
奢 495-5-1
奢 1044-8-1
1452-2-3
奢 445-3-3
睿 1112-1-4
奢 433-3-1
畬 762-2-5
喜 118-4-2
679-3-1
994-1-5
998-3-3
奋 769-7-2
啬 1560-6-4
番 1560-6-2
蕃 1560-6-1
奮 1125-1-4 | 奇 1201-6-2
4073
凸 898-2-5
901-5-1
1270-3-2
1270-5-5
去 134-5-1
687-1-1
687-3-4
1625-3-4
喪 232-4-3 |

右

難 444-6-1
輄 798-3-8
轤 1320-6-5
轞 9-8-5
772-4-3
1422-7-2
1464-5-2
42-7-4
42-7-6
955-6-2
4052
甮 1376-1-1
輷 470-2-4
輔 33-6-2
轋 327-2-3
4053
乾 790-7-4
轞 1223-7-1
1568-6-4
4054
較 389-6-3
斡 1505-4-3
180-1-1
456-4-5
4056
韐 629-3-3
4060
古 710-8-2
1032-7-4
右 891-5-1
1264-1-1
各 190-1-4
541-1-1
吉 1381-4-4
1382-4-2
1384-2-5 | 574-2-3
895-6-1
905-1-3
905-8-2
596-5-1
467-3-2
1333-3-2
1336-7-2
441-8-1
1227-1-1
1200-1-2
905-6-2
1409-1-1
4048
娺 232-8-3
嫉 975-1-1
1372-1-3
873-1-1
4049
嫽 493-5-2
嬈 244-6-6
嫌 475-2-5
4050
牟 445-4-2
牽 1423-4-2
1423-8-3
韋 131-4-4
223-2-6
韗 286-8-4
316-6-4
婷 244-6-1
嫚 1619-8-2
嫜 456-2-1
摰 1440-8-2
鞏 1087-7-4
1440-8-1
4051
嫗 281-3-5
婄 229-8-2
230-5-2
鞋 1023-3-2 | 375-5-4
344-4-3
932-2-1
999-8-3
720-6-3
1046-7-5
1533-8-1
812-1-2
218-3-2
457-5-7
461-3-3
470-1-3
861-4-1
4044
卉 1593-3-1
卉 685-4-3
1007-3-4
冉 1052-3-5
妏 267-7-4
1124-3-4
弄 1336-1-3
1337-6-4
弄 687-1-2
687-3-3
奔 1137-1-1
奔 1125-1-1
1133-1-4
妏 388-6-1
823-7-1
1199-1-4
姦 318-1-1
317-2-1
986-7-3
1101-2-3
4043
玹 335-7-3
339-6-4
4046
嬈 129-1-2
孳 335-7-2
嫶 281-3-5
婄 229-8-2
230-5-2 | 嬗 302-2-3
344-4-3
772-1-2
772-5-2
773-1-5
795-8-3
1178-1-4
812-1-2
218-3-2
457-5-7
4042
妨 449-3-1
1232-2-2
婿 1333-3-6
517-1-4
嫡 197-7-5
1038-6-5
4041
姁 471-6-1
嫡 1523-5-4
1536-3-1
1547-4-2
鵜 1199-5-2
1200-4-3
嫡 1523-7-6
1529-2-3
1536-6-3
1549-8-4
4043
玹 335-7-3
339-6-4
嫶 434-1-5
雜(雝) 1013-1-2
嫶 375-4-2 | 1609-6-4
1611-8-1
1007-4-5
1600-6-1
嫛 1303-3-3
1146-8-4
1178-1-4
難 1519-6-3
孀 509-2-2
孅 662-7-1
4034
麥 1519-3-1
1567-5-3
夔 1567-7-2
夔 1433-3-5
754-2-3
4040
女 142-2-2
692-8-1
695-1-2
724-1-1
1014-8-3
支 50-2-1
75-5-2
860-7-4
958-2-3
友 891-5-3
父 388-4-1
1198-7-4
妻 234-3-4
夽 512-5-2
旷 936-8-1
委 823-7-4
李 678-5-2
孛 1002-1-2
1096-8-2
1393-1-4
1407-7-5
孝 389-4-3
交 530-4-2
幸 878-1-1
1611-8-2
牵 1582-2-3 | 意 998-3-2
薏 409-6-1
548-2-5
1211-8-4
4034
寺 994-4-1
996-3-3
奪 1071-8-3
1433-3-6
辜 186-6-1
犀 362-5-6
4040
女 142-2-2
692-8-1
695-1-2
724-1-1
1014-8-3
支 50-2-1
75-5-2
860-7-4
958-2-3
友 891-5-3
父 388-4-1
1198-7-4
妻 234-3-4
夽 512-5-2
旷 936-8-1
委 823-7-4
李 678-5-2
孛 1002-1-2
1096-8-2
1393-1-4
1407-7-5
孝 389-4-3
交 530-4-2
幸 878-1-1
1611-8-2
牵 1582-2-3 |

集韻校本

集韻檢字表　上

一七四七　　一七四八

顠 629-8-4
顥 362-1-1

4129
猂 91-1-4
　 100-2-2
　 110-3-1
　 361-8-3
猨 277-5-4
　 305-6-2
幖 376-6-3
獀 1552-8-2

4132
鴌 465-1-4

4133
悷 1238-6-1
　 1239-2-4
㤟 1614-7-4

4140
叐 670-2-5
㸬 168-6-3

4141
𤬚 18-6-2
妧 278-2-4
　 308-7-1
　 1147-3-1
姬 841-8-4
　 846-6-3
妠 1373-8-2
姃 506-7-1
　 1253-2-5
妷 229-4-2
姐 537-3-1
姬 737-2-2
姪 1378-5-1
　 1448-2-4
娾 1610-1-2

獄 1110-1-2

4126
帖 1613-3-1
猵 1613-6-3
帕 1444-1-2
　 1507-3-1
狛 1507-6-2
猎 190-7-1
　 1034-3-1
幅 1322-7-3
　 1571-5-2
幅 800-4-1
緥 1570-5-4
獝 520-2-2

4128
帪 1247-1-2
狹 573-8-2
顄 68-7-2
　 419-5-4
　 662-2-5
　 842-4-3
　 1217-5-2
頯 796-6-4
頳 507-8-1
碩 127-3-3
獙 1451-7-4
顡 402-4-2
顠 311-1-4
頯 1084-8-2
顠 372-4-2
　 390-6-3
　 391-6-4

　 1111-5-5
帳 1235-3-2
經 137-2-5
　 1010-7-2
麰 14-2-4
　 22-7-2
獷 791-4-4

4124
軒 755-4-3
　 1142-7-3
犴 298-3-3
　 299-7-2
　 300-1-3
　 1140-4-2
　 1157-1-2
　 1160-6-3
犳 444-2-2
　 1229-6-2

4122
肝 766-8-5
　 1142-7-1
犴 335-3-4
　 1157-1-3
　 1160-6-4
　 1162-2-1
　 1171-4-2
犳 1204-4-4
　 1367-4-1
獿 1023-4-1
玃 412-7-3
　 543-1-2
　 573-8-3
　 573-7-2
幄 226-7-2
　 773-5-2
獮 1608-8-5
幒 1154-3-3
獿 226-6-1
　 816-7-4
　 827-3-1

4123
帳 241-3-2

　 478-6-5
瓵 428-1-4
經 507-7-4
幅 565-5-6
獷 133-5-5
葷 465-1-5
狋 319-3-2
軽 337-5-4
玀 1552-7-7
獵 183-7-1
龘 11-8-2
龘 11-1-1
　 628-8-3
　 891-8-2
玀 791-4-1
螯 533-4-6
　 534-2-4
玀 520-2-3
狿 86-3-2
釘 874-2-3
釘 507-8-2
獁 1221-2-1
猬 442-7-1
獅 86-3-1
　 412-8-3
　 1602-6-5
獬 1069-5-3
獮 791-4-2
猇 170-7-2
排 219-7-3
犹 63-5-2
　 1284-3-1
嬬 796-6-3
犗 444-5-3
獮 72-2-1
獳 170-8-1
幭 226-6-1
獿 816-7-4
　 827-3-1
帳 399-2-2

4121
帉 599-2-3
　 1295-3-1
疟 1031-2-3
狂 464-7-6
猵 319-3-2
　 1239-3-3
鼓 1239-4-1
壜 1489-3-3
　 1608-2-3
尫 278-7-7
疢 1526-5-1
狙 688-4-2
疻 506-4-2
犾 103-8-1
　 106-2-6
狟 464-5-2
狟 279-7-5
　 305-8-2

4116
坧 1535-2-4
坫 583-4-4
　 1300-5-3
堷 1323-6-2
　 1570-8-2
　 1571-7-2
塝 709-5-3

4118
瓴 829-2-2
缸 18-5-4
帆 613-6-1
　 1606-2-1
　 1609-8-1
　 1613-6-4
　 1613-8-3
　 1620-4-1
㙬 164-5-3
狟 1283-2-2
瓶 92-4-1
　 1536-4-1

4119
坏 105-7-4
　 391-2-5
　 389-2-2
　 391-2-5
　 399-4-1
　 545-7-3
帳 1624-8-4
瓶 45-5-2
坏 92-7-3
壜 1379-4-1
坯 376-6-6

埒 947-7-3
埂 485-1-5
　 872-2-4
塂 180-5-3
　 712-6-3
　 1227-3-1
　 1239-3-3
　 1239-4-1
潭 589-8-6
壜 1608-8-2
譚 590-1-5
坏 774-6-5
　 1156-2-2
　 1179-1-5
　 1220-3-1
　 1220-3-4
塡 949-1-5
墩 1068-6-4
顀 1075-3-3
　 1599-2-2
顀 1075-3-4

壜 462-3-5
壜 101-8-1
　 987-5-1
壜 1552-4-2
壜 1503-4-3
壜 601-4-3
壚 145-1-1
　 182-7-1
壜 637-1-1
壠 38-6-4
壢 64-5-2
躤 1552-7-2

4112
灯 516-6-2
　 786-4-2
　 887-5-4
坊 191-5-5
坷 836-8-2
　 846-7-2
　 1214-2-4
坁 357-6-4
　 1179-2-1
　 1220-3-6
壡 78-3-4
　 82-6-1
　 1338-4-3
壜 1221-3-4

4113
堭 459-7-5
　 1235-4-5
塚 1348-6-4
　 1350-6-4
堰 1235-4-4
壜 1011-2-5
賑 468-2-2

4114
坪 491-2-2
　 1247-8-3

墊 981-6-1

4111
坑 279-6-6
坵 594-1-1
　 709-2-2
　 1029-7-4
址 673-1-1
坯 103-6-2
　 105-7-3
　 671-5-3
　 1416-7-6

4099
坏(坏)
　 240-1-5
垣 278-5-1
　 306-1-2
埕 1383-6-3
　 1448-2-2
瓨 205-4-4
　 207-5-1
坊 1207-3-4
埡 713-4-8
城 1227-4-2
堰 757-1-4
　 1132-2-2
　 1182-8-2
埋 259-4-3
瓩 1058-4-4
坦 1263-5-3
　 1263-7-2
塈 985-4-3
埕 1584-2-3
　 1610-3-3
距 867-7-4
距(鉅)
頒 1264-3-3
頑 912-8-2
　 922-8-4
　 904-4-2
墟 133-7-6

4110

　 216-3-4
核 233-2-3
　 1106-4-2
　 1106-7-4
　 1412-8-6
　 1524-6-4

椕 1372-2-2
橫 870-5-2
　 1244-7-5
　 1506-2-5
樺 265-8-5
椑 68-5-4
　 70-4-4
　 71-2-4
　 208-4-4
　 209-8-2
樟 456-6-2
梓 1370-2-4
椣 491-3-3
　 590-8-2
　 922-6-4
桃 1109-7-1
城 391-2-3

4104
㰦 922-5-4

4108
栝 229-3-3
　 230-5-3
　 240-2-2
　 561-3-4
　 567-6-3
　 641-5-1
　 905-3-2
橐 466-4-1
橲 1568-5-3
楷 958-7-2

　 1429-1-2
椁 1505-8-3
　 977-6-1
　 1410-2-1
椫 1605-1-4
　 1605-6-4
　 1606-7-1
　 1619-8-3
椫 1490-8-2
辤 1421-2-3

4093
栦 129-2-4
樃(橪)
　 740-5-4

4101
瓶 584-1-3

4095
椑 1170-3-5

4096
楀 1568-5-2

4094
校 389-3-1
　 391-1-1
　 824-1-3
　 825-1-3
　 1199-3-1
　 1200-2-2
梓 676-3-1

　 1550-4-1
橋 60-5-5
　 91-1-2
　 976-1-2
椒 80-5-3
榍 192-8-1
　 194-6-1
樏 1036-1-2

4092
枋 449-7-2
　 1232-3-4
　 1247-5-3
桲 488-3-3
　 488-4-2
楢 1335-8-1
椈 517-6-4
榕 318-4-1
柿 978-1-1
　 1038-5-2
　 1041-8-3
樻 1523-6-5
　 1548-1-3
橰 812-3-3
　 218-3-3
　 222-7-4
　 726-4-6
　 1206-5-3
橘 62-6-4
　 64-7-2
榜 470-5-4
　 487-6-3
　 488-8-5
　 867-1-3
　 1241-4-3
　 1246-3-3
楠 40-1-4
　 628-1-2
橘 1523-6-4
　 1536-8-1
　 1548-1-2

欖 287-1-1
檀 302-5-1
　 1178-3-5
櫔 508-8-7
難 369-3-1
難 1073-5-4
權 64-6-4
欋 427-3-3
欂 428-4-3
　 1220-1-3

集韻檢字表　上

集韻校本

（右頁　一七四九　／　左頁　一七五〇）

右頁

姬 117-4-1
119-2-3
短 1281-8-2
1283-3-2
姪 496-4-2
496-5-2
523-5-1
524-7-4
嫇 1031-1-2
嫠 1174-1-1
姬 852-8-4
1228-8-1
娃 211-7-4
724-8-3
1527-1-3
1043-8-5
姚 392-1-5
甄 878-2-1
884-6-5
嫷 1565-1-4
嫗 565-7-2
567-2-1
696-2-1
1016-4-4
嬬 432-5-3
437-2-2
1111-3-1
1011-7-1
1011-8-1
1022-2-3
妯 688-4-4
嬥 1553-8-5
孀 65-2-1
1043-6-5

4142
灯 516-1-5
785-7-4
886-4-5
妗 1031-1-3
妸 414-4-5
414-6-3
837-6-1
姐 111-4-4

婣 414-6-4
嬯 706-2-5
嫭 348-1-3
349-3-2
757-2-4
807-3-3
1132-4-1
媖 1031-1-2
嫠 1174-1-1
嬭（嬭）
212-2-5
嬾 646-2-1
718-6-3
723-5-4
1043-8-5
1289-5-1
1628-8-2

4146
妲 1028-7-6
1536-1-1
姑 606-4-5
935-4-1
1301-1-1
1608-1-3
婣 133-2-3
190-3-2
1034-4-5
姰 1267-1-4
姑 159-6-5
574-2-2
670-5-3
娴 352-5-2
800-8-1
婚 592-7-4
593-1-4
921-7-4

4144
姧 299-1-3
318-2-4
妓 1359-6-3

4143
妠 271-7-1
姌 895-4-5
娠 242-1-3
1111-3-1
嫽 935-1-3
嬑 1046-7-2
嬣 694-6-3
嬽 137-2-1

4148
黏 610-3-3
1613-5-1
麵 1174-1-2
嬭 458-3-1
1234-8-2

姧 299-1-4
318-1-2
娇 947-8-1
婷 1205-2-3
1483-3-2

1551-1-1
娋 812-8-2
嬿 351-7-1
1348-4-4
1354-3-5
嫶 190-1-1
1031-1-1
嬋 590-4-1
912-2-3
924-3-2
935-5-2
935-7-1
1289-5-1
1628-8-2

4149
媒 137-2-4
姎 277-3-4
嫖 377-3-1
377-4-2
1197-1-2
1197-6-1
媒 137-2-3

4151
軝 240-1-4
鞈 971-4-3
軶 1282-7-2
軜 1157-6-1
耕 1088-7-2
軒 155-3-1
1278-1-3
462-6-3
軞 1102-2-4
軥 987-5-4
11-1-2
65-2-3
646-2-3
723-1-1
960-3-3

886-8-3
888-5-2
1038-3-3
1256-2-2
653-7-3
656-6-5
984-1-1
1405-8-2
949-4-1
1405-8-3
1453-8-1
246-5-3
591-3-1
1409-3-3

1139-7-3
1179-3-1

4153
鞤 1236-1-1
1236-2-3
鞲 1235-8-4
1236-2-4
1236-8-3
韁 341-7-3

4154
靬 281-8-1
298-7-2
323-1-4
350-6-3
1141-4-2
1142-2-1
軒 152-7-2
155-2-4
鞁 711-1-3
鞕 1246-1-1
鞭 350-7-2

4156
鞊 1613-4-1
1613-8-2
鞛 1614-5-3
鞴 1323-1-1
800-3-3

4152
靮 515-8-1
1185-6-1

4158
鞍 723-1-3
鞙 1495-3-2
鞾 646-3-1
723-1-2
960-3-2
靮 152-7-1
154-3-2
鞸 800-3-4
鞴 1524-7-1
1526-1-3
1526-8-3
鞲 718-7-4

4161
瓳 185-1-3
靪 670-7-3

4164
敁 77-7-3
654-4-3
敼 556-6-6

4166
颤 104-2-2
670-7-2

4168
頡 184-5-2
189-1-1
顂 1435-1-3
1451-5-4
顲 1560-8-4
顃 407-7-4
410-3-2

4171
瓬 599-7-2
甏 1301-3-1
號 919-1-1
920-1-1
926-1-1
1294-4-5
1294-7-3

4172
砢 1227-8-1

左頁

趣 376-7-4
377-8-3
趣 589-6-2
1551-5-1
趣 1060-2-1
1402-6-4
1403-3-1
757-5-3

4174
肝 600-2-4
敁 1604-6-2
鼓 583-4-3
914-7-2
暺 589-7-2
1293-4-2

4178
顡 912-7-3
915-1-3
1286-3-5

趔 330-8-2
332-7-2
1167-2-3
顆 270-7-2
283-3-1
284-1-2
757-5-3

4180
趕 282-5-5
350-6-5
1403-6-3
赿 1593-8-4
趄 687-4-1
趄 1535-1-2
趒 620-4-2
趀 278-4-2
趆 1507-4-5
趣 861-1-3
1233-3-3
趜 1019-4-6
趚 464-7-4
481-4-4
趣 1402-6-5
趤 636-5-4
1350-5-1
1350-5-4
趃 398-2-4
1188-4-5
1204-6-1
1365-7-4
1366-4-3
越 322-5-1
349-7-2
趢 757-2-3

4181
炪 1606-3-2
1620-2-3

4182
瓺 477-3-3
486-6-1

4184
柜 687-5-1
688-1-1
枝 631-6-4
攲 1628-8-3
枘 854-8-3
杜 648-3-4

4186
點 327-6-1
608-4-3
613-3-1

4188
頪 631-6-3
頻 1101-1-1
頗 1618-1-5
顡 118-7-3
楓 1610-2-1
顈 430-5-2
顐 264-6-2

桓 1282-4-5
樫 522-6-3
1254-4-5
椏 443-5-1
837-4-4
1216-1-1
梔 60-8-5
排 219-7-4
1073-1-5
1088-8-1
1097-2-1
槐 400-1-4
椢 1132-5-3
橝 337-1-5
1263-4-4
概 1078-8-2
1473-2-4
1380-1-2
椎 682-4-2
樫 1584-4-2
欏 167-6-1
1130-2-1
564-6-4
槿 208-5-2
櫟 688-2-5
檀 435-7-3
櫺 341-8-2
樿 462-5-4
樓 78-4-7
櫓 987-3-3
985-5-2
1059-3-1
1213-6-4
1473-2-3
櫖 615-8-5

4191
杠 20-4-4
44-7-3
机 1109-2-3
1400-1-5
1400-7-5
1416-3-2
1429-3-4
杙 1031-4-2
杜 863-1-2
杭 277-6-3
308-6-2
柾 419-1-1
1526-4-6

651-5-3
718-5-1
1043-1-2
櫝 519-4-5

4192
杠 500-8-3
501-3-3
508-1-5
516-1-3
516-5-3
517-3-3
873-7-2
887-1-2
1247-4-1
朽 891-8-5
杇 185-4-1
191-5-4
1033-7-2
枵 352-2-2
柯 413-5-1
柄 874-7-3
1247-5-1
栖 111-1-1
桁 476-8-1
486-1-3
1242-6-4
桶 857-2-1
桁 805-3-2
榪 1221-1-1
槅 1524-6-5
1525-8-2
橋 297-1-1
楣 253-7-1
樗 143-2-2
180-5-1
1230-1-1
樗（挎）
114-6-4
橌 709-7-4
鵪 158-4-3

櫃 1062-1-6
櫚 72-5-1
651-7-4
661-6-5
666-3-1
718-7-1
櫏 111-1-2
171-2-1
706-1-2
798-7-3
909-8-1
1284-2-1
櫉 579-5-3
582-7-2
櫋 1221-5-2

4193
栚 241-1-4
243-6-2
1111-6-3
椓 142-8-4
栶 934-8-4
1300-2-3
根 490-2-5
桗 1365-3-6
橺 545-2-2
894-4-1
檔（橕）
1266-7-2
樬 272-2-4
梈 519-4-4
橖 136-5-1
櫳 341-8-1
樌 143-2-3
144-4-4
1014-6-5

4194
杆 299-2-5
1142-6-2
杍 152-8-4

集韻檢字表　上　　集韻校本

一七五一

【4195】
梂 1629-7-3
橞 1051-2-4

【4196】
柘 1223-4-1

（枒 440-1-3 / 443-8-4 / 1229-6-1 / 枰 491-3-2 / 1247-8-4 / 枅 201-4-1 / 334-2-2 / 335-3-1 / 柤 674-3-2 / 1056-7-1 / 947-6-1 / 梗 871-8-1 / 1243-2-1 / 1245-8-2 / 1149-7-1 / 724-6-2 / 1204-7-3 / 384-6-3 / 351-7-3 / 800-1-2 / 1185-4-2 / 1284-1-1 / 852-2-5 / 282-6-5 / 350-5-4 / 143-2-1 / 579-3-1 / 589-5-1 / 915-5-1 / 227-5-5 / 935-5-1 / 542-7-4 / 1607-1-1 / 1608-3-4 / 1609-3-6 / 519-4-3 / 550-1-2 / 1018-4-1）

【4197】
柳 900-2-2

【4198】
梗 111-1-3

（枯 583-3-5 / 603-3-2 / 606-1-3 / 桕 1047-7-2 / 栖 1300-2-2 / 193-2-2 / 1035-5-4 / 栢 1508-7-3 / 190-4-3 / 686-4-7 / 1034-5-4 / 894-4-3 / 894-8-4 / 229-1-4 / 1323-3-1 / 1571-3-3 / 1571-5-1 / 352-2-3 / 916-4-1 / 327-8-1 / 1116-1-1 / 1175-3-5 / 709-7-3 / 579-5-2 / 580-8-5 / 582-7-3 / 605-6-2 / 607-5-3 / 227-5-5 / 1094-6-6 / 622-1-5 / 839-3-5 / 1215-6-6）

【4199】
杯 229-1-6
林 374-7-6
櫔 277-7-2
棟 135-7-3
標 376-5-1
378-3-4
820-5-1
820-7-2
821-5-3
1197-5-3
1198-5-2
棥 1553-6-3
樣 208-8-4

【4200】
刘 1109-5-5

【4201】
丸 1436-4-2

（798-7-1 / 槙 507-5-1 / 648-3-5 / 960-7-4 / 1060-1-4 / 槏 540-6-4 / 樀 584-6-2 / 1287-7-2 / 60-3-1 / 238-4-4 / 1015-8-4 / 929-2-5 / 246-8-1 / 914-1-2 / 284-1-3 / 1189-4-2 / 881-3-5 / 916-8-2）

【4210】
比 1217-4-2
刟 206-3-3
1049-5-5
刜 1468-5-2
刴 206-4-2
刞 1561-4-1
509-8-4
1250-6-4
劊 1122-6-3
1129-7-1

（290-8-2 / 750-3-6 / 埒 579-7-3 / 埣 1340-1-4 / 彭 470-3-4 / 471-4-3 / 487-5-4 / 488-5-1 / 843-8-3 / 墭 1532-6-2 / 塀 1262-4-5 / 塘 786-4-4 / 887-2-2 / 887-5-5 / 墧 387-5-2 / 1356-6-3 / 斳 276-1-2 / 750-6-4）

【4211】
屼 1436-4-1
扡 1340-1-3
批 989-5-4
垗 811-1-4
817-6-4

【4212】
刢 130-4-3
262-3-5
276-4-3

【4213】
扺 1230-6-2
1207-4-1
427-5-1
729-4-4
845-8-3
954-4-5
732-4-2
985-7-5
1005-8-2
1382-8-3
229-1-3
1600-2-2
844-5-1
533-3-1
1261-7-3

（蚔 1439-7-3 / 1447-3-2 / 蚳 57-2-1 / 壏 273-4-3 / 279-6-3 / 1128-3-3 / 蚤 489-2-1 / 蜇 57-2-2）

【4214】
坂 757-7-4
777-1-2
垊 642-7-3
648-7-4
651-3-5

【4215】
埒 879-4-3
璣 130-4-4

（717-1-3 / 挺 342-8-2 / 344-6-1 / 348-4-1 / 1181-7-4 / 垿 1470-3-1 / 垺 161-2-3 / 229-8-4 / 560-6-4 / 567-7-1 / 905-5-3 / 16-5-3 / 48-5-1 / 956-7-3 / 墏 1108-6-1 / 1406-3-1 / 1430-2-4）

【4216】
垢 903-6-4
1276-3-3
1339-1-1
塔 1594-8-6
1596-4-6
埍 215-6-2
塔 1083-2-3
墦 284-6-1
309-1-1

【4217】
埔 1582-7-2
1584-1-3
曪 347-6-2

【4218】
坄 487-8-3
墣 1314-4-2

（堘 879-4-3 / 塣 130-4-4 / 坿 1510-2-6 / 坺 189-8-1 / 坻 92-6-4 / 642-7-2 / 墾 250-7-1 / 坻 642-7-3）

一七五二

【4219】
734-6-3
1105-4-5
526-7-4
1083-2-5
161-2-3
壌 397-1-3
397-4-3

（1360-2-4）

【4220】
剧 67-1-1
68-6-6
969-6-1
剖 188-5-3
565-5-3
1061-6-1
剷 1046-3-3
1053-4-5
1058-6-2
删 1083-8-4
1101-2-2
剿 1191-6-4
幨 1512-2-2
1555-3-1

【4221】
帉 671-3-2
672-1-3
724-3-2
130-8-3
死 1510-1-6
104-8-3
672-5-4
903-1-2
剀 1577-2-3
381-7-3
817-8-3
834-7-5
208-8-2
716-2-4

【4222】
彯 599-2-2
狋 211-5-5
262-2-2
276-6-2
745-5-2
猜 1046-3-4
1052-7-1
1053-4-4
1058-6-3
723-3-4
313-7-5

（狸 464-7-5 / 輝 636-8-1 / 㲋 1071-1-3 / 1219-3-1 / 帗 57-7-3 / 196-6-3 / 197-3-2 / 202-4-5 / 猨 26-8-2 / 麀 14-2-2 / 獵 1610-8-1）

【4223】
爭 879-3-1
狒 723-3-4
猫 313-7-5
獅 620-1-4
623-2-1
幡 386-4-2
488-1-1
猴 385-8-4
82-4-2
獅 130-8-3
826-8-6
941-7-3
185-8-2
184-7-1
188-3-1
1031-2-2
1504-4-1
1186-4-2

【4224】
犴 186-4-2
717-1-4
830-4-4
101-7-4
668-6-1
983-7-1
203-4-3
1313-7-5
1349-8-6
1313-6-4

（攇 1126-8-4 / 獌 273-2-3 / 獖 1127-1-4 / 獦 249-7-3 / 321-4-1 / 1119-3-4 / 57-7-3 / 526-7-4 / 1083-2-5 / 161-2-3）

【4225】
鷯 1031-7-3
孫 292-8-1
獿 826-8-5
827-1-5
835-5-6
玃 1481-8-2
1552-8-1

【4226】
狺 645-7-6
1595-4-5
嵇 1594-8-1
1596-8-3
猶 1595-5-1
幬 251-6-5
253-7-4
257-2-4
257-7-1
257-8-1
764-5-3
836-1-4
獝 108-5-5
幡 282-8-3
285-7-6
285-1-2
獦 1186-4-2

（獢 106-6-1）

【4227】
帽 408-3-4
猺 383-6-2
獱 346-1-1
346-7-3
347-5-1

【4228】
妖 830-4-4
101-7-4
668-6-1
983-7-1
猴 203-4-3
㸒 1313-7-5
1349-8-6
獲 1313-6-4

【4241】
妣 672-1-5
妭 850-6-1
1028-8-1
1225-5-5
1225-8-3
姚 672-1-4
姂 988-5-5
姃 1206-1-2
妊 581-2-2
913-7-2

【4229】
嫪 95-1-3
嬐 378-3-3
嫽 551-3-5
900-8-1
1273-6-1
鞷 1084-7-3

（654-6-4 / 妒 807-5-4 / 荆 493-3-1 / 姍 523-5-3 / 媔 258-7-2 / 劗 1503-8-3 / 1505-1-5 / 1527-2-3 / 1527-6-2 / 1528-5-5）

【4230】
刌 763-2-4
792-1-4
1409-7-1

【4232】
鴦 1439-7-2

【4233】
婘 56-1-1
960-1-3
963-3-7
964-1-1
964-5-1

【4240】
刴 84-3-3

【4242】
妡 275-2-3
娑 1422-2-6
嫶 1464-6-5
媏 313-5-3
嬗 502-2-5
嬞 58-1-1
193-5-1
嬌 386-7-2
387-6-3
819-5-2
嫣 82-7-3
969-1-3
孀 428-7-2
804-4-2
1155-7-2
嫦 352-6-2
嬛 652-5-4
嬬 53-4-3
76-5-1
653-4-2

（婬 585-2-1 / 娹 909-8-2 / 媔 1577-2-1 / 嫭 38-4-4 / 636-8-2 / 嫌 316-4-3 / 毴 34-1-1 / 954-3-3 / 媸 1023-7-6 / 媰 43-1-2 / 毻 867-7-1 / 毺 1491-4-2 / 嫷 228-4-3 / 毸 71-1-2 / 104-5-2 / 嬉 533-2-5 / 孅 21-4-2 / 636-1-2 / 950-5-1）

集韻校本　集韻檢字表　上

左欄（4281–4295）

板 776-6-3
780-1-2
柢 1490-8-3
枰 180-3-4
183-3-1
189-8-2
柢 54-7-1
195-7-4
716-5-1
717-2-1
1038-5-1
梃 517-2-3
888-1-3
槌 342-8-1
345-8-2
347-5-3
802-7-5
枰 709-7-5
柠 1434-1-4
1470-5-2
桴 160-1-2
561-1-2
櫻 87-8-2
樓 83-5-2
87-8-3
榫 197-8-4
櫻 278-7-1
1130-3-4
1183-6-1
梭 16-2-1
樓 228-6-4
橙 1108-7-6
1406-5-4
1430-3-3
欄 951-5-2
4295
杅 899-7-1
檞 1113-5-2
機 125-6-1

647-1-2
843-8-2
橋 697-4-1
699-1-1
楮 1531-1-3
櫯 57-6-4
193-3-4
槒 665-5-3
棚 887-1-1
橋 386-6-4
387-3-1
387-5-1
401-7-4
819-8-1
1196-5-2
橢 59-5-1
橫 228-8-6
976-2-2
構 60-5-6
76-1-1
欏 316-5-4
4293
松 475-4-3
枒 1204-1-2
柽 612-7-2
624-1-4
柧 187-2-2
446-2-4
柝 1081-7-1
1082-1-3
1221-5-4
樀 357-3-1
檁 257-3-3
檼 749-8-4
1126-7-4
檸 257-3-4
4294
杆 326-7-2
341-8-3

桂 464-8-1
863-1-1
柩 432-3-2
榑 647-2-3
844-6-2
耗 115-3-3
237-5-2
桯 585-6-2
耗 1069-7-5
種 955-7-1
橱 57-4-3
58-5-3
榷 228-3-6
228-8-5
728-7-4
橇 386-6-2
4291
1051-6-4
1055-4-1
橙 501-3-1
529-8-1
1261-7-1
權 58-5-1
欖 1046-1-4
櫼 1603-2-3
1611-3-5
4292
杉 622-2-2
枌 1542-7-5
析 57-4-2
1542-7-4
枵 1032-1-1
杪 1422-1-1
彬 247-4-4
319-3-4
杪 578-2-3
579-5-1
582-7-1
枌 268-3-1
270-5-6
椇 357-3-2

剗 1444-3-3
1610-2-3
栁 1110-6-1
1438-2-2
1443-8-3
紮 1439-6-4
桝 1468-7-5
梸 1424-5-3
柵 340-5-2
刹 674-5-4
1391-5-1
4282
槳 57-8-3
紮 487-4-2
櫚 551-2-2
4283
札 1390-8-5
1435-8-4
1439-6-3
1447-2-3
1476-4-1
4286
杋 672-2-2
杙 1491-7-3
1509-7-2
枇 104-5-3
209-3-2
209-6-4
4290
杍 540-5-3
989-4-1
毛 404-5-3
桃 60-8-6
649-5-1
715-3-1
桃 366-1-1
410-5-3
刹 1444-1-5
栵 1062-2-1
1468-7-6
州 556-8-5
刹 1444-1-6
梔 50-6-2
栺 562-1-3

1551-5-5
4281
毪 268-8-2
271-3-3
319-3-5
970-2-2
毳 158-1-2
戁 427-2-5
4282
斯 53-2-5
56-4-3
139-7-1
646-4-5
723-1-6
960-8-4
斶 313-7-1
1439-6-3
1447-2-3
1476-4-1
讘 26-8-5
4286
黇 331-7-5
熸 1618-1-6
杜 672-2-1
575-5-1
576-1-1
814-6-1
910-6-4
柵 256-7-1
枴 743-1-5
剎 1444-1-5
栵 1062-2-1
1468-7-6
州 556-8-5
剎 1444-1-6
梔 50-6-2
栺 562-1-3

648-5-2
趏 1426-5-6
1442-1-2
1443-7-3
趑 1274-8-2
趒 365-6-5
366-3-1
810-2-3
趑 1188-5-1
趛 1053-7-4
1054-2-5
趖 1282-1-6
趕 561-3-5
1019-3-2
趦 1392-8-1
1394-7-1
趔 818-1-3
趨 1628-3-3
趩 955-7-2
趪 257-7-2
趫 62-8-2
717-7-3
趬 383-8-1
趭 1295-4-4
趮 228-2-4
趯 1332-1-5
趰 1547-1-1
趱 396-5-1
趲 1600-4-4
趴 386-4-1
387-5-3
817-3-4
820-3-1
趵 126-3-3
127-2-4
131-4-3
984-5-1
趷 1246-6-2
1249-7-4
趹 1480-1-3
1481-7-3

右欄（4243–4280）

4263
觚 187-5-1
觚 1434-4-3
4270
刳 1621-8-1
1622-3-3
1622-4-1
4271
觳 56-6-2
193-6-5
觝 1611-5-3
4276
觸 309-1-4
4280
赳 575-7-5
910-6-3
1284-8-2
1284-8-4
赹 876-2-5
赺 750-3-1
750-4-3
越 93-1-3
赿 1265-1-5
趄 848-6-5
1222-7-2
1223-2-3
1510-4-2
趀 195-6-3
716-8-3
1038-3-1
趔 1385-1-1
1388-4-1
1398-2-2
1398-6-4
1403-4-4
趠 178-8-4

284-7-1
227-7-2
4257
韶 408-3-6
韜 408-3-5
1211-5-3
4258
鞿 211-1-2
216-8-2
鞴 1313-8-1
1349-8-2
韃 1349-8-1
4259
韔 55-4-2
75-3-6
195-5-5
197-6-2
1038-3-4
靳 1510-4-5
鞍 516-4-2
鞮 346-2-3
772-8-2
鞁 227-7-3
鞥 946-2-1
鞦 1130-2-2
鞨 1121-2-4
905-2-2
劀 1442-2-5
劃 1561-1-4
磐 1246-6-3
1249-8-1
犧 126-4-1
誓 57-8-5
193-4-4
4261
乱 1452-1-1
酰 101-3-3
1363-8-3
1489-8-3
4262
斲 1363-8-3

86-7-5
227-7-2
韉 1348-2-2
1349-7-4
4253
鴕 537-7-3
537-8-2
鞾 666-1-1
802-6-2
880-5-3
4254
靪 55-4-2
75-3-6
195-5-5
197-6-2
1038-3-4
靳 1510-4-5
鞍 516-4-2
鞮 346-2-3
772-8-2
鞣 227-7-3
4255
磐 1246-6-3
1249-8-1
犧 126-4-1
4256
鞈 663-6-2
971-4-2
鞳 1349-7-3
韂 1595-1-1
1596-2-2
韜 1595-4-4
1596-3-5
鞴 1086-5-5
1489-8-3

嬅 1313-6-1
1323-6-3
1344-1-4
1349-7-4
嬪 1369-2-4
4249
妖 418-6-4
媒 734-5-4
1105-6-2
婺 613-4-2
孃 397-7-3
1478-8-1
1481-7-1
孋 843-3-4
4250
軵 743-3-2
744-6-5
1121-2-3
4251
772-8-2
鞺 227-7-3
鞻 1130-2-2
鞼 1121-2-4
鞽 955-6-3
744-6-6
鞾 1246-8-3
韄 1610-8-4
4252
鞈 1126-1-1
1053-2-1
1464-5-5
韝 386-6-3
1486-6-3
韛 429-4-5
1486-3-5
韜 684-3-3
韝 53-4-2

1130-2-4
1183-4-2
娟 527-5-5
嫒 16-8-3
嬜 1220-1-1
嫈 159-7-5
4243
妮 1308-1-4
1613-1-2
1632-2-1
1632-4-1
1632-6-1
姤 446-2-2
孤 1581-5-2
嫭 109-1-2
1596-3-2
婚 216-4-1
嫇 835-7-2
孎 1405-8-1
嬏 283-4-5
285-7-2
309-1-2
4244
妎 327-1-1
妀 55-1-3
644-6-3
姃 186-5-1
妌 196-2-3
姃 517-1-3
785-7-1
787-1-2
888-2-1
姳 348-8-2
娉 161-7-4
561-7-4
媛 88-7-1
731-3-4
婷 807-5-3
1143-7-4
1183-2-1
1487-6-4
姷 1169-4-2
婑 88-3-3
731-3-5
841-6-6
媛 278-4-1

657-8-1
667-7-1
966-3-5
1080-3-1
4246
妖 385-2-4
823-7-3
媅 1152-7-4
媛 202-6-2
1044-6-4

4247
妁 341-4-5
媏 835-8-3
婻 1610-5-1
1612-8-4
1627-4-2
1628-2-2

4248
妖 385-2-4
823-7-3
媅 1152-7-4
媛 202-6-2

集韻檢字表　上

集韻校本

右頁（一七五五）

4296
栝 934-8-5
1078-7-2
1300-2-1
1428-3-2
梠 84-7-1
107-7-3
663-5-4
1428-3-4
楮 1595-6-2
1596-7-3
1314-7-5
1315-2-5
楷 108-4-1
995-3-3
215-6-4
724-6-1
楣 256-4-2
257-4-1
739-7-2
745-3-3
747-4-2
747-6-1
1113-7-6
楅 283-8-3
284-5-3
420-3-2
757-8-3
4297
枻 1384-7-3
1410-4-1
1416-3-3
1429-1-4
1440-5-1
椙 1582-8-3
1627-3-1
榴 383-4-5
409-2-2
834-2-2
4298
柀 385-3-3

818-8-3
楳 101-4-3
668-4-3
203-2-3
211-2-4
1044-5-1
椺 178-2-1
1315-3-1
1360-2-1
横 59-4-4
横 1313-6-2
横 1313-6-3
1314-7-5
楢 1368-6-4
1447-6-4
4299
枊 418-3-2
枏 1261-4-1
棟 874-7-4
1247-5-2
採 734-7-2
1105-5-3
槼 293-1-4
樸 396-7-4
397-3-1
橪 352-5-3
1174-1-3
樏 1479-6-4
1481-8-3
1493-2-4
1553-5-1
橻 178-6-5
樏 545-1-3
1266-7-1

龙 13-8-1
47-2-3
4304
博 1493-7-3
4305
成 542-3-5
4310
式 1382-1-1
式 972-8-2
卦 1314-3-1
1360-2-5
式 599-1-5
式 993-4-5
1558-8-1
1563-8-1
1573-3-5
卦 1079-6-1
虱 1573-5-4
盉 1429-6-4
盇 542-3-7
壵 262-3-6
276-4-4
4311
坨 74-2-2
坑 634-2-1
坮 438-6-2
垸 1144-3-2
垸 1265-8-1
1273-3-4
载 961-5-2
1105-4-1
载 1378-5-3
城 1576-2-4
壏 1253-3-2
4300
弌 1565-2-2
4312
圬 693-5-5
693-8-4
4301
尤 538-3-1

埥 790-3-3
790-8-2
1172-3-2
1173-3-1
墋 914-1-4
4313
垠 866-8-1
1240-6-5
埃 234-3-1
666-1-3
埃 1411-3-1
埧 279-6-4
4319
坏 1385-7-1
4314
坡 1406-4-1
1430-2-5
1432-1-1
埈 1116-7-2
博 707-1-2
4315
城 634-8-5
城 506-8-3
域 1340-5-4
1569-2-6
壟 1359-1-2
4322
肙 1565-6-6
㝧 693-2-3
帕 1173-5-6
狷 338-5-2
790-3-1
1182-5-5
狷 334-4-3
猵 247-1-2
328-8-4
351-4-1
塔 637-8-2

1008-8-3
1185-3-3
4317
幓 374-2-1
581-7-3
605-7-4
621-8-2
925-3-3
狳 373-6-2
405-8-2
581-8-2
619-4-5
622-4-2
939-2-1
941-4-1
941-4-3
1306-6-3
1307-2-4
獤 501-7-3
獩 28-2-4
4323
狼 469-5-3
866-6-4
1240-8-2
嚎 442-2-4
1228-4-3
㷭 345-2-6
猺 650-2-1
977-7-3
1087-7-3
1090-1-1
憺 755-4-2
獹 1266-3-3
4324
帗 1393-1-1
1393-6-4
1429-5-4
狧 1109-3-4
狒 1186-4-3
弒 1558-8-4

4318
坟 1455-2-2
1455-6-3
坺 1325-1-4
1575-2-1
埃 1411-3-1
4321
犰 1264-6-1
犰 745-3-2
狚 424-7-3
狚 1365-8-5
㹍 19-5-3
帵 281-1-2
307-8-3
狌 45-2-5
幰 1247-1-1
瞿 1359-1-2
墭 1406-4-1
犰 1264-6-1

埖 790-3-3

4316
坍 693-5-5
741-2-3

左頁（一七五六）

軥 426-1-1
輇 948-5-1
輗 272-7-4
280-7-4
753-1-4
753-2-1
輓 1130-4-4
輲 1369-3-2
轓 1130-4-3
輨 753-1-3
4352
鞘 338-4-4
339-1-2
790-7-3
806-3-1
輔 707-3-5
輔 701-4-4
鞮 603-5-4
622-1-1
4353
轊 1130-4-5
4354
載 1002-2-1
1393-3-4
鞍 569-7-3
轉 1267-8-4
1278-7-1
1494-4-2
轉 1267-8-2
1489-7-2
1495-4-3
1541-8-3
4355
載 108-1-1
239-4-3
735-1-4
1040-3-1

戲 1159-5-3
孃 602-8-2
603-8-5
鞴 159-7-4
4346
始 673-6-1
993-6-6
嬉 1074-6-2
嫆 40-8-4
嬬 912-6-4
4347
姻 307-8-6
1145-7-2
1437-6-2
1443-3-3
4348
娭 118-3-2
234-4-2
733-5-5
姃 1168-4-1
歝 1436-6-2
1437-1-5
孃 246-6-2
嬢 246-3-1
246-5-5
4349
妖 542-4-1
婞 31-1-2
4350
軕 989-6-3
990-6-3
1374-6-1
1376-3-4
軖 990-3-1
1458-7-1
4351
鞄 424-8-2

婷 501-7-2
522-3-4
4335
戜 359-4-4
戜 1105-4-2
4343
娘 461-4-3
嫁 1228-4-2
燃 345-3-2
794-5-1
796-8-3
1169-3-1
嬺 280-5-4
孃 246-6-3
4344
妣 1565-7-1
奴 1002-2-2
1429-8-1
1432-3-4
姀 1156-6-3
姷 139-6-3
娞 423-1-5
娀 701-7-2
婈 831-8-3
嫅 161-7-3
歝 1566-1-3
鸒 1494-2-5
4345
戜 1528-1-2
娍 1401-4-1
娍 23-1-1
娍 507-3-5
1253-3-1
娥 415-5-1
嫌 210-1-2
歝 778-1-2
1348-1-5
孃 1558-6-1
舞 568-6-2
嬢 1462-6-3

獡 603-4-3
猚 371-5-4
817-2-3
820-2-5
820-6-2
822-7-5
4326
戜 359-4-4
4340
犮 1431-3-4
妒 1028-7-3
妼 989-6-4
1374-5-3
4327
帽 307-2-2
4328
妩 538-7-5
狣 1266-3-2
猠 1411-5-6
獧 112-4-1
996-2-2
獄 1354-2-1
幀 245-6-2
嬪 246-3-3
247-1-1
328-8-5
4329
狝 1388-1-4
幏 30-6-2
獠 369-3-5
4330
弑 1573-1-2
4332
妷 694-3-4
娟 340-5-4
360-4-2
1253-3-1
婑 177-1-3
婣 246-5-6
娲 351-2-2
愁 262-4-4
1123-2-1
1125-8-6
緎 993-7-3
幟 604-1-1
獙 78-6-4

狩 897-3-3
1269-4-3
狻 312-2-3
1117-5-3
狻 570-2-4
狷 1345-8-2
1494-6-4
1495-7-3
4325
狾 1401-7-3
狾 24-6-1
裁 403-1-4
幓 301-1-2
327-2-2
792-6-2
793-3-4
936-5-1
1056-6-4
1149-6-3
1174-8-4
1186-5-3
1439-2-4
狻 775-1-3
778-1-1
778-6-4
裁 995-2-1
猶 619-2-2
918-3-4
鹹 1339-7-1
1569-4-4
猶 1328-5-3
羧 403-1-3
幟 993-3-2
993-5-5
緎 993-7-3
幟 604-1-1
獙 78-6-4

4333
婙 581-6-1
592-4-3
921-7-3
1593-4-2
嬬 1462-6-3

恝 973-1-1
981-2-1

集韻檢字表　上

集韻校本

一七五七　一七五八

左半（一七五八）

堇 481-4-2	莖 497-2-4
薕 270-8-5	497-5-2
291-6-4	莗 1450-8-6
菳 90-2-2	蓳 115-8-4
422-1-3	1333-1-4
432-6-6	1336-8-3
萱 279-4-3	1563-7-3
蓋 509-5-2	葦 1218-1-1
蓋 1075-6-1	莝 1137-5-1
1419-3-3	基 119-4-1
1598-3-3	121-3-4
1599-3-1	152-8-3
墓 176-4-2	菫 261-3-1
1026-1-3	276-2-3
萱 234-5-1	750-4-4
683-3-3	1122-4-3
1100-1-5	1122-7-2
菳 1537-2-2	1126-3-4
墓 120-1-2	華 647-3-1
121-8-3	647-5-2
菫 1122-8-5	荃 587-3-3
1126-2-4	587-8-1
墊 1121-5-2	588-5-1
1170-3-3	萱 81-5-3
墓 750-4-5	莖 19-3-1
堇 276-2-4	蓋 1242-1-3
基 261-3-3	1246-4-3
蓋 525-7-4	蘷 1566-6-3
尌 1023-6-2	埜 851-3-4
薑 186-3-4	尌 703-7-1
蘁 700-3-2	1023-7-2
董 9-4-1	1025-3-4
627-2-1	蓁 1383-6-2
750-5-2	1448-3-2
薄 342-1-3	蓍 436-7-5
藍 501-6-3	基 261-3-4
蕤 747-2-4	菫 259-2-4
750-6-6	韮 892-5-5
蕘 501-3-2	菫 272-6-5
533-1-3	董 627-2-2
蟄 1574-3-1	633-7-1

179-2-4	**4401**	1146-7-1
393-5-3	苄 1382-6-3	1157-5-4
432-7-1	榙 924-1-1	榙 1375-3-4
433-2-2	927-7-2	1376-7-6
436-7-4	旇 1215-1-3	橚 1579-6-5
689-6-3	庵 920-4-3	1581-1-1
707-7-2		1605-7-2
849-7-1	**4402**	機 327-3-3
850-5-1	劢 1574-1-2	橄 1558-3-2
1012-1-1	芍 721-6-5	1565-3-2
苴 1153-5-1	考 828-6-1	1573-6-2
1422-8-4	芎 1018-2-2	1576-6-3
茝 87-7-2	27-6-4	機 1411-4-4
492-7-1	苟 914-8-3	675-3-2
芷 1584-6-3	枷 37-1-1	檵 1401-4-4
1587-8-4	苪 785-2-3	橄 1603-7-4
封 37-1-1	協 1617-5-1	檳 246-1-6
953-5-4	荸 154-4-5	樓 350-1-4
1262-5-1	159-6-1	櫕 1420-4-3
1302-6-7	445-4-3	1473-8-6
菫 205-6-2		
206-6-1	**4399**	**4396**
尊 1503-5-1	林 876-6-3	柏 113-8-2
尊 444-4-5	栚 542-1-1	117-1-3
	576-4-3	677-3-3
4404	1338-7-3	格 401-6-2
菖 305-3-2	1339-5-5	828-1-1
茳 93-2-3	1353-4-1	829-6-1
115-1-2		893-2-1
1378-6-2	**4410**	格 1511-6-3
1449-5-3	芷 708-6-4	楮 201-4-1
茁 1455-5-6	709-2-4	楮 1417-8-1
1557-3-4	1029-7-6	1441-2-4
荃 292-8-6	抖 580-3-1	1441-7-3
353-7-4	芷 673-3-1	榕 40-2-1
1444-6-2	尌 160-2-2	檜 758-1-3
1463-1-5		762-4-5
1465-6-5	**4400**	橹 1331-6-1
1466-7-3	卅 41-3-2	橹 912-3-4
1020-2-2	44-2-2	
荃 525-6-2	茶 104-1-5	**4397**
茞 104-1-5	苴 138-2-1	1600-2-3
苴 138-2-1	138-5-3	册 1578-7-1
138-5-3	木 319-4-5	棺 307-4-1
茲 164-3-3		
苢 1282-8-5		

938-5-1	**4398**
械 129-5-2	枕 1325-1-2
械 560-3-5	柣 1123-1-5
1328-4-1	梂 1043-1-3
1523-3-4	1450-4-3
機 1579-6-5	校 675-3-2
1581-1-1	株 1401-4-4
1605-7-2	枻 1603-7-4
327-3-3	檳 246-1-6
機 1558-3-2	樓 350-1-4
1565-3-2	欜 1420-4-3
1573-6-2	1473-8-6
1576-6-3	
機 78-4-5	棕 938-2-2
機 578-3-6	橡 95-5-7
603-5-2	橡 1439-5-4
604-4-6	
619-3-2	

右半（一七五七）

杝 1559-2-2	椅 77-7-4	枕 538-4-1	**4391**
1563-6-4	83-1-1	枕 1065-1-1	898-7-4
梭 256-7-5	棉 578-2-4	1182-4-1	1268-6-4
353-7-5	579-5-4	拉 1597-2-5	1331-5-3
422-6-4	橡 405-8-1	柂 425-8-2	
1117-4-4	581-5-1	838-5-4	**4373**
棭 1538-7-1	582-3-1	838-8-4	592-4-1
弑 993-5-1	622-4-1	梡 287-5-3	1593-4-1
槷 517-6-3	911-5-1	304-5-1	趑 1378-5-4
梭 405-3-2	912-4-4	760-1-2	趑 918-5-4
559-2-1	914-1-1	767-4-5	趑 1381-6-2
槼 1573-6-3	921-4-1	768-3-6	趑 1447-1-1
榑 163-1-2	1286-7-4	1145-4-1	752-6-6
1020-5-4	楢 1182-6-3	1158-4-3	755-6-1
1494-8-2	樿 490-8-2	桱 19-3-3	1131-6-3
梓 676-3-2	874-4-1	45-3-5	
梳 973-1-3	槗 847-6-3	椀 767-8-5	**4385**
980-4-1		楦 1130-3-5	1145-4-1
櫔 889-1-4	**4393**	榨 1083-1-1	1158-4-3
	松 577-7-1	1224-5-6	
4395	根 469-4-1	檻 1375-3-3	**4377**
枛 1401-5-1	棒 762-5-1	槐 713-4-1	裁 239-2-1
栽 239-4-1	椓 1228-2-1	檔 778-3-2	戴 1103-5-4
1105-2-2	樵 1012-8-4		戴 327-6-2
1105-8-2	1013-3-4	**4392**	801-8-1
械 24-5-1	1223-4-2	柠 693-4-3	1100-1-2
桄 1406-5-5	樅 337-1-4	693-6-2	戴 1101-6-4
桙 153-1-1	796-8-1	694-3-5	
568-3-4	梌 648-1-1	桕 208-1-1	**4388**
械 1087-3-1	橌 918-5-3	338-6-2	276-5-4
械 1340-5-3	欓 350-1-3	338-7-1	376-3-2
1557-8-1	櫨 316-7-2	355-3-1	377-6-1
1569-4-3		359-7-5	
棧 266-6-5	**4394**	1176-7-3	**4390**
778-3-3	杙 1565-3-1	楯 201-4-3	术 1385-7-6
778-5-2	枠 1186-2-4	334-2-3	1388-3-4
799-1-6	板 1392-5-1	楄 329-1-2	朴 562-5-2
1159-6-2	1429-8-4	329-8-1	1278-6-3
械 594-6-2	1431-5-1	楄 524-7-3	1278-7-5
617-5-3	1438-3-4		1314-8-1
618-3-1	1475-2-1		1360-2-2
			求 157-1-2
			540-5-5
			秘 990-6-4
			1374-6-4
			1375-6-3
			1459-6-5

1103-5-5
1105-1-3
1105-7-3
4371
竞 1566-5-2
載 1401-2-1
戴 1060-5-4
戴 1060-5-5
戴 1340-3-1
1569-7-3
1570-3-6
4375
裁 239-6-1
1105-7-2
1105-2-3
4356
戝 593-7-1
914-7-4
4357
韜 768-8-4
4358
751-2-4
4380
戗 991-7-5
戧 1324-6-5
戧 1324-6-4
纕 281-8-3
4360
貳 1573-2-3
1573-4-4
貳 972-8-3
趑 1388-1-2
1431-2-5
4365
哉 239-1-3
截 238-8-3
239-5-3
戝 1483-1-4
截 976-2-1
1102-8-1
1105-3-3
1105-8-1
1268-6-3
4370
貳 1102-7-4
貳 1382-2-4

集韻檢字表　上

集韻校本

一七六〇

一七五九

左半部（左→右、上→下）

蔘 581-5-2 ／ 592-1-2 ／ 599-3-1 ／ 939-2-4
蓼 532-4-2 ／ 588-6-3
蔞 1497-6-1 ／ 1507-7-4
蔞 14-1-2 ／ 22-5-1 ／ 950-4-2
蓼 501-6-4

4421
犰 542-2-1
芫 1416-4-1
芁 12-1-1 ／ 22-2-2
狚 434-4-3 ／ 645-6-1
芫 277-6-2 ／ 308-7-2
芒 244-3-2
花 445-1-3
芫 541-8-2
芫 475-6-5 ／ 477-2-2
帆 1292-7-6
犰 1266-3-4
尅 877-5-1
茻 849-7-2 ／ 1224-5-5 ／ 1499-8-2 ／ 1517-2-1
茌 110-2-3
苑 280-6-2 ／ 753-3-3 ／ 1131-3-5
苊 719-1-2
苲 108-2-1 ／ 110-2-2

藻 835-2-5
藤 1619-3-3
藻 826-8-4 ／ 832-7-4

4420
芧 516-5-3 ／ 886-8-1 ／ 887-6-2
犿 219-3-5
莎 816-1-2
苓 586-5-3 ／ 588-5-5 ／ 612-3-2
芦 712-7-5
芧 147-3-3 ／ 690-1-5 ／ 692-6-6 ／ 693-8-5
苧 143-4-3 ／ 693-8-6
柎 1021-1-1
犾 1019-7-3
芛 423-8-3 ／ 967-3-1
荽 177-8-1 ／ 1027-4-5
葶 517-3-4 ／ 886-8-2 ／ 887-7-3
葊 245-2-4
芩 581-7-5 ／ 583-5-2
蒤 1507-7-3
夢 22-5-2 ／ 535-5-1 ／ 950-1-3
蓼 811-7-3 ／ 835-5-1 ／ 900-7-2 ／ 1334-4-5

蕻 17-5-1
堘 1497-3-3 ／ 249-7-1 ／ 250-3-1 ／ 332-2-2 ／ 758-6-4 ／ 786-5-4 ／ 1119-1-4 ／ 1168-2-2
蕻 1372-2-3 ／ 1563-1-1
堘 480-5-2 ／ 597-4-2 ／ 597-8-4
黃 641-3-1
瀇 798-8-3
塡 332-2-2
葰 605-1-4 ／ 605-6-3
歊 922-3-4
墻 453-8-2
蒲 467-1-1
蕗 1030-4-2
藩 283-5-5
沫 1316-1-1
沫 1386-5-4
墣 1603-3-4 ／ 1613-7-2 ／ 1615-2-3
蒤 580-1-2
墭 1613-7-1 ／ 1615-2-2

4417
坩 599-7-1
罿 1052-2-1 ／ 811-8-2 ／ 1194-7-5
瀇 378-3-1 ／ 378-5-1 ／ 378-8-1
坱 1626-2-2 ／ 832-7-3

4416
塸 109-6-1 ／ 678-1-4
鼕 711-1-2 ／ 978-8-2
菠 530-6-2 ／ 374-8-1 ／ 1329-4-3 ／ 1345-4-4 ／ 1550-3-5
皷 436-1-6 ／ 899-1-1 ／ 711-8-4 ／ 658-4-5 ／ 707-2-2 ／ 1496-3-1 ／ 1515-6-4 ／ 1520-7-3 ／ 1545-5-3
薆 581-6-3 ／ 833-7-5 ／ 1330-7-2
對 1093-1-3 ／ 590-1-4 ／ 350-6-4 ／ 1510-7-4

4415
哉 1569-3-4
蓮 245-1-4
萍 327-4-2 ／ 328-2-2 ／ 327-2-1
蕧 580-5-3 ／ 938-5-7
薄 1344-8-3 ／ 1345-2-3
𪎮 1449-5-2 ／ 1175-5-3 ／ 602-6-5 ／ 604-5-3

569-2-1 ／ 25-7-3 ／ 29-3-3
蠹 1342-3-4 ／ 1484-3-1 ／ 1485-5-2 ／ 1501-2-1 ／ 1533-5-3
蠹 199-4-4
蠹 395-4-1 ／ 569-2-5
鼞 285-1-2
蠹 1210-7-3 ／ 1543-4-4
瓊 1084-6-2
蠹 1473-6-1
蠹 1092-3-3 ／ 1423-5-3
蠹 718-4-3
薰 273-5-1

4414
坎 1076-5-1
坡 419-6-2 ／ 969-8-3
薇 106-7-2
坲 1408-3-3
茈 51-4-4
茂 1407-5-1
萍 491-4-1 ／ 514-4-3
泜 84-7-2 ／ 93-5-2
菠 419-4-1
埣 1600-5-4
對 21-5-2 ／ 36-7-6 ／ 37-2-2 ／ 629-6-3 ／ 953-5-4
泝 514-4-2

右半部（左→右、上→下）

126-7-1 ／ 132-3-2 ／ 669-7-3 ／ 685-2-3
蘭 1350-8-1
蘄 264-4-2 ／ 340-2-2 ／ 345-2-2
蠤 338-3-5

4413
茧 26-1-1
蠤 1485-5-3 ／ 1501-4-1
蚕 43-5-2 ／ 639-3-4 ／ 955-3-4
菫 489-5-8
蚗 1588-1-1
蕧 469-2-5 ／ 1240-8-1
基 122-6-4
菫 1342-3-3 ／ 1485-5-4 ／ 1501-4-3
蟁 941-5-2
蠤 395-3-6
蝥 51-3-2
蚰 489-5-6
蕧 293-2-2
蠤 600-7-1 ／ 621-1-2 ／ 1290-8-4 ／ 1291-2-4 ／ 1295-1-2
蠤 1375-2-4
蕧 1305-1-4
蠤 651-2-2 ／ 1092-3-2 ／ 1423-5-2
蠤 395-3-5

蒴 413-6-1 ／ 413-6-3
蕷 836-7-1 ／ 1367-8-1 ／ 1484-2-2
㙻 1290-5-2 ／ 311-2-4
塘 1038-8-1 ／ 1041-2-3 ／ 1061-1-2 ／ 1448-7-5
煑 1013-1-4
墻 845-4-4
葯 1187-8-1
蕩 467-8-2 ／ 864-4-1 ／ 865-6-2 ／ 866-1-3 ／ 1240-3-1
溝 904-7-3
蕩 1076-1-1
蒲 174-3-4 ／ 792-6-4 ／ 22-5-3
蜀 1348-1-1 ／ 1350-8-2
鼞 499-4-2 ／ 537-4-6
蒟 567-4-3
蕩 828-2-2
蕩 313-4-4
漸 930-5-2
蒡 1334-4-6
劉 550-2-1 ／ 900-8-2
蒟 159-3-3
蔄 1529-7-5
蹄 198-3-1
蕷 1047-3-1
蕄 1536-7-3
蕄 102-7-1

邽 43-7-1
菊 699-2-2
勃 1334-6-1
芶 261-1-1 ／ 263-1-5
茒 1012-6-3 ／ 1014-2-4
莎 58-2-4 ／ 89-2-3
蔬 139-4-4 ／ 167-3-2 ／ 422-5-4 ／ 435-2-4
蓏 131-4-2
埼 79-8-1 ／ 130-5-1
蓏 834-1-4 ／ 1204-5-1 ／ 1211-4-2 ／ 1366-3-2
顚 1024-6-5
蔄 415-2-1
蕷 836-6-5
蕷 383-7-4
勤 1122-5-1
勍 493-8-5 ／ 509-8-3
蒟 1250-6-3
蕎 872-5-3
增 1621-8-3
堇 627-3-4
蠤 1598-6-4
葛 1601-4-1
蕎 20-7-2 ／ 632-4-5

4412
坊 261-5-2
蒟 159-3-3 ／ 697-5-1 ／ 1017-5-4
蒲 177-6-1 ／ 707-3-6 ／ 1496-6-5
薄 513-6-3

1199-6-3 ／ 1201-2-4
壇 986-1-4 ／ 1047-2-1
蕃 1599-8-5
蘊 289-4-1 ／ 751-6-1 ／ 1129-5-1
蔬 139-4-4 ／ 167-3-2 ／ 691-2-3
蔬(蔬) 1012-2-2 ／ 130-5-1 ／ 1075-5-6 ／ 1076-2-3
蕷 241-1-1 ／ 347-7-1
䕯 1322-5-4
蔬 383-7-4 ／ 1195-5-4
癲 223-8-2
蘆 1278-2-1
蠶 1582-3-6 ／ 1583-5-2
蘳 410-1-6
壃 279-6-5
藍 1296-8-1 ／ 1012-1-3
蓖 718-8-2
蠱 1598-6-4
藶 1553-4-5
蒚 462-2-4

4411
坳 392-4-1
菲 230-8-4
1200-7-4

1041-8-4 ／ 1068-2-3
苉 1097-2-2
范 941-5-1
筑 1332-5-1
芘 60-8-2 ／ 214-6-1 ／ 645-1-1
蔬 139-4-4 ／ 167-3-2 ／ 648-7-3 ／ 648-8-3
汪 44-6-2
茫 471-6-5
蒩 137-2-2
茷 1287-5-5
埴 993-8-3 ／ 1558-5-2 ／ 1559-5-2
淹 596-3-5
䔧 920-7-2
蕤 383-7-4 ／ 934-3-2 ／ 937-5-3
菲 123-6-4
蘆 681-8-4 ／ 1003-4-3
蓏 217-4-3
菹 140-7-2
壃 432-7-2 ／ 95-5-5
蘤 26-3-4 ／ 534-2-3 ／ 1262-1-3 ／ 292-3-1 ／ 681-5-5
蓮 1450-8-7
范 980-6-4
蔬 550-6-5
壃 261-3-2 ／ 1122-6-2 ／ 1126-6-1
蕲 1065-3-3
蘣 60-8-3

4411
地 977-7-5

薑 462-2-5
薑 303-3-1
薑 140-7-3 ／ 51-6-1 ／ 84-7-4 ／ 93-5-4
壃 851-3-3
薑 236-4-4
藍 598-4-3 ／ 1296-7-3 ／ 740-3-4 ／ 1116-5-5
蓋 140-7-7 ／ 532-4-3
蘆 1034-4-3 ／ 1503-5-2 ／ 1087-4-3 ／ 140-7-4 ／ 1032-5-3 ／ 1261-7-4 ／ 29-7-7 ／ 952-7-3 ／ 19-6-3 ／ 21-5-1 ／ 23-2-1 ／ 36-7-5 ／ 37-2-3 ／ 468-1-4 ／ 533-2-3 ／ 533-3-3
薑 732-2-4 ／ 520-8-3 ／ 732-2-5

集韻校本　集韻檢字表　上

一七六二　一七六一

4422

芥 1086-1-3	蘁 158-6-4	薙 1087-4-2	1334-4-3	1471-5-1	荒 479-2-6
1435-6-1	蘿 64-6-1	305-2-2	薩 730-3-1	85-3-2	芫 783-7-3
芬 267-8-2	1126-4-2 黌 64-5-1	307-5-3	蘆 422-2-1	305-4-2	荏 913-5-3
苐 674-5-1	963-3-3	307-7-1	436-4-3	138-2-2	莶 1433-3-1
芴 1392-2-6	1043-2-2	1146-7-2	707-6-1	139-2-4	1433-5-3
1414-2-1	靡 69-3-4	1146-8-5	707-8-1	179-6-2	荒 474-7-3
芳 449-2-6	662-8-1 莛 115-4-2	179-6-2	208-4-2	477-7-1
吶 1095-5-4	贏 66-1-4	219-7-5	崔 227-8-2	901-3-5	870-8-6
艻 1023-8-1	428-6-3	覓 1546-8-5	125-1-1	23-5-3
芮 874-8-1	蘿 362-6-5	1089-3-2	596-2-2	1003-3-5	劼 1577-3-3
尚 881-8-5	754-2-1	821-6-5	1322-2-4	1577-3-3	恇 478-2-5
883-5-3	1130-6-4	1202-8-4	莧 1245-7-2	478-2-5	姚 372-3-1
甫 953-3-3	蕘 1196-1-3	1362-3-4	蔲 1275-6-1	270-8-1	菀 805-8-4
茅 198-3-4	鼕 890-8-4	薄 1259-8-2	531-7-1	805-8-4	莞 751-6-3
茅 379-5-3	蘲 649-7-1	蘆 250-5-2	532-4-1	751-6-3	1161-2-3
394-8-1	1504-8-5	蘢 1188-8-1	753-3-4	753-4-1	1169-6-1
1098-1-1	蟲 179-1-1	1367-3-8	1399-4-1	22-3-2 苀 980-6-3
岖 824-4-2	707-5-1	662-3-2	381-1-5	562-4-2	981-8-4
狥 824-5-7	芳 364-6-1	722-6-1	399-3-1	1307-7-1	1379-2-4
肴 891-7-3	366-7-2	970-2-1	1194-3-3	893-3-2
1264-5-4	380-7-5	壥 1553-4-4	萑 305-4-1	898-6-1
茚 110-8-4	芀 111-5-4	藿 1501-1-5	蕘 266-1-2	50-6-1	899-7-5
240-3-3	527-7-4	1504-8-6	虂 222-8-1	179-6-3	901-3-4
苅 1062-2-3	1259-5-2	蘆 144-7-1	726-7-3	1028-7-1	胙 1335-3-2
1468-7-4	犵 1564-5-3	183-6-1	1623-4-6	386-5-5	莞 305-2-3
荓 433-2-1	芇 352-3-4	426-4-1	蔲 163-3-2	22-3-3	307-5-1
439-7-3	785-2-2	藭 400-4-5	50-6-1	591-3-3	316-4-1
芮 862-4-1	芇 1001-4-4	龍 10-6-1	371-1-3	52-2-4	759-2-5
茄 858-4-3	1001-7-3	38-7-3	擅 984-3-3	307-3-3	767-5-4
荇 872-5-2	1070-5-1	629-1-4	986-4-2	776-2-6
940-8-3	1429-8-3	蕟 509-5-1	499-4-5	猺 1146-7-4
勞 74-8-3	芇 1394-1-1	蘆 1320-7-3	537-3-3	1158-4-2
荔 963-1-3	芮 1056-1-3	蘿 306-6-2	瓵 1155-8-1	870-7-3	莫 681-4-4
1043-3-1	1095-5-1	獲 306-5-5	1157-5-5	871-2-1	莊 1000-6-3
1169-2-3	1114-2-3	361-8-4	1433-2-1	厥 458-7-2
1466-9-2	362-2-1	1433-6-1	1234-7-1
肯 338-3-1	荔 527-7-5	蘆 116-2-3	828-8-1	獾 115-8-2	莧 140-7-8
崎 723-7-6	1259-5-1	薷 384-8-1	1206-4-3	雝 1335-8-3	1242-3-1
854-3-5	芹 131-4-1	42-7-3	薩 900-8-5	710-6-2
				梵 1064-8-6

4423

黐 262-5-5	蘭 646-1-4	蔺 75-6-4	梦 269-6-3	菁 1336-1-1	帪 1618-1-1
340-2-1	719-1-3	84-2-3	749-2-1	菺 334-5-3	莆 700-5-2
藕 1556-6-3	蕎 170-8-4	649-7-4	萵 1524-7-4	蓟 1468-7-3	甫 991-2-3
藕 1526-7-2	557-4-3	653-1-3	1553-4-2	帶 1067-5-3	373-3-3
1556-6-2	蕳 144-6-2	蕄 461-4-6	幕 1149-1-3	猗 80-3-1	菖 396-2-1
藕 65-5-1	蘭 1471-5-2	860-1-6	1497-2-3	655-1-3	蒡 894-6-3
藜 249-4-1	蕂 867-3-3	猫 311-7-4	蒴 1165-6-5	655-3-8	1268-6-1
292-2-3	蕈 989-8-1	獮 1052-7-2	蒢 365-8-1	荷 837-5-3	荷 413-6-2
葡 621-1-5	獬 649-8-1	367-4-2	967-7-1	414-4-2
621-5-3	653-3-3	551-7-4	青 119-3-6	415-1-2
苄 712-7-4	薺 91-7-2	蕳 1056-2-1	蕳 400-4-1	菌 591-6-4	836-7-2
茮 1314-3-5	681-1-4	1059-1-1	829-5-4	925-1-7	837-2-2
茈 826-7-4	714-3-1	蕭 886-7-1	蕳 1531-8-1	前 373-7-3	蕃 127-3-4
苯 762-3-2	1036-4-3	蕳 318-2-1	羏 1531-6-4	396-3-1	菥 121-2-1
赤 1511-8-3	褵 1417-5-6	322-1-3	旁 471-3-2	1363-1-2	262-3-2
茋 187-4-3	蕎 198-2-5	323-1-1	489-1-3	1363-1-4	276-5-2
弦 537-7-4	蕳 162-5-4	剪 1383-2-1	867-3-3	葛 448-5-3	第 198-3-3
538-1-1	蘭 1240-7-3	蕎 387-1-1	葵 807-7-1	459-5-1	菊 1566-6-2
狫 1621-8-4	蕳 787-8-1	387-6-4	蕳 1177-3-1	468-4-3	猍 92-5-2
茶 1512-1-3	蘡 1391-5-2	禰 794-3-2	蕳 1445-4-5	萬 1133-8-2	117-4-5
1512-5-2	藭 28-1-2	蔿 82-7-2	蕳 831-5-3	菖 1007-2-3	118-6-1
莀 243-7-1	殯 460-2-3	419-1-5	1021-6-4	菺 1415-4-3	127-5-3
莁 993-3-3	蘭 1120-6-4	445-2-3	1280-1-5	萬 157-1-3	643-8-3
993-7-7	1169-2-2	657-4-5	1315-8-4	688-6-4	683-1-4
狔 187-4-5	蘭 923-8-3	勝 1258-5-2	蕳 253-5-1	菁 504-3-3
荻 133-4-1	勸 1130-6-2	蕄 777-3-2	蕳 1038-5-4	699-1-2	512-7-1
1009-7-4	衡 486-2-1	1383-7-5	1067-8-2	荍 1181-5-3	524-8-1
茲 336-6-1	獨 1319-6-2	1390-4-1	1092-4-3	菌 174-4-1	菌 856-8-3
筏 760-6-5	獥 1347-6-2	獨 1418-4-4	蕳 1161-8-5	572-2-4	1174-5-1
765-3-2	鷔 10-1-2	1419-4-2	1283-7-1	705-8-4	菌 310-7-2
猨 216-8-1	蘭 303-5-4	1610-8-2	勯 1091-6-3	1018-7-1	320-1-4
莛 134-1-4	蕳 1046-1-3	蕳 468-4-2	菫 288-2-3	蒿 158-6-5	769-6-1
猿 278-7-5	1058-8-3	蕳 1214-2-3	菕 904-7-5	葡 991-2-2	蒿 457-3-4
蓏 846-3-2	1059-2-4	1174-3-5	蕳 1388-5-1	蕳 328-3-4	菌 292-3-4
蒎 469-2-4	蕳 288-2-2	蕳 460-1-1	蕳 177-7-2	1175-1-3	菌 476-1-1
蒹 615-1-5	蕌 1479-6-2	鷹 1166-3-4	彰 364-6-2	蒿 328-6-1	萬 417-8-2
618-5-4	彌 72-3-3	蕳 1166-6-4	蕎 80-4-4	329-4-3	荍 423-8-1
蒙 12-7-1	蘭 1055-3-3	蕎 1064-1-3	蕳 988-3-1	351-3-4	萮 1509-3-2
568-5-5	蘭 788-1-1	蕭 363-3-1	蒿 455-2-3	784-2-5	蕃 258-5-3
630-2-3	蘭 787-8-2	獨 400-6-2	蕳 456-7-2	784-5-1	296-5-5
赫 1227-5-1	蘲 653-1-4	幫 470-2-1	蕳 1283-6-5	808-5-1	菌 556-4-1

1511-8-1
蒃 856-3-1
蔗 1223-4-3
藴 858-3-2
蔭 586-3-1
1288-7-3
蒢 976-8-3
977-1-2
1093-5-3
蕤 87-7-1
藸 1180-6-5
蕵 293-2-1
蘁 463-1-1
蕿 29-8-3
獴 1423-4-7
蒙 136-4-1
688-5-4
蔝 30-3-1
薕 610-1-1
幪 12-8-2
630-2-1
949-6-5
950-3-3
薩 61-6-2
獼 649-8-2
663-1-2
鏈 1423-4-4
蘆 144-6-3
藨 372-5-2
379-2-3
388-2-3
394-6-2
403-7-2
819-8-3
822-3-1
822-4-1
822-5-5
蘟 749-8-6
欉 29-8-2
虋 1166-4-1

4424

芓 239-8-1
芨 1587-2-2
1587-5-2
1587-8-5
芽 443-8-2
苻 161-3-2
163-2-3
177-6-2
帔 67-1-2
68-2-2
969-5-2
狓 67-3-2
荐 1138-6-2
1166-5-2
荍 433-1-2
439-8-1
帗 1294-1-1
菧 643-5-3
663-5-2
莜 366-1-3
366-7-3
1188-7-4
1550-8-3
菝 653-1-2
1539-5-3
蒔 1020-6-4
獀 392-1-2
1199-5-4
菽 51-1-1
蓐 994-3-5
蒱 1325-3-2
1574-6-2
蔗 716-7-6
蔽 775-5-2
803-6-7
蔽 1083-7-6
1083-8-3
1087-2-2
使 351-8-4
葰 581-6-4
1285-7-1
葼 88-1-1
88-8-1
843-3-1
850-2-3
1118-2-2
蔑 1029-7-5
蒔 545-8-2
菝 440-8-2
442-5-1
蕺 661-6-1
菽 831-7-2
906-7-6
1279-1-4
蔽 1208-3-4
蓐 1348-3-1
蔽 123-3-3
蔽 1550-3-4
蔽 275-4-1
蔆 530-6-5
䕸 46-8-3
629-4-4
641-4-2
蔽 403-3-1
蔚 1312-7-3
蓳 660-3-2
716-2-3
蔽 969-4-3
988-3-2
1066-1-1
1066-8-1
1373-5-3
1394-2-5
1457-8-4
1475-3-2
蔚 1008-3-5
1399-4-2
蔣 453-2-3
856-3-5
856-4-4
蓘 1279-1-3
獶 1397-4-3
蔽 770-5-3
蕣 822-5-2
蓨 159-5-4
895-6-4
905-4-3
1019-6-3
蔓 606-2-2
1285-7-2
蕧 1323-4-5
1323-7-3
1325-3-1
蔽 389-3-3
蓮 282-4-2
蔆 1108-7-4
1406-1-3
蕨 812-4-4
1554-5-3
薇 107-4-1
123-3-2
蔽 1168-3-3
薛 1037-2-4
1088-8-6
1361-6-1
1519-8-1
1540-5-3
1540-7-3
獲 1031-5-3
1230-1-4
1504-3-4
1505-2-2
1513-7-2
幬 172-3-3
411-1-1
547-4-5
1212-1-2
藪 159-5-3
藱 389-3-2
824-2-5
824-8-3
1198-8-5
薇 677-5-1
蘪 1108-7-2
藙 1006-3-3
蕿 472-2-4
535-6-3
蘐 1324-1-1
蘆 586-5-2
615-6-3
獻 788-3-2

4425

茂 906-7-3
1279-1-1
茷 507-3-3
茷 1070-7-1
1072-7-4
1109-3-5
1406-2-2
1429-8-6
1432-3-3
茽 951-7-3
莽 797-2-1
1178-7-4
蔵 580-4-2
611-8-4
617-4-3
618-6-1
葳 129-5-1
葎 1389-1-5
1412-1-3
葎 504-8-1
幃 128-3-1
131-7-1
葳 935-3-3
葎 453-6-3
蕨 1543-6-2
蔑 1459-7-3
蔑 24-8-2
蕆 802-4-2
蕺 301-2-2
蘐 1460-3-2
薺 1113-5-1
薺 251-5-5
743-7-1
1120-2-1
蕆 1109-8-3
蘚 215-7-1
721-2-1
721-5-3
1080-6-1
蘵 1447-2-1
藏 473-3-2
473-5-1
1242-4-2
巘 1406-8-1
1460-3-1
蘼 1217-6-4
蘱 1113-5-3
巕 1406-6-6
蘻 617-5-4

4426

苫 902-4-2
903-5-2
狤 1090-3-4
1381-6-5
1382-5-3
1453-3-1
茩 1508-7-1
茬 380-6-1
莒 135-3-4
帾 708-4-4
猪 142-6-6
猎 1480-6-5
1530-1-1
1532-3-2
1532-6-5
猫 379-4-3
395-2-1
萺 106-7-1
猎 1601-3-1

蓓 727-7-3
734-2-4
蒼 472-8-1
868-3-5
蓎 466-3-2
蓓 727-8-5
734-2-3
蕏 142-8-2
蓿 1326-8-4
蓓 1288-7-4
幡 693-2-4
藷 848-7-2
猶 544-8-3
894-6-2
藴 1323-4-4
1324-1-5
1571-4-2
蓿 607-3-2
926-7-4
薔 183-6-2
蘠 950-2-2
藸 142-8-1
143-7-1
437-6-1
蕃 598-4-2
幡 748-3-3
749-3-1
1125-4-2
1125-6-3
1393-2-1
藩 141-3-2
142-1-3
143-8-1
1013-5-5
藩 454-2-2

4427

茌 341-3-1
苗 1397-6-3
1398-4-3
1415-4-1

4428

茯 991-7-3
1324-7-1
1575-3-3
帙 18-6-4
荻 1550-3-1
峡 1624-8-3
狹 1624-1-6
莢 485-1-4
英 1043-2-3
1450-4-4
帺 121-6-3
999-5-2
嵘 494-7-3
猉 123-1-1
萁 563-6-1
獏 176-4-1
蓰 53-3-4
646-5-4
648-3-3
蓯 35-1-3
631-2-4
635-5-4
蕨 174-3-2
705-6-3
蔟 1280-8-3
1316-8-5
蔙 1176-6-5
獖 480-8-3
蕨 1402-7-1
1403-6-5
蓤 199-3-2
220-7-4
蒖 165-7-1
幩 268-4-4
270-4-1
749-3-2
970-3-1
獖 270-5-2
748-8-5
762-4-2
蕷 1015-6-5
蒦 1314-7-6
1495-7-5
蘓 112-5-1
藃 386-1-2
391-8-2
1356-2-4
1501-7-6
蕡 246-7-3
蘋 225-5-2
226-3-2
蘋 246-7-4
蘋 226-3-3
獱 1362-3-3
藚 688-5-3
蘋 1006-3-2
蘋 1006-3-1

4429

荼 400-5-3
538-8-3
1275-6-2
狳 539-2-3
猹 1444-2-3
菾 72-3-4
猍 115-7-6
237-7-3
葆 403-6-4
830-7-1
蒢 143-6-3
猱 1601-3-2
蒝 277-6-1
306-1-6
1176-3-1
蓧 365-7-4
1188-7-5
1548-8-3
1550-8-2
荼 139-4-2
142-1-4
蔯 250-5-3
蓧 365-7-5
409-4-2
幰 369-8-1
獠 369-3-3
827-1-3
835-5-4
1194-7-6
蘖 1613-4-5
1616-1-2
1619-3-4
藤 1370-6-6
藤 533-8-2
猕 237-2-2
蘗 915-8-2
蘗 69-4-1
107-3-1

4430

芝 107-7-1
芝 624-3-1
1308-2-4
苓 264-6-1
333-7-2
519-6-2
迮 276-2-1
744-2-6
750-7-2
1106-3-4
1126-6-3
菝 1432-2-5
莲 210-1-4
蓮 333-4-1
803-2-1
1180-3-3
蓫 1332-8-2
1333-5-2
1337-1-4
蕴 543-7-7
蓋 1271-1-4
蓬 11-8-4
44-4-1
952-3-3
蓮 7-7-4
蔄 416-7-3
417-2-1
蓬 1423-7-1
蓫 977-2-6
蓑 297-8-4
蘊 784-3-1
蓮 1596-7-2
蕸 440-8-1
442-4-4
蓪 657-5-2
753-7-5
蔆 519-7-2
蘧 384-1-1
藫 1277-7-2
蕟 292-8-7
蘧 1316-4-4
蘫 1550-2-4
鏧 10-1-3
29-3-2
藼 368-8-2
蘧 530-6-3
蘧 293-1-1
799-6-1
蘧 136-3-3
158-6-2
688-8-1
1011-3-4

4432

芍 812-4-2
814-6-4
1480-8-1
1482-2-4
1483-5-2
1484-8-5
1548-2-4
1557-4-2
茢 556-3-6
蔫 191-7-1
蔫 282-4-4
349-3-4
蔫 809-6-3
1187-6-4
蔦 1529-7-4
薊 1046-1-1
1086-2-4
1453-8-3
蔫 359-4-5
鷰 1599-2-1
蔦 847-7-5
鷰 51-2-2
蔫 1221-2-2
1507-7-2
鷰 1170-8-1

4433

芯 577-6-4
苾 1374-4-3
1459-2-3
芸 1244-3-1
惹 993-3-1
恭 41-1-3
惹 451-1-1
1232-7-3
葸 999-2-3
葱 738-7-1
1112-4-5
恭 1300-4-3
惹 913-6-3
1450-8-5
1617-3-2
惎 120-2-4
999-2-4
惹 434-5-5
849-2-1
1483-8-3
蒠 675-6-4
736-5-6
葱 14-8-1

集韻校本

集韻檢字表　上

一七六六　　一七六五

左半（一七六六）

丼	513-6-1		蓁 411-7-4		1293-8-1	婬 1334-4-1	聱 1578-5-2		698-2-4
	514-4-4		1213-2-4		1445-1-2	媕 610-7-1		1613-5-2		705-1-1
妌	1206-2-1	蕄	1338-3-2		1597-7-1		934-1-3	蘽 102-5-3		900-7-4
莽	472-2-6	蕄	1337-5-2	姊	1026-4-7	菹 140-7-5	虆 1488-1-1		909-5-6
	706-4-1	孀	363-8-2	�	392-5-4	菇 758-4-3	蘽 315-5-3	蔓 311-4-4	
	867-4-3	孂	649-6-4		812-8-3		801-7-2	蘽 1473-8-2		320-1-1
	906-5-1	孀	773-2-7		824-5-8				1134-3-6
婷	1407-6-5	蕄	1337-4-3	勃	1408-1-2		1124-2-3	**4441**		1149-5-2
葴	17-1-4		1338-7-2	妠	1264-2-2	菀 753-7-6	芄 102-6-1	葦 456-6-1
	312-7-4	**4443**		姱	154-8-3	蕍 1358-4-1		541-8-1	葦 1389-1-4
	559-7-3				156-2-2	媞 590-6-2	妣 1369-4-1	薆 420-3-1
	570-6-1	妓	430-2-1		445-4-4	婬 212-7-1	书 1115-2-4		1217-7-3
	1024-4-2	姪	993-2-6		713-3-2	蕜 635-1-1	她 63-6-1	尃 239-4-4
婙	530-8-5	菰	187-4-4	勌	530-3-1	菀 280-8-2		838-1-3		239-7-3
婷	878-1-3	嫫	279-1-2		1260-4-2	蒶 47-8-1		848-1-4	覃 579-1-5
	884-4-1	孌	400-5-2	剪	591-8-2	薮 1338-2-4	芠 165-1-5		590-3-1
䡇	74-8-1	嬬	966-1-4	莿	1476-2-3		1579-6-1	芠 538-7-2		911-8-1
葬	473-4-6		1604-1-1	茢	493-3-2		1617-3-3	芠 584-1-1		912-3-3
	473-5-5	麩	687-1-4	姊	92-6-1	嬋 276-3-1		585-6-4		917-1-4
	1242-2-4		1010-2-5		127-6-4		750-6-5		922-7-4		924-3-4
	1242-5-2	蘇	573-3-1	菲	433-1-5		1122-8-1		1287-6-1		935-5-4
葭	1155-3-2	孀	789-4-1	蒟	155-1-2	嬈 372-6-4	扎 565-8-1		1289-8-2
莕	596-4-2		1170-7-3	嫣	654-2-1		812-2-3	妣 590-6-3	葷 401-6-4
	610-8-2	**4444**		勆	1408-5-4		812-8-4	苮 393-8-2	斟 908-4-3
荔	318-1-4			募	1021-5-4		816-8-2	跎 1225-7-3	蘽 1511-2-1
媠	34-3-2	妸	317-8-3		1026-1-2	嬌 1190-1-4	娃 211-8-1	蘽 1107-6-2
舞	1348-3-2		1160-5-1	嫡	1293-8-3		1205-8-1	姥 706-2-1	華 511-6-2
蕣	1277-7-1	丼	301-7-2	婿	844-7-1	嬦 1382-2-1	姓 265-6-3	虆 511-6-1
葰	310-3-4	妓	77-8-1		845-3-3	孀 627-5-1		326-4-2		808-3-3
菽	1408-6-2		655-1-1		846-6-4	矗 1013-1-5		714-6-4	蘽 1262-4-3
菽	1600-5-2	苒	931-7-1		1219-2-4	孀 235-7-1		763-2-1	蘽 337-5-3
薮	403-6-5	茻	540-3-5		1219-4-3		236-2-1		783-6-4	蘽 543-1-3
葛	1074-2-1	茲	145-6-2		1220-2-2	憨 1282-4-2	苊 1609-8-5	蘽 1420-8-2
	1074-4-3		439-1-2		1220-4-3	藐 1008-6-1	芘 758-6-3		1473-5-7
	1429-1-3	莽	1186-4-1	菊	1338-3-3	孀 306-2-4		801-7-3	蘽 1473-6-3
	1463-2-3	荓	820-2-3	葯	167-8-5		362-3-1		1124-1-2	蘽 698-2-3
	1463-2-5	妭	651-5-1	蒴	369-6-2	**4442**		541-7-2	蘽 497-2-5
	1467-1-3		652-5-3	嫖	844-7-2				1278-3-2		510-2-4
戴	225-3-2		1042-5-3		845-4-1	芳 1574-1-3	妣 1577-2-2	斟 417-4-1
	294-4-1	妭	67-4-1		1219-2-3	苅 1112-4-6	菀 181-7-4	聱 209-5-2
蕎	889-2-1	丼	335-4-4	朝	381-5-3	妠 601-2-1		1029-4-4	虆 48-3-3

右半（一七六五）

蔓 384-4-6	蘽 83-7-1		653-2-2	**4435**		蕊 647-8-1		48-6-2
813-1-2		88-8-3	艾 267-7-3			794-1-4	慈 280-8-3
1196-2-3	莘 244-6-2	茇 1070-5-3	薛 791-7-2		1463-5-3
蔓 1460-7-4	莘 265-5-1		1072-8-2	**4436**	慇 1040-7-5		1587-6-5
茸 1578-3-2		657-3-2		1108-8-1			1052-7-6	蕉 379-2-4
1579-6-2		663-2-1		1394-3-1	蘽 215-7-3		1057-5-2		822-5-6
1580-1-1	1317-4-5	1429-8-5		1434-3-3	慈 775-5-3	萁 175-8-4
1581-2-1	蕞 911-3-3	1432-2-4		1435-3-7		337-1-1		568-1-3
蔓 558-8-3		914-4-1	苹 329-8-3	**4438**	蕊 789-4-4	蔦 638-5-1
907-3-4	蔆 88-8-2		488-3-5			1170-7-5		955-2-4
蔓(黃)	蔆 530-6-4		491-3-4	蘋 519-6-3	慈 1000-1-4	憼 957-2-2
167-3-3	蔆 620-5-2		502-2-3		880-8-1		1568-4-4	憼 1462-2-2
蔆 278-8-3	1308-3-3		502-4-5	**4439**	勳 275-8-2		297-4-1
279-4-4	蔆(蔆)		514-6-2		慕 369-8-2	薏 1561-8-1
754-1-4	535-7-2	苹 189-6-2	蘇 139-8-5	薫 273-1-1	蒸 818-4-4
767-5-2	蔞 89-6-5	茸 24-7-3		178-3-2		1128-4-2		1343-3-4
蔓 1445-2-3		193-8-1		33-7-1	**4440**		蕙 750-1-1	蒸 525-6-1
蔆 16-1-2		714-8-4		634-3-2			蘢 68-2-6		1258-2-4
蔞 462-6-5	蔞 83-5-1	草 832-2-3	艾 1076-4-4	憼 1279-3-3	惾 1002-3-4
蔞 1431-3-3		657-3-1		833-2-3		1109-5-6	憼 1092-4-2		1394-4-3
蔞 176-1-2		663-1-5	蓮 517-4-1	芋 299-5-1	蘢 1008-4-1	憁 647-6-1
1507-3-3		727-4-5		888-2-3		766-7-2	懝 1052-7-3		653-4-1
蔞 1487-5-2		968-3-2	莚 348-4-3	芋 152-8-2	憼 14-8-2
1489-1-1	革 70-1-2		1181-5-2		154-7-1	慕 1025-8-3
1489-4-1		71-5-3	茇 671-4-2		189-5-2	蕙 279-4-1
1514-1-3		660-3-3		821-4-2		699-1-3	憨 999-2-5
1515-3-1		675-6-2		822-5-3	芋 326-7-1	蕉 133-1-4
蔆 728-7-5	1438-5-4		1278-8-2		1165-6-6	蒸 273-4-2
1099-4-3	1541-3-2	茭 390-2-1	艾 88-8-4		67-3-4	薫 1048-7-2
1218-3-2	1545-3-1		824-8-4	芋 112-8-1		67-8-1	蘽 762-6-6
1224-6-4	草 896-4-3		1199-8-1		676-2-5		68-2-5	蘽 769-4-3
1225-3-3	莘 975-8-3		1556-3-2		996-7-1	薫 865-5-2
蕐 213-1-1		977-5-2	莳 996-7-2	芟 214-3-4	蘽 1475-1-2	憼 682-1-3
蔞 421-2-3		1074-4-1	荄 1143-4-2		435-6-1	**4434**		1002-7-2
莘 674-4-5		1098-6-2		1156-6-4	劼 968-8-1	尊 1345-8-1	蕙 503-3-3
735-1-2	1387-4-5	草 765-7-4	孝 1199-4-1		1495-7-2		535-6-2
蔞 911-3-2	莘 1606-2-4	草 833-2-4		1200-1-5	蓴 252-7-1	蕉 164-3-2
革 1525-5-5		1630-8-4	荺 159-7-2	茇 967-2-4		314-6-1		702-2-2
蔞 172-7-5	婓 591-1-3		561-4-2	芟 389-3-4	尊 763-4-2		1021-6-1
550-8-4		924-7-2		821-4-4		824-8-5		763-5-1	蕉 374-3-3
華 573-3-3	婓 37-3-4		822-5-4	芟 622-2-3	蕐 590-1-1		374-6-2
						686-4-5		376-1-3
						蘽 345-4-2

集韻校本　集韻檢字表　上

一七六八　一七六七

一七六七（右半）

字	號	字	號	字	號	字	號	字	號
蘩	1399-2-2		444-4-4		1098-1-3		600-7-3	薄	405-4-4
蘩	315-2-1		445-1-2	蝶	1461-5-1		1293-7-4	**4446**	
	359-2-4		1229-7-4	嬠	1069-8-1				832-1-5
	804-5-1	董	433-6-2	媣	600-2-1	**4448**		茄	413-7-1
	1181-3-4	莄	872-3-1		931-5-4	烘	18-6-1		429-8-1
4451		莑	638-5-2	蒤	292-8-4	媄	385-2-3		442-5-2
芄	305-2-1		638-6-3		1138-1-1	姝	932-5-2	姑	186-7-1
菹	1208-7-2		1338-8-1		1338-8-1		1618-6-1	茄	142-4-2
苙	1597-3-1		1352-7-2	嬢	368-4-2		1618-8-4		145-5-4
軌	670-4-1	莘	36-2-1		811-4-3		1620-3-3		439-3-1
軏	708-5-3	摔	12-5-2		1189-3-4		1624-5-3		693-1-3
	709-1-2		629-6-2		1142-4-3		1013-6-3		1013-6-3
蔑	558-1-2	菱	1159-7-2	嬝	1073-6-2	娸	118-7-1		1015-1-1
	726-7-4	葟	833-2-2	粼	115-3-6	媄	494-5-3	姑	1382-4-1
	1271-1-1	葷	273-4-1		1564-6-4		1338-3-4	婚	1293-8-2
蔲	1588-5-4	葷	131-8-2	嬝	237-2-3	娸	241-7-4		1445-1-1
靴	429-4-4	葦	684-4-2		1564-6-5	嬍	298-5-4		548-6-4
萑	87-4-1		1007-2-4	革	36-1-4		796-7-3		828-4-4
	225-5-1	靽	37-3-1		1441-3-3	**4450**			1207-2-5
鞋	1060-5-3	摯	470-3-1	芨	416-8-4	嬪	830-5-2		703-2-4
	1063-6-6	蕫	1352-8-1	革	25-4-3	嬪	1318-7-2		705-2-2
	1462-1-5	葷	1373-7-3		26-1-2	麮	121-7-2		907-3-2
鞋	208-1-4	摰	142-3-4	牟	542-5-1	纞	1497-8-3		1281-1-1
	211-1-3		145-5-2	芊	653-2-1	纞	481-2-4		1408-5-3
	212-5-1	蔓	1435-6-6		740-5-5		873-1-2		590-1-2
鞁	719-3-1	摹	175-7-5		1386-2-1	嬪	1150-6-1		434-6-1
鞄	1591-8-2		1026-2-3		1390-2-2		1151-2-2		17-1-3
	1623-4-1	犇	200-8-5	華	309-3-2		740-5-5		1496-6-4
轀	1598-8-2	韋	141-4-2	革	1525-5-4		949-1-3	**4445**	
	1599-3-2	摹	859-2-3		1566-8-2		918-2-5	茂	24-7-1
	1625-6-4	葷	785-5-1		1568-7-3		1291-4-2	婷	129-6-2
蘸	1367-2-2	擊	12-2-6	革	1066-1-2	**4449**			132-2-2
4452			806-7-2	苹	11-8-5	姝	539-4-1		684-5-2
茀	1001-7-4	擊	470-2-2	芋	500-1-2	嫐	931-5-5	婳	591-7-6
	1096-8-3	鞼	899-8-2		500-6-5		1294-2-2		597-8-1
	1108-7-7	擊	46-6-6	莘	448-5-4		924-6-4	婷	1230-2-5
	1392-8-2	攀	319-4-3	葦	1389-5-1	媋	238-4-1	載	1518-5-4
	1395-1-2	擊	711-1-5	苹	569-5-3	媄(媟)		戴	1583-3-4
	1408-8-2	擊	604-8-2		535-7-4		1069-5-2		1620-4-3
						媒	231-2-2	韓	297-7-2
						4447		韓	298-1-3
						姌	600-1-7		1141-2-4
								職	1558-4-2

一七六八（左半）

字	號	字	號	字	號	字	號	字	號
	892-8-3	茗	1502-4-3		1032-4-3	搐	1428-4-4		1438-5-3	莎	58-2-3
菩	734-2-1		1513-1-1	昔	1498-8-2	鞊	1381-6-1	菝	662-2-1		422-6-5
	896-4-1	耆	100-7-3		1529-4-2	摛	547-8-5	菝	1326-3-1	耕	1585-3-5
	905-2-3		663-5-1	若	434-5-4	搐	1593-8-2	接	88-1-2	斮	1464-6-4
	1408-8-3	若	972-3-5		849-2-2		1594-3-2	薛	281-6-4	勒	1573-7-3
	1574-8-5	苕	872-5-1		1484-3-2	輴	1529-7-1	穀	389-6-4	蒲	177-7-1
菖	489-5-7		940-8-2	苦	605-8-3	輴	1595-8-2	鞁	969-7-2	軵	1597-6-4
菌	107-7-4	菩	133-2-1		606-5-4	轀	1561-1-2		970-4-2	斮	604-5-2
	239-2-6	菩	190-5-2		613-4-3			蔣	1585-5-1		620-2-4
	995-3-4	茜	545-1-1	**4458**				鞁	967-3-2		622-2-4
	995-8-1		894-6-5	莒	1326-2-3	搄	1606-8-1	鞊	33-8-2		930-3-5
蕃	100-7-2		1331-1-2		1425-4-3		1620-4-3		634-5-6		939-4-2
碧	1622-6-2	苕	159-6-3	苗	379-3-3	撞	199-3-1		954-3-1	勒	1200-6-1
春	739-6-5	茵	489-5-5		1332-8-1		220-8-2	薛	1491-2-2	蕹	1405-1-4
菖	1323-4-3		883-5-4		1336-8-4	搂	102-7-2		1510-7-5		1420-1-4
	1324-1-4		1395-6-3		1345-5-3	鞅	1591-2-2	轉	1489-7-1		1441-7-4
	1325-6-3	菩	1343-3-5	苗	1548-8-4		1625-6-3		1496-4-5	蒲	909-1-3
蕎	875-7-4	茗	919-6-4	軼	1625-5-3	軼	1030-8-5	鞊	723-7-5		
茜	1209-8-1		1290-8-1	茵	544-1-1	鞄	1497-5-1		1358-5-4		854-3-3
	1326-3-2	菩	281-3-2		554-2-1	韇	480-3-6		1513-4-2		1032-3-3
	1344-3-5	菪	264-1-1	茵	940-1-5		270-2-2	摛	400-5-6		
菌	1264-5-3		272-8-2	茵	430-7-4	韇	1319-2-5	鞞	77-5-4		
	1336-6-1		273-7-2		1509-3-1	韇	1319-3-2	轉	1496-4-6		
菌	1590-1-2		746-4-1	茗	366-7-1	韇	312-4-4	襰	1515-4-1	鞴	991-7-4
蔄	663-7-2	著	143-8-3		380-7-4	韇	312-8-2	輶	707-3-3		1027-2-4
蕃	1237-6-4		693-1-6	苔	236-4-1				1278-6-5		1324-6-6
菩	596-3-4		694-3-3	者	935-2-2	**4459**			1496-4-3	蔪	122-1-1
营	27-4-3		1013-8-2		1301-1-2	搽	898-5-2	輶	707-3-4		126-4-2
	27-6-3		1484-8-4	茜	1058-2-3	鞣	1607-3-1				131-2-4
蕎	249-4-3	茵	1485-1-3		1060-6-3	鞣	1619-6-1	**4455**			276-1-3
碁	175-8-3	菩	252-3-3	茜	1165-7-1	鞣	1619-6-2	我	415-4-1	輔	1088-7-1
碁	121-4-2	菖	455-7-3	苗	1352-5-4	鞣	1631-7-1	拜	1088-5-1		1324-8-4
蕃	85-1-1	茵	1033-3-1	莒	687-4-2	藻	809-4-2	襄	1425-8-6	蒴	1338-2-3
	85-7-3	菌	263-4-2	茵	259-3-2	鞣	1498-3-1	韓	684-3-4	鞠	1338-3-1
蕃	1165-7-2		746-4-2		223-6-1	韓	429-4-3	蕹	573-7-1		
菌	1135-1-3		754-4-1	**4460**		載	1177-7-2	**4453**			
蕾	550-2-3	茵	755-1-3	苦	1428-4-1	蘵	1406-6-4				
蕃	1332-6-2		808-2-3		1464-7-2	蘵	1406-6-3	軌	537-8-3		
	1337-1-1	菩	1595-6-4	苕	1594-4-3	者	708-5-1				
蕃	1441-3-2		1600-7-4		1595-7-3		848-7-1	**4456**		**4454**	
蓉	40-2-3	菩	401-6-3	昔	85-7-4	苦	710-7-2				
				茗	885-7-1		711-3-5	茹	547-8-4	菝	1432-2-6

集韻檢字表　上

集韻校本

一七六九　　　一七七〇

4461

萌　492-1-3
　　503-3-3
　　535-6-1
茚　812-6-2
　　1548-2-3
葫　184-8-1
葹　430-7-3
記　999-1-1
蒶　1482-7-2
薂　821-7-1
　　1197-8-2
藠　1129-2-1
薂　180-2-1
蒪　109-7-1
　　994-3-1
薛　766-2-2
蒔　994-3-4
蒪　686-8-3
蒶　905-7-1
　　905-7-1
蓨　905-7-1
萺　1421-6-3

4462

劫　1381-3-4
勖　1560-8-3
　　1434-4-4
　　1435-6-5
苟　414-4-3
　　415-2-3
　　447-1-2
　　1420-3-1
苟　567-4-1
　　698-1-1
　　903-7-2
　　1566-7-2

4463

蒚　1434-6-4
蒚　1240-7-4
蘸　1305-1-1
蘸　457-7-5
　　861-5-2
　　1234-5-3
　　1237-2-2

4464

誖　1381-8-3
薛　154-7-3
敊　79-1-1
敊　708-4-3
　　708-8-3
敊　1480-5-3
　　1498-7-2
　　1529-5-4
　　1530-3-3
　　1532-2-3
蒪　1543-7-5

4465

喆　1467-1-7
甚　159-7-1
菡　1032-5-2
蒵　263-7-2
蒕　850-6-4
蒕　95-5-2
　　666-6-6
蒕　812-6-3
蒕　141-3-1
　　143-7-3
　　1013-5-4
　　519-7-1
　　520-8-4
薥　420-2-6
蒢　1479-8-3
蘯　386-2-2

4466

藋　1434-6-4
蒵　1240-7-4

4468

歈　544-8-4
蔌　205-7-2
　　206-6-2
葜　1626-2-4
蘸　1451-8-1
顀　919-6-5

4469

眜　1000-6-1

4470

　　1088-3-1
　　1089-2-4
　　1089-8-3
眛　715-4-3
蘇　382-5-1
蘦　547-8-2
蒹　900-1-2
蔽　1556-3-1
薇　312-2-6
薇　22-6-3
護　1031-7-1

4471

尌　1579-4-3
　　1581-3-2
　　1581-5-3
尌　580-2-1
也　652-5-1
　　851-4-1
世　1052-3-3
芒　851-4-2
芷　389-7-3
　　393-8-3
　　575-8-5
老　834-8-3
芼　1510-1-1
芒　450-8-3
　　471-6-4
　　478-4-6
　　870-8-5
芭　679-7-2
　　680-7-1
苞　688-4-5
苞　257-6-3
　　764-8-3
花　104-6-5
　　660-7-3
　　672-4-6
　　988-1-4
　　989-4-3
　　990-7-1
葰　1626-2-4
顀　1451-8-1
芼　404-5-2
　　831-7-4
薛　1209-7-2
芝　1031-2-4

　　1463-8-3
蔔　1574-6-3
蔀　140-4-2
蒴　1214-1-4
蒿　547-8-3
蘳　1239-7-3
藹　1235-8-1
蓟　1406-6-1
薲　1075-8-4
　　1420-3-1
薱　1399-1-5
蔄　1452-1-2

蘱　87-6-1
蘱　897-6-5

薲　711-1-4
薺　1613-5-3
薺　711-2-1
薔　454-2-3
薔　1560-7-2
薔　709-8-3
薔　912-5-1
薺　262-5-6
　　340-2-4
薺　1590-6-6
　　837-3-2
　　1595-8-5
　　1596-1-3
薺　1073-5-1
薺　1170-7-4
　　284-5-1
薺　401-5-1
齒　1264-5-2
　　1336-6-2
　　999-4-1
薺　1145-6-3
薺　777-3-5
薺　891-8-1
薺　158-7-2

薯　140-4-3
譽　1613-5-3
荅　556-8-2
薔　564-7-1
藷　190-5-3
曹　407-3-4
薯　957-4-2
蒞　709-8-4
暮　1025-8-2
藺　1056-2-2
蕾　992-7-4
蘭　746-4-3
薔　755-1-4
薺　808-1-3
　　1185-2-3
　　401-5-1
蕾　119-7-1
　　999-4-1
薑　499-3-5
薈　14-1-1
　　22-4-4
　　489-3-4
　　535-4-3
　　535-7-5
薺　891-2-2
　　950-2-3
　　1262-7-4
　　1460-7-3
蕃　68-6-2
　　283-6-1
　　285-3-2
薔　1000-1-3
　　1568-4-3
蕾　536-3-4
蕷　287-6-2
蕾　1019-8-3
　　1267-7-2
蕾　730-8-1
蕾　467-6-3
薯　1013-5-6
藖　1079-1-1
蕾　1337-1-3

4472

甘　540-2-5
劫　1622-3-4
　　1622-7-4
茚　476-4-3
　　858-5-1
芛　1161-4-1
茚　1121-7-1
茆　825-8-1
　　831-7-1
　　900-4-1

芭　431-2-2
　　431-4-1
耄　404-2-4
苞　831-6-1
苞　393-3-4
　　394-5-6
　　822-5-7
菫　464-5-4
甚　913-1-2
　　167-8-1
　　539-7-1
茗　564-6-5
　　1016-5-1
　　1278-2-7
蔓　503-2-2
　　512-3-3
　　1262-8-2
蕰　1028-6-4
蓬　1209-4-3
薯　341-5-3
蕇　575-8-7
藪　1417-5-5
薯　1209-4-1
藰　503-3-1
薆　987-4-4
藏　1611-3-2
藙　1028-6-5
馨　285-6-2
蘁　1475-1-3

芭　431-2-2
　　590-2-4
　　590-8-3
　　924-2-1
苞　393-3-4
苞　673-3-2
　　673-5-3
　　720-8-2
　　735-3-2
巷　253-3-2
巷　561-3-3
芭　1588-5-3
巷　120-2-5
苞　596-4-1
　　610-8-1
　　934-3-1
莒　288-2-4
　　761-7-3
蘂　807-6-5
　　1184-6-2
甚　913-2-1
　　1286-2-5
菎　208-4-3
既　985-1-2
　　985-4-4
　　1004-6-2
　　1005-4-1
歁　587-1-3

4473

芸　271-5-2
　　287-5-4
菳　20-3-4
　　23-1-3
　　31-7-3
　　35-7-3
芸　134-1-5
　　1010-1-3
芸　338-3-2
莨　1131-8-1
　　1136-6-2

莨　469-2-3
蓝　271-5-3
莨　460-1-2
莨　222-5-2
蘂　1278-3-1
養(襄)
　　220-6-2
　　227-8-1
　　228-4-2
爵　1399-1-4

4474

芪　54-7-4
　　75-4-2
芪　663-5-3
芪(芪)
　　93-2-4
芪　249-2-5
　　249-4-2
苃　384-7-1
　　555-3-3
　　820-3-2
蒬　1121-5-1
　　1170-3-2
蔆　530-3-4
　　1260-4-5
　　1564-6-6
　　1567-1-1
薛　1461-2-2
巍　1602-2-4
甏(甏)
　　1439-8-4
　　1463-3-5
　　1466-2-1
　　1466-8-4
薛　1461-2-1
爵　1399-1-4

4475

苺　728-3-4
　　831-8-2
　　1097-6-5
　　1279-2-1
苺　231-2-1
　　1104-6-3
苺　1097-6-4
苺　734-4-2
毒　1344-8-4
　　1345-3-1
肄　973-8-2

4476

睹　1223-5-1

4477

廿　1371-8-5
　　1582-2-2
甘　599-7-3
　　600-4-2
　　1291-4-4
甘(甘)
　　301-4-3
囟　119-5-2
苷　600-2-3
　　1291-2-3
苴　1383-6-1
　　1383-7-2
　　1386-7-5
靼　1387-6-2
　　1439-8-4
　　1463-3-5
　　1466-2-1
　　1466-8-4
苲　893-4-2
苲　923-8-4

4478

苽　677-4-2
　　678-7-5
蕛　1472-2-2
蕳　511-1-3
　　881-8-4
　　883-5-5
歀　923-8-6
蕛　948-3-3
蕳　294-3-5

4479

蘇　285-4-2
蒹　982-5-4
蘇　382-5-2
　　545-1-2

4480

共　18-5-1
　　41-3-1
　　43-7-5
　　638-6-2
　　955-3-2
　　955-4-1

裴　761-2-2
裴　629-4-5
蕓　272-2-2
蕓　1117-8-2
藝　1065-3-4
蠜　569-6-2
蠜　451-8-3
　　457-8-1
　　470-1-4
蕓　1064-1-4
鬢　459-6-2
蠜　1158-5-2
蠜　1241-3-4

莇　813-4-5
　　818-3-2
　　819-3-2
薊　1446-4-1
勘　594-1-3
　　1290-2-1
萄　410-5-2
郋　469-3-2
葛　1418-6-7
　　1419-1-2
薢　86-2-3
蒭　826-3-3
藘　1472-6-7
蒭　174-4-2
　　1336-1-2
鬱　1399-1-3
鬱　1399-2-3

芺 163-3-1
芙 331-7-1
芙 819-2-1
830-3-5
1207-6-5
茓 933-3-3
英 1456-8-2
其 119-6-2
121-2-3
998-8-4
苂 478-7-2
茾 190-2-2
英 463-6-5
494-3-3
496-7-1
1245-4-3
茣 1449-5-1
茣 650-6-1
663-7-1
664-7-2
茨 221-4-6
赹 1564-6-1
茰 98-1-1
198-3-2
荄 215-7-2
233-2-2
趃 214-3-2
219-1-1
238-8-1
莢 1618-3-1
莫 190-5-4
莫 1025-8-1
1497-2-1
1507-3-4
1547-1-4
萛 1070-6-1
莡 1499-1-2
萁 664-7-3
679-2-1
趌 74-6-1
84-3-2

654-2-3
965-4-1
赻 923-3-3
其 119-7-4
121-7-3
黄 479-4-5
萐 1607-6-4
1620-1-3
1627-8-5
1631-4-2
萸 174-3-1
705-6-4
萁 119-5-6
菼 926-8-2
927-5-5
趞 1057-3-4
煑 692-2-4
藇 1434-6-5
萸 798-7-2
蒷 1052-4-1
1054-6-6
蕢 1223-1-4
1223-8-3
䓀 54-7-3
莫 1426-3-5
1460-5-1
蒷 734-2-2
896-3-5
1097-2-4
莫 254-8-5
䒽 671-7-2
熒 1410-7-1
1411-5-4
葁 1116-6-2
萯 272-2-3
葵 101-4-2
焚 270-1-2
1125-1-2
趏 653-5-3
趌 1381-3-1
1381-5-3

1382-6-4
1453-6-1
趙 1264-3-6
趨 1303-3-5
蕡 949-4-2
蒖 240-8-3
蒵 203-2-2
720-2-4
1044-6-3
萛 515-3-5
886-2-2
1546-3-4
楚 691-4-3
1012-3-2
趚 1523-4-1
赺 1626-7-4
趠 833-3-5
䞍 127-2-2
蘒 252-3-4
蒖 998-2-2
1000-2-1
1566-1-6
葵 212-6-4
445-6-4
黃 98-1-2
260-2-4
805-1-4
蕢 679-8-4
趞 1480-4-3
1530-5-1
1532-8-6
趚 237-1-5
1103-8-2
𧼤 654-2-4
趝 1592-2-3
蕢 269-7-1
285-8-1
749-2-3
1003-4-2
1097-2-3
1137-4-3

蔛 908-5-4
薁 859-5-3
蕡 987-4-2
1084-1-1
1101-2-1
蕢 722-7-2
薁 1207-5-1
1340-4-5
蘡 292-8-5
蘩 283-5-6
285-5-3
蕡 59-5-2
蔩 137-6-1
146-6-1
690-2-1
695-5-4
1015-6-4
蕢 798-1-3
薋 90-5-3
91-3-1
蘻 984-7-4
蘩 270-1-3
285-6-3
趙 331-1-4
1168-2-3
趢 1515-8-4
豊 950-3-1
葵 523-8-2
883-2-1
蔛 156-5-1
565-6-6
䞈 479-4-4
479-6-2
487-4-1
趥 1176-7-1
蒦 1059-7-4
蕡 1349-6-3
蓺 1466-2-2
蘩 285-7-4
蘆 1038-4-4
蕢 322-2-1

322-7-3
1161-2-4
蘴 1039-2-5
1053-5-3
1057-6-4
1067-8-5
1068-4-2
趬 370-5-3
371-3-2
386-3-4
1190-2-3
1195-7-2
藇 531-6-1
藚 1116-6-1
趭 1528-6-2
蘧 806-7-3
蘱 1566-1-5
𧄍 1151-1-1
1422-1-3
趨 1453-6-3
蘗 1421-1-4
𧾸 320-1-5
362-2-1
1160-2-3
藖 270-2-3
趲 179-2-3
1150-7-2
虆 1399-5-6

4481

蓏 1616-6-1
薙 664-7-1
666-1-2
1039-8-4
1041-5-4
蘳 207-7-1
854-1-1
1080-3-2
蘳 908-5-3
946-6-3
1282-3-2

蘳 76-6-1
853-7-2
蘳 345-2-1

4482

芍 1363-7-2
荊 1559-7-3
1560-3-1
1561-5-4
勤 1497-6-3
蒯 926-8-1
927-5-6
勱 972-7-2
982-4-1
1063-5-1
蔪 57-7-1
960-8-3
蘚 669-6-2
725-7-3
726-7-2
1100-1-1
1101-7-4
鄭 1536-7-4
蕮 960-8-2
蒯 1303-7-1
蔦 445-1-4
蘙 304-2-1
766-3-3
1141-8-3

4483

蕉 1363-8-4
藮 402-2-1

4484

蔎 931-1-2
蒪 766-2-1
蓴 1203-5-1
1204-8-1
蔆 279-4-2
薄 579-1-6

皾 1319-2-6
薾 1276-5-2
蔹(斅)
609-6-5
蔹 932-3-2
1303-2-1
蔹(斅)
616-1-4

4485

蘮 126-5-2
蕆 1576-6-1

4486

茹 61-8-3
藩 285-3-4
藹 322-8-2

4488

炏 672-1-2
䓣 377-1-3
820-6-1
822-3-3
蘞 609-6-4
612-8-3
614-5-3
615-8-2
616-2-1
932-3-1
1290-5-4
蕡 285-4-1
薿 680-4-2
1569-1-1
歛 613-1-1
614-5-4
蘋 331-4-3
蘱 981-8-5
986-8-1
1094-8-3

4490

亣 814-8-2

芣 159-6-4
561-3-1
895-5-2
1227-1-4
材 239-7-1
1105-8-4
村 293-3-2
茮 1388-3-3
苿 418-5-4
茶 1450-8-4
1465-3-4
1617-2-6
料 703-4-4
908-3-1
某 231-1-3
906-3-2
莱 96-5-3
1094-8-1
茦 961-2-3
1521-7-4
葉 1602-7-3
菄 1371-3-2
茉 374-7-4
812-3-4
茱 169-5-3
荼 438-7-2
菜 843-7-6
柑 160-2-1
162-4-3
163-1-4
699-3-1
1020-7-4
莍 541-8-3
576-4-2
1339-6-2
柰 638-6-4
1338-8-2
荼 140-5-2
147-3-2
181-1-2
433-1-6

438-6-6
440-1-2
713-4-3
荼 434-3-6
荣 952-5-2
萊 116-2-4
237-3-2
1104-1-4
菄 7-1-2
946-4-3
菓 829-5-3
菓 840-4-2
菜 1105-4-4
蕖 268-3-3
270-6-2
葲 1351-4-5
藄 121-4-1
蔡 613-8-3
萁 906-6-2
葉 1602-7-1
1607-2-2
1615-6-3
萘 1069-7-1
1424-8-3
蒹 1169-1-2
莄 1595-6-5
䓝 355-8-2
莫 675-6-3
葇 557-4-2
898-5-1
禁 1288-2-2
蓁 245-2-3
245-4-3
265-4-3
266-5-3
蒙 1498-3-2
1516-2-1
葉 1379-4-4
藥 60-4-2
214-6-2
蕐 1473-5-1

菉 95-5-4
禁 587-7-4
1287-8-1
梁 204-1-3
204-8-3
蓁 121-6-2
999-7-3
蓁 1371-3-1
蔈 376-8-1
820-4-4
821-1-3
821-4-1
1196-8-3
1198-6-2
蔂 95-5-6
428-3-6
蔡 1073-4-5
1421-3-2
1421-8-1
葉 265-5-2
蕖 136-3-2
蔾 397-5-4
榭 1222-4-1
蓁 120-1-3
藾 1024-4-1
葉 682-1-4
682-5-2
蘘 60-2-4
60-4-1
66-3-1
茈 215-3-1
蔟 94-3-3
200-3-3
蕺 1579-6-3
1581-1-5
蒘 142-3-3
145-6-1
槲 1312-8-1
藜 917-1-1
蘂 1150-4-1
墓 763-5-3

蕖 1491-6-2
藳 914-5-4
樹 703-6-3
1023-6-1
蕠 1320-7-4
蓁 120-1-1
121-8-2
藨 771-1-3
藁 829-5-2
蘂 511-6-3
511-7-5
蘗 1057-1-4
1439-5-3
藂 951-5-3
藆 375-4-5
蘛 930-3-6
939-3-2
藜 200-3-2
藥 1478-6-1
1482-1-4
1485-8-5
樹 981-3-3
1093-8-4
蘂 647-7-4
蘩 285-4-3
蘖 1473-8-4
1519-8-4
蘗 686-7-2
櫱 1037-2-5
蘂 647-7-3
蘩 1045-4-5
1046-1-2
藁 95-5-3
666-7-1
蘖 1473-8-1
蘽 95-5-1
428-3-5
666-6-7
藥 315-2-2
804-5-2

4491

杌 542-1-2
670-1-5
杜 182-1-4
708-4-5
708-7-1
杝 63-3-2
64-6-3
72-7-4
651-1-6
723-4-4
1218-7-1
枇 1230-4-2
枕 584-2-2
912-8-1
1286-1-5
柑 1063-8-3
杋 540-8-2
1266-2-2
茬 708-8-1
桂 1049-4-2
栳 835-3-1
桄 783-7-2
莊 477-7-4
棍 104-6-4
棑 458-8-7
苴 436-3-4
707-7-1
耗 1206-2-4
茳 17-5-2
椃 1357-1-1
楂 435-7-4
椛 624-1-2
植 994-3-6
997-1-2
997-4-3
1559-6-2
1564-2-1
椏 596-5-4
934-2-2

1298-2-3
荏 1049-6-1
萡 138-1-5
138-6-1
140-8-2
179-2-5
689-7-5
707-7-3
1012-1-2
1222-6-2
菴 252-6-4
菇 901-3-6
椹 583-3-4
912-6-1
913-2-3
樝 537-3-2
梳 532-5-1
楂 437-1-3
栓 206-4-3
榼 1598-6-3
榅 732-3-1
榷 1355-2-3
1356-8-5
蓰 1051-6-1
1463-2-4
1463-8-1
槿 261-4-4
750-7-5
槎 596-5-3
蒁 1334-4-4
薙 979-8-5
蘧 522-6-4
橈 381-1-2
398-7-3
816-8-1
827-2-1
1205-1-1
榿 184-8-2
櫆 221-7-3
櫶 611-3-3
蘊 272-7-1
289-5-1
751-6-2
1129-5-2
檯 236-5-2
欌 1065-4-2
櫨 564-6-3
樷 503-2-3
欏 1322-6-3
蘱 1118-6-3
蘺 1594-1-2
1620-4-2
櫂 361-6-3
1146-5-1
蘿 426-2-3
蘲 1188-8-3
蘳 1188-8-2
欙 1118-6-4

4492

杓 276-2-2
1564-4-2
1568-8-1
1574-2-2
枘 1056-2-3
1139-8-5
栫 176-8-2
1026-6-4
栁 392-6-1
1200-7-5
葝 575-7-4
莉 93-3-1
114-8-3
200-3-1
栲 400-7-2
829-1-2
830-1-2
梢 891-6-5
1264-5-1
1340-6-5
梼 188-8-4
蒳 1103-7-3
1563-3-5
菥 57-4-1
1543-1-1
莿 961-2-2
菂 94-8-4
199-8-1
菂 812-4-3
蒴 1444-3-1
菊 1338-2-2
椭 1095-5-3
桸 78-5-4
127-4-1
莿 1069-3-1
1424-5-1
葯 1358-3-3
1487-4-2
1548-3-2
栒 904-1-2
椅 80-5-1
655-3-9
967-7-3
梢 388-7-4
蕍 748-4-4
葙 1597-8-3
蒟 271-3-1
椅 253-7-6
楠 591-5-3
槲 389-4-1
蒱 826-1-1
1363-1-5
蓚 73-3-2
構 991-6-2
榜 422-6-1
蔣 439-5-1
蒣 198-2-2
橫 285-8-2
292-2-1
311-5-2
866-6-3
槭 503-6-2
榍 1335-8-2
勦 1288-4-1
櫯 1067-8-4
櫹 427-8-3
844-4-4
844-8-4
845-6-1
蕩 449-1-3
藹 1417-5-4
薪 244-4-2
藹 1058-4-6
1407-1-1
1419-5-5
1472-6-6
1473-5-4
蕭 784-3-3
蕱 504-7-1
橚 1207-1-4
藕 904-7-4
蔘 582-1-2
橘 788-5-2
欗 363-4-1
欄 303-5-3

4493

柋 134-2-1
菘 88-5-1
菘 23-1-2
蕓 271-6-2
榱 278-6-2
蔡 24-1-1
榱 82-1-1
蒠 630-5-2
槿 1423-3-3
檍 14-4-3
槵 1523-6-3
橏 952-3-2
樸 610-2-4
614-3-4
檬 13-7-5
蕉 375-4-4
蘮 378-3-2
378-5-2
378-8-2
蕉 1363-8-5
蘸 1363-8-6
蘹 218-5-4
蘺 1237-2-3

4494

枝 50-2-3
74-6-3
80-1-5
校 388-8-1
枂 1420-4-7
柀 661-8-3
662-2-3
桍 1523-6-1
栫 1138-7-1
1166-7-1
葤 433-1-3
439-5-2
439-8-2
菽 375-3-2
815-5-6
1328-8-3
梫 1306-6-4
梈 1408-5-5
萩 417-3-3
蓂 900-1-1
棱 529-5-3
530-8-4
534-2-5
菽 541-2-5
蔽 1521-3-5
1522-1-4
蔽 1056-7-4
1439-2-2
椙 33-8-1
蔚 181-3-2
433-1-4
439-7-4
樺 265-1-3
266-3-2
276-8-1
樹 109-6-2
薐 534-4-4
藪 1057-1-3
1073-8-4
1444-6-1
1561-4-2
橄 559-8-5
899-3-1
榉 977-6-2
樟 187-8-1
188-5-2
713-4-4
薄 1520-7-2
蕭 527-5-2
1258-5-3
樽 1508-8-4
1541-4-6
檄 1480-5-4
樓 1504-3-2
蘐 767-7-4
橋 410-5-5
548-1-4
833-6-1
1212-4-1
藪 1312-7-5
蘰 705-1-2
欂 1494-8-1
1509-5-1
1520-7-4
1541-8-2
1545-5-2

4495

樟 127-8-5
132-2-4
684-4-1
樺 444-7-4
1230-1-2
1434-8-1

樣 12-6-3
蕿 1460-3-5
權 1353-2-4
欃 1067-1-3
蘵 1558-4-3

4496

枯 188-2-3
188-4-4
713-2-1
桔 1451-5-1
1453-2-1
茹 418-5-5
桰 1342-8-1
1355-3-2
楉 1119-5-3
葙 451-8-4
葀 613-8-4
楮 141-4-3
693-4-2
693-6-1
708-4-2
楛 712-8-1
榗 1480-5-5
1529-8-1
榰 1484-5-3
榙 1590-1-4
1594-6-1
1595-2-1
薃 1585-3-6
櫡 50-5-6
蕗 1453-5-5
藷 143-7-2
蕃 108-1-4
藉 1222-6-1
1532-2-5
1532-4-2
薔 1323-3-4
蘦 1337-1-2
檣 454-1-1
櫧 141-4-1

4497

柑 600-1-4
612-4-4
萜 341-2-4

4498

柣 838-8-8
1041-3-3
棋 43-7-4
639-2-2
楔 385-4-1
819-3-1
梜 1625-8-3
蒛 622-3-5
萩 375-3-1
552-3-3
815-5-5
棋 120-1-4
122-8-3
楔 494-4-2
蕻 948-3-4
951-3-1
蔟 1281-2-2
薂 907-6-1
1316-4-2
模 175-7-1
槙 241-5-4
331-3-4
332-7-1
737-8-2
1111-7-5
1168-3-1
蘞 768-4-4
橫 479-1-3
481-3-3
486-2-4
870-5-3
1244-7-4
1246-3-1
薐 132-3-3
槓 269-8-1
682-8-1
748-7-5
蕢 199-4-5
蔶 961-7-2
櫝 1319-2-2
藾 987-6-3
櫕 312-6-5
1152-1-3

4499

林 584-2-4
1081-8-3
菻 430-4-2
915-8-1
1287-6-4
棶 238-1-1
棥 285-4-4
楙 248-1-3
蒜 1151-6-2
菻 1553-4-3
楳 231-1-2
檏 1603-2-2
1614-6-2
1619-7-2
棎 1044-1-1
1425-1-1
櫞 932-6-2
楙 139-5-3
楙 404-5-4
1279-2-3
蓏 1537-1-2
楪 181-1-3
438-7-1
榛 1498-4-2
1516-2-6
1520-8-2
1557-6-4
蕀 1567-3-3
蔾 143-8-2
蕬 112-5-3
檬 268-3-2
270-6-1
櫒 1322-2-3
榛 1371-1-3
蘇 906-3-1
1279-1-2
橑 368-7-3
835-2-3
梾 1564-7-1
蓁 265-2-1
藙 1351-4-6
櫟 1288-1-1
櫟 1614-6-3
檬 121-4-3
檫 1421-5-3
1421-7-5
蘈 835-2-4
1212-8-1
蘊 315-2-3
1181-3-5
藥 832-8-1
櫟 1479-7-1

4510

坤 290-3-4
埠 1412-1-2
墊 1300-7-4
1614-3-1
1615-2-4
盩 1272-6-2
鏊 971-7-3
978-5-5
鐅 1461-8-3
鏊 971-5-5
1037-3-6
1581-6-2
1614-4-2
1614-7-2

4511

坉 295-6-6
764-3-2
執 1065-3-2
1474-4-3

4512

坲 1395-1-1
1459-6-1

4513

壚 804-7-2
蟄 1581-4-1
1581-6-3
1584-1-4
壇 98-7-2
647-6-2
667-7-5
686-1-2
845-8-5
983-1-4
986-3-3
壞 1241-2-4

4514

墫 313-8-5
356-7-2
357-4-4
塿 572-5-1
909-2-3

4515

埄 629-6-4
633-2-2

4518

坱 474-1-4
869-8-1
1238-3-2
1243-6-1
堜 786-3-5
壊 859-4-2
墳 225-8-4
1084-2-6

4519

坏 1425-3-3
埬 7-4-4
埭 1102-6-3
堜 1168-8-1
壉 1027-8-3
踈 7-6-2

4520

狎 250-2-2
独 1064-3-3
狭 674-7-1
狑 974-1-3
982-3-4
斛 416-4-3

4521

犱 1518-5-3
狆 295-8-2
狌 492-4-4
513-3-4
1252-1-1
覢 304-7-1
幢 1527-5-2

4522

犻 1096-7-2
1109-3-3
1408-8-5
帡 1392-4-5
狒 1002-8-2
猜 238-7-4
幇 1054-8-3
幫 971-4-1
1608-7-2
1620-3-2

4523

犹 26-7-1

集韻校本　一七六　　集韻檢字表　上　一七五

左頁（集韻校本・一七六）

1350-5-2 / 1516-3-1
棟 946-3-3
棣 978-1-3 / 1040-2-3 / 1041-3-2 / 1093-3-3 / 1103-1-3
棟 1168-8-4
橵 245-4-4 / 265-1-4 / 266-5-2 / 327-7-6
橵 1027-7-3
樏 1473-2-2
隸 1042-2-3 / 1450-5-1
隸 963-3-4 / 1042-2-2
橵 1043-1-4
橷 1490-8-5
橷 963-3-5

4600
加 441-7-6 / 441-8-3 / 1228-6-3

4601
旭 280-1-2 / 828-5-4 / 1352-1-2

4610
垧 259-4-4
坥 985-4-2
垤 1332-2-4
盥 448-5-2 / 459-1-1
钃 1528-1-3

—

1243-6-2
枺 1378-4-5 / 1385-2-1 / 1445-8-1 / 1449-1-1
棶 97-8-2 / 198-1-5
棶 174-2-5
楗 1631-2-4
橷 1280-8-1 / 1281-5-3
横 1522-7-2 / 1531-5-4 / 1543-8-3 / 1562-7-1
棷 859-5-2
横 669-8-1 / 986-7-4 / 987-4-1 / 1001-2-5 / 1002-4-1
横 770-7-1 / 771-3-1

4599
杕 1426-3-3
枓 1000-8-2 / 1073-3-2 / 1097-7-3
棟 961-5-1 / 1520-8-1 / 1536-4-3 / 1557-6-3
株 168-7-2 / 169-6-3 / 171-2-3
棟 1127-2-1 / 1316-5-1 / 1317-2-3
枒 1346-8-5 / 1349-4-3

—

構 1276-4-3 / 1355-1-2
槫 314-7-1 / 357-2-3 / 798-1-1
樓 173-2-4 / 572-3-1

4595
棒 641-5-3

4596
柚 544-8-1 / 902-1-2 / 1018-8-2 / 1266-6-5 / 1284-5-2 / 1333-4-1
柚 543-4-3
椿 257-4-1
槽 406-6-2 / 407-2-2

4597
槽 1048-7-4 / 1051-2-5 / 1051-8-1 / 1059-7-2 / 1059-8-1
椿 48-8-2

4598
枝 160-2-4 / 162-5-3 / 163-1-1
枒 1456-4-1
枒(枝) 1173-3-2
枒 494-4-1 / 857-5-2 / 1238-3-1

—

1072-5-4 / 1072-7-3 / 1109-1-4
柿 675-1-2
梻 1376-3-2 / 1392-4-6 / 1393-8-3
檮 880-6-1 / 881-4-3
楠 504-2-2 / 1166-1-3
橋 171-2-2
橢 363-4-2 / 552-3-2 / 559-2-2 / 826-2-3 / 1326-8-3 / 1331-6-6

4593
橞 347-3-3 / 803-2-2
樅 1316-5-4 / 1181-2-1
槽 1158-1-3
樓 1048-7-3
檔 39-2-1
欖 406-6-3
樅 1051-8-2
欖 469-8-3

4594
柟 931-7-3
樓 193-2-1
樅 1065-4-1 / 257-7-3
檀 245-1-2
楗 756-1-1 / 756-6-1 / 807-1-5 / 1132-1-4
柿 1185-2-1

—

贄 971-3-3 / 1474-4-4 / 1583-8-2
墊 1615-4-2
趏 770-6-1 / 770-7-2 / 771-5-2
黗 295-2-2 / 295-5-5

4571
墊 1058-4-3 / 1065-7-3

4573
杖 723-2-2 / 860-8-1 / 1236-3-2
桙 641-5-4
杵 568-3-5
神 242-5-1

4580
越 1431-2-4
越 89-3-3
越 1049-7-1 / 1456-6-3 / 1411-5-2
越 1001-3-1 / 1394-7-5
越 1530-4-6 / 1531-1-4
越 127-2-3
越 167-6-2 / 169-5-1 / 171-8-3 / 172-2-3 / 548-6-1 / 555-4-1
越 1316-5-3
蹇 1363-3-2 / 1523-2-1
趙 1523-4-2 / 1530-5-2

—

1567-4-2 / 1569-2-1

4560
贄 1461-4-3
贄 1617-2-4
贄 1581-5-1 / 1608-5-4 / 1614-4-5

4581
精 504-2-2 / 1166-1-3

4590
杖 723-2-2 / 860-8-1 / 1236-3-2
柟 641-5-4
杵 568-3-5
神 242-5-1

4591
柚 257-3-2
橙 1243-6-4
樸 1065-4-1 / 257-7-3
檀 245-1-2
楗 740-2-2 / 787-3-1

4592
柿 672-5-5

右頁（集韻檢字表 上・一七五）

驁 1277-3-1 / 573-1-1 / 1017-3-1 / 1025-5-4 / 1283-8-3

4555
鞲 629-3-2

4557
鞾 975-6-4

4558
鞅 463-3-1 / 474-1-2 / 857-3-1 / 1238-3-3
鞍 98-4-5 / 1039-7-1
鞰 222-8-2 / 986-6-3 / 987-5-2 / 1100-4-3
鞼 987-5-3 / 1100-4-2
鞼 771-2-1

4559
鞿 1425-5-5
鞁 1406-7-1 / 1425-5-1 / 1444-1-4
鞻 1005-4-3 / 1073-4-2 / 1089-1-3 / 1097-3-4 / 1438-8-3
鞢 1521-1-5
鞳 131-6-2 / 131-6-1
鞭 1525-7-1

—

嫽 265-6-1
嬈 1028-2-3
嬢 1354-5-3 / 1363-3-1
蘇 1425-8-2
鞋 36-5-3
艸 242-4-5
摯 453-3-3 / 971-3-1 / 978-3-3 / 1052-5-3 / 1369-2-2 / 1454-6-6 / 1474-3-2 / 1064-3-4
鞏 1116-2-3 / 978-5-2 / 1369-2-3

4551
藝 1065-8-4
軆 717-4-3

4552
韓 1393-8-1
鞞 1393-3-5

4553
韁 976-7-5 / 1044-6-2 / 1048-6-1 / 1051-4-2
韃 1182-1-4
韄 976-8-1 / 1349-4-4 / 1354-5-2 / 1363-2-5

4554
鞬 281-8-2
韏 565-5-4 / 566-6-1

—

韝 1040-4-1

4548
妖 162-2-2 / 543-1-5
娉 1457-4-7 / 1457-6-2

4550
妗 473-8-1 / 870-2-3 / 971-3-1 / 1378-5-2 / 1380-8-3 / 1369-2-2 / 1454-7-1 / 1473-8-3
嬪 1084-3-3 / -1099-6-5
嬥 1521-7-3

4549
妹 1073-4-3 / 1097-3-3 / 1425-3-2 / 167-7-4 / 171-6-4 / 1333-3-5 / 1345-2-1 / 1550-6-4 / 1363-2-5
婧 252-5-2 / 252-5-4 / 946-5-4
嫀 1169-1-5

—

爐 740-4-1

4542
姊 664-4-1 / 543-1-5
娉 1251-5-4
婧 504-4-4 / 879-1-1 / 889-3-2 / 1252-1-3 / 1252-3-4 / 1252-6-3 / 1583-7-3
婷 118-7-2
勢 1052-4-2

4543
媒 822-3-2
娷 356-5-3
健 347-4-2

4544
姁 931-4-4
嬌 1276-6-3
嫥 314-4-3 / 356-5-2

—

獧 7-3-2
猱 1028-1-2

4532
驁 978-4-4 / 979-5-2
鶩 971-6-2 / 978-4-5 / 1377-5-4 / 1378-1-3 / 1464-6-2 / 1583-7-3

4533
熱 1465-3-3
憝 1580-8-2 / 1581-7-4 / 1583-8-3 / 1608-7-1 / 1617-2-5
縶 971-7-1

4540
妖 1236-2-5
姅 36-3-1
姘 879-1-2 / 1252-6-2
妲 1180-6-2
姍 951-6-2
姍 242-6-2
娥 1461-5-2
墊 971-3-2

4541
姓 492-6-1 / 1251-8-2
執 1581-4-2

—

26-8-6 / 28-8-1 / 30-2-3 / 39-3-1 / 399-2-1 / 412-8-2 / 640-3-3

4524
幬 566-6-3
獷 172-6-2 / 175-6-3

4525
嬛 1345-3-3

4526
嶆 406-2-5 / 406-5-4

4527
幬 1052-1-6

4528
帹 162-3-2
狹 1090-3-3 / 1457-3-4
帹 1378-4-2
狹 463-6-3 / 473-7-2
狹 98-4-4
幀 1521-8-4 / 1522-4-5

4529
帗 1406-7-4
姥 1425-2-2 / 283-2-4 / 1019-3-3 / 1443-8-4
狨 168-6-1
蘇 1406-7-2